普天之下・盡是好書
普天出版家族
Popular Press Family
凌雲文創
A-Plus Creative Company

神秘妖艷的日本獵奇之旅

# 日本異聞錄 全集

JAPAN IBUNROKU

羊行中——著

人頭燈籠・鬼屍夜語

每個歷史悠久的國度，
都流傳著神秘詭異的奇聞異事，正在日本發生的靈異故事，即將震撼你的視聽！
從泰國歷劫歸來，南瓜和月餅的驚魂之旅並沒有結束，前往日本的旅途中，他們遭遇了更加離奇詭異的事件。
豪華郵輪上停放的黑色空棺，午夜徘徊於十字路口的燈籠小僧，深山老林中吞人性命的煙鬼婆婆，
富士山下神出鬼沒的妖狐山姥，人形師、裂口女、白骨溫泉、妖貓、河童……
諸多驚悚奇詭、淒美哀怨的故事，都在《日本異聞錄》。

出版序

# 詭異魔幻，神秘妖艷的異域獵奇之旅

妖鬼自有人類情感，作者羊行屮寫的雖是鬼神靈異之事，卻直指人心、寓意深遠。以多元素材創造一場異域冒險，人物鮮活，故事詭異離奇，可稱翻開書頁就捨不得放下的絕佳之作！

每個歷史悠久的國度，都流傳著神秘詭異的妖聞奇談！中國五千年，茅山道術、湘西趕屍、黃河禁忌、苗疆巫蠱……等，神秘文化和民間怪談多不勝數。

當然，放眼海外，亦不乏詭異古老的故事。在泰國，有非常著名的鬼妻娜娜和雙頭蛇神；日本盛傳百鬼夜行，與傳奇的陰陽師；印度有不可磨滅的濕婆神傳說；韓國民間則流傳著九尾妖狐的恐怖故事……

知名懸疑作家羊行中以極度陰寒的文字盛宴，展開一段段讓人頭皮發麻的異域驚魂之旅，那些正在文明古國發生的靈異故事，即將帶給你徹底毛骨悚然的閱讀體驗！

**爆發性的懸疑情節，超展開的驚悚獵奇故事**

姜南，綽號「南瓜」，一個醫學院的學生。從他接獲到泰國當交換學生通知的那天起，現實生活突然變得詭譎複雜，從此捲入一場異域冒險。

以飛機上消失的倩影，舷窗外看見的人皮風箏為開端，南瓜誤闖養屍河，又步入人跡罕至的萬毒森林。與好友月餅親眼見到古老村寨中的雙頭蛇神、目睹擁有美麗皮囊的蠱女，還踏進蝙蝠幽洞，處理人骨皮帶……

情節一步步開拓，全指向佛蠱之戰，也就是巫蠱與佛教之間的正邪對抗。

要說這一切是意外，實際攸關南瓜一個隱藏多年秘密。他就像一個重擔在身的人，肩負絕不亞於宇宙祕密的沉重負荷。

另一個重要關係人，傑克，那藍得近乎銀白的瞳孔究竟隱藏何等秘密，一頭金髮之下的腦袋到底謀劃多麼深沉的陰謀？

正當兩人以為事情終告一段落，卻又跟著泰國異事組的老吳前赴日本。

在這個海上的日出之國，兩人遭遇更加離奇詭異的事件。豪華郵輪上停放的木棺，午夜徘徊於十字路口的燈籠小童，深山老林的煙鬼，富士山下神出鬼沒的妖狐山姥……

他們被荒村鬼屋的冤鬼寄屍包圍，本以爲是一場有死無生的戰鬥，幸好最終還是圓滿地結束。

## 寫鬼寫妖，詭異魔幻，即將震撼你的視聽

在「異域密碼系列」中，妖鬼自有人類情感，可見淒美、癡狂、豪烈。一段段驚魂冒險以各國的民間傳說爲基礎，讀者可以在驚心魄的歷程中讀到不一樣的異域風情。多元的素材使得故事內容華麗豐富，人物更加鮮活，詭異離奇故事的背後原因更能讓人潸然淚下，回味悠長。

作者羊行中描繪這系列驚悚冒險故事十分傳神，奇幻迷離的手法，不露痕跡的鋪排，又富有浪漫主義色彩。他寫的雖是鬼神靈異之事，編織詭譎的氛圍，卻直指人心、寓意深遠。世間的人性醜惡和美好，還有命運作弄的無奈，無不在字裡行間如實呈現。

這絕對是讓人翻開書頁就捨不得放下的絕佳之作，靈異恐怖、推理懸疑、奇風異俗、鬼諭神蹟和野史傳說，全都融入情節，精采程度不在話下，喜好獵奇的讀者怎能錯過？

# 日本異聞錄

# 序章

# 人形師

「高橋君，你都不知道那天有多嚇人！」護士臻美幫病患高橋換藥。

「給妳添麻煩了。」高橋坐在床上勉強鞠躬表示歉意，腦部一陣暈眩。

「高橋君，不要隨便亂動，會牽扯到傷口的。」臻美連忙扶住對方，「你到底是怎麼把頭弄成這樣的？」

聽這句話，高橋苦笑著搖了搖頭，暗想：這件事情怎麼可能和妳說呢？

三天前。

即使已經進入初秋，天氣依然炎熱，二十七樓的風也分外強勁。高橋踩滅最後一根煙頭，哆哆嗦嗦地站上天台的防護欄。

從這個高度看去，街道上的汽車如同搬家的螞蟻，密密麻麻，且緩慢移動著。一陣狂風吹過，高橋立足不穩，差點掉下樓。

不過，他心裡一點也不緊張，因爲，他早就想死了。

金融危機、就業壓力、孤兒、被女友拋棄、還不出貸款，彷彿所有的倒楣事都讓他一個人碰上。

活著根本沒有希望，不如死了好。

這一個多月，他一直這麼想，也一直這麼做。

這次，應該會成功吧？

高橋苦笑著，閉上眼睛，張開雙臂，任由身體向前撲倒。

然而，身體下墜的感覺戛然而止，似乎有人抓住他的腿。接著，傳來撞擊的疼痛感。睜開眼睛，他發現自己倒掛在半空，偏偏牛仔褲的一角掛在防護欄橫出的鐵鉤上。爬回天台，高橋沮喪地坐在水泥地，瘋了似地狂吼，好像只有這樣才能舒緩心裡的壓抑。

爲什麼？

我居然倒楣到連自殺都不能成功！

這段時間，高橋早就失去活下去的信念，嘗試過各種自殺方法。可是，每次在最後關頭，總會發生意外，讓他無法死去。

準備把手伸向插座的時候，家中突然跳電；買了一瓶安眠藥，卻發現方才還滿滿的水壺裡居然沒有一滴水，水龍頭又怎麼也擰不開；上吊，繩子會綳斷；割腕，卻找不到刀子，打算用碎玻璃，這時窗戶的玻璃宛如鐵做的，怎麼都砸不碎；從橋上跳河，喝了幾口水昏迷後，再甦醒時，不諳水性的他，竟然躺在岸邊……

就連跳樓，都會被鐵鉤掛住牛仔褲！

總之，他想盡一切辦法都死不了。

冥冥中彷彿有東西跟他作對，越想完成的事情，越完成不了。

高橋憤恨地用力捶打胸口，瞪著天台的輸水管線，猛地跳起來，一腦袋撞了上去。

隱約中，他聽到了女人的尖叫。

醒來時，眼前一片雪白，頭部的疼痛和注射中的點滴，讓他知道自己仍然沒有死。不曉得是誰，居然在上班時間溜到天台，還多管閒事地救了他……

「咦？高橋君，你的脖子上有一顆痣耶！」臻美好奇地眨著眼睛，「東京有一個關於脖子長痣的傳說，你有興趣聽嗎？」

高橋抬頭看了看滴答響的時鐘，眼下已是午夜十二點，假使臻美回護士站，這間病房裡就只剩自己一個人。出於對醫院的恐懼，高橋點了點頭，表示有興趣。

臻美拖過椅子，雙手抱膝，小貓似地坐著，「據說脖子上有痣的人，都是帶著前世怨氣投胎的。」

高橋沒想到臻美的開場白這麼帶感，下意識摸了摸脖子，心裡有些發毛。

江戶時代，作爲最有名望的武士，岩島一生斬敵首無數，終於在五十歲獲得天皇賜封的「萬人斬」稱號。按理講，應該感到高興才對，他卻每天悶悶不樂。

作爲雄霸一方的武士，沒有子嗣實在是人生一大恥辱！

無奈妻子、小妾都快比僕人多，她們卻怎樣都懷不上岩島的骨肉。岩島遍尋名醫，甚至請來僧人、陰陽師施術，可後院女人們的肚子始終沒有動靜。

人們都說，岩島一生殺孽太重，老天降下報應，讓他無人養老送終。

這些話傳來傳去，傳進岩島耳朵裡。他勃然大怒，操著天皇御賜武士刀「千葉」，把造謠的人殺個乾淨。又將人頭懸掛在府邸的高牆上，風乾成皺巴巴的暗褐色肉球。

自此再無人敢拿岩島沒有子嗣的事情開玩笑。

過了一年多，岩島府張燈結綵，要爲岩島剛出生的兒子助男慶祝百天。

這個消息轟動整個江戶城，爲什麼從未聽到哪個妻妾懷孕，岩島忽然就有了兒子？好事者請岩島家上街採購的僕人健次郎喝酒，趁著酒過三巡偷偷詢問。豈料，原先醉意濃厚的健次郎忽地清醒，慌亂擺擺手，便匆匆忙忙地離開。

這更爲助男的出生增添一抹詭異的色彩。

於是，謠言再起：岩島在連年征戰中傷了下體，從此無法生育，助男其實是健次郎和岩島小妾偷情所生下的孩子。

這些話又傳到岩島耳朵裡，他只是笑了笑，根本沒有理睬。第二天，健次郎的腦袋被懸掛在高牆上，殷紅的鮮血乾涸成黑色，像是一道奇怪的符咒。

百天宴那天，幾乎全江戶城的武士都前來祝賀，當然也有很多湊熱鬧的人。岩島不以爲意，興高采烈地招呼著。

宴會氣氛炒得熱烈之際，去年新納的小妾青歷抱出孩子。胖嘟嘟的小臉蛋，長長的睫毛，粉嫩嫩的嬰兒眉宇間有幾分岩島的模樣。這下質疑不在，衆人紛紛向岩島表示祝賀。岩島高興不已，喝得酩酊大醉。

只是誰也沒有注意到，小妾青歷的笑容帶著濃濃哀怨……

時光飛逝，助男即將長成七歲的小男孩，英挺的模樣更像岩島。但是孩子的出生沒有阻止岩島的殺性，每隔一段時間，高牆之上就會懸掛著幾個人頭。

在武力就是一切的江戶時代，有「萬人斬」稱號的岩島砍掉他人的腦袋不是奇怪的事情。時間久了，大家除了擔心斬首厄運降到自己身上，定時到岩島府邸高牆看死人頭成爲一件有樂趣的事情。

也有人發現，助男的母親青歷，自百天宴之後就再也沒有出現。哪怕武士們在岩島家宴會問起，岩島也從不作答，只是摸著助男的腦袋，遠遠望向鎖頭已經銹跡斑斑的後院。

岩島家的僕人都謹記一道訓令：絕不能靠近後院，否則一概斬首！

曾經有僕人敵不過好奇心，偷偷接近後院，隔天立刻被岩島活剝了皮。被剝皮的僕人還沒有死透，拖著血肉模糊的身軀在地上爬。接著，刀光一閃，腦袋與脖子分家，鮮血直接噴濺在後院門上。

從那以後，後院如同第二個岩島，成了所有人談及色變的地方。

誰也不知道裡面鎖著什麼。

但是，岩島府邸傳出兩個奇怪的說法：被剝皮的僕人臨死前，嘴裡不停說著「鬼」這個字。另一個則是，每到天空沒有月亮的深夜，後院裡就會傳出奇怪聲響，猶若有人在院子裡來回走動，且腳步非常沉重。

有一天，助男在僕人們簇擁下到街上玩。一個雲遊四方的陰陽師見到助男，忽地停住腳步，指著助男脖子上的痣說：「有這顆痣的人，必然帶著前世的怨念和記憶！是誰製造了這麼大的殺孽？」

陰陽師在日本地位極高，但僕人仍暴打一頓瘋言瘋語的陰陽師。

不能與人數衆多的家僕爲敵，陰陽師擦了擦嘴角的血，打聽到孩子是「萬人斬」岩島的兒子，問清楚府邸位置，便沿路找去。當他看見牆上掛的一顆顆人頭正被烏鴉啄食的時候，忽然仰頭哈哈大笑。

「報應就要到了！」說完，陰陽師揚長而去。

這件事情被岩島知道了，他皺起眉頭，手裡握著武士刀，直盯年曆默算，「還有一個月就是助男的生日……還有一個月！」

陰陽師所說的報應沒有出現，風平浪靜地過了一個月，助男的七歲生日到來，岩島替兒子辦了一場盛大的宴席。當助男拿著武士刀表演一段精妙劍道，隨手斬殺一個僕人宣告成人，席間氛圍到達高潮，大家紛紛稱讚岩島有一個了不起的兒子。

岩島喝得醉醺醺，回房休息時，已經是午夜。勞累一天，人們都熟睡了岩島卻酒意全無，拿起武士刀，從床底拖出一個麻袋，悄聲來到後院門口，摸出一串鑰匙。

院子裡，又傳出了咚咚咚的聲音。

岩島微微一笑，閃過一抹兇狠的神色，打開門鎖，並慢慢解開盤繞門上銹跡斑斑的鎖鍊。

伴隨吱呀聲響，門被推開，後院滿是大樹的中央地帶，一個人正繞著樹樁走。每走幾步，就會拿起手中的木槌敲打樹樁。他腳踝銬著沉重的腳鐐，破破爛爛的衣服幾乎遮不住瘦得只剩下皮的軀體，遠遠看去形同一具活骷髏在慘白月光下轉圈。

「大人，今天的屍體和人皮呢？」活骷髏頂著一頭油膩、沾滿汗水和塵土的亂蓬蓬長髮，側著耳朵聽了聽，抬起頭向岩島這邊「望」著。眼眶成了兩個黑漆漆的窟窿，本該有的眼球早已被挖掉，「完成最後一次，大人的兒子就可以眞的變成人了……青歷，還好嗎？」

「她當然很好。」岩島冷冰冰說道，順手揮了一刀，把麻袋劃開，扔到活骷髏身前。麻袋裡滾出一個臃腫肥胖的女人，每一層脂肪堆積的肉褶裡都夾著厚厚的泥灰，赤裸的身體沾滿屎尿的臭味。

那女人看到活骷髏，張嘴想喊，卻發不出聲音。她的舌頭早就被齊根割掉，脖子上那道怵目驚心的傷口，正是聲帶的位置。她的手腳軟癱，壓根兒舉不起來，手筋、腳筋早就被挑斷。

活骷髏摸了摸跟豬一樣的女人，「大人，這次是活的？」

「臨時找不到人，只好拿養在家裡供武士觀賞的『豬人』湊數。」岩島大拇指頂開了刀把。

女人眼中滾著淚花，滑落滿是泥垢的臉，劃出一道道白黑交錯的水痕。活骷髏仔細摸著女人的每一寸肌膚，手哆嗦著，「大人，時間不多了，請動手吧。」

「不，這次由你動手。」岩島把腰間別著的另一把尖刀扔過去，刀子扎在女人的肚子，傷口沒有淌出鮮血，而是淡黃色的脂肪。

活骷髏猶豫了一下，循聲摸到尖刀，又摸到女人的額頭，刀尖抵在她的額頭上，劃開一道口子。

女人圓睜雙眼，看著刀尖刺入額頭，兩行淚水順著眼角流進耳朵裡。

「大人，我這副模樣，青歷還會愛我嗎？」活骷髏一邊割著皮，一邊問道。

月光下，滿是大樹的庭園裡，一個瞎了眼睛、瘦得如同骷髏的男人，正活剝被挑斷手筋腳筋、割了舌頭、劃掉聲帶且胖得如同肥豬的女人。

岩島悄悄走近，武士刀已經拽出一半，「松石，最後一次弄完，我會讓你好好洗個澡，再休養一段時間。反正你是人形師，只要雕刻一雙眼睛放到眼眶裡，又能看到東西了。」

「大人說得對。」松石仔細剝著人皮，成堆的脂肪暫放在草地上。又過了半晌，一張油亮亮的人皮捧在松石手裡，旁邊有一具血肉模糊的軀體仍在微微顫動。

「開始吧。」岩島背過身。

這個場景經歷數次，但即便是殺人無數的岩島，也不敢多看。

松石吃力地將剝了皮的女人拖到木樁上，用木槌狠狠地砸著，霎時血漿四濺、碎肉迸飛。

骨頭碎裂聲和木槌敲擊碎肉的咕嘰聲不絕於耳，連岩島都忍不住打了個哆嗦。

這一刻，松石咬牙用力砸著，空洞洞的眼眶裡，竟流出兩行血淚！

不多時，女人被砸成一大灘肉醬。松石捧著肉醬，塗滿木椿，將人皮黏了上去，又從腰間摸出一柄刻刀，手法嫻熟地雕刻。

院子裡忽然傳出嗚嗚悲鳴，每一棵樹幹都浮現出一張猙獰的人臉，痛苦張著嘴……

「大人，這次的人偶做好了。」松石捧起裹著人皮的木質人偶，活脫脫岩島兒子助男的模樣，「別忘了把人頭掛在牆上，任由烏鴉吞食，帶走煞氣。還有……」

岩島冷森森地打斷，「松石，這段話你重複七年，這應該是我最後一次聽吧。」

「是的。你很快就會放了我，讓我和青歷見面，對吧？」松石平靜地問道。

「沒錯！」岩島揮起武士刀，刀光一閃，人頭落地。

松石的身體歪倒，雙手緊緊抱著那根塗抹肉醬的木樁。兩股鮮血交融，滲進木樁的底部。

「為了保住助男的秘密，我只能這麼做了。」岩島拎起肥胖的人頭，踹了松島的屍體一腳，「再說，我也實現諾言，你和青歷從現在開始，可以永遠生活在一起了！」

院門關上，陰風嗚咽的後院裡，松石的人頭滾落在草叢間，忽然張嘴低聲說著，「青歷，等著我。」

木樁旁，松石失去頭顱的屍體突然動了！

兩隻枯瘦如柴的手在草地上摸索，甚至摳進泥土裡，一點一點向人頭的位置前進。

岩島推開助男房間的門，助男此刻端正坐在榻榻米上。抱著雕刻木偶的岩島，冷酷的臉上終於有了一點慈祥，「助男，把你的皮換在木偶上，你就是眞正的人，再也不用依賴人形師了。」

「大家都認爲，我殺死那些謠傳我『沒有子嗣是因爲殺孽太重』的人，全爲了洩憤，哪曉得我得知江戶有人形師的存在，只不過是找藉口殺人，抓走人形師和他妻子。如果不是控制住青歷，松石恐怕也不會答應用『人形之靈』替我製造一個兒子。」

說著，岩島把手伸向助男頭頂，往兩側一撕，一張完整的人皮落下，助男的身體其實是個木偶。

岩島好不容易把人皮附在新雕刻的木偶身上，抹了一把額頭上的汗水，氣喘吁吁地想著：都快六十歲了，眞的需要繼承人了。他看著助男，眼中流露出濃烈的父愛。

「父親。」助男抬起頭。

岩島總算放下心，經歷七年的換皮，木偶終於可以變成眞人！

「父親。」助男語音單調地重複著。

這下岩島覺得不對勁，藉著微弱的月色看去……

這哪裡是助男！

上嘴唇裂開一道豎著的口子，鼻子扁塌，鼻端呈現血紅色。一雙眼睛通紅，兩隻耳朵長長地豎著，頭髮變成雪白色，分明就是個兔子臉！

岩島恐懼到了極點，慌亂中舉起武士刀，用盡全身力氣向助男腦袋劈下。武士刀陷進腦殼裡，卻卡在裡面拔不出來，每動一次，都迸出許多木屑。助男根本不覺得疼痛，抬起那顆兔子腦袋問：「父親，你爲什麼要砍我？」

「啊！」岩島撕心裂肺地吼著，終於把刀拔了出來，又一次狠狠劈下。

咔嚓的聲音在屋裡反覆響起……

終於，岩島癱坐在地上，再也無力舉起武士刀，瞪著一雙血紅的眼睛，向地上的屍體看去。

他，驚呆了！

被砍得血肉模糊的屍體，眞的是助男。

他張著嘴，卻發不出聲音，最後摸起武士刀，插進腹部，橫著一劃……

後院裡，松石認眞地雕刻著。他的眼眶裡，已經有一雙明亮的眼睛。木屑紛飛中，一個美麗的女子漸漸成形。

他的身邊站著一個邋裡邋遢的陰陽師，微笑疊著紙。松石雕刻好女子後，陰陽師將疊好的紙人貼在木偶上，點了把火。

藍汪汪的火焰騰地燃燒，很快又熄滅，一個美麗的裸體女子從灰燼中站起。

「謝謝您。」松石和青歷向陰陽師鞠躬。

「有情人就應該在一起的。」陰陽師笑了笑，翻牆而出。

「萬人斬」岩島砍殺自己的兒子，又切腹自殺的消息在江戶傳得沸沸揚揚，原因無人知曉，成爲「江戶城兩大事件」之一。

另外一件衆人議論的事，就是城裡忽然來了一對登對的夫妻。男子每天坐在櫻花樹下，爲相愛的人們免費雕刻栩栩如生的人偶；妻子通常甜甜地笑著，並坐在他身旁，時不時幫他抹去額頭上的汗水。

儘管臻美已經離開一會兒，高橋依然沉浸在剛剛的故事情節。眼看快三點了，還是睡不著，他深吸一口氣，穿上拖鞋出了病房。

護士站就在不遠處。

狹長的走廊空無一人，拖鞋摩擦著地面發出沙沙聲，兩側的白牆映著幽幽的影子。

「臻美，妳又告訴病人那個脖子上有痣的故事？」

「對啊，杏子。高橋君脖子碰巧也有一顆痣呢！」

「妳不怕嚇著病人啊！」

高橋往前走幾步，看到臻美和另外一個護士低聲交談，同時手裡還玩著手機。奇怪的是，她們身邊還有另一個人，讓他渾身的汗毛都豎了起來。

一個穿著病服的女人站在兩名護士中間，長長的頭髮完全擋住臉，正彎腰低頭看著護士手裡的手機。可是，護士壓根兒沒看到那女人，自顧自地聊天，舉起手機時，手還穿過那女人的身體。

「臻美，今天的空調是不是開得太強，比往常要冷很多呢！」染著棕髮的護士不由自主地打了個哆嗦。

鬼！

高橋轉身跑回病房，卻驚見走廊盡頭的窗戶探出一雙手，扒著窗沿。一個老頭的腦袋穿透密閉的玻璃窗，對著他嘿嘿笑著。

承受不住這種刺激，高橋火速回到病房後，連忙關上門，急促地喘著粗氣。這間醫院鬧鬼，絕不能再待下去。想到這裡，他拉開放置衣物的衣櫃，卻看到一個六、七歲的孩子，安靜地蹲伏在裡面打瞌睡。

「你不能死……你要是死了，就會變成像我們這樣的鬼……」中年男子的聲音在身後響起。

高橋不敢回頭，雙腿軟得像麵條。衣櫃門板掛著的鏡子裡，有一個中年男子躺在病床上，緩緩地坐起身……

「啊！」高橋倏地從床上坐起身，驚恐地四處張望。

「高橋君，你哪裡不舒服嗎？」棕髮護士摁住他的肩膀。

病房的窗簾早已拉開，刺眼的陽光使得高橋眼睛發酸，視線模糊了幾十秒，才逐漸恢復清晰。

做了可怕的惡夢嗎？

高橋大力晃了晃腦袋，表示抱歉地對護士微笑。

護士點點頭，「醫生說你沒有大礙，隨時都可以出院。」

「謝謝妳，杏子。給妳添麻煩了。」高橋坐在病床上，吃力地彎動上半身。

待棕髮護士離開後，高橋心緒緊張地拉開衣櫃時，幸好裡面沒有什麼孩子。收拾衣服期間，他忽然想起一件事：染棕髮的護士，他在甦醒時是第一次看到，爲什麼自己知道她的名字，還認識她的模樣？

難道昨晚……

此時，手機鈴聲響起，把高橋從恐懼中拽回現實。

公司人事部來的電話。

該不會因爲這件事情，公司要解雇自己吧？這樣也好，省得每天顧慮。

「高橋君，你的身體康復了嗎？公司通知，週三的『紅葉狩』務必準時參加喔！」

紅葉狩是秋天到山林觀賞楓葉的活動。從古至今，上至公卿權貴，下至工商庶民，都非常重視這一項活動。涼風輕拂的金秋，層林盡染，楓葉漫天飄揚。紅艷如血如脂的楓葉據說是楓女的鮮血染紅的，觀賞時，不能長久凝視，只能遠遠眺望。

如今，參加紅葉狩還有個不成文的含義，代表一年來的工作得到公司肯定，起碼在明年的紅葉狩之前，不會被裁員。

對高橋而言，這算是最近倒楣透頂的生活中唯一的好消息，讓他淡忘昨晚那場惡夢。收拾完衣物，攔了一輛計程車回家。路過超市之時，高橋這才想起家裡已經沒有吃的了。

單身的不成功男人才會逛超市吧？

高橋自嘲地看著超市裡推著購物車的衆多家庭主婦。

拐過購物架，他看到一個女人在哭。

「請問妳需要幫助嗎？」高橋運氣很差，卻是一個熱心腸的人。

女人依舊低垂著頭哭個不停，長長的頭髮遮擋著臉。高橋覺得這女人十分熟悉，心中沒來由地感到不舒服。

「我兒子不願意吃我做的菜。」女人哽咽著，「長大後，他變得不喜歡吃墨魚丸子。這是他小時候最喜歡吃的東西，你願意吃嗎？」

高橋皺了皺眉頭，他不吃墨魚丸子，可看到女人哭得這麼傷心，只好回答她，「我願意吃，我最喜歡吃墨魚丸子了。」

「那你答應我，今天一定要吃哦！」女人一邊說，一邊把一袋墨魚丸子放入他的購物車。

結帳時，高橋本想將墨魚丸子放到垃圾桶，忽然心中一陣酸楚，有父母的孩子怎麼能夠不珍惜長輩的疼愛呢？

「哥哥！哥哥！」一個孩子拉著他的胳膊，往他手裡塞了幾根棒棒糖，「這個送給你！」說完，頭也不回地跑了。

今天是怎麼了？

回家的路上，高橋吃著許久未吃的棒棒糖，感到哭笑不得。

閃光轉瞬即逝，他愣了愣，似是看見街角有個人收起照相機，掉頭離去。

「莫名其妙的一天。」高橋手上拎著墨魚丸子嘟囔。

到家後，高橋將所有東西放在餐桌，墨魚丸子的香氣從袋子裡飄出。他大力吸了鼻子一下，想著：味道好像眞的不賴啊！還記得，自己小時候也很愛吃。

大概是得知能參加紅葉狩，經濟上的壓力消失，人也有了工作動力的緣故，接下來幾天的工作特別順利，還得到主管表揚，高橋的心情開朗許多。

週三，乘坐公司巴士，來到市郊的楓林。所有同事忙著合影，之後就開始在湖邊準備野餐。有恐水症的高橋克服不了心理障礙，只能遠遠地看著。

「小夥子，你可以幫我把漁竿和水桶送到湖邊嗎？」身邊不知從哪冒出一個老人，戴著鴨舌帽，遮擋住半邊臉，還穿著花俏的襯衫，「年紀大了，手腳不利索。」

「可是……」高橋猶豫地看向遠處的湖水。

「咳……咳……」老人忽然劇烈咳了幾下。

高橋不忍拒絕，拎起水桶和漁竿。

「你眞是個好人。我有個孫子也和你一樣大。」老人佝僂著背，感激地絮叨著。

波光粼粼的湖面閃耀著太陽的金輝，高橋頭暈目眩，急匆匆想走，卻發現同事們依舊忙碌著。漁竿和水桶就在腳邊，可那個老人消失了！

他突然想起來了！

女人，小孩，老人！

那個半眞半假的惡夢！

他在醫院裡遇到的鬼！

突如其來的意識讓他覺得無比恐懼，驚慌地向後退著，立足不穩，掉進了湖中！

湖水湧進鼻腔，酸澀的感覺讓他不由張嘴呼吸，卻又「咕咚咕咚」灌了幾口水，身體完全不受控制。他拼命掙扎著，眼前白茫茫一片，依稀看到水裡面有幾個人向他游過來。

老人、女人、孩子……

這個場景好熟悉！

似乎在哪裡見過……

高橋彷彿想起什麼，頭痛欲裂，宛若一道閃電劈裂塵封已久的記憶，一連串鮮活的畫面浮現眼前！

小小的屋子前，停放一輛擦得嶄新的計程車，中年男子正往後車廂放置野餐用品。

「媽媽，今天我要吃墨魚丸子！」小孩從屋裡歡快地跑出來，「我只吃媽媽做的墨魚丸子，如果不是媽媽做的，我絕對不吃！」

「等你長大了，就會有妻子幫你做墨魚丸子啊！」媽媽笑吟吟地端著餐盒從屋裡走出來。

「你不要這麼執著，哥哥有好吃的棒棒糖哦！」又跑出一個孩子，手裡舉著兩支棒棒糖，「喏，這一支給你吃！只要弟弟喜歡的東西，哥哥都會想辦法弄到的！」

高橋開心地高舉棒棒糖，「哥哥，今年的紅葉狩，猜爺爺釣起來的第一條魚是鯽魚，還是鯉魚？」

「你們兩個小傢伙，快幫爺爺拎水桶拿漁竿。」爺爺又著腰站在門口。

這是個不富裕的家庭，但是，他們很富有！

初秋的風景美麗醉人，加上是難得的休假，一家五口歡喜唱著民謠，開車前往目的地。

「可惜沒有教練挖掘，否則我的開車技術，早就成爲日本第一的賽車手了！」爸爸炫耀車技，嘴邊掛著憨厚的笑。

突然，迎面飛馳過來一輛黑色BMW，歪歪斜斜如同醉漢，猛地撞上計程車。失去重心的暈眩、刺耳的碰撞聲，嗆鼻的汽油味。車體騰空翻滾，接著激起巨大水花，落入道路旁的湖中！

被父親從車窗奮力推出的高橋，茫然地游到岸邊。

腦中殘存的記憶是：碰撞變形的車門，慢慢灌滿水的車廂，爺爺、父親、母親、哥哥鼻孔中冒出的泡泡變成一抹抹的鮮血。

「好好活著啊！」

「要找個會做墨魚丸子的妻子啊！」

「記得吃棒棒糖！」

「爺爺不能帶你去釣魚了……」

黑色BMW揚長而去，空蕩蕩的路面，風在悲鳴。還有，癡傻的高橋。

半晌後，高橋撕心裂肺地喊叫，發瘋似地向黑色BMW逃逸的方向追去。

摔倒、爬起，再摔倒、再爬起！

膝蓋破了，手掌爛了，鼻子破了。終於，他昏了過去。

人受到外在強烈刺激時，大腦會啓動自我保護的機制，主動隱藏那段記憶……

原來，我會游泳；原來，我愛吃墨魚丸子；原來，那天是哥哥給我的棒棒糖；原來，我完成了爺爺的心願。

爸爸呢？

高橋半趴在岸邊，沒有一個同事注意到他落水。但是，他並不覺得自己孤獨。

「爸爸完成了他的心願。我們的心願也完成了，就要永遠離開了。記得，要好好照顧自己哦！不可以再想不開自殺了！我們日夜照顧你，很辛苦的！」

是媽媽的聲音。

陽光明媚燦爛，幾朵雲彩染著金邊，緩緩向西方飄移。

「各位同仁，今年的紅葉狩，董事長無法參加，我代表他向大家致歉。」總經理從車上下來，深深一鞠躬，「董事長的女兒出了車禍……」

楓林裡，一男一女藏在樹後。

女子柳眉緊蹙，「『鬼畜之影』只能捕捉到這些東西，卻不能辨別啊！」

男子抿了抿嘴，「哼！」

女子問道：「應該怎麼辦？」

男子仰頭看著楓葉，「初秋的紅葉果然美麗。有時候，靈魂也很美麗啊！」

女子嘆一口氣，「回去吧。」

誰也沒有注意到這一男一女出現過。

也沒有人注意到高橋佇立在湖邊，仰望著天空久久沒有移動腳步。

「咦？高橋君，你也在這裡？」

「臻美，好巧喔！妳也來參加紅葉狩？」

「對啊！跟著醫院的同事一起來的！但我不喜歡人多的地方，就自己溜達過來了。」

臻美微紅著臉，如天際的那抹彩霞。

人形師，是日本一種古老而神秘的職業。他們利用木頭製做出木偶的身軀，並在木偶的臉上蒙上一層皮，使得木偶看起來跟真人一樣。傳說，好的人形師不僅能製做出最完美的人偶，還能賦予人偶靈魂。

第1章

# 盂蘭盆節

每年農曆七月十三至七月十六日為「盂蘭盆節」，人們無論貧富都要備下酒菜、紙錢，以此祭奠亡人，表達對死去的先人的懷念。燒紙錢的時間，一般多選擇在夜深人靜的晚上，先用石灰在院子裡灑幾個圈，然後一堆一堆地燒，最後還要在圈外燒一堆。

每逢盂蘭盆節，百鬼夜行，禁忌眾多：

一、不要在午夜照鏡子梳頭；

二、不要頭髮沒有乾就上床睡覺；

三、不要在晚上曬衣服；

四、不要把白天曬的被子當晚收起蓋著睡覺。

否則……

# 01

日本，江戶時代。

「桑原，馬上就要盂蘭盆節，沽點酒祭拜靜香吧。」雜貨老闆收了桑原送來的新鮮活魚，數了幾枚銅錢，「爲什麼日本人一定要按照唐朝開元通寶的款式造錢呢？麻繩很快就被磨斷啊！」

桑原把銅錢放在手心，用食指一枚一枚點著，生怕老闆少給幾個。見狀，老闆有些不高興，「就這麼幾枚錢，你當著我的面這麼數，是不是有些過分啊？」

桑原沒理會，把一枚銅錢放到櫃檯上，「鹽。」

「眞的不沽酒祭拜靜香？」老闆秤著鹽，趁桑原不注意之際，倒一些回鹽缸裡。包好鹽，交給桑原，看著他的背影，老闆不禁嘆了口氣，「那麼漂亮的女人，生前還對你那麼好，死後連祭拜都得不到，眞替她不值啊！」

幾個喝得搖搖晃晃的武士，打著酒嗝，踩著木屐走在街上。桑原低著頭，不知道在想什麼，不小心撞到其中一名武士。

「渾蛋！」武士拔出鋒利的武士刀，高舉過頭，對著桑原的腦袋劈下。

「啊！」

靜香從惡夢中驚醒，猛地坐起身，慌慌張張摸著床頭燈的開關。不知何故，每次在黑暗中摸開關，總有種莫名的恐懼。

如果突然摸不到開關怎麼辦？

假使摸到開關，燈卻不亮，那該如何是好？

又或者，燈亮了之後，發現屋子裡突然有個人呢？

每當這麼想的時候，她都會覺得好像有個人就站在床頭，默默注視著她……

幸好一切都沒有發生！

燈亮了，屋子依舊凌亂不堪。靜香玩著手機，不知不覺睡著了，連窗戶都忘記關。風吹著窗簾，鼓起一個大包，彷彿有東西被窗簾擋著，急著想進來。

睡覺前，準備晾曬洗好的衣服時，才想起白天曬的被子還沒收。受潮的緣故，躺在裡面有些濕漉漉的，實在很不舒服，感覺自己像一具腐爛的屍體。

擦著額頭上的冷汗，靜香心有餘悸。剛才那場惡夢太過眞實，被武士的刀劈開的似是自己的頭顱。

「還好夢沒做完就嚇醒了。」靜香拍拍胸口，喝了口水，準備繼續睡。

然而，躺在床上翻來覆去許久，還是睡不著。沾了晚上夜氣的被子又冷又硬，索性去浴室沖個澡。

蓮蓬頭灑落水柱，蒸氣騰騰，靜香改變只沖澡的主意，解開浴帽順便洗個頭。

「都說不要在午夜照鏡子梳頭，洗頭應該沒關係吧？」靜香塗抹洗髮精，泡沫順著額頭流下，不小心進了眼睛，「盂蘭盆節就快到了，還是注意一點比較好。」

想到這兒，她又想起剛剛的惡夢，心底有些發毛。匆匆洗完澡，摸著擦頭髮的乾毛巾，卻沒有摸到。這才想起洗衣服的時候，順手把毛巾都洗了，正掛在陽台。

頭髮濕漉漉的，根本沒辦法睡覺啊！

靜香睜開眼睛，想了想，還是拿出吹風機和梳子。浴室的鏡子蒙上一層霧氣，用手胡亂地抹幾下，水痕有些扭曲她不著衣物的胴體。

吹風機打開，嗡嗡的出風聲刺耳。靜香吹整頭髮，梳子上很快就纏了毛茸茸一團黑球。拿著梳子，她有點擔心地自我安慰，可能是最近壓力太大，頭髮掉得比較多。不過要是一直這麼掉頭髮，搞不好會變成禿子。

吹了半晌，頭髮還沒有乾透，但靜香已經沒有耐心。收起吹風機，放好梳子，她又瞥了一眼鏡子。

突然，看到她的脖子多出一顆紅色的小痣。

靜香反射性摸著鏡子，以爲上面沾了紅色的東西。當手指接觸到冰涼的鏡面，才意識到自己的是脖子上眞的長出一顆痣。

忽然想起故鄉的老人曾經講過一個關於「脖子長痣」的恐怖傳說，又聯想到不久前的惡夢，她驚恐地搓著脖子。雪白的脖頸被搓得通紅，那顆痣也越發紅了起來，像是一滴血！

衝回臥室，冰涼的夜氣讓她打了個哆嗦，關上窗戶，取出一條新的乾毛巾裹住頭髮，蜷縮在冰冷的被子裡。她盯著不敢關掉的燈，沒來由地越來越怕。

渾身僵硬地躺了許久，勞累一天的靜香最終迷迷糊糊地睡著……

# 02

江戶時代，武士橫行，拔刀砍死一個庶民，不僅不會受到懲罰，反而還會增添武士刀的殺氣。

這時候，街上所有人都停住腳步，表情木然地看著武士刀砍向桑原。

桑原依舊低著頭，毫無臨死前的恐懼，靜靜閉上眼睛，笑了。

刀鋒劈開桑原的髮髻，他的頭髮散落一地，圍觀的人們眼中都冒出狂熱的色彩，期待鮮血、碎骨、腦漿迸飛的場景。

寒光一閃，武士將刀子收回刀鞘，冷冷地說道：「尊貴的武士刀，不會斬向已死之人。」

沒看到預想的畫面，街上的路人遺憾地散開。桑原跪著久久不起，雙手摳進堅硬的泥地，嘴角掛著詭異的笑容。

回到家中，桑原把鹽往灶台上一丟，拿起杓子從冒著熱氣的鍋裡撈出兩塊早剔除碎肉的骨頭，端到後院，丟進早挖好的土坑掩埋。他跺了幾腳，把土踩結實，才擦了擦額頭上的汗。

走回廚房，他從鍋裡舀了一碗油膩膩的肉湯，又往爐灶裡添加幾根柴火。端著碗坐在院子，看著纏繞小樹的葡萄藤，吹著肉湯的熱氣，慢慢地喝著。

遣唐使從唐朝帶來的葡萄種子，在日本怎麼也種不活。不曉得誰琢磨出一個辦法，認爲葡萄藤就像血管和筋脈，唯有吸飽油水才能結出圓滾滾的葡萄，於是嘗試在葡萄藤底下埋上雞、魚、豬、牛的骨頭。

意外的是，這個辦法奏效了，葡萄在日本種植成功。結出的葡萄紅得發紫，入口汁甜肉美，膩得能把舌頭和牙齒黏在一起。

有人說，靠動物精血種植葡萄的方法，屬於邪術。一串串葡萄就像一個個人頭吊掛在藤上，吃了這種葡萄會被鬼附身。

但是，貴族對葡萄的推崇和喜愛，使得這樣的種植方法盛行起來。時間久了，也沒有人覺得不妥。

幾隻烏鴉在上空盤旋幾圈，落在葡萄藤上。發現烏鴉要啄食，桑原連忙大聲吆喝轟走牠們，一口喝了剩下的肉湯，擦乾淨嘴角。他打著飽嗝躺在竹椅小憩，無意間摸到脖子上的紅痣，做了一場奇怪的夢……

# 03

刺眼的陽光穿透窗簾，靜香睜開眼睛，懶洋洋的，一點也不想動。摸到放置床頭的手機，一看日期，想起明天是盂蘭盆節。她連忙爬起來，從陽台收下曬乾的衣服，穿戴洗漱後，邁著倉促的步伐，奔向自己的花店。

盂蘭盆節相當於中國的鬼節，這一天有很多禁忌。日本人會買花祭拜死去的先祖，還會連續放三到七天假。晚上也極少有人出門，幾乎都在家守夜。

路上，靜香回憶起昨晚的夢。

第二次入睡，被驚醒的惡夢居然延續下去。許多情節她都記不清楚了，只記得一個古代男人坐在院子裡望著葡萄藤打盹。

抵達花店，升起電動鐵捲門，發出刺耳的金屬摩擦聲。這間花店是父母的遺產，在滿是高樓大廈的街上顯得格外格格不入。

大財團東方株式會社看好這塊地皮，出高價要買下花店，如此一來，便可以將左右兩棟屬於東方株式會社的大樓連接起來。

可是靜香不為所動，依然經營著花店。

並非她多麼執著父母留下的產業，而是在寸土寸金的商業街上，能有一棟地權屬於自己的房子，可不是東方株式會社寫在支票上那些錢能衡量的。

房價會越來越高，現金只會貶值，這個簡單的道理靜香還是懂的。何況作為商業街上唯一一家花店，生意自然好得不得了，一年的收入相當可觀，她不需要為了眼前這筆錢放棄長久的收入。

忙到下午，天空劈過一道閃電，靜香看著新買的貼身長褲叫苦不迭。前幾天下雨，她都穿著牛仔短褲，倒不是為了顯露性感的身材，吸引別有目的男人搭訕順便買花，全考量穿著長褲走在濕濘的街道行走，褲管一定會沾上污泥，回到家還得立刻清洗。作為一個單身女人，這實在是件很麻煩的事情。

想到早晨曬在陽台的被子，靜香本來想暫時店休回家收被子，可今天花店的生意非常好，竟抽不出一點時間。

下午，還碰上一件奇怪的事情。一個叫高橋的年輕人，垂頭喪氣地買了一束菊花。沒過多久，那束菊花居然從樓下被扔下來。又過了十幾分鐘，救護車來了，高橋滿頭鮮血地被送上救護車。

日本高壓的工作環境下，很多人出現精神失常的狀況。這條商業街更經常能看到自殺、發瘋的人，因此靜香沒當回事。

直到晚上八點多，買花的人潮才終於停消。靜香收拾花店，準備打烊，偏偏此刻又來了一位買花的客人。

「十分抱歉，今天打烊了。」那人站在門外燈光照不到的地方，靜香沒看清楚對方的模樣。

「我只要一朵白色菊花，麻煩妳了。」說話很客氣，但聲音有點奇怪，像是一台漏風的手風琴。

靜香抬頭一看，那女人穿著黑色的風衣，打著一把傘。一頭濕漉漉的頭髮披在肩膀上，擋住半邊蒼白的臉，低垂眼簾直盯著地面，還戴著白色口罩。

雨明明停了，爲什麼她打著傘？

靜香略覺得奇怪，但沒多想，反正對方只要一朵白色菊花，很快就能包好。

花送到女人手裡，發覺她的手也蒼白得毫無血色。意外相互碰了一下，冰冷的感覺幾乎凍透靜香的骨頭。

「過了十二點就是盂蘭盆節，百鬼夜行的時間。妳沒繫紅繩吧？記得要在右腳腕繫一條紅繩。」女人說話的音調不帶絲毫感情，「我要去宮島了，再見。」

出於禮貌，靜香鞠躬送客。但是，女人臨走前那句話讓她心裡不舒服。

宮島是著名的「鬼島」，有很多奇怪的禁忌和傳說，選在盂蘭盆節去那裡是大忌。念及至此，靜香低頭看向自己的腳：今天穿長褲，嫌紅繩礙事，順手摘了。

一時間，她沒有想到黑衣女人怎會知道她沒繫紅繩。

毫無徵兆地，串著瑪瑙珠子的手鍊斷了。珠子散落一地，四處彈跳，滿屋都是清脆的聲響。

靜香愣了愣，家鄉老人說過，戴在身上的飾品如果突然斷掉，是替主人擋了一次鬼上身。一定要把珠子全都撿起，用紅布包好，帶回家放在通風的窗台。由夜間的風帶走珠子上不乾淨的東西，再經過白天太陽的暴曬，去掉陰氣，才可以重新佩戴。

她跪在地上，邊數邊撿著珠子。十五顆了，還有一顆怎麼也找不到。她擦了擦落在眼皮的汗水，碰巧瞥見最後一顆珠子滾進收銀台下方的縫隙。

彎下腰，趴在地上，伸手搆了半天。指尖幾次碰到珠子，卻又把它弄得更遠，索性將整支胳膊探進去。

終於，中指摁住珠子，向掌心一收，穩穩地攥住了。

誰知，正當她要起身時，忽然有人從背後順著她的屁股摸到右腳踝，還在腳踝上握了一把。

這種冰冷徹骨的感覺，很像剛剛觸碰到那奇怪女人的手指。

「啊！」靜香驚叫一聲，本能地往前一掙，腦袋直接撞上收銀台，又暈又疼。

一張圓形的白紙飄落至靜香面前。

看到那張白紙，她想了想，眼睛突然瞠得滾圓。臉部扭曲，驚恐地靠坐在牆邊，四處張望著。

屋子裡沒有人！

這讓她更加害怕！

此時，靜香反倒希望花店裡出現一個人，哪怕是色狼摸了她一把也好！

地上那張圓形白紙是紙錢！

剛才黑衣女人買花的錢，靜香接過之後，隨手放在櫃檯上。

盂蘭盆節，百鬼夜行……

難道是……

靜香再也不敢想下去，手中緊緊攥著珠子，匆匆把門鎖上，快步向家裡跑去！

## 04

桑原渾身一抖，險些從竹椅摔下來。擦著額頭上的冷汗，才意識到已是半夜，自己竟不知不覺睡了這麼久。

方才他做了奇怪的夢，那個地方的每棟屋子都跟山一樣高，地面像鐵一般堅硬。而且，自己是個女的，在一間滿是鮮花的屋裡，賣花給穿著稀奇古怪衣服的客人。最後一個畫面是趴在地上，居然還被摸一把屁股。

想到這裡，桑原覺得怪噁心的，掐指頭算了算時間，連忙起身到廚房撈出塊骨頭。把骨頭埋進葡萄樹下，又添了乾柴，以免灶火熄滅，才回臥室和衣躺下。

「靜香，馬上就是盂蘭盆節，請原諒我沒有時間祭拜妳。」桑原枕著胳膊，望著窗外的月亮，想起了那可怕的一幕……

一年前，最漂亮的女人靜香嫁給最窮的漁戶桑原。

這是轟動一時的大事，甚至連縣裡的大名（日本封建時代對領主的稱呼）都來參加兩人的婚禮。想著靜香羞花閉月的容貌，許多男人都羨慕帶著嫉妒，「一個打漁的，這麼有福氣……」

兩人婚後生活簡單幸福，桑原打漁，靜香理家。半年後，靜香隆起的肚子預示已經懷孕。本就沉默寡言的桑原爲了即將出生的孩子，每天起早貪黑，更加拼命打漁。他勞累過度，瘦得像一具披著人皮的骷髏，根本看不出一絲當爹的興奮。

很快地，十月過去。臨盆之際，桑原在屋外滿頭大汗地抽著煙，時不時抬頭望向屋裡，靜香撕心裂肺的哀嚎讓他幾次站起身，又猶豫著坐下。

「桑原……桑原……」滿手是血的接生婆跌跌撞撞跑出屋，「快……快請狐仙吧！要不然……」

聞言，桑原腦子嗡地一聲，愣在原地，不知該如何是好。在日本，接生婆這麼說就代表著母子雙危，到了攸關生死的時刻。

「還愣著幹什麼？」接生婆丟給他一團沾滿黑血的麻布，「快點！」說罷，又急匆匆進了屋子。

這會兒，靜香叫得更淒慘了。從映在窗紙的影子上看，她猛地支起上半身，披頭散髮掙扎著，如若一隻被符咒鎮住，且即將露出原形的妖怪。

刻不容緩，桑原趕緊依照接生婆的指示，撿起麻布，拎著早先準備好的布袋，急忙鑽進不遠處的林子。再出來時，他彎著腰從布袋裡拿出東西，每退幾步就往地上扔一塊，直到窗戶下方。最後，將麻布放到窗台上，才眼巴巴蹲在窗角，向林子裡看去。

那一排由林中延伸至窗戶下的，是被剁成無數塊的活雞。窗戶底下是雞頭，灰白色的眼皮蓋住死氣沉沉的眼睛，微微張開的雞嘴裡，細長的舌頭耷拉著。

忽然間，林子裡一陣簌簌亂響，灌木荒草左右搖擺個不停。神奇的是，零碎的雞塊一塊塊消失了，隱約聽見嘰嘰的聲音。

眼前的景象使得桑原頭皮發麻。

他知道有個看不見的東西，吃著血淋淋的雞塊，從林子裡深處出來。當那一排雞塊最後只剩下雞頭的時候，明顯感覺有東西在他身邊，卻什麼也看不到。

「狐仙，請保佑我的妻子和孩子平安。」桑原不停磕著頭。

「嘰嘰……嘰嘰……」

這次，他聽清楚了，是狐狸的叫聲。

地上的雞頭忽然飄到空中，上下跳了兩下，便消失不見。窗台上沾血的麻布瞬間燃燒，綠幽幽的火焰幻化成一隻狐狸的形狀，嗖地鑽進屋子裡。

# 05

躺在床上的靜香又一次驚醒！

她哆哆嗦嗦地打開燈，好半天才看清楚，自己依舊身處熟悉的房間。

從花店一路跑回家，腦海不斷浮現那件詭異的事情。她越想越怕，連澡都沒有洗，就從陽台取下被子，蜷縮在床上並蒙住腦袋，似乎這樣才安全。被子裡沉悶的空氣讓她呼吸困難，意識模糊，不知不覺又睡著了。

睡夢中，昨晚做的惡夢居然又延續了。靜香變成漁夫，等待心愛的妻子分娩！

這到底是怎麼回事？

聽說有一種精神分裂症的前兆，是睡覺時不停反覆做同一個夢，可她的夢境總是連貫，只要一睡著，就變成漁夫桑原。

那是一個江戶時代的夢！

她忽然想到什麼，發瘋似地衝進浴室，對著鏡子照著。脖子上那顆紅痣比昨天大了一些，還長出幾根細毛。

鏡子裡的自己，臉色蒼白，眼球佈滿血絲。兩圈青黑色圍著眼眶，嘴唇也因恐懼微微抖動。毫無預警之下，鏡面宛如被扔進石子的湖面，漾起波紋。

一層層波紋迴盪，鏡中的靜香產生奇異的變化。

頭髮慢慢脫落，露出光禿禿的前額，顴骨緩緩鼓起，眉毛越來越濃。下巴冒出青色的鬍渣，後腦的頭髮自動揚起，盤成圓形的髮髻。

她，變成了男人！

夢中的男人，桑原！

靜香摁著洗臉台，傻愣愣盯著鏡子，伸手摸了摸自己的臉，光滑的皮膚沒有一點鬍鬚的感覺。可是鏡子裡面的男人，卻摸著下巴的鬍子，一根根拔著。

眼下那顆紅痣已經大得如同一顆紅棗！

「啊！」靜香再也忍受不了，摸出除毛刀，狠狠劃向雪白的脖頸，長著紅痣的肉被挖了下來。

靜香沒有停手，瘋狂地挖著脖子上的肉，直到露出青色的血管、白色的筋。一條血管被劃斷，鮮血迸射到鏡子上。一滴滴血珠順著鏡面流下，交融在一起，像是一顆顆血紅的葡萄！

這時候，鏡面又起了變化，一幅幅景象猶若電影畫面一閃即逝。靜香的眼神開始渙散，呼吸急促，最終躺到浴室冰冷的地面，身下慢慢匯聚一汪鮮血。

「若今生無望，願來生相望。」

她喃喃低語著，終於沒有了氣息。脖子以奇怪的角度歪扭，上翻的眼白盯著窗台。那裡有一株長得很茂盛的葡萄。

桑原在床上驚醒。

他居然夢見自己變成女人，在一間鑲滿白玉的屋子裡，對著一面能看到自己模樣的東西照著。然後拿起刀子，劃破脖子、挑破血管，還割斷筋脈。

回憶夢境，桑原不由自主地打了個哆嗦。頭腦簡單的他沒有想那麼多，摸了一把自己脖子上的紅痣，感覺似乎隱隱作痛。

窗外天明，今天就是盂蘭盆節了。

桑原緊攥著拳頭，眼中冒出仇恨的火焰，端著籃子走進院子摘採葡萄。每掐斷一串葡萄的枝莖，葡萄藤都會顫動一下，斷莖流出的液體如同葡萄的血液。

徵收葡萄的武士們大搖大擺地沿街行走。大名對葡萄的迷戀達到極限，每天都吃葡萄，以致於牙齒始終沾著葡萄紅色的汁液，彷彿咀嚼帶血的人肉。

這一刻，桑原匍匐在地上，看見武士們端起自家種的葡萄，臉上閃過一抹察覺不到的冷笑。

「桑原，今年你家種的葡萄不錯，大名一定會厚賞你的。」武士非常不尊重，拿武士刀敲著桑原的腦袋。

桑原連忙磕頭，說道：「這都是大人的功勞，小人如果得到賞賜，絕對不會忘記您的推薦。」

「看不出你還挺聰明嘛。」武士淫邪地笑著，「靜香死了一年了吧？你該找個媳婦了。」

「是……是……」桑原唯唯諾諾地應答。

# 06

對貴族而言，每天都能夠成爲奢侈糜爛的慶祝之日，哪怕是鬼節——盂蘭盆節。大名府內的宴席盛大熱鬧，所有的武士都前來參加了。作爲大名的摯愛，葡萄此等珍貴水果作爲最後壓軸。經過武士的推薦，當然是桑原家的葡萄得到這個機會。香甜的葡萄一入口，所有人讚不絕口，很快就將葡萄吃得一乾二淨。

宴席延續到深夜，喝得酊酊大醉的貴族和武士才左搖右晃地回家。

「藤眞，今天的宴席眞不錯啊！」花形打著酒嗝。

藤眞嘿嘿地笑著，「只可惜靜香已經死了！眞是個不錯的女人，否則明天酒醒之後……」

「哈哈，居然嫁給桑原那個渾蛋……」花形放肆地大笑，忽然酒勁上湧，彎腰吐了出來。

藤眞撐著腰，「花形，你酒量越來越差了！怎麼吐成這樣？」

花形吐出宴席中吃的食物，發酵過的酸氣混雜酒氣，聞起來奇臭無比。藤眞捂著鼻子，也忍不住張嘴吐了。

花形連酸水都吐乾淨，才覺得肚子舒服了點，準備直起身，忽然又一陣噁心。有東西從胃部沿著食道往上爬升，反射性地張開嘴吐出一團血塊，又一團血塊。他迷糊著醉眼，霎時呆愣住！

那一團團血塊，是他的肝和腎！

我吐出了內臟？

就在花形覺得腹部鑽心地疼，接著又吐出好幾團血塊。血塊在地上微微顫動，接著產生奇異的變化，居然扭曲成一張張人臉。

一年前死去的靜香的臉！

花形驚駭地大叫，卻發現身體不受控制，腦袋越來越疼。頭皮緊繃的疼痛讓他感覺到顱骨不斷變大，臉龐像即將吹爆的氣球越來越鼓。最後看見的畫面是，藤眞持續嘔吐出內臟，同時他的腦袋變得圓滾，五官完全陷進膨脹的皮膚裡，像是脖子上頂了一顆巨大的葡萄。

「砰！」

「砰！」

兩聲悶響，兩名武士的腦袋爆了！

無頭的屍體晃了幾下，撲倒在街上。那一團團內臟，依舊是靜香仇恨到扭曲的臉！

翌日，出現一個恐怖的傳說。許多武士受到盂蘭盆節惡鬼的詛咒，吐出內臟，腦袋也爆掉了。其中，包括喜歡吃葡萄的大名！

活下來的武士越想越可怕，追究原因，想到了桑原。當他們衝進桑原家，發現桑原已經把自己和葡萄藤牢牢綁在一起，手裡拿著火把。

衝著眾人一笑，桑原點燃了葡萄。滋滋的油燃聲響起，大火迅速燃燒，很快就將桑原燒成黑炭。

葡萄樹燒成灰燼，武士們赫然看見葡萄藤上纏著一顆森森的骷髏頭。

廚房的大鍋裡還沸騰著肉湯，有一個武士撈起一塊骨頭，又驚叫著扔掉，那是一截人的肋骨！

07

一年前，桑原向狐仙許願保佑妻孩平安，不多時，看見接生婆流著眼淚從屋裡走出來。

「靜香和孩子都死了。」

聽到這句話，桑原如同五雷轟頂，難道狐仙也沒辦法嗎？

「桑原，有一種可能，你許的願不對。剛才我聽你說，希望保佑你的妻子和孩子平安。孩子或許不是你的，狐仙才會無能爲力。」

桑原傻了！

他想起每天打漁回來，靜香強顏歡笑的臉，還有眼角殘留的淚痕。

在他和靜香結婚後，原本貧窮到根本沒有貴族會來的村子，卻一反常態，大名經常帶著武士來遊玩。

他全明白了！

「桑原，有個辦法，可以讓你報仇！」接生婆在布裙上擦著手上的血，神秘地說：「你種一棵葡萄樹……」

一男一女站在靜香早已冰冷的屍體前，默默注視著鏡中的景象。男子一臉冷峻，女子卻忍不住哭了。

「黑羽，是不是太殘忍了？」女子聲音哽咽。

「月野，這是我們陰陽師的職責所在。」男子走到陽台，抓住葡萄藤用力拔出，亂髮絲一般的根鬚盤著一個骷髏頭。

那個骷髏頭本來圓圓的眼眶忽然扭曲著合起，像是一個人在哭泣時的模樣。

「願你們今生無望，來生相望吧！」男子摸出一張白紙，貼在骷髏頭上。骷髏頭突然動了，忽大忽小地跳躍，卻怎麼也擺脫不了根鬚的纏繞。它抖落一塊塊濕泥，終於萎縮成一團黑乎乎的東西，掛在葡萄樹的根部。

「會不會是東方株式會社的人下鬼咒？」女子擦著眼淚，「爲了靜香的房產。」

「有可能。前段時間不知道是誰將這株葡萄樹擺在靜香家門口，又被靜香放到家中照顧。我們還是來晚了。」黑羽把葡萄樹放回盆裡，在陽台來回踱步，「夜間不要曬衣服，也不要忘記及時收回白天曬的被子，否則鬼魂以爲是招魂幡，容易附在上面。蓋上那樣的被子睡覺，很容易被壓床，夢到前生；穿上那樣的衣服，則白天會感到寒冷，看到許多不該看見的東西。」

「東方株式會社居然使出如此殘忍的手段！僅僅爲了一套房產！」月野咬著嘴唇，「我一定不會放過他們！」

「沒時間了。裂口女去了宮島，傑克出現在神奈川，很多事情需要我們去做。」黑羽神色黯然，「陰陽師的職責是保護人，而不是傷害人。什麼狗屁規矩嘛！眞叫人無奈！」

日本民間流傳幾種禁忌：

一、不要隨便收別人饋贈的植物，尤其是盆栽；

二、盂蘭盆節時，不要在夜間出門；

三、不要娶或嫁脖子上有紅痣的人；

四、犯過淫邪之罪的人，不要在飲酒時吃葡萄！

第 2 章

# 伊東屋 ITO-YA 回魂夜

在日本，山野間有八十三種鬼，河中住著六十二隻妖，城市裡藏著二十七個怪。此外，更有「東京十大不可思議」、「校園飯食幽靈」、「大阪妖亂十日」、「提燈小僧」……這類口耳相傳的駭人傳説。

其中最恐怖、最不可思議的，就是在日本製造數十年混亂的裂口女傳説。

當你隻身一人走在日本街道，如果紅燈突然亮了，切記不要四處看。搞不好有一個身著黑衣，戴著口罩的女人就站在不遠處。當她發現你的目光，便會慢慢走向你，用沙啞的聲音問道：「你覺得我美嗎？」

然後，摘下口罩……

# 01

日本，東京銀座。

在這片號稱「一個腳印是日本內閣高級官員一個月工資」的土地上，「百年老舗俱樂部」的成員之一——伊東屋ITO-YA顯得分外肅穆。唯有醒目的紅色迴紋針招牌在燈火輝煌的街道上顯得格外奇特，爲繁華到頂點的銷金窟平添幾分安靜。

本館共有九層樓，十五萬種文具用品，從信封信紙、鋼筆、記事本、行事曆，到畫材、辦公事務用品、檔案夾等一應俱全。這種驚人的規模使伊東屋被稱爲「紙博物館」，甚至有日本動漫迷喊出「沒有伊東屋的畫材，不配當漫畫家」的口號。

小川晴歷滿足地提著剛買下的畫材走進電梯，按下前往地下停車場的按鈕。作爲日本漫畫界新出道的漫畫家，剛剛獲得「手塚治蟲文化賞」最佳新人獎，她終於有資格和資金來這裡購買價位堪比黃金的頂級畫材。

這種成就感讓她喜悅不已，完全沒有注意到購物者衆多的本館只有她獨自乘坐電梯。直到電梯開始運行，鋼索和轉軸發出輕微的吱吱聲，患有輕度幽閉恐懼症的晴歷才察覺事情有些奇怪。

「明明剛才有很多人向電梯這裡走來，爲什麼現在卻一個人都沒有？」光滑如鏡的金屬門映出晴歷瘦弱的身影，她把畫材護在胸前，下意識想抵擋什麼東西襲擊。

電梯的指示燈顯示到了八樓，門悄無聲息地滑開，外面空無一人。奇怪的是，明明還沒到打烊的時間，八樓的燈居然已經全都關閉。

冷氣湧入，晴歷遍體通寒，能清晰感覺到汗毛一根根豎起來。電梯裡微弱的光斜斜射出，顯得外面的空間更加黑暗。

「難不成撞鬼了？」作爲漫畫家，晴歷的豐富想像力勾勒出一個又一個恐怖的畫面。偌大一層樓死寂得聽不見其他聲音，也看不見其他人。黑暗中，彷彿隨時會出現一個身穿白衣、黑髮覆面的女人飄過來。

她焦急按著關門鍵，可電梯的門似是故障，怎樣都無法閉合。

正當她要尖叫時，八樓的燈全都亮了。瞬間的強光刺得她雙目流淚，模模糊糊中看到人們選購文具用品，結伴而來的朋友還不時交談著。

剛才那是幻覺？

好吧！大概最近太勞累了！交完這個月的畫稿給《少年JUMP》，也該好好休息幾天了。

晴歷拍拍胸口，心有餘悸地想。

電梯門恢復閉合的速度，晴歷向後退了幾步，緊靠在最裡面。又擔心身後會鑽出其他東西，回頭看了看，好在一切如常。

門越關越窄，透過狹小的縫隙，她發覺購物的人們似乎有些不對勁，可哪裡不對勁又說不上來。直到僅剩窄窄的門縫時，一隻蒼白乾瘦的手插了進來！

電梯門又打開了！

突如其來的變動，讓晴歷緊繃的神經徹底斷裂，當下發出淒厲的尖叫。

一個女子在門口停住腳步，懷抱中的孩子嚇得哇哇大哭。晴歷回過神，不好意思地鞠躬道歉，「給妳添麻煩了！」

那母親微笑著點頭表示諒解，輕聲唱著歌謠安撫孩子。孩子很快地停止哭泣，含著手指頭，緩緩闔上眼睛。

這畫面非常溫馨，對比剛才的驚慌失措，晴歷吐了吐舌頭，歉疚地笑著。

「妳看起來非常眼熟呢，好像在哪裡見過！請問妳是漫畫家嗎？」那母親語調輕柔地問道。

對此，晴歷略有些得意，說出自己的得獎作品。

那母親登時眼睛一亮，「我兒子太郎很喜歡妳的作品，可以幫我簽個名嗎？」說完，就把孩子往地上一放，從包裡掏出一本記事本。

看著這舉動，晴歷不解地歪了歪腦袋，勉強遞過本子。

拿這麼破舊的記事本，想來家庭不太富裕啊！

她簽上自己的名字，臉上帶著職業微笑，強掩心中鄙夷的想法。

那母親小心翼翼地收好記事本，才把孩子抱起來。此時，孩子的眼睛睜開了，黑漆漆的大眼睛一眨也不眨地看著晴歷。

晴歷一時心喜，顧不得失禮，捏了捏孩子粉嫩的小臉蛋。

然而，手指傳來的觸覺較正常人體硬實，且完全沒有體溫，像是塑膠製品。她吃了一驚，再多看一眼，那母親懷裡抱著的，竟是人偶娃娃！

矽膠製作的皮膚幾可亂眞，硬塑膠的眼球漆黑毫無生氣，嘴角兩邊有細細的豎線，可以使嘴上下活動。

「哇……」人偶娃娃又哭了起來。

那母親忙不迭地唱著歌謠哄著，「二郎乖，回家後媽媽做好吃的糯米丸子給你吃喔……」

晴歷有些錯亂，這名母親該不會是精神病患者，因爲死了兒子，把感情寄託在人偶娃娃上？

可是，人偶娃娃爲什麼會哭？

恐懼使她血液凝滯，胃部抽搐，幾乎快嘔吐。

短短的時間，電梯下降一層樓。電梯門打開，那母親走出電梯，忽然又轉過身，對著面色慘白、緊靠在電梯裡側發抖的晴歷鞠躬，「謝謝，給你們添麻煩了。」

一截黑瘦如木炭的小手從襁褓中探出，揮了揮手告別。

這場景讓晴歷險些發瘋！

看那母親抱著人偶娃娃轉身離去的背影，她雙腿發軟，忍不住蹲下。這一刻，她已經沒有足夠勇氣到地下一樓取車，卻又不敢走出電梯。平時令她備感恐懼的狹小空間，現在卻成了感覺最安全的地方。

她想到剛才在八樓的時候哪裡不對勁了！

強烈燈光下，購物的人們居然都沒有影子。而且，他們行走的時候，雙腿不會挪動，像是飄浮在半空……

還有，那母親唱的歌謠反覆在她腦中響起，是鄉下出殯的喪曲！

剛剛那句「謝謝，給你們添麻煩了」，也讓她打從心底發毛！

電梯裡明明只有她一個，爲什麼對方卻說「你們」呢？

難道……她背後有人？

念及至此，腦中宛如有東西斷了。

同一時間，電梯燈熄滅，門迅速關上，裡面傳出一聲微弱的尖叫。

購物的人們陰冷冷地笑著，忽明忽暗的燈光下，他們都張開了嘴。嘴角的肌肉撕裂直至耳根，兩排白森森的牙齒上下閉合，發出清脆的敲擊聲……

# 02

「仲也君，這麼晚了還要來這裡，不怕遇見鬼嗎？」森川嘴裡嘟囔著，卻興奮地走進伊東屋ITO-YA。

「森川君，聽說到了深夜，知名漫畫家會戴著口罩來這裡買畫材。說不定可以見到青山剛昌呢！我好想知道柯南的大結局！再說，鄉下才有鬼，這裡怎麼會有鬼呢？」

「我也很期待能偶遇宮崎駿，讓他賜我千尋那樣的女朋友。」

「你還小啦，等長大了，我們可以蒐集龍珠，召喚神龍許下願望啊！」

兩個孩子興高采烈地聊著，按下電梯按鈕。

電梯門打開，一個嬌小的女人抱著昂貴的畫材，低頭斜靠在電梯角落裡。長長的頭髮遮擋她的臉部，隱約能見她戴著印有月野兔的口罩。

仲也和森川對視一眼，猜想這女人或許就是某知名漫畫家，不由得仔細多看了幾眼。這時候，女人抬起頭，漂亮的眼睛笑成彎月，用悅耳的聲音問道：「你們覺得我美嗎？」

「美……」仲也覺得女人的眼睛如若漩渦，把他的靈魂都吸了進去。

「你覺得我美嗎？」女人見森川沒有回答，又問了一次。

森川沒來由地打了個哆嗦，忽然察覺面前這女人散發說不出的詭異，結結巴巴不知該怎麼回答。

「你覺得我美嗎？」女人兇狠地吼著，眼中透出不耐煩的神色。

「美……美……」森川隨口應付，扯了扯仲也的衣角，可仲也完全被女人吸引，癡癡地站著。

「你們都是好孩子。」女人笑了起來，聲音從口罩裡傳出來，總有些奇怪。

這下森川確定對方肯定不是漫畫家，說不定是被毀容又精神出問題的瘋子。

「那這樣是不是也很美？」女人把手伸到耳邊，慢慢摘下了口罩……

這一刻，在銀座中央街上購物、閒逛、獵艷、拍照的人們，皆驚奇地發現號稱「永不熄滅的銀座」，居然有一棟建築物跳電了。

黑暗中，作爲標誌性Logo的紅色巨型迴紋針異常刺眼，「伊東屋ITO-YA」的招牌如同越燃越暗的鬼火，垂死掙扎地閃爍後，終究啪地熄滅了。

刺耳的警笛聲響徹整條大街，不顧熙熙攘攘的人群，硬生生撕開一條路。隨著輪胎摩擦地面、讓人牙酸的煞車聲，四輛廂型警車整齊停在伊東屋門前。迅速跳下的警員立刻拉起黃色警戒線，分四角站定，維持圍觀群眾的秩序。

不過是停電，爲什麼會驚動警方？

排在尾端的那輛警車打開門，裡面走出一個大約五十歲、身材矮小精悍、面帶怒容的老者。奇怪的是，他沒有穿警服，和服前襟沾著大片怵目驚心的鮮紅色。

緊隨下車的一男一女引起圍觀者的驚嘆。

男子的身高約莫一米八，一襲黑衣包裹著瘦削的身材，若不是鼻子略帶鷹鉤，活脫脫就是年輕版的木村拓哉。惟獨那斜斜的長瀏海擋住左眼，蒼白的臉色透著冰冷寒意，令人覺得不舒服。女人戴著無框眼鏡，淺棕色的波浪捲髮隨意垂在胸前，五官精緻得無可挑剔，雙腿筆直修長。

奇怪的三人組合刺激圍觀群眾的腎上腺素，甚至有人吹起口哨。

老者鄙視地看了看衆人，悶哼一聲，冷冷地拋下一句，「黑羽君，處理一下這件事情。」說罷，頭也不回地走入伊東屋。

黑衣男子駐足，認眞地環顧警戒線之外的人們。如此持續十秒，他又傲然笑著，和長腿女子齊同走進伊東屋。

# 03

「渾蛋！」大川雄二怒不可遏地拍著桌子，「今天誰值班？怎麼會出這種事情？這是日本之恥！」

站在門口的兩名伊東屋售貨員低著頭，不停地搧自己耳光，「出了這等醜陋的事情，我們唯有以死贖罪！請您處置我們吧！」

大川雄二擦了擦胸口的漬跡，「我垂涎已久的一九七四年的拉菲就這麼灑了！」

長腿女子忍不住噗嗤笑出聲，接收到大川雄二惡狠狠的目光，趕忙做了個鬼臉，吐了吐舌頭，「頭兒，我立刻去屍檢。」

「嗯。」大川雄二似乎拿長腿女子沒別的辦法，「黑羽君，你和月野君一起去吧，負責安全。」

聞言，月野清衣嘟著小嘴，「我才不要和沒有情調的人一起工作！」

看著姓黑羽的男子繃著臉先一步走出，月野清衣才無可奈何地提起屍檢包，踩著高跟鞋出了門。

「彙報吧！」大川雄二長嘆一聲，頹然坐在椅子上，好像一瞬間蒼老許多，「爲什麼今天這裡成了惡鬼之所？紅色迴紋針失效了嗎？那可是陰陽師安倍晴明後人最傑出的作品啊！」

「咒確實失效了。」僞裝成銷售員的內部人員拿起遙控器，打開掛在牆上的巨型電視，「這是監控錄影。一發現失效，我們立刻做出停業整頓的通知，但疏散購物者的時候太倉促，還是讓兩個孩子進來了，以致於發生不可挽回的後果。」

大川雄二沒有理睬守衛的解釋，專注看著監控錄影畫面。熙熙攘攘的人群中，幾個皮膚慘白、嘴唇紅艷、眼睛暗黃的影子穿過遊客身體，晃晃蕩蕩地走向門口。被穿身而過的遊客不由自主地打幾個哆嗦，歪了歪頭，又或者微微蹙起眉頭，心裡奇怪爲什麼大熱天也會突然覺得冷。

當然，這些都是普通人看不見的。

日本作爲擁有頂級電子科技的國家，製作幾個能夠捕捉靈體的攝影機根本不算難事。日本幾大攝影器材品牌成立的最初目的，就是爲了研製能捕捉到非物質性生命的電子器材。但難免有時會疏漏，誤將捕捉靈體的電子零件配入普通相機、攝影機賣至世界各地，如果購買者恰巧在不乾淨的地方拍攝，就會在照片發現「奇怪的東西」。世界著名的十大靈異照片，都是出自日本這幾個品牌的拍攝器材。

越來越多的白影出現在畫面中。懷裡抱著人偶娃娃的「怨娘」，從地下爬出只有一副白骨的「骨妖」……它們都不斷向門口聚集。忽然間，大川雄二奪過遙控器，把畫面定格！

最前方，一個身材高大的金髮外國人仰頭看了看隱藏式攝影機，邪笑著，用三根手指擺出手槍的姿勢，嘴裡發出啪的一聲。他對攝影機虛打一槍，把食指和中指靠近唇邊吹了一口氣，接著，畫面立刻變成雪花。

「咒就是在這個時候被解除的。」內部人員小聲補充。

大川雄二倒放影片，反覆看了數遍，臉色越來越青。啪搭一聲，他手裡的遙控器被捏成碎片。

「神奈川『美神減肥中心』吸屍事件的傑克！」大川雄二憤怒地狂吼，「我一定要抓住你！剝了你的皮，用富士山的雪水煮熟，沾著芥末下酒！」

兩個內部人員面面相覷。大川雄二不愧號稱「日本第一食鬼人」的陰陽師，最大的愛好就是捉到不乾淨的東西，而且一定要用頂級的酒慶功。至於慶功宴上吃的是什麼，他們想起來仍然會有嘔吐的衝動。

「啊……」隔壁的停屍房裡傳來月野清衣的驚叫！

# 04

大川雄二衝進臨時改裝的停屍房。屍床上停放一具遭解剖的女屍，脖子至下半部軀體被筆直豁開，兩大塊肉向兩側攤開，露出斑斑血跡的肋骨。女屍嘴角被硬生生撕裂至耳根，肌肉組織呈破碎的纖維狀。

月野清衣拿著手術刀，蹲在牆角瑟瑟發抖，姓氏爲黑羽的男子卻悠閒地抽著煙。

大川雄二靠近女屍，捂著鼻子，臉幾乎貼在屍體的肋骨上，觀察著內臟。緊跟而入的內部人員，看到這幕場景，馬上又跑出去嘔吐。

女屍的內臟十分完整，沒有受到損害。大川雄二發現，心臟和肺上面出現兩張小孩驚恐的臉。他小心翼翼地扳開女屍的嘴，拽出舌頭，上面果然也有一張臉，相貌清麗，像是個女人。

「這有什麼好驚恐的？不過是裂口女吃了人之後的變化！」大川雄二舔了舔手上的血，「月野君，妳面對屍體時無謂的覺悟到哪裡去了？」

月野清衣指著女屍卻說不出半句話。

「這不是女屍的臉，而是後腦勺。」姓氏爲黑羽的男子從容吐了個煙圈。

大川雄二一愣，扳著屍體的腦袋一百八十度旋轉，早已僵硬的脖頸發出「喀啦喀啦」的聲音，長髮覆蓋的頭顱下依稀能見五官。這個當下，他的手竟有些哆嗦，猶豫地撥開頭髮，女屍因過度驚恐而扭曲的五官赫然入目。那雙瞪著幾乎要凸出眼眶的雙眼，張大的嘴巴，似乎還能聽到臨死前的慘叫。

「小川晴歷，新銳漫畫家。」那男子漫不經心地解釋。

「畜生！」大川雄二激憤地大吼，「我還在等她最新一期連載！」

此時，男子從隨身的手拿包裡拿出平板電腦滑動，「不過……我認爲事情沒這麼簡單。依照資訊部提供的最新資料，小川晴歷昨天下午曾與一名相貌酷似吸屍事件嫌疑人傑克的人，在銀座歌舞町的一本目主題賓館入住三個小時。」

「繼續說下去！」大川雄二手背在身後，仰頭看著天花板。

月野清衣突然插嘴，「根據蒐集的資料，傑克前段時間曾經在泰國清邁大學擔任心理輔導師，有超強的催眠能力，所以……所以……」

「不要把時間浪費在重複的事情上！」

月野清衣清了清嗓子，「我有個設想，傑克可能利用催眠，使小川晴歷潛意識裡認爲自己就是裂口女。極度驚嚇中，她的精神失控，隱藏人格促使她成爲裂口女。小川晴歷一開始步入伊東屋時，那些不乾淨的東西並沒有出現。透過電梯裡的監視影片觀察，她彷彿進入另一個世界。從一連串奇怪的舉止和表情，甚至對空氣說話來看，都證明她當時處於催眠狀態。只是，有一點我不太理解……」

「哪一點？」大川雄二似乎想起什麼，一邊回應一邊從手錶察看日期。

「傑克這麼做的目的是什麼？」

「也許……」男子單手插在口袋裡，斜靠著牆壁說：「他是爲了好玩。」

「就像我剛認識的你嗎？黑羽涉。」大川雄二微微一笑。

「我是爲了找到哥哥！」黑羽涉的眼中閃過一抹痛苦，「才會故意那樣做，以便引起你們的注意。」

兩人奇怪的對話使得月野清衣感到莫名其妙，一雙美麗的大眼睛看看這人，又望向另一個人。

大川雄二絲毫不以爲意，哈哈大笑之後，將話題拉回正軌，「傑克在泰國做了什麼？可以查到嗎？有資料嗎？」

「關於這些，暫時還不太清楚。但是，我在臉書上認識一個朋友，那段期間也在泰國。」月野清衣的臉紅了紅。

「哦？」大川雄二沒有注意到月野清衣的表情，「陰陽師也玩臉書？」

月野清衣微幅彎下腰，「閒暇無聊時，用來打發時間的。月餅曾經發佈一些照片，出現一些奇怪的東西，引起我的興趣，兩人進而結識。他懂得蠱術，對中國風水、五行八卦、命格面相也都懂一些。」

大川雄二看了看月野清衣和黑羽，欲言又止……

「聯繫這個人，把資料發給他。」大川雄二搖頭苦笑著，「上次碰到如此棘手的問題是西元一九八六年的『烏克蘭吸血鬼』事件。一眨眼，三十年過去了，時間果然如同櫻花一樣快速凋零啊！」

「我們日本陰陽師不需要異族人幫助。」黑羽涉倨傲地仰起頭。

「黑羽君，我要糾正你的一個錯誤觀念。真正的異族，是它們。」大川雄二指了指小川晴歷的屍體，「今晚是回魂夜。我不曉得那個外國人想做什麼，但是在回魂夜搞出這麼誇張的動靜……不容忽視啊！」

「月餅還有個朋友。」月野清衣自顧自地插上話，「也邀請他來嗎？可他什麼都不會，會不會有危險？」

「哦？黑羽君，你先出去，我有事情要和月野君談。」大川雄二擺擺手。

黑羽涉面無表情地走出門，大川雄二望著他關門的背影，眼睛有些微紅……

據說，裂口女死前是美女。

進行整容手術時，那女人因為嗅到醫生的髮蠟臭味而不停亂動，結果醫生不小心剪到兩側嘴巴。發覺自己毀容，她在憤怒之餘，殺死負責手術的醫生逃走。後來，市民把她當作妖怪，她死於亂棒下，怨靈化作人形不停報復人類。

還有種說法是，日本某些家族的祖先利用犬神亂做壞事、賺黑錢而遭到詛咒，子子孫孫的嘴巴會裂開，死後永不得超生，變成妖怪。

除此之外，傳言裂口女經常在學校門口附近的紅綠燈處徘徊，專挑四至十歲的孩子問：「我美嗎？」

假如孩子回答「美」，她會摘下口罩或圍巾再問「這樣的我也美嗎」，之後強行帶走他們並吃掉；倘若孩子給予「不美」的答覆，她會非常生氣，當場吃掉孩子。

據說，隨身攜帶髮蠟，髮蠟的氣味能夠嚇退裂口女。另外，有一種方式：當裂口女詢問她是否美麗之際，只要回答「普普通通」，即可趁裂口女疑惑時逃走。或者回答「抱歉，我必須趕著赴約」，也可以被裂口女放過。

也有部分學者的分析，裂口女傳說很可能源自《四谷怪談》裡的阿岩，因自己變成醜女而心生報復。

歷年來，日本各地都有人聲稱目睹裂口女。

西元一九八八年八月十八日，警方日本岐阜縣的飛驒川，許久前發生巴士墜崖事故的現場，找到一具屍體，驚詫地發現死者的嘴巴居然裂到耳根。西元一九七九年六月二十一日，在姬路市，出現手拿菜刀的裂口女。這位二十五歲的女性嘴唇呈撕裂狀，當時因違反槍刀管理法被逮捕。

最近一次裂口女出現，是西元二〇〇八年八月十八日，恰巧距離飛驒川發現裂口女屍體二十周年。

傳言，裂口女出現在東京銀座伊東屋的電梯，吃了兩個小孩。緊接著，三個神秘人物由警方護送進入店家。然而，隔天所有在事發現場拍照的記者、圍觀的群眾卻發現，相機裡根本沒有留下任何三人的影像。

# 幽船鬼鏡

乘船前往日本的遊客可能不會注意到，任何一艘日本郵輪，無論遊客多少，總會保留一間空的船艙室，且房號必定與「一」有關，但沒有特別明確固定的號碼。

其中的原因，誰也說不清楚。

如果你住的船艙恰巧挨著空艙，月圓之夜，會聽到隔壁傳來窸窸窣窣的腳步聲、撞擊牆壁的咚咚聲響。再仔細聆聽，還會有劈斷東西的折裂聲。

所有聲音都消失後，隔壁會有人走出來，敲響你的艙門。這時候，千萬不要開門，也不要驚叫，只須用濕毛巾遮住額頭。拿出打火機，假使能打著，就可以安心睡覺。天亮時，會看見兩道門之間有無數來回走動的腳印。

假若打火機點不著……

# 01

和月餅站在月野清衣面前時，我頓時手足無措，可眼睛直盯著這位美麗的日本女人。即便已經晚上十點多，我的眼睛依舊炯炯有神，在夜幕裡精光閃閃。可是，月餅站在這火爆性感的女人身前，竟淡定得像是面前只有空氣。

當我記起身上穿的那件T恤印著「釣魚島是中國的」幾個大字，頓時尷尬不已。不是不愛國，只是我們登上這艘豪華郵輪，有百分之八十的乘客都是日本人，不曉得會不會被亂刀砍死；或者廚師故意送上一盤沒處理乾淨的河豚，吃下去一命嗚呼，也大有可能。

「初次見面，我是月野清衣，請多指教。」對方大方地伸出手，「你看起來比照片上還帥氣呢！」

月餅伸手輕碰一下，「妳也一樣。」

見狀，我不由得氣結，心想月餅啊月餅，你是智商太低，還是不善表達？就算是網友見面，恐龍遇青蛙，多少也會虛頭巴腦地寒暄幾句。

盼星星、盼月亮，好不容易盼到月野清衣對我伸出手。還沒等她說話，我立刻緊緊握住她的柔荑，登時掌心冒汗，心跳如鼓。

「請你放尊重點！」月野身後走來一人，渾身黑，長髮遮擋著左眼，「初次見面，至少保持該有的禮節。」

月餅略顯尷尬地咳幾聲，我才意識到自己失態，連忙抽回手，撓著頭呵呵傻笑。月野清衣不自覺多看月餅幾眼，介紹黑衣男子的姓名，才擺出邀請的手勢。此時，郵輪已經鳴笛，岸上只剩我們。

月餅沒注意月野清衣的眼神，倒是對板著一副臭臉的黑羽很感興趣，一直盯著他看。黑羽懶得理他，哼了一聲，自顧自轉身上船。

遮擋住他左眼的頭髮被風微微吹起，我隱約瞥見那處似是趴著什麼東西。心裡一緊，還想仔細察看，卻只剩下他的背影。

「那個人有點奇怪。」月餅拎起行囊走上舷梯，「既然趕時間，爲什麼不搭飛機，而是坐船呢？」

經月餅這麼一提醒，我才回過神。傑克現身日本，造成那麼大的影響，本來十萬火急的事情，卻偏偏乘坐速度最慢的郵輪。算上月野清衣和黑羽涉從日本過來的時間，起碼耽誤了一個星期。

難道其中有問題？

人不能多想，一想多了，就會繼續往壞的方向琢磨。再看那艘郵輪，密密麻麻並列的船艙窗戶，彷彿一具具棺材，裡面沉睡著難以計數的屍體……

「上船後，一切小心。」月餅意味深長地說。

月野清衣把我們領到艙房門口，交代幾句「這幾天在船上吃喝免費」、「有任何需要都可以找她」的場面話，就回自己的艙房。

黑羽涉早她一步進去，我看著掩上的門板，內心略有些酸意。那兩人居然同住一間艙房，難怪非和我們隔著另一間艙房，肯定是怕晚上有什麼事情被我們聽到。想到這裡，我正琢磨晚上是否邀月餅一起去偷聽，扭頭一看，月餅有些奇怪，盯著月野清衣的艙房一直看。

難不成……他動了凡心？

這時候，郵輪開始航行，輕微晃動幾下。我立足不穩，差點摔倒，連忙扶著門。誰知艙門只是虛掩，我這麼一推，順勢把門推開了。

待看清艙房裡的佈局，我當場倒吸一口涼氣。

# 02

正對著門，是三張鋪著白布的床。

在房屋佈局中，這是大忌！

依據傳統的殯葬儀式，人死後放進棺材，頭對靈位，腳對門。取自「舉頭三尺有神明，陰靈抬腳不擾親」的含義，保證陰魂從頭頂泥丸宮出竅時，抬頭能看見自己的牌位，想起生前的事情，不擾守靈的親人，直接順著腳出屋進入陰世。

眼下艙房裡的床位佈局，分明是死人的擺法！

「南瓜，出來！」月餅也看清床位，開口喊了一聲。

正精神緊繃地琢磨如何是好，聽月餅一喊，我嚇得三魂掉了兩個半，幾乎是跳回走廊。

「你有必要這麼緊張嗎？」月餅揉了揉鼻子，「話說回來，這樣跳著和殭屍還眞像。大晚上要是這麼跳著出去，包準嚇掉幾個日本人的命，也算是愛國了。」

我這口氣還沒喘勻，聽月餅這麼說，更是一口氣憋在胸腔吐不出來，老臉漲得通紅。月餅沒理會我，自顧自地摸了摸門框，向裡探了一腳又收回。接著，從包裡抓了一把糯米撒到地上，目不轉睛觀察。

我學著他，直盯著艙房裡，發覺糯米猶如被東西控制，不停地滾動。直到全都停下時，才看清毫無規律的奇怪圖形。

「你瞧這是什麼？」月餅指著那些奇怪的圖形。

糯米形成略有些方的橢圓形，或者是葫蘆形，還有幾堆攪和在一起，亂七八糟根本看不出個所以然。

「像不像腳印？」月餅突然冒出一句。

我覺得好笑，「看不出月公公你是個抽象派，這都能看出是腳印？原來你的腳長成葫蘆形啊？」

說到這裡，我想到一件事情，心裡一驚！

仔細多看幾眼，那個所謂的葫蘆形，正是兩個腳印前後交疊；而略有些方的橢圓形，分明是把腳後跟去掉，僅剩前腳掌的形狀。再看那些亂糟糟的形狀，分明是許多腳印疊合在一起。

老宅養陰，入屋前撒糯米，是爲了看有沒有腳印，判斷屋中是否有不乾淨的東西。

假使到了某個新城市，租房子時發現價格低得離譜，先不要興奮，最好先用這個簡單的辦法試一試。

難道這間艙房有……

第一眼除了三張床，我沒仔細看別的，再看時又發現不對勁！

爲什麼是三張床？我們明明就只有兩個人。

當我的視線順著床的方向往前延伸，更是抽了一口涼氣。三張床頭正對的牆掛著一面鏡子，清晰映出我們倆的模樣！

家中儘量少放鏡子，尤其是臥室。鏡子外陽內陰，可以藏納陰間的東西。午夜時刻，人們熟睡後，體內陽氣最少陰氣最重，鏡裡不乾淨的東西會被陰氣引出來，躺在身邊，貼著鼻子吸取陰氣。

如果單獨一個人睡，會覺得自己好像被壓住身體，明明神志清醒，卻不能動彈，渾身直出冷汗。倘若是兩個人，儘量不要面對面睡，因爲不乾淨的東西會附在其中一人身上。這也是有時候突然驚醒，會發覺面前的人很陌生的原因。

有些陽氣強的人，會下意識做出反抗，熟睡後全身猛地一動，就是陽氣在擺脫那些東西。

「你先別進去。」月餅點了根煙，卻不熄滅打火機，獨自進了艙房。

我的注意力停留在那面鏡子。

視線迷迷茫茫，鏡面居然蕩漾起波紋，彈到鏡框又折了回去，成為來回晃蕩的曲線。而鏡框底部的地方，好像有一團類似頭髮的黑色物體鑽上來。多看幾眼，驚愕地發覺那分明是一顆人頭！

此外，又聽到鏡子裡傳出幽幽的哭聲，夾雜詭異的笑聲。同時，那團頭髮繼續向鏡子外浮出，一雙手從中探出，蒼白的指尖長著彎曲的黑色指甲，摳住鏡子邊緣，令人牙酸的吱嘎聲炸起我一身雞皮疙瘩。

不多時，鏡子裡的人頭完全探出，亂蓬蓬的頭髮之下，是一張佈滿青筋的臉，宛如蜘蛛網黏在上面。長髮遮擋右側的眼睛，左眼轉動著，眼角流出一行殷紅的血淚。可怕的是，人頭張嘴衝著我一笑，發黃的牙齒上也沾染了血漬……

我下意識發出驚叫，恐懼地瞪大雙眼。

那張臉明明就是黑羽涉！

「你丫鬧什麼妖蛾子？」月餅吼了一聲，「一驚一乍的，嚇死人不償命啊！」

聞聲，我才清醒過來。怪了，我剛才分明在門外，現在卻佇立在艙房中央，手裡還拿著一根燒一半的煙。

再看那面牆上，哪裡有鏡子啊？

# 03

「南瓜，你能不能正常點？」月餅拿著打火機，繞著艙房走。

「我……我……」牆上明明什麼都沒有，我卻看到一面鏡子，鏡中還有像惡鬼一樣的黑羽！

念及至此，不知何故，我又想到黑羽被長髮遮住的左眼趴著東西。

「火沒有滅，煙霧中沒有形狀。」月餅滅了打火機，抽了一口煙，艙房像是著了火，白煙凝滯在整個空間，「這裡沒有不乾淨的東西。」

我指著地面的糯米，它們已經被月餅踏得凌亂，「那這些糯米……」

「只能說明曾經有不乾淨的東西，留下這些鬼腳印。」說話的同時，月餅盯著我剛才看的那面牆。

此刻，我注意到牆上有一塊比周圍略白一些，方方正正的，似是掛過東西。

該不會就是鏡子吧？

「你打從剛剛進來就不對勁，像是失了魂魄。」月餅看著我，「怎麼回事？」

我的記憶中斷點是在進艙房之前，至於進門後都做了什麼，壓根兒不知道。難道我出現幻覺？聽我結結巴巴把剛才的事情講過一遍，月餅緊揪著眉頭抽完煙，摸著牆上的痕跡，說：「鬼鏡？月野竟然把我們安排進一間七煞血沖的房間。」

「這兩個人靠譜嗎？你和月野是什麼關係？他們該不會是傑克的同夥吧？」我抹了把額頭上的汗。

「他們都是陰陽師。」月餅微微一笑，「依中國的稱呼就是『術士』。我因為在網路上發佈一張照片，進而認識了月野清衣。你儘管放心，每個國家都有這樣身份的人，對外則以其他身份當作掩飾，他們倆的對外身份是員警。靈異網站上，經常有這類人出沒，他們搜羅照片，去偽存眞，判定到底有無出現不乾淨的東西。」

我還沒從方才的幻覺中緩過勁，聽月餅這麼一講，我多少踏實了些。月餅走向那面牆，伸手摸了摸，「我感覺這裡有強烈的陰氣。」說罷，他把打火機靠近痕跡的位置，又打了起來。奇怪的是，這次只見火花，卻怎麼也打不著。

「陽間的明火在陰氣重的地方是點不著的。南瓜，無論住什麼地方，都可以用這個辦法試一試有沒有陰氣。」月餅收回打火機，「鬼鏡的由來有很多，最兇的一種是曾經發生兇殺案，冤魂煞氣太重，留在那個空間不願離開。而曾經照著兇殺案全過程的鏡子，便成爲冤魂寄居的場所。時間久了，冤魂和鏡子合爲一體，就成了鬼鏡。通常只有陰氣重，或者八字天生招鬼的人，才能看到它。」

我登時表情黯然，「月餅，我不知道自己的生辰八字。」

月餅張嘴想講什麼，卻又沒出聲，良久才說道：「我也不知道自己的生辰八字。」

一時間，我們倆誰都沒有說話。每個人都有生日，我們倆卻連自己的生日都不知道，想想其實挺悲哀的。氣氛太僵，我提了個問題，刻意岔開話題，「那我爲什麼在鬼鏡裡看到黑羽？難道他是……」

「你忘記了？」月餅取出塊紅布蓋住牆上的印斑，拿出桃木做的釘子把紅布固定，「你看到的那東西是頭髮遮住右眼，黑羽的頭髮是擋著左眼。就算是這樣，我還是覺得黑羽有些奇怪。」說到這裡，他閉上眼睛，眼角不斷抽動，彷彿在回憶一些事情。

經月餅這麼講，我倒有些釋然，鬼鏡既然被紅布（紅在五行中代表火，金火剋鬼）蓋住，又用桃木釘上，應該不會再出問題。

在泰國養病的那段期間，我多少跟著月餅學了一些東西，雖然不一定能頂上大用場，但多知道總比不知道要強。再者，我也把那兩本古籍背得滾瓜爛熟，甚至越琢磨越覺得有意思，不由得深深佩服中國古人的智慧。

就在我這麼想的時候，月餅忽地睜開眼睛，頭也不回地衝出房間！

# 04

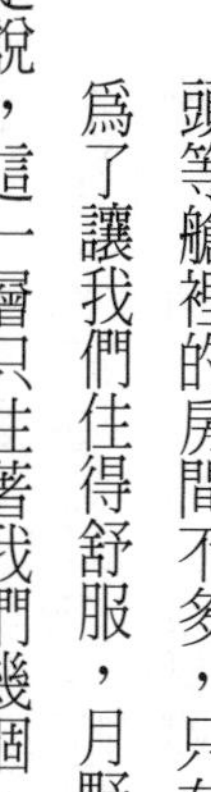

頭等艙裡的房間不多，只有六間。

爲了讓我們住得舒服，月野清衣上船時便告知，她已經把整個頭等艙包下來。也就是說，這一層只住著我們幾個。

我急匆匆跟著月餅奔出房間，長長的走廊鋪著猩紅色的地毯，燈已經關閉。船壁一側的舷窗透進慘澹的月色，在地毯烙下一塊塊白格子。走廊的盡頭是一幅巨大的日本仕女圖，圓圓的髮髻綁著紅色綢緞，乍看猶如頭髮沾滿鮮血。塗抹得蒼白的臉上，五官幾乎看不出輪廓，眉毛的位置點上兩個黑色圓點。嘴唇塗得血紅，地毯恰好延伸至仕女圖的下方，就像她吐著長長的舌頭，我們則站在上面。盯著那幅圖看越久，越覺得她隨時會咧開嘴，用舌頭把我們捲進嘴裡。

月餅陰沉著臉，站在隔壁艙房的門口。門已經打開，我的視線自然往裡面投去，當場啊地喊出聲。

艙房裡面擺放著一具木棺！

蠟燭沿著棺材兩側排列，已經燒了大半。蠟油層層堆疊，如同一堆油膩膩的肥肉，看上去有種說不出的噁心。

或許是門打開後，補入大量的氧氣，蠟燭的火苗噌地竄高，原本黃色的火焰居然變成幽綠色。這個當下，我感到身體裡有一絲熱氣，沿著膻中穴向外流。

更不可理解的是，棺材頭對門、尾對牆，完全悖於正常的放置方向。這種頭尾相反，蠟放兩排（有興趣的朋友可以觀察老村的葬禮，蠟燭都會放在棺材頭的方位）的佈置，分明是斷絕冤魂的路。莫非有人故意不讓棺材裡的冤魂離開，想讓它永世不得超生，將它牢牢禁錮在此？

這種風水佈局又叫作「陰燭封魂」。

此時，牆上一塊白布無風自動，悠悠飄下，彷彿有隻無形的手將其摘落，露出被遮擋的東西。

是剛才在幻覺中看到的鬼鏡！

我隱約猜測到棺材裡是誰了！

忽然，棺材裡傳出聲響，既像貓爪撓東西，又像老鼠半夜啃床腳磨牙。儘管有月餅在，我還是嚇得夠嗆。冷颼颼的感覺從心底泛起，遍體發涼，猶若有東西穿過我的身體，血液幾乎凝滯。

正當我思緒萬千之際，棺材蓋輕輕動了幾下，又從中傳出沉悶的咚咚聲。很明顯，裡面的東西即將鑽出來。

月餅冷著臉，扭頭就走，「南瓜，快把門鎖好！」

我巴不得他說這句話，一蹓溜兒竄出艙房，立刻關上門。

月餅從包裡抓了一把石灰粉，往空中一撒。石灰粉帶有強烈的刺激性，我的雙眼刺痛，忍不住流下眼淚。

這會兒，門內的動靜鬧得更大，聽那聲響，想必棺蓋跳動得厲害，裡面的東西馬上就要逃出來。

我真的怕門裡忽然蹦出個青面獠牙、吐著血舌頭的殭屍，顧不得許多，搶先一步就要跑。月餅不滿地看著我，又恨恨地瞪了月野清衣的艙房。

打從剛才到現在，我們弄出這麼大的聲響，月野清衣和黑羽涉卻毫無反應。這根本不合常理！

走廊無風，撒出的石灰粉原本應該慢慢落下，卻像突然有看不見的東西闖入，細微的粉末或停在空中，或被吹開少許。

兩團東西在石灰粉下慢慢現形，飄浮在空中，蕩蕩悠悠地晃著。隨著石灰粉沾得越來越多，逐漸成了完整的人形！

這是我第一次如此眞切看到它們就這麼飄著！

它們撞到走廊盡頭的仕女圖，弄掉一些石灰，白色的身體變得殘破不全，看起來更加恐怖。

月餅哼了一聲，冷冷地說：「趕快回我們的艙房！再不進去，就來不及了！」

此話一出，我幾乎是連滾帶爬地回房，還不忘鎖上門。

月餅從容地把一包東西倒進杯子裡，加入礦泉水後遞給我，「趕快喝下肚。槐木燒的鍋底灰，下火上金，槐木的陰氣被逼在灰裡，喝下去能擋住體內陽氣，不會被那些東西發現。」

眼下的事情容不得我多想，月餅這麼做必有道理。

我接過杯子喝了大半，月餅喝完剩下的那半，擦了擦嘴角，「沒想到傳說是眞的！那是一具能吸陽氣的鬼棺！」

# 05

經月餅這麼一提，我發覺全身冰涼，不知何時中指延伸出一條黑線直至手肘。

鬼棺什麼時候吸了我的陽氣？難道是剛才打開門，蠟燭突然竄高的時候嗎？這艘郵輪上爲何會有這麼恐怖的艙房？剛剛那兩個人形的東西是什麼，究竟何時出現的？月野清衣和黑羽到底想幹什麼的？

一連串的疑問如山上墜落的巨石，狠狠砸進腦子裡，我一陣頭暈目眩。

「月……月餅……」我結結巴巴地問道：「那兩人眞的靠譜？什麼傳說是眞的？」

月餅盯著緊閉的門，「現在沒時間解釋，迎接客人吧。」

「咚咚咚……」敲門聲響起，力道極輕，有點像貓爪撓門。

「把這個繫在左手腕，銅鈴對著手上的神門穴。」月餅臉色緊繃，丟給我繫著小銅鈴的紅繩，接頭處還打著蓮花結，「退到東南角，面對牆壁，無論發生什麼事，聽到什麼聲音，都不要回頭。」

我意識到月餅準備獨自解決這件事，內心有種說不上來的滋味，「我能幫什麼忙呢？」

月餅微微一笑，答道：「我們還沒見到神奈川，怎麼能半道崩殂？事情沒你想得那麼凶險。」

「月餅，對不起。」我眼圈泛紅，深深感覺到自己沒用。

「對不起管用的話，要我幹嘛？」月餅挺了挺腰板，「快按照我的話做。」說完，整了整衣服，準備開門。

我繫上紅繩，銅鈴擺在神門穴，到艙房的東南角，並面對艙壁站好。這瞬間，突然覺得自己像是犯了錯誤，面壁思過的小孩……想到這兒，立刻大力晃了晃腦袋，眼下都什麼時候，居然能想到這些，都哪兒跟哪兒啊！

「吱呀……」開門的聲音。

「咦？」月餅發出疑惑的聲音，顯然完全沒有料到開門後會見到對方。接著，是細弱如蚊蠅的對話聲。

看來沒有發生棺材裡冒出殭屍，月餅與之大戰三百回合的場面，比較像是老友相會。然而，我豎直耳朵使勁聽，都沒有聽出個所以然。這種感覺就像心裡面塞了個毛桃，癢得難受。我忍不住想回頭看看，反正看一眼估計月餅也不知道，老是對著一面空牆實在憋屈得很。再說，萬一進來的東西比月餅厲害，幹掉他再偷偷摸摸走到我身後，豈不是更可怕？

爲了想回頭查探情況，我找了一堆藉口，心裡有點羞愧。但很快便下決定，死也做個明白鬼。這麼想著，我猛然回過頭。

都這個時候，無論看到什麼，都不算奇怪。唯獨一種情況：什麼也看不見！

房門大開，走廊的燈亮了，光線映進來，在地面投射長長的門框形狀。可是，月餅不見了！

方才明明沒有聽到腳步聲，爲什麼突然一個人都沒有了呢？敲門的又會是誰？我傻了。有什麼事情比一個大活人在你轉身之後憑空消失更讓人覺得恐懼？

正當我驚疑不定的時候，門外傳來腳步聲。輕微，卻急促，像是蟻群爬行，又如毒蛇蜿蜒而行……

一頭亂蓬蓬的長髮的影子從地面慘黃色的光影探出，接著是長長的脖子、纖弱的肩膀……

我的瞳孔急劇收縮，吶吶地問：「月餅……是你嗎？」

沒人回答。

到底發生了什麼？此時此刻，我想大喊出聲，卻因爲突如其來的恐懼，嗓子嘶啞得根本發不出任何聲音！

門外的那個人越來越接近，寬大的身影晃晃悠悠，似乎走起來很不穩。又似乎穿了一件袍子，隨著走路帶起的微風，輕輕擺動著。

承受著莫大恐懼，我不由自主地向後退，撞在艙房的牆壁，發出沉悶咚的一聲。

「姜南……」門外的「人」在喊我的名字！

在陰氣重的地方（靈堂、墳地、午夜的十字路口），獨身一人行走，聽到有「人」喊你名字，千萬不要回應。冤魂在陽間遊蕩，遇到體陰之人，便會呼喊其名，勾魂攝魄。假若回答了，輕則大病一場，重則三魂七魄去二魂丟四魄，回家後不出三天，必然暴斃身亡。

這一刻，我陷入孤立無助的境地，死死咬住嘴唇，好讓自己不會失去控制發出聲音。短短幾秒鐘，那個「人」走到門口，一襲白色的長衣，頭髮散亂垂下。透過燈光，隱隱能看到蒼白的臉龐。

下一秒，那個「人」伸出雙手，撥開臉上的亂髮！

# 06

「姜南？怎麼就你一個在這裡？」

本來已經嚇得準備跪在地上了，看清了對方的模樣，我心頭一鬆，雙腿一軟，不爭氣地癱坐在地板上。

月野清衣！

這時候見到她，比見到親人還親。想著在美女面前好歹保持勇者的姿態，我勉強繃著身體，故作鎮定地站起來，「月餅失蹤了。」

說出口的話還算冷靜，其實我心中慌亂得不得了。不僅因為一個大活人失蹤，還有月野清衣走過來的路上難道沒遇見那兩隻顯露身形的東西嗎？

「失蹤？」月野清衣宛如早猜到一樣，沒有多大表情變化，直到看見三張床才有些訝異，「這床是死人躺的擺法，你們自己調整的嗎？」

我幾乎跳了起來，「妳不曉得？艙房是你們安排的，我們進來就是這個樣子了！我還想問妳呢！隔壁的棺材是怎麼回事？黑羽到底是誰？棺材裡躺的是不是黑羽？還有，月餅失蹤了，這些妳怎麼解釋？」

一通歇斯底里的大吼讓我心情暢快不少，可想到亂七八糟的事情，又覺得喘不過氣。這一切實在太突然！詭異莫名了！

「你怎會這麼失控？不像個男人。」月野清衣面露奇怪地看我。

「妳大可以把我當作女人！」月野清衣淡漠的口氣徹底引爆我的火氣，「妳最親的人突然失蹤，妳還能不失控？是男人就要六親不認嗎？」

「黑羽君也失蹤了。」月野的聲音像是裹著一塊寒冰。

聞言，我一句話噎在嘴裡，硬是沒吐出來。黑羽涉也失蹤了？月野清衣又爲什麼沒有一起失蹤？

我望向並排的三張床，忽然打了個哆嗦，彷彿月餅和黑羽涉就躺在床上，白色的屍布覆蓋著，下方是他們冷冰冰的屍體。

三張床，失蹤了兩個人，預示著還會有人失蹤嗎？

是我？還是月野清衣？

「我洗澡時，聽見有人喊黑羽君的名字。」月野清衣的臉紅了紅，似乎有些不好意思，「我想可能是你們有什麼需要，既然黑羽在，我也沒有著急。洗完澡，我看黑羽君不見了，手機也關了，便來你們這裡看看是怎麼回事。」

我顧不得月野清衣洗澡後要幹什麼，連忙問道：「妳有沒有在走廊看到兩個人形的東西？」

月野清衣有些詫異，將頭探出門外，看了看走廊，「在哪裡？」

不愧是陰陽師，她的冷靜令我不得不佩服，心裡也安定不少，逐漸打消對她的懷疑，「隔壁的棺材怎麼解釋？」

「隔壁的棺材？」月野清衣的眼睛瞪得圓滾，一臉吃驚，「姜南，你在開玩笑嗎？爲防止傑克暗中搞鬼，你們上船前，我們做了詳細檢查，隔壁怎麼可能會有棺材？」

疑團一個接著一個，我煩躁地點燃一根煙，抽上幾口就扔在地上，狠狠地踩滅。雖說和美女獨處一屋，可眼下不是嘮嗑互相培養感情的時候，必須儘快解決問題。月餅他們說不定會出什麼事情，現在的每一秒鐘都比金子還珍貴！

我不由分說地衝出門，跑到隔壁，運了運氣，一腳把門踹開。門板撞到牆壁，發出巨大的匡噹聲。

艙房一片漆黑，藉著走廊燈的光亮，隱約可見裡面的佈置。

月野清衣跟了過來，站在我身後，「裡面有什麼？」

眼前的景象令人難以接受，我倒抽一口涼氣，哆哆嗦嗦向後退了幾步，直接撞入她的懷裡。

根本沒有棺材！

也沒有蠟燭！

更沒有鏡子！

只是一間豪華艙房的佈置，床、桌、椅、沙發、吧檯、地毯、吊燈，一應俱全。

突然間，我想到一點：難道傑克早登上這艘郵輪，不知不覺對我進行了催眠？或者，我根本沒有上船，發生的一切都是傑克設計的虛想？

我眼前所見到的究竟是眞實的，還是意識虛幻出來的？

想到這裡，我轉過身，目光不移地盯著月野清衣，兇狠地一字一頓問道：「妳是眞的，還是假的？」

# 07

按照那兩本古籍上所學，我給自己偷偷看了相。淡眉怒睛，隆準低而鼻圓，額寬頷尖，顴高嘴闊，天生凶相。命格沾陰、心魔滋生、心有鬼祟之人，見到我都會心生懼念。尤其當我專注看人的時候，對方這種感覺會更強烈。

也有女人認爲這是色狼眼，被我色瞇瞇地看著，會心裡發毛。

偏偏我笑起來時，面相會產生奇異的變化，看起來毫無心機，極易親近。月餅說這是天生十八羅漢中的笑獅羅漢相，還拍著我的肩膀讚嘆，「南瓜，你若不抓鬼除妖，眞浪費這張好臉。」

還記得，當時我默默看了一眼月餅帥得無可挑剔的外觀，悶頭灌下一杯酒。明明都是陰陽二氣合出來的，差距怎麼就這麼大呢？

「妳是眞的，還是假的？」我表情凶惡地重複同一句話。

如果眼前的月野清衣是虛幻的，我目前最需要的就是凝聚精神，摧毀心魔，讓自己脫離催眠產生的夢魘。

針對傑克強大的催眠術，我特地掌握一些相關知識。

催眠，就是把自己的主觀意識強加在被催眠者思想裡，造成替代性幻覺。然而，即便是最強大的催眠者，也無法使編造的意識達到細節完善的地步。因此，無論多麼真實的催眠，都會有一些地方出現漏洞，就像在睡夢中總會出現不符合常理的現象。

月野清衣與我對視半晌，不安地拉緊衣領，遮住微露的乳溝。瞧她臉色微紅，眼神慌亂，我不由得嘆了口氣。按照月野清衣的反應，肯定是把我當色狼，看來我沒有被催眠，真實世界裡確實發生詭異的事情。

這下，我冷靜下來，深呼吸一口氣，「清衣，妳替我分析一下。」

接下來，我把事情從頭到尾敘述一次，月野清衣半歪著腦袋，眉頭很好看地微蹙，還輕咬下唇。我注意到她的上嘴唇很薄，和下嘴唇明顯不成比例，心裡一驚！

「你是說這間艙房裡置放著棺材、蠟燭，還有一面鬼鏡？你還從鏡子裡看到黑羽君？又在走廊見到兩個人形物體？」月野清衣回頭看了看靜幽幽的走廊，除了我們倆的影子前後疊在一起，哪裡有其他東西，「你確定不是幻覺？」

「現在月餅和黑羽都失蹤，妳就算不相信我，也要相信這個事實。」對方的不信任使得我有些惱怒。

月野清衣抱歉地笑著，露出潔白好看的牙齒，犬齒略長且尖，一點不突兀，反到增添幾分俏皮，「你誤會了！遇到這種情況，任何人在做理性分析，首先想到的可能性都會是幻覺。」

我承認這番話有道理，如果我們角色互換，我能耐著性子聽完過程就不錯了。

「問題應該在這間艙房。」月野清衣走進門，環顧四周，連床底都蹲下看了。

她穿的睡衣很短，我無意間瞥見一抹圓潤的白，連忙不好意思地別過頭。

當她站起身，從她臉上的表情，很輕易看出什麼也沒有發現的失望。我剛想說話，她把食指放在嘴邊，噓了一聲。接著，從桌上拿起一張便條紙，左一下、右一下，不多時，一隻精緻的紙鶴出現。

她雙手捧著紙鶴，輕吹一口氣，紙鶴竟撲楞著翅膀，飛了起來。紙鶴繞著艙房飛行一圈，停在本來可能掛著鏡子的位置。

我看得目瞪口呆，沒想到月野清衣居然有這種本事。

「陰陽師都會。」月野清衣隨性盤起頭髮，用桌上的筆充當髮簪一插，「對安倍晴明的門徒而言，區區一隻紙鶴根本不算什麼。」

對此，我心裡好生羨慕，月餅會的東西千奇百怪，眼前這位美女也能摺出會飛的紙鶴。目前黑羽下落不明，但看那張「天上地下唯我獨尊」的臭臉，估計也是個硬茬。

相較於我，除了懂點草藥、銀針渡穴、亂七八糟的陣法，明顯沒有拿得出手的招數，到日本還怎麼混啊？

「這裡有問題！」月野清衣摸著那面牆。

我湊近了，和她比肩站著，若有似無的香氣鑽進鼻孔，有些癢癢的。敲了敲牆壁，傳出咚咚響聲，裡面是中空的。

「姜南，向後退！」月野突然把我向後一拽。

「這面牆的後方是空的！」我險些摔倒，可又不好意思對美女發火。

「是鬼鏡！」月野的聲音帶點顫抖。

我一時沒聽清楚，「什麼？」

月野指著那隻依舊拍著翅膀的紙鶴，「這間艙房裡有鬼鏡！」話音剛落，紙鶴忽然著起碧綠色的火焰。燃燒到軀體的時候，火光猛地一亮，瞬間化成飛灰。

陰火燃陽？

通俗點說，就是人死之後，屍體產生大量的磷，遇到易燃物品，會立刻引燃。若從玄學角度解釋，人死陰氣不散，遇到陽間的東西，陰陽互抵，因而產生火焰。

難道牆後暗藏死人白骨，積怨成陰？

照這樣想，我方才看見的棺材佈局，是陰氣造成的幻界？

# 08

「日本有一個傳說，是關於鬼鏡的……」

說著，月野清衣嘆了口氣，眼眶微微泛紅，聲音中透著些許無奈。

「江戶時代，初期還是人鬼共存，直到發生一件關於鏡子的事情，陰陽師才把鬼列爲最大的敵人。日本的陰陽術是從鬼那裡掌握的，後來卻當作獵殺鬼的手段，說起來有些可笑。」

我很奇怪這個時候月野居然有心情講故事，但是看到她的樣子，我又不忍心打斷，只得耐著性子做認眞聆聽狀，心裡卻抓心撓肝地著急。

這都什麼時候了，居然還講故事！日本江戶時代始於西元一六〇三年，這四百年講完，別說救人了，估計我早就急死了。

月野有些不滿，「你不願意聽我把這個傳說講完嗎？如果不知道鬼鏡的由來，怎麼能夠擊敗它！而且雖然我不是很瞭解月餅，但是黑羽君作爲陰陽師，我卻很放心。」

「不過……」月野提到黑羽的時候臉又紅了，我發現她很會臉紅，「如果失蹤的是你，我們肯定會第一時間把你救出來。因為月餅說過，你什麼都不會，本來我們商量是不想讓你來日本，可是月餅說把你留在泰國又不放心。所以……」

我感到自尊心受到了深深的傷害，恨不得用針灸的銀針直接戳進她的太陽穴，不過想想自己並沒有飛針刺穴的本事。況且作為陰陽師，隨便折個什麼老虎獅子，就足夠我吃不了兜著走，還是咬咬牙忍了。

月野不慌不忙的個性倒真是讓我踏實下來。這兩個人的組合就算不是無雙，放眼整個大日本，也只有聖鬥士、奧特曼、一米六的兵長利威爾這些打不死的小強可以媲美了。

「在江戶時代，有一對夫妻。」月野清了清嗓子，繼續講鬼故事，「他們很恩愛……」

我一邊琢磨著故事開頭還真是俗套，一邊琢磨著月餅他們是不是快把事件解決了。就算幫不上忙，能看到現場也比在這裡聽什麼故事要強。

妻子小朵非常美麗，最喜歡的事情就是每天照著鏡子梳頭髮。丈夫浩二對她更是百般寵愛，從不讓她下田，即便勞累不堪，可只要看到她漂亮的臉，就會忘記疲勞。

村民都誇浩二有福氣，能娶到小朵這等漂亮的老婆。每當聽到稱讚的話語，憨厚的浩二都會撓著腦袋，嘿嘿地傻笑。

有天，小朵突然生了怪病，臥床不起。高燒不退，還日益消瘦，才半個月，就瘦得皮包骨頭。頭髮大把大把地脫落，美麗的眼睛深深陷入眼眶，像兩顆乾癟的棗仁。

躺在床上的小朵根本不像一個人，比較像一具會喘氣的乾屍。

浩二請遍方圓數十里的醫生，可每個醫生看到小朵的模樣，都搖頭嘆氣，勸他早點準備後事。

浩二萬分不甘心，但也沒有其他辦法。回到屋裡，他看著奄奄一息的小朵，忍不住趴在床邊啜泣。小朵早就不能動彈了，聽到哭聲，卻奇蹟地抬起枯枝似的手，替丈夫抹去臉頰的眼淚。

這會兒，浩二再不掩飾，放聲號啕大哭。整個村都聽得見他的哭聲，村民有所感觸，也跟著流下淚水。

「你妻子是被惡鬼附身，我有辦法治好她的病。」

推門而入的是一襲白衣的陰陽師，氣宇軒昂，臉上掛著自信的微笑，一雙眼睛如鏡子般明亮。他沒有多言語，環顧屋內的佈置後，請浩二立刻把門窗都用厚實的麻布擋住，不能透出一絲光亮。

一切準備妥當，陰陽師又說施驅鬼法術的時候不能有外人，浩二便避了出去。

約莫兩個多時辰，日頭已經偏西。浩二待在門外，內心十分焦急，幾次想進門，又怕破了法事。

正當他猶豫之際，陰陽師推開門，走了出來。

一個下午的時間，陰陽師的衣服已經濕透，額頭上排著黃豆大的汗珠。臉色疲憊，眼圈發青，頭也不回地鑽進柴房呼呼大睡。

浩二立刻衝回屋裡，小朵臉上居然有了血色，皮膚雖然依舊蠟黃，但隱隱有些光澤。喜出望外的浩二連忙下廚，用鰹魚做了飯糰，守在柴房外。

一直等到半夜，陰陽師才醒過來，擺手拒絕浩二的好意，表示驅鬼時須苦身，不能食用世間食物，只能喝清水。

浩二千恩萬謝，陰陽師微微笑著，眼睛更加明亮了。

如此過了幾天，小朵不但恢復往昔的艷麗，就連脫落的頭髮都長了回來，宛如烏木般美麗。對浩二甜甜的笑容裡，更帶著一絲從前沒有過的嫵媚。

而陰陽師越來越瘦，這些天像是老了幾十歲，眼神也逐漸黯淡。

浩二過意不去，不知道該如何答謝。於是，在陰陽師驅鬼的最後一天，他特地抓一條大魚，沽了老酒，興高采烈地準備回家燒桌好菜感謝陰陽師。

當他唱著歌返家，準備在院子刮除魚鱗的時候，聽到屋裡傳來的奇怪聲音。

那是男女媾和才會發出的呻吟聲。

那瞬間，浩二的笑容僵在臉上，拿著刀的手微微發抖。踹門而入，看見小朵和陰陽師赤身躺在床上，憤怒讓他紅了眼睛，直接把刀子送進陰陽師的胸膛！

奇怪的是，陰陽師似乎不覺得疼痛，傷口也沒有流血，只是對著小朵淒然而笑，慢慢闔上眼睛。

小朵赤裸著跳下床，跪在地上請求丈夫的原諒。看著匍匐在地上的妻子，浩二舉刀想對著那頭烏髮砍下去，幾次都捨不得下手。最終，他長嘆一聲，把刀丟在地上，流著淚向屋外走去。

他沒有看到，小朵嘴角浮現出惡毒的笑容，從地上撿起了刀子！

# 09

因爲小朵過去的賢良，所有人都相信她的話。

驅鬼的最後一天，小朵體內的鬼終於被逼出來，沒想到轉而附身在突然推門而入的浩二身上，陰陽師和浩二便開始搏鬥。

由於連續多日驅鬼，陰陽師的精力消耗殆盡，被鬼附身的浩二拿刀刺入陰陽師的胸膛。陰陽師拼了最後一口氣，趁著浩二破門逃亡的時候，拔出插在自己身上的刀殺死浩二。

陰陽師和浩二的葬禮由村裡出錢，舉行得非常隆重。小朵不知哭昏在浩二的靈柩前幾次，村民也紛紛垂淚。

好好一對恩愛夫妻就這樣被鬼拆散了。

這件事一傳十，十傳百，很快傳遍全日本，成了陰陽師對鬼宣戰的導火線。

小朵死了丈夫，又曾經被鬼附身，儘管還是那麼艷麗，卻沒有人敢再娶她。由於沒幹過農活，又是寡婦，她平時幾乎不出門，就把自己反鎖在屋裡。

村民相當同情小朵的處境，路過門鎖緊閉的大門，都會嘆息著分些蔬菜、鮮魚、白米放在門口。幾個月下來，小朵沒有出門，倒也不愁生活。

這段時間，路過小朵家，經常可以聽到裡面傳出隱隱的哭泣聲。對此，大家都認爲是小朵太過想念亡夫。

然而，寡婦門前是非多。

有天，小朵上市集買鹽，被鄰村的無賴淄川四郎見到了。回到家，四郎日思夜想的全是小朵勾魂的眼神、嫵媚的笑容，總纏著父母說不在乎小朵是寡婦，也不在乎她曾被鬼附身，這輩子非她不娶。

父母被四郎糾纏得沒辦法，拿出家裡僅有的値錢東西兌換喜聘，送到媒婆那裡說明來意。

媒婆拍著胸脯，保證自己出馬絕對沒問題。她興沖沖地到小朵家，巧舌如簧、口沫橫飛，說了大半天。可小朵沒有答應，也沒有拒絕，自顧自地對著鏡子梳頭髮。

媒婆自討個沒趣，索性把喜聘放下就走。離開前，她又看小朵沒有推辭，內心認爲可能是寡婦面薄，既然收了喜聘，這門親事應該成了。

於是，媒婆到四郎家報喜，自然吃喝一番。帶著酒意走出門，天黑沒看清楚，被門前一堆東西絆了一跤。當她看清楚那堆東西時，不禁嚇得酒醒了大半。

正是送給小朵的喜聘！

四郎家和小朵家隔著兩座山，就是腿力快的小夥子，也得走兩個多時辰。小朵一個弱女子，她是怎麼獨自把這些東西送回來的？

媒婆暗自心驚，仔細再看，發現喜聘上多了一樣東西。

一面古色古香的銅鏡！

那個時代，銅鏡是非常値錢的東西，足夠普通農戶人家過半年生活。媒婆貪念大起，忘記害怕，逕自把銅鏡揣進懷裡。接著，拎起喜聘回到四郎家裡，哭喪著臉說剛出門就碰上鄰村退喜聘的村民，還交代小朵不同意這門婚事。

聽聞這番話，喝得全身酒氣的四郎立刻酒醒，一言不發地回到房裡，任由父母怎麼敲門都不打開。

淫邪的火焰在他眼裡突突跳動著。

寅時，冷月如鉤，掛在灑滿碎星殘雲的夜幕。山中蟲鳴草拂，露珠壓彎了葉尖，顫巍巍地閃爍淒冷的白月光。勞累一天的村民正沉眠於夢鄉，誰也沒有注意到，一道黑影翻進小朵家的院子。

四郎喘著粗氣，目露凶光，躡手躡腳地蹲在小朵臥房的窗下。先前邪念沖昏頭，使得他失去理智，可汗濕的衣服經夜風一吹，冷意讓他漸漸清醒。

假使被抓住，會落得被活剝皮，屍體任由野獸、飛鳥啄食的下場啊！

就在怎樣都拿不定主意的時候，屋內傳來陣陣嬌喘聲。四郎一愣，略帶醋意，暗想果然寡婦無貞女，不知讓哪個狗雜種撿了便宜？也難怪小朵會退了這門婚事！

他越想越怒，越是嫉妒，猶如小朵是他老婆，想衝進去跟那個姘夫拼個你死我活。又一琢磨，奸邪的笑容掛上他的嘴角，想著：只要當場抓住兩人偷情，那麼小朵以後就任他爲所欲爲，還可以從那男人的口袋敲一大筆錢。

念及至此，他食指沾了沾唾沫，化開紙糊的窗櫺，湊上一隻眼向屋裡看去。果然，有一個赤裸的男人趴在小朵的身上。

說時遲，那時快，男人似是察覺窗外有人，倏地扭頭望了過去。

四郎看清那男人的臉，一聲淒厲的驚叫響徹整個村莊！

# 10

月野清衣講到這裡，停頓片刻，問道：「有煙嗎？」

或許是這個故事過於詭異香艷，月野清衣的聲音又略微沙啞，聽起來特別刺激。我一時竟忘記找月餅他們的事情，聽得忘我入神。直到她向我要煙，我才回過神，連煙帶打火機一起遞給她。

月野抽了一口，一陣劇烈咳嗽，看來是不太會抽煙。我想拍拍她的背，又不好意思伸出手，只好撥了撥煙霧，「四郎看到什麼？」

「一面鏡子。」月野大概對抽煙沒興趣，夾在指間，任由它燃起白煙。

「鏡子？」

「對，是鏡子。那男人的脖子上，是一面鏡子。」

我試圖想像四郎看到的畫面，不由自主地打了個哆嗦。如果換作是我，撞見一個人的腦袋是平面的鏡子，估計也會嚇得大聲驚叫吧？

「小朵太癡迷自己的美貌，每天都對著鏡子梳頭。時間久了，她的癡氣被鏡子吸收，竟連身體裡的精氣也被吸去，導致生重病。鏡子吸足精氣，漸漸有了靈覺，幻化成鏡鬼。它想起過去還是一面鏡子時，每天見到貌美的小朵，不僅愛上她，還因爲自己有了生命想要報恩。眼看小朵命在旦夕，鏡鬼化成陰陽師，用驅鬼的藉口和她交合，把氣還給她。小朵不但恢復了，還納入鏡鬼的靈氣，變得分外妖嬈。」

「然而，鬼終究是鬼，縱有捨身救人的舉動，但本身的邪氣也進入小朵體內。小朵因邪氣引發心魔，成了帶著妖氣的陽人，殺了撞破眞相的丈夫浩二。鏡鬼和浩二都死後，小朵依然每天對著鏡子梳頭。她居然愛上鏡子裡的自己，也有可能她一直愛著自己，只是原來不曉得罷了。鏡鬼的妖氣讓她有了變化的能力，竟將鏡子變成身體是男人、腦袋是鏡子的妖怪。」

「聽到四郎的驚叫趕過去時，村民發現他已經死在窗下。渾身完整無缺，唯獨一雙眼睛像被插進鞭炮，硬生生爆開，剩下一灘碎爛的肉泥。過了好多天，直到媒婆的家中散發出令人噁心想吐的屍臭，才被發現她已經陳屍屋內多日。據說，有一面鏡子貼在媒婆的臉上，取下來時，臉皮和鏡子黏在一起，就這麼被撕扯下來。」

我想像那畫面，不自覺又打了個冷顫，沒注意到月野清衣的聲音越來越沙啞。

「村民衝進小朵的臥房，發現衣服整整齊齊地疊放在床上，牆上那面鏡子和小朵則消失了。傳言，那面鏡子至今還在世間遊蕩，如果女人超級迷戀自己的相貌、身體，每天照鏡子超過一小時。連續四十九天之後，體內陽氣被吸盡，便會突然生大病，鏡鬼也出現……」

說到這兒，月野清衣的聲音猛然抬高，眼睛放出異光，伸手指向我身後，「所以，你看！」

我頓時嚇得「一佛出竅，二佛升天」，脖子硬得像塊石頭。好不容易轉過頭，身後卻什麼都沒有。

豈料，再轉回來時，月野清衣卻不見了！

偌大的艙房只剩下我一個人。

死寂的空間，甚至聽見自己猛烈的心跳聲。

一個接著一個，所有人都消失了。

他們都到哪裡去了？

# 11

我很想就這麼逃走，跑出艙房，把門用力一關。隨便到哪一層，哪怕是在甲板上吹海風，也比留在這裡感受莫名恐懼帶來的壓抑要強。

那一刻，我幾乎打定這麼做。

這一切實在是太可怕了！我靜靜站在門口，奔向身後的那條走廊，用不了幾步就可以到樓梯；身前的艙房裡，則藏著可以憑空吞噬活人的鏡鬼。

一步天堂，一步地獄！

一念為佛，一念成魔！

「南瓜，遇到危險的時候，別管我，自己先逃！」

月餅的話突然在耳邊迴響。我狠狠抽了自己幾個耳光，響亮、清脆，直到臉頰火辣辣地疼，血液逐漸沸騰起來。眼下月餅、月野清衣、黑羽涉生死不明，如果就這麼逃了，我這一輩子肯定會活在自責裡。

對！哪怕只剩下我一人，也要有面對萬千邪惡的決絕！我大大吸了口氣，走到曾掛著鬼鏡的那面牆前，用手敲了敲，依舊響起咚咚的中空聲，牆後一定暗藏玄機。點了根煙，深吸著，又緩緩吐出。尼古丁緩解緊張的情緒，腦袋裡空蕩蕩……

我開始回憶上船後的每一個細節，直到月野清衣走到我所在的艙房，喊我的名字的時候！

她爲什麼會喊我的名字？當時她並不知道月餅已經失蹤，照理講，應該喊月餅的名字啊！除非……她早就知道船艙裡面只有我！

月野清衣……鏡鬼……

這兩個詞在我腦海裡快速轉動，時而化成一個人，時而又分成兩個截然不同的生物。一個是美艷的月野清衣，一個是披著長髮，臉卻是一面鏡子的鏡鬼。

難道月野清衣就是鏡鬼？爲達成某種目的，它和傑克達成某種約定，在郵輪上把我們逮住？既然如此，我爲何沒有失蹤？

月餅的鳳凰紋身，是披古通家族的特徵，傑克到底想幹什麼呢？又或者，我根本引不起他的興趣，所以現在還好好的？

我有些沮喪，苦笑著搖了搖頭。吐出一口煙，煙霧飄到艙壁暈開，宛若蒙上一層白紗。突然間，我內心一動，又想到一個小細節，三兩步跑回本來要住的那一間艙房。敲了敲月餅消失前面對的艙壁，果然也發出咚咚的聲響！

方才因爲月餅消失，月野清衣走來時的恐懼，我曾撞到艙壁，卻太過緊張，沒注意到碰撞的聲音有何異狀。兩間艙房的牆後都是中空的！

假如眞的是鏡鬼作祟，那麼我至今沒有見到那個玩意。倘若月野就是鏡鬼，她怎麼可能放過我？

我大概明白了！這件事或許跟鏡鬼沒有半毛錢關係！

當我回到中間的艙房，煙霧已經散得差不多。因此，我關上門，拿著煙繞了一圈，同時觀察煙霧飄動的方向。所有的煙霧像是被磁鐵吸引的鐵屑，緩緩向西南角飄去，並且滲進牆縫裡。而這間艙房的西南角，正是我們那間的東南角！

我湊上前觀察著那面艙壁，上面鏤刻著稀奇古怪的花紋。我伸手在那些花紋上摩挲，指尖帶來的觸感非常奇怪。從口袋裡掏出石灰粉（剛才我順道向月餅要了些，以備不時之需），分散撒落後，一個圖形浮現在我的眼前。

八卦圖的坤位圖！

西南，坤，二芮，死門！

八卦圖死門正對的方向即生門，恰巧是鏡子曾經掛過的地方。如果沒有判斷錯誤，這間艙房的每個方位都會有八卦的位形。

進屋時，我還不覺得有什麼，現在看那兩張圓椅，正巧是八卦裡陰陽魚的魚眼位置。我把石灰撒在掛過鏡子的艙壁，艮位圖形出現了。

東北，艮，八任，生門！

我雙手放在生門的兩條橫槓上，用力向裡一推，艙壁立即陷進去半寸。整面牆輕微震動，韻律如水波向兩側分散。按照東南西北方位的坎、乾、兌、巽、坎、離的圖形感受到震盪，逐一亮起光芒，最後傳至死門坤位。

掛著鏡子的艙壁顫動著，從中裂開一道縫，悄無聲息地向兩旁滑開。一道刺眼的白光透出，迎面襲來陰冷的空氣。我忙活半天，搞得渾身大汗，忽然被陰氣一激，汗毛根根豎立。

眼看艙壁越分越開，進入我視線的，是那具詭異的棺材，兩旁的蠟燭排成直線，牆上還懸掛的鬼鏡！我誤打誤撞，破解了這個不知道誰佈下的「八門金鎖陣」，鬼棺再次出現在面前。此時此刻，我全身冰冷，不曉得後續該如何是好。

不一會兒，那面艙壁消失，完全暴露隱藏在後方的空間，最右角有四人圍著一張小方桌跪在地上，桌面中央冒起若有若無的白煙。背對我的那個人，一身白衣，及背長髮濕漉漉地貼在衣服上，慢慢向我轉過頭，手裡還拿著一個黑色東西。

# 12

「十五分二十七秒。」

轉過身的女人放下碼錶，在本子上做記錄。

月野清衣！

本來我處於高度緊張狀態，腦筋猶如輕輕一觸就會崩斷的弦，但徹底看清那四個人之後，當下傻了眼。

月餅舉起茶盞，向對面那個五短身材的日本男人一舉，放在嘴邊沾了沾，「日本的『眞玉露』雖入口清香，柔綿滑舌，可畢竟是蒸青茶（蒸汽殺青的，味道比較自然），說到底還是比不上中國的炒茶、初烘、堆積、烘焙，由老祖宗傳下來手藝做出來的茶葉有味道啊！和你們民族性格一樣，缺內涵！」

五短身材的日本男人舉盞啜了一口，「中國什麼東西都程序繁瑣，哪裡有我們日本實用？」

月餅把茶盞往桌上輕輕一放，「哦？我怎麼沒看出來哪裡實用？茶道儀式就耗掉老半天，要是碰上急著喝水的，渴都渴死了。」

「月君！」五短身材的日本男人被激怒，「請注意你的用詞！坐在你面前的，是具有大和民族光榮血統的人！」

只見月餅騰地站起身，「不服氣就比畫比畫！我倒要看看，是你們日本見不得人的忍術、陰陽術厲害，還是我們中國的方術厲害！」

聞言，五短身材的日本男人也拍著桌子，直挺挺站起來。他原睜著一雙快要凸出眼眶的眼睛，滿臉怒容地瞪著月餅。同一時間，黑羽涉也跟著起身，怒目而視。幾道視線在空中碰撞，幾乎擦出火花，只差沒聽見劈哩啪啦作響的聲音。

所有人都忽視我的存在，這他媽的到底怎麼回事？

先前設想過無數種情況，唯獨想不到，這群失蹤的人居然在棺材旁邊喝茶！

「哼！」五短身材的日本男人一屁股坐下，「年輕人不要太張揚！我的兩個手下可比你朋友厲害多了。唔，就那個廢柴！」

月餅毫不客氣，端起茶盞，潑了他滿頭滿臉，「你要是再嘲笑我兄弟，保證讓你見不到明天的太陽。」

五短身材的日本男人一把抹去臉上的茶水，不屑地嘿嘿笑著。下一秒，黑羽涉遮住眼睛的頭髮無風自揚，一道淡淡的黑影從袖子裡彈出，直奔月餅面門。

月餅的反應速度快，向後微微仰身，身體和腰反向折成近九十度，再彈身而起，嘴裡咬著一枚紙鏢。

得！這下兩人打起來了！

我實在忍不住了，「我就問一句話！我他媽的是隱形的嗎？」

「南瓜，你先別插嘴！」月餅吐出紙鏢，吼道：「這關乎民族名譽！就不信忍術、陰陽術能有多大尿性！我一定要弄死他！」

「都別吵了！」月野清衣扶了扶眼鏡，厭惡地皺起眉頭，「我們的敵人是傑克，至少目前是。」

美女往往是引發戰爭的起端，不過也有另一個可能——是戰爭的終端。

比如現在，月野清衣一句話，三個大老爺們立刻老老實實跪回原位，裝作沒事人一樣悶頭喝茶。

「你通過了測試。」她向我伸出手，「日本歡迎你。」

「可以說我他媽的不想去嗎？」我終於找到存在感，但想要傲嬌一把，撫平內心的不滿。

「姜南，生於西元一九八七年，八字不詳，身世不詳。」月野清衣沒搭理我，自顧自地唸著書面資料，說出「身世不詳」四個字的時候微微停頓，好像想到了什麼，「被下蠱的後天紅瞳者，在泰國與月餅共同經歷一連串詭異事件。貢獻：無；特長：無；性格：樂觀、重感情、衝動、膽小、無上進心；未來展望：堪憂。」

我害臊得老臉通紅。

當著這麼多人的面，被美女如此評價，顯然不是愉快的事情，想發火卻又不知道該如何起頭。

# 13

「南瓜，你先別急。」月餅看出我憤怒到極點，竟難得沒有揶揄我，「這趟來日本太危險，本來他們不同意你跟著來，可我認爲你留在泰國更危險。我不在你身邊，萬一你喝多了，被人拖去割了腎，或者變了人妖，還不如哥倆同生共死好。不過，月野對我提出一項條件，那就是你得接受考驗。」說著，他摸了摸鼻子，「這次考驗，你的表現超乎想像，看來我的擔心是多餘的。你放心，以後哪怕你跑到非洲探訪食人族，被煮著吃了，我也不會管你。」

心裡剛消了氣，月餅最後一句話險些又把我憋死，「你丫皮白肉嫩，估計去了，也是你先進油鍋！」

隨即，我忽然琢磨過來，「月餅！你老早就知道這件事？」

月餅點了點頭，不好意思地笑著，「南瓜，不要怪我，如果你無法通過測試，就沒有資格去日本。換句話說，這不是故意折騰你，而是爲了保護你。」

「月公公！」我心裡有些感動，「要不您老高抬貴手把我送回祖國，萬一您馬失前蹄折在日本，好歹也有個人能把您的英雄事蹟記錄下來，發在論壇上。要是一不小心火了，出版了，您還能名垂千古不是？」

月野清衣清了清喉嚨，又在本子上記錄著，「本次測試，你通過視覺恐怖、美女誘惑、漏洞推理、密室失蹤、客觀誤導、正義使命等系列考驗，且在機關陣法、五行八卦的方面表現出驚人天賦。對了，還有一件事情需要告訴你，截至目前爲止，共有七十七人參加『鬼鏡測試』，兩人通過，七十五人淘汰，你所花費的時間比上一個通過的人整整少了二五七七秒。」

「這就是我兄弟！」月餅略有些驕傲，對著我豎起大拇指。

我倒有些不好意思，撓了撓頭，可心裡還有幾個疑點沒有解開。

「運氣好而已！」五短身材的日本男人十分不屑地哼聲。

黑羽涉也聳了聳肩，滿臉「換作是我，肯定比他快」的神態。看他那副表情，恨得我牙根癢癢，想抽他兩個大嘴巴子。

「頭兒，請拋棄民族榮譽感，客觀看待這件事情。他作爲新丁，表現出的天賦和潛力毋庸置疑。我們剛剛在密室裡也看到了，尤其當他心生恐懼想要逃跑，最後卻選擇勇敢面對困境，已經超越一個普通人。」

「我想問幾個問題。」我居然舉起手，猶如在教室上課的學生，「爲什麼你們會憑空消失？剛才在走廊裡飄蕩的惡鬼是怎麼回事？還有，鬼腳印和這具該死的棺材又該如何解釋？」

「那是我們日本忍術的『遁身流』。」黑羽涉難得說話，滿臉驕傲，「豈是你區區庶民能瞭解的！」

我盯著他面前那杯茶，琢磨著趁其不備，扔七步斷魂草進去，讓他走了六步之後，這輩子只能和殭屍一樣跳來跳去，不敢踏出第七步。

「那兩隻惡鬼是眞的有。」月餅指了指棺材，「就是這具棺材裡的兩具陽屍。」

「陽屍？」提高的音調，表示我的不理解。

「所謂陽屍，就是死在陽間，鬼魂怨氣太深，只能依附在屍體上。屍體不腐，除非鬼魂轉世。但是，這類的鬼稱不上惡鬼，它們不會附身於人，僅認自己的屍體。這艘船上設置這樣一個房間，是因爲陽屍戀地，如果放到別處或焚化，鬼魂就眞的變成惡鬼，危害人間。此外，日本還有一個很奇怪的風俗，每艘船都會空一個房間，並在裡面放置棺材和屍體，據說是爲了航海平安，佈下的『鬼鎭』。而且，那個特別房間的門號都會有『一』，鬼曉得爲什麼！」

「是爲了紀念我們大和民族的神靈八歧大蛇，而佈下的『一目鬼鎭』。」五短身材的日本男人倨傲地抬起頭。

「八歧大蛇？中國的象徵是龍，你們卻是蛇！」月餅搖了搖頭，「嘖嘖……說什麼也趕不上我們啊！」

「你……」五短身材的日本男人又拍著桌子站起來，「雖然你在泰國和傑克正面交過手，我們需要你的幫助，但絕對不會因此讓你隨意侮辱我們國家！」

「天色不早，都洗洗睡吧！」月餅伸了個懶腰，打著哈欠，嘴邊嘟嘟囔囔，「日本茶就是沒勁，喝了該犯睏還是犯睏。」

我見那日本男人臉色醬紫，眼看就要迸出血，連忙忍著笑跟著月餅走回到我們那間艙房。

和月野清衣擦肩而過時，我聽到她說了一句，「你很了不起。」

我是一個很容易被感動的人，平時天天和月餅鬥嘴，從小到大更是極少得到別人表揚，她這句話讓我的心很暖。有時候，人與人之間的相知，不一定是要一輩子在一起，往往是一句話共鳴帶來的感動。

# 14

「月公公。」我躺在床上抽煙，手上那條黑線漸漸淡去，「咱們身上的陽氣眞的被吸了嗎？」

月餅憤憤不平地叫道：「知道剛才我爲什麼一直譏諷那個日本男人嗎？那個老渾蛋，竟然利用這個測試引我們到『鬼鎭』，他媽的把我們的陽氣吸了大半，確保『鬼鎭』未來七年能守護郵輪。」

我恍然大悟，想起先前的情景，儘管現在已經知道眞相，可還是有些後怕，「那具棺材裡面放著兩具屍體？不然怎麼會有兩隻鬼？」

「一個人，雙重性格。其實，雙重性格就是保留前世慘死之人的怨念，容易精神分裂，殺人或者自殺，死後自然是兩隻鬼魂。」月餅打了個哈欠，「你不曉得這艘船的名字？首航就發生漫畫家自殺事件，死狀極慘，當時算是轟動一時的大事。」

我乍見棺材和鬼鏡的時候，誤以爲棺材裡面是黑羽，經月餅這麼一提，立刻記起西元一九九八年那起「漫畫家自殺事件」。當初上船，只覺得船名很眼熟，沒往這方面聯想。

「我還有問題。」這個問題和今晚的事情沒多大關係，但我就是想知道。

「現在是『十萬個爲什麼』嗎？南瓜。」月餅的聲音軟軟的，看來就快睡著，「有屁快放。」

「在我之前通過測試的是誰？」

「哦，台灣一個魔術師，挺有名，名字只有兩個字，自己琢磨去。」

我旋即想到一個人，「他也會一些奇怪的本事？」

「一開始我也沒想到會是他。總以爲魔術不過是人們對物理現象的錯覺，沒料到他確實有點眞本事。對了，還有一件事情，」月餅的聲音忽然提高，又慢慢微弱下去，「這間艙房曾經死過人，煞氣太旺，晚上睡覺難免會做惡夢。如果驚醒，千萬別擦去額頭上的冷汗，那是體內陽氣逼出來的煞氣，萬不可動。接著，立刻對枕頭吹三口氣，再用手拍三下，把枕頭翻面才睡。記住，不要把夢的前後經過跟別人說。別問爲什麼，有些事情我也不能多說。」

才經歷一場考驗，我已經疲倦不堪。可是眼下月餅這麼一說，我又睏意全消，額頭上冒出一排排黃豆大的冷汗。

西元一九九八年，日本郵船株式會社有一艘號稱六星級豪華郵輪首航，邀請日本眾多名流試乘。航行第三天，受邀之列中有個那年最火紅的美女漫畫家，於夜晚在艙房中自殺。

事發後，根據朋友供稱，該名漫畫家從登上郵輪開始，除了吃飯，其餘時間都在照鏡子。還向好友說聽見有人不斷呼喚她的名字，並看到許多奇怪的東西。自殺當晚，和朋友共進晚餐時，她沉默寡言，只在離席前說一句話，「也許，我該回去了。」

她自殺的方式異常變態，驗屍官當場嚇暈。由於這件事對該艘郵輪的乘載量可能造成莫大影響，事後消息被完全封鎖，極少能查詢到。然而，有興趣的人可以藉由網路搜尋，或許還能找到蛛絲馬跡。

第 4 章

# 人頭燈籠

中國的燈籠起源於一八〇〇多年前的西漢。

每年農曆正月十五元宵節前後，人們都會掛起象徵團圓的紅燈籠，營造喜慶的氣氛。

在日本，大多數燈籠都是白色的，也有少數黃色或紅色的燈籠。尤其是比較有名的寺院，懸掛的都是白色燈籠，是一種很奇特的現象。

有人說日本燈籠是禁錮靈魂的東西，搖曳跳動的火焰即為掙扎的靈魂（日本大量書籍、漫畫中描述的靈魂都類似一團白色火苗）。也有人說，寺院懸掛燈籠是為了招魂，利用燈籠和靈魂相近的形狀，將夜半時分遊蕩荒野的孤魂野鬼誘惑而來，進行獵殺。

至於日本為什麼喜好用白色燈籠，也許我和月餅親身經歷的事件能給出一個答案。

# 01

從泰國坐船到日本前後需要六天時間。

通過無厘頭的測試之後，一路風平浪靜。第二天，我按照青龍、白虎、朱雀、玄武四象位，順手在艙房內用糯米堆成梅花形狀。又在中間擺上一粒朱砂，並在枕頭底下放置一枚曬了一天的銅錢。

徹底封住煞氣後，晚上便能高枕無憂。除了想起隔壁艙房放著一具棺材，裡面還躺著活屍，我內心有些膈應。萬一不小心竄進去一隻貓，從棺材上跳過去，引發陰氣，詐屍可不是鬧著玩的。身邊沒黑驢蹄子，總不能靠著一腔熱血，赤手空拳衝過去和粽子玩命吧？

航行期間，我最愛拎著一瓶酒，到頂層的海水游泳池旁邊曬太陽。目標當然是穿比基尼的各國美女，還時不時拿手機偷拍幾張設為桌面。

人生就是這樣，天天為了過去的事情煩惱，還不如歡天喜地活在當下來得划算。

或許是因爲自己的身世，或許是在思考傑克的事情，月餅每天都和那個五短身材的日本男人大川雄二鬥嘴，好幾次差點把對方氣得腦中風。除此之外，就是拉著我耷拉著腿坐在護欄上，抽煙喝酒望著海水發呆。

老實講，我可不願意老陪著他吹海風，傻坐著看風景。兩個大老爺們搞得談戀愛似的沒什麼意思，有這工夫還不如多找機會接近月野清衣更來得實在。

可惜那晚月野清衣說了句「你很了不起」之後，再沒搭理我了。她每天和板著撲克臉的黑羽涉形影不離，還時不時一起站在船頭遠眺海風，難道是想仿效《鐵達尼號》的傑克和蘿絲？

我看見他們倆內心酸意直冒，恨不得就著這個醋勁吞一百顆餃子：這哪裡是傑克，衝著黑羽涉那張撲克臉，分明就是紙牌裡的「K」！

時至傍晚，金燦燦的夕陽在海天交界處欲走還留，揮灑最後一絲光芒。海風輕拂，海水皺起如同貴婦人華麗裙裝般的層疊，映著金光。偶爾有一兩隻海豚躍出水面，擺動靈活的身體，在空中畫出優美的弧線，又歡快地落回大海，激起碎玉似的浪花，煞是好看。

我無精打采地晃著腿，抽完最後一口煙，把煙頭丟進早喝乾的酒瓶裡，低頭盯著幽藍色的海面，「月餅，知道我在想什麼嗎？」

「女人心，海底針。」月餅吐出的煙圈很快就被海風吹散，如同我現在的心情，沒著沒落的。

「你怎麼知道！」我不曉得自己是否喜歡月野清衣，只知道現在的心情非常失落，宛若心裡長滿雜草，亂糟糟的。

我告訴自己不要想，偏偏忍不住去想，可又想不出個頭緒。本來想好的搭訕詞，見到月野清衣卻張口結舌、臉紅脖子粗，估計換哪個女的也不願在我面前多待一會兒。最後，只能望著她遠去的背影沮喪不已，暗罵自己沒出息。

月餅拍著我肩膀，「南瓜，消停消停吧！那不是你的菜！你瞧黑羽，哪點不比你強，還透著憂鬱氣息，女人最吃這一套了。你要是依舊氣不過，小爺我倒願意替你出馬，來個橫刀奪愛。」

想起黑羽涉那傲慢得不可一世的樣子，以及電影明星般精緻的臉，我又一陣醋意，「月公公，您說要是沒黑羽，我有沒有機會？」

「第一，黑羽是客觀存在的；第二，就算沒有黑羽，月野喜歡上你的機率也不會超過百分之一；第三，別忘記有小爺我在。」月餅扳著指頭認真數著，「不是吹牛，我若是出手，月野肯定跟如來佛手掌心裡的孫猴子一樣，想跑都跑不了。」

我差點一口氣背過去，「月公公，您老《葵花寶典》都練到第九層，這份男女之事的春心還是下輩子再動吧！」

「南瓜，月野長什麼樣子，你看清楚了嗎？」月餅忽然一本正經地問道。

我沒好氣地白了他一眼，「我又沒瞎。」

「那你想想她的面相。」月餅拿出一根桃木釘把玩，「那兩本古書上寫的東西都白背了？果然戀愛時智商等於零。」

「額圓而眉淡，眼大眼角外延，鼻多肉隆準挺直，耳闊且耳垂豐厚，上嘴唇薄，和下嘴唇不成比例，頷骨略寬下巴尖。」說到這裡，我明白月餅的意思了。

這是「火中取栗」的面相。有此面向的女人性格好強，遇事能逢凶化吉，事業極順，一生多友。然而，天格欠缺，主生來無父母，易招女人緣，婚姻應在三十以後。

「想起來了嗎？」月餅抬頭迎著海風，「看她的年紀應該和我們差不多，你能等上十多年嗎？」

我剛想回答「能」，卻又猶豫了。

是啊！十多年，說起來就三個字，可實際上要經歷三千多個日夜。在這漫漫路途上，繽紛的生命會經歷多少人事物？是否會有我更喜歡的，或者她所迷戀的？

時間，是一把無情的刻刀。既可以在生命刻上沉重的印記，也能夠輕易把那道以爲永遠不會忘記的痕跡抹去。

我沉默了……

不是因爲我現在不喜歡她，而是對時間的敬畏。

「也許吧。」我囁嚅著。

月餅忽然爽朗地笑開了，「兄弟，我支持你！當我們決定一件事情，必須獨自前行，最後困難、挫折都會拋在身後。我們可以倔強地微笑，難過地哭泣，但腳步必須穩當有力！鷹，永遠翺翔天際；龍，終會傲視寰宇。你如果眞的喜歡，就讓什麼命格、面相、時間、黑羽全都滾蛋！大膽去追！我命由我不由天！」

聽著這番話，我心裡陣陣感動，果然是我的兄弟！

雖然我們天天鬥嘴，恨不得一句話能把對方噎死，可是每當眞正需要鼓勵、需要幫助的時候，都會義無反顧地爲對方付出一切！

我激動地全身顫慄，衝著大海高聲喊道：「我不會放棄努力的！」

少年的愛情來得突然，盲目而衝動，卻是最眞摯的熾熱！

「南瓜，我還有一句話。」月餅也高聲呼喊，「世間不如意十有八九啊！估計你還是沒戲！」

「滾蛋！」我怒捶月餅一拳。

## 02

「在背後對一個女生品頭論足，就是你們生活的內容嗎？」月野清衣悄無聲息地出現在我們背後，音調不帶任何溫度地說道。

我嚇得一哆嗦，若不是月餅眼明手快拉了一把，我早已一腦袋掉進海裡餵魚。

兩人跳下護欄，老老實實站著，像兩隻鬥敗的公雞。

「回船艙，立刻！」月野清衣面無表情地丟下這句話，隨即轉身踩著高跟鞋蹬蹬蹬地走了。

我們倆灰溜溜地跟著月野回到船艙，還沒推門，就聽到黑羽涉和大川雄二在爭執。

「不要拿前輩的身份壓我！尼泊爾那件事，我一定要參與！」

「這件事情太詭異，而且要抓住傑克，他們三個需要你的協助。」

「我憑什麼幫他們兩個中國人？」

「黑羽君，注意你的措辭。」

月野清衣放在門把的手，慢慢放下，依裡面現在的氣氛，顯然不適合進去。沉默片刻，我轉念一想，尼泊爾發生什麼事，大川雄二必須親自前往一趟？黑羽涉那句話讓我煩得厲害，連忙拉長耳朵仔細聽。

「總之，不爲那兩個人，你也要考慮月野君！」大川雄二的口氣不容置疑，接著喊了一聲，「你們三個進來吧。」

月野清衣這才推開門。只見兩人盤腿坐在茶几前，兀自氣鼓鼓地互相瞪著。尤其是大川雄二，圓滾滾的胖臉又漲成醬紫色，猶如被人劈頭蓋臉澆了一盆雞血。

月餅冷笑著看向黑羽涉，「我們也沒說一定要你的幫忙。」

「就憑你？」黑羽涉站起來，「如果不是你曾經和他交手，掌握一些資料，我根本不需要你們！」

「我操你大爺！」黑羽涉那些話終於讓我忍不住，加上因爲月野清衣的關係，對他產生的莫名敵意，張嘴罵了起來，「不就是會摺紙鶴，跩什麼跩啊？小爺我高中的時候，半個月摺了九千九百九十九隻紙鶴，還沒像你這麼得瑟！」

「據我們蒐集的資料顯示，你高中的時候並沒有女朋友。」黑羽涉毫不留情地給我難堪。

「我練手摺著玩，你管得著嗎？」我心裡一窘，可嘴巴依然不甘示弱。

月餅的音量不大不小地說：「總比眼皮子上面掛個紙飛鏢裝大尾巴狼好啊！」

「都別吵了！」大川雄二暴喝，「尼泊爾的一座寺廟出現奇怪的聲音，每天夜晚牆上還會浮現鬼臉。那邊的朋友讓我過去一趟，雖然不放心你們，但我相信這也正是對你們四個的歷練。」

歷練你的鬼！有這麼臨陣脫逃的嗎？

想當然，這些都是我在心裡暗罵的話，沒那麼大的膽子直接說出口。

不過，那個當下我萬萬沒想到，遠在尼泊爾發生的「寺院鬼臉」事件，居然和我們這趟日本之行有著千絲萬縷的關聯。

# 03

四人兩兩比肩站著，目送大川雄二登上直升機。直升機披掛耀眼的太陽光芒，向西方飛去，在海面留下一道淡淡的黑影，化作天際盡頭的一粒黑點，終究消失不見。

我的心情沒來由地有些失落。對大川雄二還談不上熟悉，但近幾天接觸下來，除了強烈得近乎變態的民族自尊心（受到江戶時代武士道精神、二戰時期軍國主義思想的影響，自認為太陽子民的民族，百分之九十的人都具有這樣的性格特點），倒眞是一個好人。

月餅遞給我一根煙，「放心吧。」

我接過煙，點著，深吸一口，吐出。略帶腥鹹的海風吹過，白色的煙霧瞬間無影無蹤。如同人生，那些欲說還休的悲歡離合，終究會隨風而逝。

我偷偷看向月野清衣，她的長髮在海風中自由自在地飛舞，臉龐鍍了一抹金色的陽光，和黑羽涉並肩站著……

那畫面，很美！

這瞬間，我明白了一個道理：假若得不到，不如放在心底默默欣賞，任由愛戀滋長，獨自品味其中的苦和甜，也是一段精采的人生軌跡。

此時，一段熟悉的旋律響起。是鄧麗君的歌曲。起初我還有些意外，後來想起鄧麗君生前在日本紅極一時，倒也釋然。

月野清衣拿出手機聽了片刻，臉色越來越凝重，猛地抬起頭，「可能是傑克。」艙房裡，傳真機滑出幾份黑白資料，她取起看過一遍，便遞到我們手裡。

是一系列照片，都是夜間拍攝的。用來拍照的相機非常先進，連路邊的細碎沙石都拍得一清二楚。

看完第一張，我不由得倒吸口氣，完全無法理解照片上的東西是什麼。快速瀏覽完所有照片，強烈的視覺刺激使得我產生莫名的恐懼。

夜幕懸掛著鉛塊一樣陰沉的雲彩，邊緣映照著昏黃的月光。空無一人的街道，僅剩路燈孤獨地守望，把自己的影子縮成小小的黑團。十字路口，紅綠燈亮著，數字停留在「七」，燈桿的底端被一張白色布帛緊緊包裹著。

下一張照片是紅綠燈的近景。那不是一張白布，而是……

我說不上來那是什麼樣的感覺。

具體一點的描述，就像把一個人剝了皮，剔除殘留的血肉，沖洗乾淨後，曝曬成薄薄的人皮，再圍成一圈貼在燈桿上。

從那張照片的角度看，頂端正是人頭位置，上面長著短密的黑髮，五官位置是幾個黑黑的窟窿，露出燈桿的底色。手腳部分的人皮，繞過燈桿打了個死結耷拉著。

第三張是人臉的特寫，五官留下的窟窿更加刺眼，緊緊糊住燈桿。我甚至能從崩裂的眼角、撕開的嘴邊，感受到剝皮當下承受的痛苦。

我閉上眼睛，不自覺想像那些畫面……

一個金髮的帥氣男人，手中拿著一把鋒利的匕首，對著被捆縛住的人露出好看的微笑。被捆綁者渾身赤裸，已經明白自己即將面臨的處境，眼角因爲恐懼而睜裂，迸出幾滴血珠，濺到金髮男人的手背上。

金髮男人把手舉到面前，歪著頭認眞端詳，眼中閃爍著剛懂事的孩子見到新玩具般的好奇光芒。伸出舌頭，輕輕舔舐那幾滴血珠，滿足地仰起頭。接著，深吸一口氣，繞到那個人身後，拿著匕首從脖頸的位置刺入。

紅得近乎發黑的濃血霎時湧出，匕首越刺越深，沿著脊椎向下滑到尾椎。被切割的皮肉向兩側豁開，露出原本包覆在內的一節節脊椎骨，直到匕首劃到腰部的神經叢。那層包裹神經叢的薄膜被切開，裡面無數條神經帶著血肉，宛若蕃茄義大利麵，嘩地流了出來。

被刀割的人難以承受劇痛，拼命踢蹬著雙腿，腳後跟都已經磨爛，在地面留下兩道血跡。用內褲塞住的嘴裡發出野獸瀕臨死亡前的凄嚎，最終再也無力掙扎，只有腳趾偶爾抽搐幾下。

簡直喪心病狂的金髮男人用匕首挑斷那團神經叢，摘下塞住嘴的內褲，臉上帶著猙獰微笑，撬開對方的嘴巴，把神經叢塞了進去。

本來將死的那個人，突然睜開眼睛，看到一條條的細肉正在往自己嘴裡塞。可他根本無法閉上嘴，也無法將那些東西吐出來，任由金髮男人完成變態的儀式，終於意識到嘴裡是什麼。

極度的恐懼使血液加速流動，身後的傷口跟被劃開的高壓水管一樣噴灑著，直到最後一滴血流盡。屍體像扎破的氣球迅速乾癟，皮膚泛著死魚肚般的蒼白。

「唯有死亡和恐懼，才可以製造出如此完美的作品。」傑克一邊自言自語，一邊小心剝取人皮……

想到這兒，我竟感受後背一陣刺痛，手一哆嗦，傳眞紙飄落地面。

「為什麼確定是傑克？」月餅翻回第一張傳眞紙，看著我根本無法理解的照片。

月野清衣扶了扶眼鏡，「在傑克來到日本前，衆多詭異事件裡，完全沒有類似的範本。除了他，有誰會這麼變態，把人皮剝了，洗乾淨之後，繫在紅綠燈下？這種小孩惡作劇似的手法，難道你們還不熟悉嗎？況且，事發之際，所有監控攝影機都失靈，和傑克在伊東屋催眠女漫畫家時一樣。」

這個解釋缺乏邏輯，又帶著很強的主觀性，但好像說得過去。

「我不這麼認爲！」月餅把一張傳眞紙往桌上一放，「請問這怎麼解釋？」

上面的圖像不若其他的清晰，從角度來看，應該是道路監控攝影機錄製的畫面截圖。背景完全一樣，唯獨不同的是，紅綠燈桿上還沒有那張人皮，而在路口對面的陰暗街角裡，大概一米五左右的高度，懸浮著一團圓柱形的白色亮光。奇怪的是，光芒不擴散，也沒有照亮周圍。路燈投射的影子，一道被拉長的人影映在地上，從身材和四肢看，是一個小孩。

他的腦袋卻略有些橢圓長條形！

這根本不是人的腦袋啊！

「南瓜，想像一下，把影子按照比例縮回原來大小，結合那個圓柱形白色亮光，像什麼？中國的一樣傳統東西！」

聽月餅這麼問，我靜下心，認眞地思索，許多東西在腦海中掠過，最終停的是一個我從小就害怕的東西。

還記得小時候看過的一部電視劇《聊齋》，片頭是雜草叢生的荒嶺，嗚嗚的風聲如鬼泣，樹葉摩擦產生的窸窣聲撩撥內心對恐懼的底限。緊跟著，一團亮光突然出現在畫面，飄浮在荒草樹林裡，若隱若現……

那是一盞燈籠！

「那個小孩脖子上長的是一個燈籠！」我驚駭地瞪大雙眼。

「也有可能是一面鏡子！」月餅摸了摸鼻子，「會不會是鏡鬼？」

「絕對不是鏡鬼！」月野清衣和黑羽涉異口同聲。

月餅冷冷地反問：「爲什麼你們會這麼肯定？」

一時間，艙房裡安靜得只剩下細微的呼吸聲，直到月餅再次出聲，「事情發生在什麼地方？」

「廣島。」黑羽涉淡淡地回了一句，「廣島縣西部的宮島。」

# 04

宮島，又稱嚴島，是一座位於廣島西南部的島嶼。面積不大，三十多平方公里，被稱爲日本著名三景之一。月野清衣和黑羽涉的身份是員警，權力不小，等了沒幾個小時，就有快艇把我們從郵輪接走。

登島之前，我認爲那是一個名氣大於風景的地方。直到遠遠望見宮島，才改變了看法。

大片紅綠交錯的植物油畫般絢麗，藍而純淨的海水猶若藍寶石，寧靜神秘而悄悄散發誘人光澤，空氣更是透著沁人心脾的甜香。遠山上豎立大願寺的五重塔，直插雲霄，分外莊嚴肅穆。

窮極目光遠眺，一座起碼十五、六米高的紅色牌坊矗立海上，任憑海浪撲打，巋然不動。

來的路上我已經看過資料，那是宮島的象徵——大鳥居。以未加工的楠木製成，高十六米，上樑爲二十四米。它完全靠本身的重量立於瀨戶內海的萬頃碧波之上，據說是爲歡迎海中諸神駕臨島上所設。

令人驚奇的是，登島之後，才發現此處的建築風格明顯源自唐朝，處處透著古色古香的懷舊氣息。路上三三兩兩的遊客，本地人不多，倘若不是因爲這件事情，確實是休閒旅遊的好地方。

話說回來，我心中始終存著一絲疑慮。

當月餅判斷角落裡的人影是一個長著燈籠腦袋的小孩，又或者是鏡鬼時，月野清衣和黑羽涉卻堅決不認同，一口咬定是傑克所爲。

經過這幾天的接觸，我大體瞭解兩人的性格。從言語中，我發現他們倆似乎有事情隱瞞我們。再者，大川雄二臨走前，特地囑託四人要精誠合作，可是他們的態度讓我很不舒服。

相較於我冷處理的態度，月餅表現得極爲誇張，自顧自地回到艙房，直到踏上宮島，都沒再和他們說一句話。

更讓我奇怪的是，宮島的一些風俗十分難以理解，月餅也在書面資料標出他覺得困惑的地方：

一、宮島自古被視爲神聖的地方，因此對血、死亡等不潔之物有所避忌。島上沒有任何的墓地，死者均埋葬於對岸的赤崎。

二、女性經期時，必須在特設的町內小屋接受隔離。島上的女性臨盆前，也會到對岸的本州生產，產後一百天才能回到島上。

三、島上嚴禁耕種及織布。此外，商家及居民有去大鳥居所在的海濱取水清潔屋門的習慣。

四、島內亦嚴禁飼養犬隻，從日本境內其他地方來的犬隻必須送至本州放生。

這些風俗和現下發生的這件事情又會有什麼關聯呢？然而，直到住進事先安排的旅館，我枕著手躺在榻榻米上苦思冥想，依舊不得要領。

「別躺了，去現場看看。」月餅沒有從正門出去，而是打開窗戶，準備跳下去。

也是，月野清衣和黑羽涉已經失去我們的信任。

可我又不願意承認月野清衣會瞞著我們什麼。喜歡一個人，一廂情願地認為她全都是好的，又有什麼錯呢？

儘管我累得渾身乏力，但月餅既然決定這麼做，我說什麼也要跟著。

抵達宮島已是半夜，原本就安靜的小島更是空無一人。雖然我們住的是二樓，但距離地面並不高，也許與日本人身高普遍偏矮有關。

憑著對書面資料的記憶，事發地點距離我們住的旅館僅隔三條街。由於案發在深夜，警方第一時間封鎖處理現場，這裡的居民和遊客根本不曉得有人被剝了皮繫在紅綠燈桿上。

正準備向那條街走的時候，月餅忽然停住腳步，雙眼直勾勾地看著前方，「南瓜，你看前面是什麼？」

我循著他的目光看去，孤蕩蕩的十字路口，幾抹淡霧宛如鬼魂，不斷變化著形狀緩慢飄浮著。四桿紅綠燈分別豎在街道的拐角處，海風突然猛烈起來，有些經受不住地顫顫巍巍，似乎隨時都會掉下來。

紅綠燈變換著數字，倒數可以通行和停止的秒數，忽而是綠燈裡可以行走的小人，忽而是紅燈裡靜止不動的小人。就像人的一生，綠燈的時候代表生命在不停行走，走進黃昏暮年，埋入黃土，最後成了紅燈裡如同火葬般的屍體……

除了這個有些詭異的聯想，我並沒有發現什麼不對。

「現在是深夜十二點十分，知道哪裡不正常了嗎？」月餅把手機放回口袋裡。

我知道月餅所說的不正常是什麼了！

時間！

每個城市的紅綠燈，會由電腦設定好停止運行的時間，直到清晨時分才會重新運行。大多數紅綠燈停止運行的時間設定爲夜間十一點至凌晨五點，也有少數超級大都市的紅綠燈徹夜不休。

可是，這個時間裡，宮島的紅綠燈仍然亮著，確實有些奇怪。

「南瓜，來的時候你有沒有注意到，宮島這樣三十多平方公里，幾乎沒什麼汽車的小島，爲什麼每個路口都會有紅綠燈？完全不符合實用主義。」月餅忽然又回頭看著，「還有，我總覺得踏上這座島後，就有東西一直跟著我們。」

這種感覺我也有。

明明沒有風，卻像被一陣風吹透身體。走路時更是感到身後有「人」尾隨，回頭看過幾次，卻沒發現任何異常。爲防萬一，我還偷偷拿出粽子葉磨成的粉末，邊走邊撒在地上。沒有發現鬼腳印，我心裡輕鬆了些，以爲是因爲受到那幾張照片的影響，心魔作祟。

可是，月餅也有這感覺，代表眞的有問題！

會是誰呢？

或者說，會是什麼東西呢？

# 05

「該來的總會來，想一萬遍，不如做一遍，小心點就好。」月餅總能幾句話就讓我在緊張焦慮之際感到踏實，也許這就是對朋友的信任。

我回頭望著剛剛跳下來的旅館，月野清衣和黑羽涉的房間還亮著燈，依稀能看到兩道人影映在窗簾上，心裡覺得發酸。

「想那些沒用的幹什麼？他們就是整個孩子出來，也和南少俠沒關係，對不？」月餅不屑地哼著，「何況從頭到尾，他們一直瞞著我們，完全沒有合作的意思。瞅兩人不慌不忙的樣子，傻瓜都能猜出來他們掌握我們不知道的情況。」

我大力搖晃頭部，努力把月野清衣的身影甩出腦海，定了定神，才發現不知不覺間，街上起了層層海霧。

起先是淡淡薄煙，在空曠的街上瀰漫。忽然一陣冷風吹過，霧瞬間變得濃厚，沉重得幾乎要落在地上，隱隱還能聽到奇怪的呻吟聲。

一種冰冷的壓力從頭頂的泥丸宮直接灌入體內，彷彿連肺葉都凍得無法舒張收縮，胸口沉悶得難以喘氣。

隨著霧氣越來越濃厚，我只能看見月餅模糊的身影。呻吟聲越來越大，像是無數人在哭泣，又如若一群孩子在歡笑奔跑，完全定不了方位。

直至最後，那些聲音變成淒厲的哀號，從四面八方衝進我的耳膜！

這根本不是海霧，而是陰氣聚成的鬼霧！

此時此刻，正是子時，天地間由陰轉陽，是陰魂肆虐的最後時辰。在這個時辰，如果某個地方曾發生毀滅性的災難，死過許多人，埋入地下而怨氣不得釋放，加上該地方的風水偏巧有「血煞」、「青厲」、「白茫」的特徵，即會出現惡鬼橫行、遊蕩人間的事件。

世界各地的古老城市多半經歷千年的戰亂，死人無數，倘若恰逢怨氣，或者新建的建築物改變原本的風水格局，也很容易形成鬼霧，這也是「名都多霧」的由來（至於有哪些城市，就不一一列舉了）。曾有這樣一句話，「當你走在輝煌的都市中，不要忘記腳下的每一寸土地都掩埋著白骨！」

宮島爲什麼會出現鬼霧？我的思緒回溯至多年前，那次可怕的浩劫。

那是足夠摧毀人類文明的災難！

就在那麼幾秒鐘，我忽然想到宮島的地形！

這座小島被大海圍繞，旁邊是半月形的半島，像極了八卦陰陽魚。而宮島所處的位置，正是陽魚裡面的陰眼。

是陽世養陰的最佳位置！

「南瓜？」月餅在我身旁輕聲呼喚。

白茫茫的霧裡，我根本看不到他在哪裡，只能循著聲音摸索著。我抓住了一隻手，隨即那隻手緊緊握住我的手掌。掌心傳來濕滑黏膩的觸感，我甚至覺得那隻手佈滿類似於蚯蚓的血管，爛泥似的碎肉。

驚恐之餘，我急忙想甩掉那隻手，卻發現它像是長在我手上，牢牢黏在一起。同時，全身的陽氣猶若決堤的洪水，從掌心不斷向外湧。

完了！一旦被鬼手附身，想再掙脫，根本不可能！

短短半刻鐘後，我便會陽氣耗盡而亡。充其量在霧散的時候，人們會發現街邊多了一具木乃伊似的乾屍。

隨著陽氣的流逝，身體越來越僵硬，眼皮沉得像鉛塊，根本抬不起來。

一瞬間，無數影像在我腦海閃現⋯⋯

「他是紅眼睛！他是傻子！打他！」高牆包圍的孤兒院裡，一個小孩子傻傻地看著天空，眾多小孩向他扔擲石子……

「我絕不會和紅色眼睛的人談戀愛！」青澀的少年看著暗戀的女同學遠去的背影，默默把每一隻寫著對方名字的紙鶴撒向天空……

「南瓜，那女孩不錯，我看和你有夫妻相，替你撮合？」月餅灌了一口二鍋頭。

「月公公，能靠點譜不？」我沒好氣地答覆，「您看準，那是個男的！不是每個留長髮的都是女人，好嗎？」

「你很了不起！」月野清衣從鬼霧中走來，靜靜地站在我面前。

難道我真的要死了嗎？

回憶二十年的短暫人生後，我的意識漸漸模糊……

真遺憾啊！爲什麼我的人生充滿悲劇？沒有多少讓我快樂的事情。果真世間不如意十有八九。

也許，死了就不會遺憾了。

正思緒萬千之際，眼前，又或者是意識中，出現了一個畫面……

我百無聊賴地躺在寢室的床上抽煙，另外兩名舍友被我的紅瞳嚇到，找了個藉口跑了出去，依稀聽見他們說：「那是個妖怪吧？」

我一陣苦笑，宿命讓我擁有一雙與眾不同的紅瞳，使得孤兒人生備受歧視。

門吱呀一聲打開，一道陽光照亮陰暗的寢室，高瘦的少年背著旅行包站在門口，逆光讓我看不清他的臉，短髮閃著金黃色的太陽光芒。

「你眼睛是紅色的？」少年把包當作枕頭扔到床上，躺了上去，甩手遞給我一根煙，「我叫月餅。」

「我叫姜南！」我點上煙，吐了個滾圓的煙霧。

「這個好玩！」少年來了興致，「我也學學。以後我們倆就是兄弟了！」

我笑了……

不知道是腦中的意識在笑，還是將要死亡的身體在笑……

月餅，加油啊！

# 06

「南瓜！」

月餅的聲音很遙遠，又很清晰。緊接著，一記重擊打在我的側臉，下巴脫臼，嘴巴不受控制地張開。

滾燙的液體淌了進來！

再睜開眼睛時，月餅正舉著手腕，殷紅的鮮血一滴滴落入我的口中。

「你總算清醒啦！」月餅一臉嫌棄，「怎麼跟小爺我學的本事？不知道在霧裡面有人喊你名字，千萬別應腔？浪費了我最少三兩三的血。」

我根本說不出話，眼淚在眼眶中滾來滾去，強忍著不落下來，「是你教得不好！再說，沒有三兩三，哪敢上梁山！」

「滾你的蛋！」月餅從衣服撕下一塊布，咬著一端，用手隨便纏了幾下，便打了個死結。

我心裡一陣愧疚，扶著地爬起來。剛想說幾句矯情的話，就見月餅的身體晃了晃，悶哼一聲，幾乎要摔倒。

我連忙扶住他，才發現他臉色蒼白，頭髮濕漉漉地貼在額頭。視線往撕破的衣服瞥去，見到無數個烏青色的手印。

「月餅，你犯不著替我擋住鬼手啊！用不著救我這個廢柴啊！」我掏出隨身帶的針盒，讓他盤膝坐下，拈著針依次刺進臉部的五會、頭維、迎香、地倉、四白穴。

子時已過，陽氣轉盛，鬼霧清散了，月朗星稀。

不多時，月餅的臉色漸漸紅潤，終於睜開眼睛，「你快把針拔掉！疼！」

我看他滿臉插著銀針，活像一隻刺蝟，一時覺得好笑，又不好意思笑出來，緊繃著臉把針拔下。

月餅拍拍褲子上的土，「走！去現場！」

經歷這件事情，我打了退堂鼓，「月公公，要不咱們回去小睡片刻，等天亮，陽氣大盛，再和月野、黑羽等人從長計議，先計劃再行動也不遲。免得先帝創業未半，而中道崩殂，長使英雄淚滿襟啊！」

「南瓜，你還不明白嗎？」月餅指著月野清衣那間房的窗戶，「宮島明明是陰氣極重的凶煞之地，他們卻不告訴我們。而且，我想他們可能比我們更早行動。」

都過了一段時間，月野清衣和黑羽涉的影子仍然映在那扇窗上，而且和剛才一模一樣，角度、動作完全沒有變動！

這下我恍然大悟，以他們倆的摺紙水準，弄出兩個假人放房間裡是三根手指捏陀螺——根本不費勁。

換句話說，他們瞞著我們先行出發了！

「我們一定要去！」月餅活動著肩膀，「他們一定有不可告人的秘密！」

「抽他ㄚ的！」我想通這一層，頓時怒火中燒。當然，想抽的人是黑羽涉，不是月野清衣。

三條街的距離並不遠，一路上再沒其他怪事，我和月餅很快就抵達事發現場。紅綠燈依然亮著，絲毫沒有暫停運行的意思。

但是，沒看到月野清衣和黑羽涉的身影，現場也找不到任何痕跡，無法確定兩人到底有無來過。

月餅開始進行現場模擬，把上衣脫下來假想成人皮，認真繫在燈桿上。他支著下巴繞了幾圈，苦思著，忽然又掏出匕首，進行模擬切割。

期間，我跟個局外人傻站著，瞧月餅如此專注，不好意思說話打擾，只得點根煙抽著。想起不久前驚心動魄的一幕，不免心有餘悸。宮島的風水此等險惡是始料未及的，難道那四項奇怪的風俗就是和這個有關？

至於月野清衣和黑羽涉，既然他們不把我們當自己人，我們也沒必要在乎他們。要是眞有什麼暗招，大不了跟他們玩命，估計那些用紙摺的妖魔鬼怪一把火就能燒掉。這麼一想，身上應該用竹筒準備點磷，關鍵時刻撒出去，也算是出奇制勝。

月餅模擬完，蹙起雙眉，單手點著額頭，「南瓜，有些奇怪。」

# 07

聞言，我不禁心想，從踏入泰國至今，哪件事情不奇怪？遇見正常的事情，那才叫奇怪呢！

「從死者被捆綁的角度來看，兇手不是傑克。」月餅望向街角，「也不是那個腦袋可能是鏡子或燈籠的小孩。身高完全不符。」

「而且……我總感覺沒有兇手。」月餅摸著燈桿，抬頭看著不停變換數字的紅綠燈，「比較像是遇到鬼霧，被抽乾了精血。」

「那手腳的皮綁在一起，又怎麼解釋？就算精血沒了，骨頭呢？」我琢磨著應該沒有哪隻鬼這麼有閒情雅致，把人的精血吸乾，還綁在燈桿上當行爲藝術。

月餅敲了敲燈桿，把耳朵趴在上面聽著，「還有一種可能，兇手是這個燈桿。」

我差點沒樂得笑出聲，「您看這燈桿是《變形金剛》裡的狂派，還是博派？」

「剛才覺得紅綠燈不對勁，就模糊有個印象，想了半天才想起來。」月餅對自己先前判斷錯誤，感到有些不好意思，「每座城市的地下，因爲歷史戰亂、天災人禍、自然死亡，都掩埋著累累白骨。而生前怨氣太重的人，死後會化成厲鬼作祟。尤其是風水險惡的城市，或者城市裡陰氣極重的位置，比如西北角，更是經常鬧鬼。」

「直到紅綠燈的出現，這種情況才加以改善。第一桿的紅綠燈源自著名的霧都倫敦。英國西敏寺廣場經常發生馬車撞人的事故，且馬匹一到這裡便會焦躁不安，引起市民的恐慌，因而謠言廣場因爲作爲執行死刑之處受到詛咒。」

「紅綠燈的設計師是德·哈特。據傳他有中國血統，還有個中文名字叫黃冰，也有一說叫黃炳，精通五行八卦、陰陽術數。五行中，金火剋陰，水木附陰，土埋陰，紅綠燈就是根據這個原理發明。燈桿中空直插土中，綠燈代表著水木，冤魂厲鬼受到水木的吸引，自然而然地從燈桿裡飄到綠燈裡，再透過早先佈下的咒語，將鬼魂送至紅燈裡焚燒消滅。」

「第一桿紅綠燈高七米，僅有紅、綠兩種顏色的燈號，且是煤氣的，由員警拿著長桿牽動皮帶變化顏色。第二十三天，煤氣燈突然爆炸，值勤員警也當場死亡，原因是地下的鬼魂太凶煞，根本壓制不住，以紅綠燈這個鎮鬼消鬼的方法自然也就取消。其實，這是因爲那時的紅綠燈有一個缺陷——沒有黃燈。」

「直到西元一九一八年，紐約市五號街的高塔上，出現了紅黃綠三色的信號燈。設計者也是中國人，叫胡汝鼎。紅黃綠三色恰好代表金火、土、水木的五行，由綠燈引鬼，傳送至黃燈安魂，再送至紅燈滅鬼。」

「每條街上的紅綠燈時間長短不一，說是爲了便利交通，根據車流量精確計算的時間，實際上是根據被引入紅綠燈的鬼魂凶煞強度，風水凶險程度設定的。但也有過於兇猛的厲鬼擺脫紅綠燈，影響過往的司機、行人。因此，很多地方的十字路口即便有紅綠燈，也經常發生死亡車禍。」

我聽得目瞪口呆，每座城市都有不同的風水格局，有凶地，也有吉地，可從沒想過紅綠燈的實際作用竟是滅鬼。

這時，我終於明白爲什麼在這個極凶之地，即便是深夜時分，紅綠燈也不停止運行。綠燈裡的小人走向黃燈，最後像屍體一樣躺在紅燈裡，假若把紅綠燈放倒平看，確實像一個人由生到死的過程。

「既然如此，爲什麼我們感覺不到陰氣？」我不得不相信，但還是很難接受天天看見的紅綠燈裡居然全是鬼魂。

「燈桿是金屬的，金隔陰氣。」月餅拍了拍燈桿，「你再想想，一座城市的衆多建築，像不像各式各樣的墳墓？紅綠燈像不像墓地旁豎著的紅黃綠三色的招魂幡？」接著，他又半蹲著指著燈桿，「你過來看看。」

我走過去一看，燈桿上赫然貼著大約一寸長短的白色紙人，糊住可能因銹蝕出現的孔洞。

「月野來過了？」我伸手想碰那個紙人。

這分明是她或者黑羽涉的傑作，該不會是爲了擋住向外洩的陰氣？

月餅立刻一把拉住我，「別亂動！」

我嚇得手一哆嗦，意外戳破紙人，露出銹跡斑斑的小洞。

月餅急忙拉著我向後退，一個立足不穩，雙雙跌坐在地上。我們緊張地看著小洞，不曉得裡面會衝出來什麼東西。又或者陰氣吸陽，把我們吸到桿子上，耗盡陽氣精血，變成另外兩張人皮……

# 08

事情有時候就是這麼出乎意料。

我還在為剛才的冒失懊悔不已，做足了最壞的打算，接下來卻什麼都沒發生！

這種感覺如同沿著一條街跑了很久，到盡頭才發現，原來這條街是圓的，忙活半天就是個折返跑，心裡沒著沒落的……

我稍微寬了寬心，抱歉地對月餅咧嘴一笑。月餅拿我沒辦法，嘆了口氣說：「南瓜，做事前能不能先動腦子後動手？」

我自知理虧不好還口，正想找個事情岔開話題，對街亮起幽幽的燈光。抬頭望去，街角完全照不到光的角落，居然有一盞潔白色的燈籠飄浮半空，隱隱能見到裡面跳動一團小小的火焰，微弱得似乎隨時都會熄滅。但每當火焰縮成棗子大小時，又會掙扎著再次燃燒起來。

隨著那盞燈籠向我們飄近，地上也跟著出現長長的影子。一直到它離開街角的陰影，藉著微弱的月光，我這才看清楚它的模樣。

破破爛爛的褲管沾滿濕泥，赤著一雙小腳，腳趾甲裡全是黑黑的泥垢。紅色上衣已經成了一縷縷破布條，手臂滿是被燙爛重新長好的傷疤。它的肩膀削瘦，突出的鎖骨宛如兩根硬生生插進去的木柴。脖子不但細，還有些扭曲，猶若剛從油鍋裡撈出來的油條。

而在脖子之上，是一盞巨大的燈籠！

接收到突如其來的視覺刺激，我的牙齒不受控制地上下打顫。月餅比我冷靜許多，從口袋裡摸出幾枚桃木釘，插上苦艾葉，不慌不忙地夾在手指縫。

「嘿嘿……」小孩忽然笑起來，緩慢轉過那顆以燈籠取代的腦袋。

我聽到缺少潤滑油的齒輪咬合時才會有的尖銳咯吱聲，接著一張孩子的臉映入我的眼簾。原來燈籠是後腦！它的臉居然和燈籠長在一起！

鮮紅色的臉上，刀疤縱橫交錯，連鼻子都被削去一半，露出兩個黑黑的圓孔。它歪著頭，一雙天眞的眼睛好奇地看著我們，深藍色的嘴唇輕啓，指著紅綠燈，說了幾句我們聽不懂的話。

我忽然覺得這個外貌醜陋的孩子絲毫沒有惡意，看著它澄澈得跟嬰兒似的眼神，心裡變得很平靜。

月餅猶豫著把桃木釘放回口袋，三者就這麼隔著街站著，用眼神交流著。不知時間過去多久，我的心越來越安寧，甚至覺得小孩後腦的燈籠，散發出來的光芒都那麼祥和。

「嘿嘿……」小孩對著我們咧嘴笑著，殘缺的牙齒上卡了許多黑色牙垢。

月餅微笑著向小孩走去，看來他相信這孩子沒有惡意。然而，小孩見月餅走近，面色驚恐，慌張地搖晃腦袋，向街角退去。

月餅愣了愣，慢慢伸出手，「不要害怕，我們是朋友，我可以幫你。」

這下小孩更加驚慌失措，腦後的燈籠發出詭異的藍光，眼看就要完全消失在陰影裡。見狀，我不禁心疼，到底是什麼樣的傷害，讓這個孩子變成這副模樣，還對人如此不信任？

月餅邁步追了過去，孩子發出恐懼的尖叫，轉身就逃，後腦的燈籠也轉成耀眼的火紅色。眼看月餅的背影越來越遠，拐過一個彎，消失不見。我才反應過來，現在這裡只剩下我一個人！

「姜南……」身後有人喊我，而且是女人。

我的心瞬間揪緊，隨即又鬆了口氣。

月野清衣的聲音。

短時間內，發生太多事情，我的精神已經緊繃到極限。聽到月野清衣的聲音，都忘記她有事情瞞著我們帶來的不信任，當下應了一聲，立刻轉過身。

# 09

月野清衣站在十字路口中央，穿著一襲黑色的風衣，長長的瀏海遮蓋到眉毛，海風吹過，露出一樣突兀的東西。

紅色口罩！這究竟是陰陽師的打扮，還是忍者的打扮，執行任務還必須戴上口罩？此時，我又想到之前的事情，心裡有些怒氣。

「姜南……」月野清衣向我走來。

「有事就說。」我沒好氣地答道。

月夜下，我看不清楚她的模樣，直到她來到我身前一米處，才發覺自己認錯人。女人比月野清衣略矮，由於口罩擋著臉，看不清長什麼樣，但眉宇間與月野清衣激似。我立刻警惕地向後退兩步，這個陌生女人為什麼知道我的名字？同時，心裡暗暗叫苦，月餅追燈籠小孩去，小爺孤家寡人一個，萬一這女人是個妖怪……

今天晚上怎麼這麼倒楣，壞事接二連三地發生，我的命格肯定和宮島的氣相沖。

「你覺得我美嗎？」女人抬起頭，眼中透著迷茫無助的神色。

我頭皮都麻了，在如此詭異的情境下，女人說什麼、做什麼，或許我都不會吃驚，偏偏問這麼一個問題。看著那張戴著口罩的臉，很精緻。可是，不曉得口罩底下會是怎樣？難道……她被毀容，精神受到刺激，成了瘋子？

不對！瘋子怎麼可能知道我的名字！

念及至此，我已經不想多停留，又退了幾步，準備三十六計走為上策。

「你覺得我美嗎？」女人的聲音開始變得急促，透著些許煩躁。

我打定主意，準備扭頭就跑。

女人的眼睛忽然起了變化，瞳孔從中裂成兩個半圓形，又像遇熱的蠟燭慢慢融化，最終變成兩個瞳孔並排。直到這一刻，我這才發現自己的身體不受控制，彷彿有一條無形的線把我牢牢捆綁住。

「你覺得我美嗎？」女人眼中的瞳孔向眼角滾去，又滾了回來，聲音淒厲地喊道。

我使勁掙扎，可還是不能動彈，只得一咬牙，「美！」聲音乾澀得連自己都不敢相信。

「哈哈……」女人仰頭大笑，「我本來就很美。」

我對著月餅遠去的方向吼道：「月餅！不好了！」

「這樣也美嗎？」女人收住笑，倏地摘下口罩，手裡不知何時多出一把剪刀。沒了口罩的覆蓋，我看見她兩側嘴角撕裂至耳根，肌肉纖維還上下相連，沾著也不知道是口水還是體液的東西。兩排黃色的牙齒清晰可數，暗紅色的舌頭隨著笑聲上下彈動。假如不是身體無法動彈，我搞不好已經當場嚇暈。

這是一個妖怪！我急得想大喊，卻發不出任何聲音！

女人舉起泛著寒光的剪刀，很認眞地撬開我的嘴，「昨天一個，今天又一個。」冰冷的寒意從我的嘴裡傳開，心臟幾乎停止跳動，圓睜的眼眶撕裂般疼痛，就這麼眼睜睜看著她握著剪刀的手。只要她微微用力，嘴角就會立刻被剪開，直到耳根才停下，再趁著我還沒有死的時候，從脊椎一刀劃下，活生生剝下我的皮。

我知道那張人皮是怎麼回事了！

「他是田中的朋友。」拐彎處遠遠跑過來兩個人，其中一個人大聲喊道。

女人猶豫著，疑惑地望向我，「田中？他還好嗎？」

這時候，我發現自己能動了，立刻彎曲膝蓋，雙腳踹在女人肚子上。一記後仰翻，借力使力地站起身，但尖銳的剪刀還是劃破我的嘴角。

即便這一腳我用盡吃奶的力氣，可那女人不僅沒有被踹倒，反而厲聲喊著，「你不是田中的朋友！」接著，跳過來壓在我身上，舉著剪刀刺向我。

我勉強抓住她的手腕，哪知女人的力氣出奇地大，差點沒撐住，刀尖都已經碰到我的眼睫毛，眼珠也能感到刀尖迸出的寒意。

女人咧著嘴，不停喊著「你不是田中的朋友」，口水流了我滿頭滿臉。我強忍著腥臭味，咬牙死死攥著她的手腕，再次用膝蓋猛頂她的腹部。

「堅持一下！」那兩人越來越近，但聽聲音起碼還有幾十米的距離。

「堅持你妹！」我的倔勁上來了，「等你們過來，小爺早被剪刀扎得對穿了！」

我一邊罵著，一邊運足力氣，雙手猛地一抬，把女人的手推高十幾釐米。趁著這個空檔，連忙騰出左手，從口袋裡摸出針盒。

我手忙腳亂地打開盒蓋，摸出兩根銀針，對著女人的雙眼分別刺了進去。

她的眼睛宛如被刺破的肥皂泡泡，眼液混著鮮血直接噴進我的嘴裡，又腥又苦又臭。

女人仰頭發出哀號，我趁機屈膝一蹬，又暫時脫離她的糾纏，驚魂未定地喘著氣。她雙手胡亂揮舞著，剪刀脫手，不曉得被甩到哪裡了，腳步不斷向後退，直到撞上紅綠燈桿。

這瞬間，綠燈突然暴亮，燈桿由上及下韻律地散發奇異的金光。我戳破紙人露出來的小洞裡像是裝一台巨大的抽風機，響起猛烈的風聲。

女人拼命掙扎著，裂開的嘴張到極限，「放開我！」

可是她的身體依舊被燈桿牢牢吸住，根本不能動彈。

下一秒，血花從女人背後噴濺而出，還夾雜著幾塊白森森的碎骨。嗚嗚的抽風聲幾乎刺穿我的耳膜，只見女人的腹部開始凹陷，承受劇痛的吼叫持續幾秒，身體就跟被扎破的氣球一樣乾癟。

綠燈越來越亮，放出太陽般的光芒，將能看到的一切都蒙上碧綠色，連天空都綠了起來。燈桿裡傳出碎骨摩擦金屬的聲音，綠燈裡的小人不若平時那樣緩慢地走動，而是快速奔跑著，最後化成一團白影。

數字飛快地倒數，從七十七秒直至〇秒，復又跳回七十七秒。黃燈亮起，同樣是耀眼的光芒。接著，紅燈亮起，如同燃燒著滾燙的火焰，白色的小人靜靜地躺在裡面。

我聽到陣陣淒厲的慘叫，隱約還聽到一句不斷重複的話，「他不是田中的朋友！」

最終，一張白色的人皮從燈桿滑落，軟軟地堆在地上。

遠處兩個人終於跑來，是月野清衣和黑羽涉。我徹底鬆了口氣，全身癱軟，無力地仰面躺在地上，看著滿天閃爍的星星，覺得十分疲憊。

「南瓜！」月餅也從遠處跑回來，「你還活著嗎？」

「小爺要是等你回來，那才真的活不了。」我懶懶地回了一句。

# 10

「我知道這件事情使我們失去了你們的信任。」月野清衣滿臉的歉意，正在替我們泡茶。

回到住宿的旅館，我先洗了熱水澡，想起方才噴進嘴裡的液體，不禁又一陣噁心。拿起牙刷大力來回刷著，直到差點把牙齒刷得和紙一樣薄，牙齦都快出血才罷休。

即便如此，嘴裡依舊有股怪味，越想心裡越膈應！

月餅等我從浴室裡出來換好衣服，兩人立刻氣衝衝地去興師問罪。

黑羽涉替我們開門後，雙手交叉靠著牆，一副無所謂的姿態。月野正準備茶，見到我們趕忙站起身，深深一鞠躬表示道歉，我們這才略略消氣。

我偷偷觀察，這間房有兩張單人床，看來兩人不是睡在一起。心裡不曉得是醋意，還是安慰，總之百味陳雜。

「如果有興趣，我可以解釋這件事情。」

月野清衣將茶盞推到我們面前，沒等我們回答，便逕自說起來。

「宮島在古代，一直用來安葬戰死的武士，除了送葬人，沒有人敢接近的被武士鬼魂統治的小島。明治時期，由於這座島上鬼魂的數量實在太多，連周邊海裡的生物都受到影響，附近海域的漁民誤食附上鬼魂的魚蝦，都會離奇死亡。」

「因此，日本集合陰陽師，利用地形建造建築物，作爲封鬼的結界，又設立大鳥居（矗立在海水裡的紅色楠木）當鎮鬼器，才勉強壓制惡鬼。爲了維持陰陽平衡，日本統治階層還下令人民遷徙過來居住，但仍然有少數厲鬼突破結界，危害居民。直到專門用來滅鬼的紅綠燈出現，才徹底解決了這些問題。」

「宮島的禁忌中，不埋葬是怕破壞陰陽平衡；婦女分娩必須去本州是擔心嬰兒沾上陰魂；女性經期體內陰氣最重，會引出不乾淨的東西。至於到海濱取水清洗屋門，是爲了取大鳥居的鎮鬼之水，確保不受惡鬼夜擾。不飼養犬類，尤其是黑狗，則是因爲牠們能看見鬼，不適合養在島上。」

「裂口女靠惡鬼之氣生存，裂開的嘴就是爲了吞噬陰氣。哪裡的鬼氣重，它就會出現在哪裡。當我和黑羽看到這張照片時，就已經知道問題所在。這種殺人手法是裂口女慣用的方式，之所以一口咬定事情是傑克做的，其中的原因說起來有些無奈——因爲街角的『提燈小僧』。」

「如果世上只有一種善良的鬼，那必定是提燈小僧。它容貌近似十二、三歲的男孩，臉色鮮紅，後腦是一盞燈籠，亮著的不是火焰，而是純潔的靈魂。可惜容貌太過嚇人，又經常在夜間突然出現，並在行人面前往返幾次後便消失不見。它之所以會出現，其實是在告訴行人即將有生命危險。換句話說，提燈小僧出現的地方，必定會發生死亡的事件。」

「一傳十，十傳百，提燈小僧反而成為邪惡詛咒的化身。於是，它出現的地方，人們會用各種方法驅鬼。無論陰陽師如何解釋，大家對提燈小僧的看法已經根深柢固，完全無法改變。懂點捉鬼法術的人曾經抓住它，刀砍、油潑、火燒……我不想多談那些酷刑，你們應該能想像那畫面。可是，提燈小僧擁有純潔的靈魂，每次遭受酷刑後，很快又忘記人類對它的傷害，依然出現在即將發生危險的地方，善良地提醒著人類。」

聽月野清衣說到這裡，我回想起提燈小僧傷痕累累的身體，輕輕嘆了一口氣。

「我們倆之所以不告訴你們，是因為對你們不瞭解，不曉得你們是不是像凡赫辛家族，只要是鬼和妖怪，就一定要獵殺。我們這麼做，完全是想保護提燈小僧。」

「至於昨夜被裂口女殺死的人，我剛剛和黑羽去他的住所調查，發現後院埋著一具女屍，根據腐爛程度判斷，起碼死了一個月以上。女屍下葬破壞陰陽平衡，引來了裂口女。而兇手心魔作祟，體內陰氣極重，恰好成為裂口女吞噬陰氣的目標。也因為他破壞了陰陽平衡，走夜路時被惡鬼附身，被設置咒語的紅綠燈誤把他當作惡鬼，吸乾變成人皮。」

「如果不是你們倆的冒失和不信任，我們大能將事情圓滿解決。還好，一切都解決了，大家都安然無恙，也算是幸運的。」

# 11

待月野清衣講述事情前後經過，一切疑團都解開了。這時候，黑羽涉冷哼著補上一句，「如果你們以後再擅自行動，死了我也不會插手。」

「你別忘記，裂口女是我兄弟解決的！」月餅喝了口茶，不甘示弱地用言語回擊，「我剛才還在奇怪，爲什麼會把那個孩子追丟。」

「運氣好而已。」黑羽涉撇頭看著夜景。

「世界上沒有運氣好的人，只有愚蠢的人。」月餅捏著杯子，顯然有些動怒。

我懶得和黑羽涉爭論，他就算見了天皇，也會是這副德性。喝了口茶，不經意又想起裂口女眼珠裡的液體，頓時覺得茶水比黃連還苦。

「我希望雙方能夠精誠合作，一起把傑克抓住。」月野清衣對我們伸出手，態度十分誠懇。

月餅微笑著，沒有伸手，卻暗中推我一下。

看著她既白皙又柔嫩的小手，我出了神，經月餅提醒才反應過來，這是替我製造機會。連忙把手往衣服擦了兩下，哆哆嗦嗦地將軟玉溫香握了個結實，「一定鞠躬盡瘁，死而後已。」

「是中國《出師表》裡的話嗎？」月野清衣歪著頭想了想，居然沒有抽回手，「現在這樣說，是否不太吉利？」

「對了，田中是誰？」月餅忽然拉回原來的話題。

「據說是裂口女的丈夫。」月野抽回手，隨意攏了攏頭髮，「所以如果見到裂口女，大叫著『我是田中的朋友』，便能夠趁它猶豫不決之際逃跑。」

我入神地望著月野清衣，忽然想到一件事情，不由得一驚。

裂口女眉宇間爲什麼會和月野清衣如此相似？

當然，作爲唯一見過裂口女的人，我會把這件事永遠放在心裡，不說出來。

絕不！

西元一九八七年十月二十二日，紐約帝國大廈附近的紅綠燈，曾發生過一起離奇的死亡事件，死者為華爾街著名金融家。

根據目擊者供述，死者當晚結束聚會，驅車返家，等待綠燈亮起時，表情看起來非常清醒。忽然間，他好像聽見什麼，抬頭死盯著紅綠燈，臉部漸漸抽搐扭曲，嘴裡不停唸叨同樣一句話，然後發了瘋似地狠踩油門，撞向紅綠燈。

經過化驗，他血液裡沒有酒精含量，唇語專家對死者死亡前的話進行分析，得出死者最後反覆說著兩個字：詛咒。

警方最終將那人的死亡原因歸咎於「高度壓力下的精神失控」。為此，政府明文要求每間具有一定規模的公司都必須聘請心理輔導師和設置休閒室。

三個月後，死者擁有的豪宅被收購後，重新翻修的過程中，三名建築工人在挖掘花園中間的噴泉時突然暈倒，事後皆對此保持沉默。新屋主將豪宅裝修完畢，卻沒有入住，直接掛牌出售。

倫敦常年被濃霧覆蓋，因而有了「霧都」的稱號。每年四月和十月兩大濃霧時期，經常有人死在紅綠燈下，死狀更是千奇百怪。而且，死者身份大多都為西元一六四〇年至西元一六八八年資產階級革命後，新貴族的後裔。英國著名女巫、占星師芭芭拉．卡迪曾說，「這是延續三百多年的邪惡詛咒之霧！」

每年，日本警方都會接到無數電話，目擊者聲稱見到一種鬼，小孩身體卻有燈籠腦袋。出現這種鬼的地方，往往會發生可怕的死亡事件。最著名的就是長崎樓房倒塌事故，據生還者宣稱，當晚曾經看到一個長著燈籠腦袋的小孩在樓裡跑來跑去。

另外，還有個有趣現象。世界各國貧富不均，對城市建築的要求也不一樣，但無論哪座城市都會有紅綠燈，即便車流量根本沒達到設立紅綠燈的基準。澳大利亞的著名鬼鎮，小小的區域居然有十三個紅綠燈，成為獨特的景象。

# 第5章

# 化貓

宮崎駿的動畫風靡全球，憑藉精湛的技術、動人的故事和溫暖的風格在動漫界獨樹一幟，擁有無數粉絲。他的作品大多涉及人類與自然的關係、和平主義及女權運動。

我曾經和一個朋友聊過宮崎駿，當我提及自己超愛宮崎駿的作品，尤其是《神隱少女》和《龍貓》時，她很不以為然地告訴我，「宮崎駿的動畫不光你一個人愛看好嗎？很多人都喜歡！」

我沉默了……

有些事，我是無法告訴她的。

正如每人心中都有一個秘密，是無法拿出來與別人分享，只能在夜深人靜獨自慢慢回味。

而那個秘密，是關於貓的！

貓，自古以來被視為神秘可愛、溫順獨立、優雅慵懶的動物。

在中國，愛貓人士稱之為「喵星人」，可見對貓的喜愛。在古埃及，貓被奉為「月神貝絲」的化身，現存幾千年前的古埃及墓碑和紙卷上，都有與其相關的圖形和文字記載。

世界各地對貓的看法褒貶不一。

歐洲中世紀為了消滅黑魔法，連巫師最喜愛的貓也難逃被屠殺的命運。直到出現差點毀滅歐洲的霍亂和鼠疫，貓才有生存下去的理由。

在日本，關於貓的傳説更是多不勝數。比如：喜歡舔舐男人的每一寸身體，長著貓一樣有肉刺舌頭的「嘗女」；為了女主人甘願犧牲，又化成貓鬼報復傷害女主人的丈夫，名叫「秋子」的靈貓；用靈魂和鬼交易，換取主人一生榮華富貴的義貓「島川」。

據説貓活過十九年，便會擁有變化人類的本領，又稱之為「化貓」。

# 01

清晨七點四十分。

神戶，MOSAIC休閒廣場，「千葉の魂」主題賓館。

櫻井雪奈赤裸著身體來到淋浴間，匆匆洗了澡，一邊欣賞著精緻的身軀，一邊用吹風機吹著濕漉漉的頭髮。

一滴滴閃爍著燈光的水珠，在她雪白色的胴體輕輕滾動，帶出性感的節奏。雪奈輕嘆了口氣，將蜜臘糊在腿上，再敷上紙，等著扯起長出的汗毛。

眞討厭呢！爲什麼汗毛長得這麼快？每天都要處理！

畫了精緻的白領妝，雪奈對著鏡子噘起紅嘟嘟的小嘴，滿意地親了一下。拿起手機，半遮著胸部自拍一張，立刻發到Twitter上。不多時，評論和央求交往的關注資訊便超過上百條。

雪奈看了看，沒有私訊，略有些失望，不過很快地換上微笑，開始換穿衣物。

LOEWE的裙子，Diesel蕾絲鏤空上衣，LV提包，Christian Louboton的鞋子，一件件穿在身上，遮擋誘人的身體，展現出奢侈品堆砌的虛榮。

她斜睨一眼還在床上熟睡的肥胖男人，抓起一大疊散亂桌面的日元塞進包裡，頭也不回地出了房間。一個公司小職員，如果要買這些讓別人羨慕的東西，就要有把自己的身體獻給男人換來財富的覺悟。至少，她是這麼想的。

走出主題賓館，半瞇著眼睛看向太陽，雪奈慵懶地伸了個懶腰，心裡喜孜孜的。

「喵……」

一隻又老又醜的黑貓從樹上跳下來，跑到她身邊，磨蹭著雪奈粉嫩的小腿。

雪奈皺著眉頭，百般厭惡地一腳踢開黑貓，像錐子一樣尖銳的鞋跟刺進貓肚。黑貓腹部流著血，叫聲越發淒厲，幽藍色的眼睛睜得渾圓，卻不逃跑，反倒怯怯地往雪奈身邊挪動。

「混蛋！」雪奈再也忍不住，瘋了似地對黑貓又踢又踹。

相較於人類，黑貓嬌小的身體哪能承受這般力道，癱軟地橫在地上，被鮮血糊住毛的肚子急促上下，尾巴微微顫抖，聲音越來越微弱……

「姐姐怎麼可以傷害貓呢！」路過的幾名背著書包的小學生跑過來，其中一個小女孩掏出手帕，覆蓋貓身上的傷口，心疼地把牠抱在懷裡，幾乎要哭出來了。

雪奈徹底發狂，「你們根本不懂！這隻貓纏了我整整十九年！十九年了！從我很小的時候，牠就一直跟著我！你們知道晚上睡覺的時候，忽然有個毛茸茸的東西舔你的臉，睜開眼睛看到是這隻黑色的貓，牠放著光的眼睛是多麼嚇人嗎？你們知道在洗頭的時候，閉上眼睛沖掉洗髮精，睜開眼發現牠蹲在門外看著，有多麼可怕嗎？你們知道和男朋友吃飯的時候，牠突然出現跳上桌子，把所有菜餚打翻得亂七八糟，是多麼尷尬的事情嗎？牠不是貓，牠根本就是惡魔！」

「也許牠在保護妳！」小女孩眼眶滾著淚珠，「總之，傷害貓是不對的！」

雪奈兀自生著氣，也不願再多糾纏，伸手攔下一輛計程車。上車後，擦著鞋跟上的貓血，氣憤地把衛生紙丟出車窗！

再做一年應召女郎，攢夠了錢，一定要開自己喜歡的花店！

走進公司大門，雪奈暗自下定決心。

「雪奈今天好漂亮啊！」男同事色瞇瞇地看著她深V上衣裡若隱若現的乳溝。

「哎呀！雪奈，妳換的最新款LV包包，要很多錢吧？我們這些普通人只能有眼饞的份兒嘍！」女同事酸酸地說道。

雪奈臉上掛著標準的職業微笑，微微地鞠躬，「請多關照！今天又是該努力的一天。」可她心裡卻鄙夷著這些人：哼！一個普通職員還想打我的主意？哈！也不照照鏡子，依她的模樣，根本沒有本錢得到名貴的東西嘛！

或許是昨晚太過激烈，當電梯到達公司那一層時，雪奈忽然覺得很疲憊，全身也癢得厲害。再想到那隻黑貓，雪奈更是憤怒！

肯定是牠把身上的跳蚤帶到自己身上！可惡，下次再見到牠，就餵牠吃毒藥好了！

時間還早，公司沒來幾個人，雪奈習慣性向一張辦公桌看去。

「清和君，早上好！」正在看文件的清和是她喜歡的類型，即便已經結婚，她還是不介意和他發生一夜情。

不知怎麼搞的，身體越來越癢，像是有許多細毛搔著皮膚。雪奈有些後怕，不禁懷疑昨晚那個老男人是否有傳染病？

清和隨口應了一聲，抬起頭時，卻像是忽然見到鬼似的。他指著雪奈，嘴唇不停哆嗦，喉嚨發出咿呀咿呀的怪叫。

「清和君，你怎麼了？」雪奈猜想會不會是貓血濺到腿上，正準備低頭察探時，陸續進公司的同事本來還有說有笑，都突然發出驚恐的尖叫。

「尾巴……尾巴……」

尾巴？雪奈不知所措地站著，感覺屁股上好像有什麼東西在動。她歪頭向後看，竟然有三條長尾巴從她的裙襬裡伸出來，來回擺動著。

宛若貓尾巴！

這是怎麼回事？雪奈徹底傻了，伸手想抓尾巴，才發現自己的手變成巨大的貓爪，白色的、毛茸茸的、帶著尖利的指甲……

雪白的腿也起了變化……

搔癢感已經達到無法忍受的程度！大片獸毛用肉眼可見的速度飛快鑽出皮膚，不一會兒就覆蓋筆直修長的雙腿。腳漸漸縮小，骨骼和血管如若被煙頭燙了的螞蟥，縮成一團，變得滾圓，彎曲的趾甲從腳趾中探出。

「天啊！我這是怎麼了？」可怕的身體變化使得雪奈無助地尖叫，可耳朵裡聽見的卻是貓叫聲。

淒厲、恐懼、絕望！如同方才被她虐待的黑貓。

此時，清和已經暈倒在地上。雪奈則在同事們的厲聲尖叫中，慌亂地在辦公室裡四處亂竄。她的身體從未像現在這麼輕盈靈巧，明明眼看就快撞到牆，卻下意識扭身躲過。

就像一隻貓！

直到她撞到落地玻璃前，終於看見自己的全貌！

身穿人類衣服的白貓，張著嘴喵喵叫，舌頭上的肉刺根根豎起。

砰的一聲，大片的落地玻璃被撞碎，一道白色的身影從七樓飛了出去，在空中扭動身體，最後重重落在地上！

血肉，迸濺！

肢體，殘碎！

血泊中，屍體看不清楚原本的模樣，碎骨猶如荊棘從全身刺出……

「喵！」在小女孩懷裡的黑貓掙扎著跳到地上，一瘸一拐地向遠處跑去，在馬路留下一道血跡。

「好奇怪！」小女孩歪著頭問同學，「你們有聽到了嗎？那隻貓好像不斷地喊著『雪奈』。」

同學們都笑了，「稚子，不要亂說啦！貓怎麼會說人話呢？倒是妳，會不會太愛貓了？家裡收留那麼多流浪貓，每天身上都沾滿貓毛。」

「討厭，那不是貓毛！我汗毛長得快嘛！」

「月公公，日本不小，人海茫茫，上哪兒找傑克？」我灌了口清酒，滿嘴的蒸餾水味，不怎麼好喝，「他的催眠術那麼霸道，要是偷偷出境，或貓個地方藏起來，想見到他的人影，比大海撈針還難！」

「你就不能消停一會兒？」月餅不耐煩地闔上書頁，「不說話沒人把你當啞巴！如果那麼有本事，見到月野滔滔不絕、口若懸河去！在我這裡撒什麼歡？」

我枕著胳膊躺在床上，穿透窗戶灑進來的陽光讓人感覺愜意舒適。豈料，月餅開口就說喜歡靠窗睡的人缺乏安全感。對此，我沒好氣地回了句，「鬼都是從窗戶鑽進來的，要是半夜看見鬼貼在窗戶上，估計能把您月公公嚇死！也就我這天生橫練膽子的人才敢睡在窗邊。」

我推開窗戶，吹著海風，欣賞宮島的風景。遠山碧水，漁民收網，肥嘟嘟的鮮魚活蹦亂跳，濺起的水花如珍珠般晶瑩。佇立海面的深紅色鳥居則像慈祥老人守護著島上衆

# 02

多子民。

抽著日本的名煙「七星」，總覺得有股捂了好幾天的被子的味道，遠不如中國的紅將軍抽起來給力。喝著石川縣的「天狗舞」清酒，和水沒區別，只能解解渴，也不如二鍋頭那種霸道的辣勁令人熱血沸騰。

「你就是個屌絲命。」月餅看我愁眉苦臉的表情，擅自下了結論。「話是這麼說，可既然入境，當然要隨俗啊！再者，七星煙大有講究。「七」，在日本文化是吉祥的數字，一月七日專稱「七日正月」，會在家裡佈置七福神等吉祥裝飾物，禱敬諸神以祈福祉。就我猜測，這個牌子剛創立的時候，爲了生意興隆，才取了這麼名字。

對亞洲人來說，這就是傳統，開店、生孩子都會起個好名，以求平安吉祥。不像歐美人，大街上喊聲「傑克」、「愛咪」，肯定十個有八個回頭應聲。

「你在看什麼書呢？」我獨自喝酒無聊，看月餅拿著一本破書翻了半個下午也不吭氣，悶得都快發瘋了，「不好好養精蓄銳，準備和傑克決一死戰，捧著本書玩什麼命？」

月餅大概是被我吵得夠嗆，直接把書扔了過來。我接過一看，封面寫著幾個大字：《日本妖怪大全》。

「這種書上寫的你也信？」我哭笑不得，「將來有時間，把我們倆的經歷寫下來，都比這本書眞實。」

「多準備是好的！這本書裡的內容有些不假！我剛看到『化貓』這種妖怪，講的是佐賀藩的名門鍋島家的一個家臣，名爲小森半太夫。他經常對一隻貓施暴，不斷虐待牠。於是，那隻貓怨氣叢生，吃掉本家的愛妾，並變成愛妾的模樣報復。化貓妖變過程寫得非常詳細，和中國傳說的妖變大同小異。知道『貓臉老太太』嗎？」說完，月餅拿了根煙在鼻息間聞著。

「貓臉老太太」這五個字使得我渾身泛起寒意。那是在我尚未出生時發生的詭異事件：某寒冷城市，上班的人們發現路上凍死一個人，由於是趴在地上，從花白的長髮和身形來看，死者是一名老太太。

當員警趕到，準備將老太太翻過身，才發現臉部牢牢凍在馬路上，只得用酒精一點一點化開。屍體翻轉過來後，居然發現老太太長了一張貓臉！

而據報案者說，曾經有一隻貓從老太太身上跳過去。

後面的事情我就不太瞭解了，只聽聞貓臉老太太的屍體在停屍房神秘失蹤。隨後幾年，經常有學生晚自習放學時看到有個長著貓臉的老太太在街上遊蕩，嘴裡還不斷喊著，「回來吧……回來吧……」

這件事情曾經在當地造成極大的恐慌，學校還爲此取消晚自習，就連學生傍晚放學也得由家長來接。

或許是謠傳不攻自破，又過了幾年，「貓臉老太太」的傳說逐漸被淡忘，也再沒有人看見過它。

「那是傳說吧？」我擦了擦冷汗。

月餅揚了揚眉毛，「傳說不一定是假的。我聽都旺說過，貓臉老太太被抓住了。」

靠，沒想到這件事是眞的，都旺還是主要參與者！難道他抓貓臉老太太來煉蠱？

這會兒，我的好奇心又起來了，「月餅，你當時怎麼就不多問一點？」

「你以爲我不想知道啊？可無論我怎麼問，都旺就是不說！」月餅有些遺憾，「他說那不是我能承受的事情。」說罷，他故意岔開話題，「月野今天會做什麼好吃的伺候南少俠呢？」

聽到這句話，我就頭疼。

解決「宮島人皮」事件後，由於傑克那個殺千刀的暫時沒風吹草動，月野清衣索性讓我們休養幾天，順便欣賞風景，好好放鬆一下。

本來我還想拿相機拍幾張照片發微博，可每次走到街上，便會想起此處曾是武士埋身之所，地底全是碎骨和冤鬼。又因爲親身與裂口女交手，心理上也有了陰影，看見紅綠燈就渾身不自在，乾脆整天貓在屋子裡喝酒抽煙，和月餅扯皮，算是宅了。

月野清衣可能感謝，也可能有些愧疚，每天變著法做具有日本特色的飯菜。像我這種一日無肉不歡的主，飯量自然大，偏偏飯團不如小孩拳頭大，配上幾片紫菜、菠菜，切成片的四分之一個雞蛋，根本無法填飽肚子。

好不容易看見點魚肉、大蝦、蚌類的海鮮，卻是生的，據說還是黑羽涉捕的！想像他擺著臭臉，挽著褲管，手拿魚叉站在海裡的模樣，我就忍不住想笑。

生海鮮沾著芥末入口，辛辣直衝鼻腔，忍不住流眼淚。而且，我對某些特定海鮮過敏，吃了之後渾身起蕁麻疹。

但是，月餅說了一句話，「南瓜，爲了愛情，別說是過敏，就是過命，你也要把那些食物吃下肚。」

因此，我每天看著笑瞇瞇的月野清衣，一口口地把壽司吃完，摸著肚子擠出滿足的笑容，「謝謝，我吃飽了。眞好吃，辛苦妳了。」

等到半夜，估計月野清衣已經睡了，我才偷偷摸摸泡上一碗速食麵，邊撓著手腳、肚皮的紅疙瘩，邊和月餅偷偷補充營養。

今天，正聽音辨位，琢磨月野清衣是否睡了，門突然被推開，她直接闖了進來。這與她平時都會有禮地先輕敲三下截然不同，一定出什麼事情。

「神戶發生怪事，我需要你們的協助。」她簡明扼要地說：「請兩位收拾東西立刻出發，路上會給你們資料。」

我莫名有種預感，「和貓有關嗎？」

月野清衣正準備轉身回房收拾東西，立刻訝異地扭過頭，問道：「你怎麼知道？」

這麼巧？

我也無法解釋自己爲什麼知道，好像只要看到月野清衣，就知道她心裡在想什麼。經過這幾天的接觸，我發現我們之間存在許多默契。

其實，每個人都會有類似的經驗，和另外一個人異常有默契，說什麼、想什麼、做什麼，皆有相似的舉措或想法。又或雙方尚未結識前，便做過完全一樣的事情，比如：替寵物或者別的東西取同樣的名字、曾在某天發內容雷同的微博、對同一個値得紀念的日子非常有感觸。

一般而言，大家會把這些統稱爲「緣分」，實際上是因爲兩人的命格相同或激似。像這樣的人早晚都會相遇，產生交集。

月餅問道：「黑羽呢？爲什麼只說妳需要協助？」月野清衣臉頰微微泛紅，露出不好意思的表情，「他不聽勸阻，先行出發了。」

聞言，月餅沉著聲音應了一下，我則心裡暗罵：這個畜生，自從我誤打誤撞地解決裂口女後，他就一直不服氣。不用多想也知道是不爽自己被壓下去，這次想單獨行動證明自己的能力。祝福他被貓妖大卸八塊吃了才好，最好連骨頭渣都不剩！

「黑羽獨自前往會不會有危險？」月餅看來是氣消了，居然反過來關心黑羽涉。

我暗叫一聲慚愧，想著自己恐怕這輩子都達不到月餅那般博愛的境界。

「所以我希望能快點出發。」月野清衣的焦急之情溢於言表，「我也得回去收拾東西了，等會兒樓下見！」

由於對黑羽涉的成見，我又一陣不得勁，磨磨蹭蹭，還故意丟三落四，弄了半天，才不情願地出門。

# 03

神戶是日本國際貿易港口城市，兵庫縣的首府，位於日本四大島中最大的島——本州的西南部。它西枕六甲山，面向大阪灣，已有千年歷史，號稱是日本最美麗、最有異國風情的港口城市。

從風水來看，神戶地處綠茵蔥鬱的六甲山國立公園和碧波蕩漾的瀨戶內海之間，背山面水，是上佳的「騰龍潛水」之兆。

神戶和宮島都在瀨戶內海，距離不遠，交通工具是改裝後的快艇。速度沒得說，幾根煙的工夫就穿過神戶標誌性建築，明石海峽大橋。

「二戰時期，神戶的城市建築和港灣設備都受到嚴重破壞，四處是殘垣斷壁，破爛不堪，原本一百多萬人的城市僅剩三分之一人口。你們現在看到的繁榮景象，都是重新建造發展的。就連六甲島也是從西元一九六六年，前後耗時十五年，挖運土石八千萬立方米，移山填海形成的人工島。」月野站在快艇船頭，海風讓衣服緊緊貼在她的身上，展示完美的曲線。

她自豪的神情躍然臉上，我卻沉默了。

戰爭是少數統治者為滿足膨脹慾望，發動的毀滅性災難，無論最終是否取得勝利，買單的永遠是百姓的生命和淚水。偏偏戰爭又是推動人類文明、歷史快速發展的催化劑，就像天使和魔鬼的結合體，令人為之著迷瘋狂的同時又產生極度的厭惡憎恨。

「六甲島是人工島？」月餅的注意力顯然沒有放在對戰爭的思考上，「設計師是誰？」

「小川平一郎。」月野清衣坦誠以告，「他是陰陽師，已經過世了。戰後，由於神戶死了太多人，為防止惡鬼擾民，他向政府申請，不惜耗費大量物力、人力，建造六甲島當作符鎮。據說，島上還藏著陰陽師安倍晴明的一根臂骨，壓制眾多惡鬼。」

「南瓜，如果沒有六甲島……你看看這裡的風水。」月餅走回船艙，「風太大，我進去抽根煙。」

我百般感激，月餅替我創造了和月野清衣單獨相處的機會，還讓我順便展示自己的特長。

「風水？」月野清衣好奇地問。

那瞬間，我的腦子比運算速度世界第一的巨型電腦運行得還快，臉上卻一副「這算什麼」的淡然表情，並故意壓低嗓音，「關於中國的風水，說來話長。起源於道教，道教的始祖是老子，在中國……」

「請講重點！」她微微皺著眉頭，不耐煩地說：「時間不多。」

我老臉一紅，有種想彈名曲，結果還沒找對譜，聽眾偏偏又急著聽完吃晚飯的失落。「如果沒有六甲島，神戶前後環水，是『孤墳弱水』之兆，是僅次於血煞之地的凶境。經過改造後，眼下是『騰龍潛水』的格局，看來小川平一郎對中國的風水有一定研究。」

月野清衣很認眞地聽我解說，且拿出紙筆記錄，「依你所言，孤墳弱水的風水會帶來什麼後果？」

「孤墳陰氣不散，弱水陽氣不進。這種風水格局，如果有死人，容易屍變、妖變。」我心裡隱隱一動，有了個很模糊的概念。

「屍變我懂，中國稱之爲『粽子』，也就是殭屍。妖變是什麼？」月野清衣飛快地記錄。

我忽然想到一件事情，霎時全身冰涼，「月野！陰陽師都靠什麼施術？」

「有什麼問題嗎？」她似乎不想回答這個問題，「你這樣問很失禮。」

關於陰陽師，月餅曾和我談過，他們與中國的術士有最根本的不同。中國道術注重先天之氣，講得通俗點，就是修練體內的氣，注重「先天」、「元嬰」、「陰陽調和」。日本的陰陽師則另闢蹊徑，利用自然之氣（動物、植物這樣的外界之氣），提高自身能力。

對此，月餅總說日本陰陽師的修行就跟日本民族的發展一樣，不注重內在積累，只求快速提升，一切都是「拿來主義」，追求實效而失去基礎。

「妳能聯絡到黑羽嗎？」我近乎失控，有件事情倘若眞的發生，那就太可怕了。月野清衣察覺到我的反應過於激烈，也意識到不對勁，「聯絡不上，他一個人獨來獨往慣了。」

「妖變……妖變……」我重複著這兩個字，「是妖變！」

雪奈化貓的影像片段我們在船上已經看過，每個細節都進行推敲，依然覺得不可思議。

如果像「貓臉老太太」，是因為一隻貓跳過屍體上，導致陰氣作祟化貓，那還說得過去。可一個人活生生變成貓，實在叫人費解。

雪奈是孤兒，白天是普通公司職員，暗地卻做著應召的生意。

警方已經對嫖客石井進行提審。他供稱在網路上看到雪奈的自拍照，雙方私下達成的交易。他回憶，雪奈的舌頭非常粗糙，叫聲特別像貓。剩下一些細節敘述，由於先前月野清衣在，我縱使很想聽，還是很大尾巴狼地關掉錄音。

月餅推測雪奈是否中了蠱，從而聯繫到傑克身上，認爲是他暗中作怪。

然而，經過方才偶然的幾句話，我明白其中的原因。

孤墳弱水之地，即便經過風水改造，變成吉地，一旦被破壞，鎮住的凶煞之氣會立刻漏出，影響到陽世之人，形成妖變。

剛剛路過的明石海峽大橋橫貫兩岸，恰好應了「橫拱」之相（家中裝修時，天花板切勿在進門位置橫掛），斷了「騰龍潛水」的佈局，吉地轉爲凶地！

此外，必須提到神戶還有個別稱——貓城。

貓在這座城市隨處可見。傳言，貓最易沾染陰氣，更有貓有九命的說法。依照天性，貓到了夜間會很精神，遊竄於大街小巷。牠們的瞳孔變得滾圓，散發藍綠色的幽光，白天則瞇成一條線，懶洋洋地曬著太陽睡覺。

這全是貓爲了保護人類，吸收著陰氣。

貓眼吸引遊蕩世間的鬼魂，再藉由瞳孔將鬼魂納入體內。每隻貓一晚能納入九條鬼魂，白天瞳孔豎直成線，是關閉通鬼之門，並躺在陽光底下，好讓陽氣化掉體內的鬼魂。

因此，夜間行走，面前突然出現一隻貓，用明亮的眼睛直勾勾看著你，又或擦著你的身體跑過時，千萬不要害怕，也不要傷害牠。那大概是你沾染陰氣，也可能被鬼魂跟上，貓在為你清體。

當體內陰氣重、心思邪惡的人接觸還沒化掉鬼魂的貓，極有可能受到影響，中邪、發瘋、鬼上身，甚至變成貓人。

正因為扭曲和誤解，才會有各種關於貓的邪惡傳說。

神戶的風水遭受破壞，陰魂肆無忌憚地遊蕩城市的每個角落，貓咪已經承受不了如此重的陰氣。

更危險的是心存惡意的人類！

也許用不了多久，神戶的大街小巷會出現很多身材巨大、直立行走的貓人。

想到這個景象，我緊緊攥住拳頭，指甲幾乎掐進肉中。

這是一場難以挽回的浩劫。

而陰陽師黑羽涉施術全靠自然之氣，更容易吸收貓身上的陰氣，最早成為貓人。

# 04

抵達神戶是晚間七點多鐘。

在船上聽我講完，月野清衣將信將疑，但事關衆人，不允許她不重視。她立刻撥通電話，下令對所有街道進行全面監控，一旦發現化貓立刻控制。

藉著這件事情，我意識到大川雄二、月野清衣、黑羽涉的權力不小，不由得有些羨慕。憑什麼日本的陰陽師這麼受尊重，可以有這麼多特權？

情勢急迫，月餅拍了拍我肩膀，「我立刻去找黑羽涉，你們去雪奈家調查。」

這次他絕對不是替我製造和月野清衣相處的機會，是因爲黑羽涉假如眞的變了貓人，只有他能夠制住。再者，作爲第一個變成貓人的雪奈，必須對她家進行調查。月野不能靠自然之氣施展陰陽師的招數，可歷經長期的訓練應該能夠應付相對安全的入屋調查。我，廢柴一個，但在陣法、風水方面，透過這段時間的苦學，也算得上精通，可以從雪奈家裡發現端倪。

這一瞬間的安排，顯示月餅過人的判斷力，可也把最危險的事情攬在自己身上。

「你小心。」我沒心情開玩笑，語調很認真。

「我死不了。」月餅彈身躍上屋頂。

按照剛剛監控室給的資訊，黑羽涉最後出現的三宮中心街。那是神戶非常繁忙的街道之一，如果他在那裡發生妖變，後果不堪設想。

「你有一個很好的朋友。」月野清衣嘆了口氣，「他很優秀，會是無數少女的夢中情人呢！」

奇怪，都這個時候了，居然還有心思討論這個！難道……她對月餅有想法？

倘若把他們擺在一起，怎麼看都是天造地設的一對。出乎意料，我居然沒有醋意，還覺得自豪。

「但是……太過完美就不眞實了。沒有一個女孩希望自己的男朋友像神一樣存在。」月野清衣笑著把話接下去，「女孩眞正著迷的，不僅是對方的優點，也會喜歡上他的缺點。南君，等會兒我們要全力合作。」

「嗯。」我重重地點了點頭。

「如果我不小心利用自然之氣，變成你口中所謂的貓人，請殺了我。」說著，她撩起長髮，露出雪白的脖頸，「每個陰陽師都有致命的弱點，我的弱點在左耳垂下方兩釐米的脖子上。我儘量保留最後一絲意識，給你足夠的時間。請不要手軟，我不想變成妖怪，傷害無辜的人。你，能答應我嗎？」

我猶豫了……

「算了！你是中國北方人吧？應該很直爽才對，怎麼婆婆媽媽的？是不是男人啊？」月野清衣當先鑽進駕駛座，「上車。」

我坐上副駕駛座，任憑月野清衣疾踩油門或煞車，只是緊緊抓住門把，一句話也不想說。

一個男人，若是在女人面前變得不直爽，說話吞吞吐吐，完全不是原來的樣子，那是因爲他太在乎女人的感受，所以猶豫，所以小心翼翼。

他愛上了那個女人。

我偷瞄月野清衣專注駕駛的模樣，精緻的鼻子微微上翹，襯托美麗的側臉，在心裡暗暗發誓：我不會讓妳有事的！哪怕得付出我的性命！

此時此刻，濃厚沉重的鉛雲隨著海風滾滾而來，籠罩在神戶上空，如同我現在的心情，陰鬱壓抑。

手機鈴聲響起，月野清衣按下接聽鍵，聽沒幾句，臉色赫然大變，「你說什麼？雪奈的屍體不見了？」

# 05

距離雪奈家還有幾十米，月野清衣停車，熄滅引擎，示意走過去。

此時正是家家戶戶的晚飯時間，每一扇窗戶裡都透出寧靜祥和的溫馨，唯獨雪奈的庭院小屋沒有一絲光亮。

我們翻牆而入，躡手躡腳地進屋。由於雪奈的屍體失蹤，搞得本來不複雜的調查變得莫名緊張。

這是間普通的屋子，風水格局沒有問題，也看不出有任何陣法封印之類的佈置。但我握著手電筒的手掌心不斷出汗，心臟跳動得狂亂，總覺得會有不好的事情發生。

客廳除了沙發和電視，僅有一張小茶几。月野清衣展示專業的素養，針對每樣東西做足觀察記錄，整整忙了十多分鐘。

期間都沒有異樣，我才略略鬆了口氣，又開始擔心月餅那邊的情況。

這時候，月野清衣推開木格紙門，示意去別間房調查。兩道筆直的燈光在狹窄走廊裡晃來晃去，憑空增添些許詭異氣氛。

到了臥室，我搶先一步拉開門，隨著光線掃過，可見無數隻貓整齊地趴在床上。我的手一哆嗦，手電筒落地滾動著，視線所及的範圍內，全是大大小小的貓！

貓眼反射燈光，在黑暗中猶如小燈籠，幽幽放著明亮的藍光。

我急忙向後退，腳後跟絆到門檻，連忙雙手撐著牆，竟無意間按到開關。啪的一聲，臥室的燈亮了。

終於看清楚房裡的情形，我大大鬆了口氣。

雪奈的臥室裡，放置起碼超過五十隻的貓玩偶。

「換成是我，也會害怕的。」月野清衣出言安慰。

我自嘲地笑了笑，忽然想到爲什麼雪奈會買這麼多貓偶放在家裡。這些貓偶實在太過逼眞，縱然房間裡沒有聲音，我卻隱隱聽到喵喵叫。

難道雪奈化貓並非陰氣襲體，而是形化？

形化是一種奇特的現象，類似「夫妻臉」。兩個人一起生活久了，氣質、容貌都會出現相似的地方，因而經常有人會對夫妻倆表示，「你們越長越像了。」

過於偏執喜愛一樣東西，比如貓、狗，在一起久了，習慣、愛好也會與貓狗接近。長年養貓的人晚上不習慣早睡，白天又特別愛賴床，性格懶散悠閒；養狗的人警惕性和戒備心強，對朋友忠誠，對氣味特別敏感，就是這個道理。

還有一種極度偏執的人，潛意識把自己當作貓狗。這類似於自我催眠，又接近人格分裂，會產生駭人的外形變化。

丹麥前段時間發生過一個案例，一名叫托亞的女人因爲過度喜愛狗，模仿狗的一切，最後甚至要丈夫替她套上狗鍊，用四肢爬著上街。之後，鄰居們驚恐地發現，托亞全身竟長出三、四釐米長的毛。

另外的例子就是狼孩、猴孩、雞孩，這些被拋棄的嬰兒，由動物撫養長大，完全失去人性，外形也會產生獸化。

對此，月餅的結論：是受到了「氣」的影響。

但是像雪奈這樣的突變，又似乎不太像。

「南君。」月野清衣拿出相機，「警方下午已經來過一趟，我記得照片中好像沒有這些貓玩偶。」

我也看過資料，方才那瞬間被貓玩偶嚇了一跳，竟然忘記了。再回想，傳來的照片中，臥室裡根本沒有貓玩偶。

既然如此，這些貓玩偶是哪裡來的？

它們和雪奈變成貓，又有什麼聯繫？

我順手拿起一隻觀察，光滑柔順且飽含油脂的皮毛，稜角分明的骨骼，肉嘟嘟的粉色小鼻子。那雙眼睛在燈光照射下，由滾圓漸漸縮小，眯成一道細線。

「喵嗚。」貓玩偶張嘴叫了一聲。

這不是貓玩偶，而是活生生的貓！

「喵嗚……」

「喵嗚……」

「喵嗚……」

「喵嗚……」

所有的貓都叫了起來！

「啊！」月野清衣驚懼地尖叫，反射性縮在我的懷裡。

這一刻，貓眼放出的光芒聚集在臥室右側的牆面，打出綠幽幽的光幕……

光幕閃現一連串影像，在這五、六分鐘裡，我們好像停止呼吸，眼睛越睜越大，身體不受控制地輕微顫動。

直至影像結束，貓眼中的光芒漸漸黯淡，最終又變成一隻隻毛茸茸的貓玩偶。

下一秒，月野清衣捂著嘴，快步跑出去，接著廁所傳出嘔吐聲。如果沒有在泰國經歷過那些事件，恐怕我也會因爲方才畫面噁心得大吐特吐。

那一幕幕皆是虐貓的景象！

活煮、釘腦、腰斬……請原諒我不想用更多的文字描述！

貓，如此可愛的動物，每天在夜間出沒，默默守護著人類，避免人類受到陰氣的侵擾，卻遭遇這般殘酷的虐殺。

而虐貓者是一隻白色的人貓！

雪奈！

是什麼樣子的變態心理，讓她如此憎恨貓？

爲何她能夠狠心對自己的同類下這樣的毒手？

而從影像上看，她虐殺完畢時，還悠然對鏡子伸出舌頭，舔著爪子上的血跡，嘴角帶著一抹殘忍的微笑。

「喵嗚……」貓玩偶的叫聲中帶著悲涼和安詳，完全聽不出仇恨。

一道亮光迸閃，所有的貓玩偶都跳動著，歡快聚成一團巨大的光芒，在房間中央升起，慢慢消失在天花板。

光芒的中心，我好像看到一隻長著翅膀的貓。

或許那就是天使的模樣。

「資料顯示，雪奈在出賓館時，曾經虐待過一隻貓。」月野清衣眼中含著淚，「雪奈到底是貓，還是人？」

「人類自相殘殺時也使用各種變態酷刑，和雪奈虐殺同類有什麼區別？」我抽了抽鼻子，胸口發酸，「也許她變成人之後，被人類的慾望湮沒本性。」

我們沉默了。

人類拽出在籠裡瑟瑟發抖的狗，吊在樹上，舉起屠刀剝皮，只是爲了一頓號稱能夠大補的狗肉火鍋；人類用各種方式虐待流浪貓，僅因爲牠蹭了自己一下，褲管沾了些塵土；或者根本不需要任何理由，就是好玩、想發洩。

那個當下，可曾想到貓狗是人類最忠實的朋友。牠們替人類看家護院、捕獵、救主、抵擋陰氣，最後卻換來遭致虐殺的結局。

可是，牠們仍然把人類當作最好的朋友。

人類，到底在做什麼？

任何一種生物，都沒有隨意剝奪其他生命的權力。

我突然對人性產生深深的失望。

此時，後院傳來沉悶的掘土聲，把我和月野清衣拉回現實。

視線穿透窗戶，陰冷的夜色中，一個佝僂的老人正揮著鋤頭，嘴裡不停地說：「回來吧……回來吧……」

在他身邊，平放著一具和人差不多大小、通體雪白的東西。

是雪奈的屍體。

我和月野清衣貓著腰走到窗前，探頭向外看。

那個老人的後背幾乎彎成弓形，十分費力地揮舞鋤頭。後來，他扔掉鋤頭，發瘋似的用雙手刨土，歇斯底里地哭喊著，「雪奈，回來吧……」

土屑紛飛，落在老人身上，落在雪奈白色的貓屍上，斑斑點點，隱約帶了點血紅的顏色。

老人的手已經刨出了血。

「回來吧……回來吧……」聲音越來越淒厲，漸漸成了貓在夜間哀號的聲音。淒厲，無助，恐懼，對世界充滿警惕。

烏雲散去，月色下，我看到老人投映在地上的影子……

肩膀上面，幾根鬍鬚橫著長出，尖尖的耳朵，毛茸茸的臉部輪廓看上去很圓，鼻子和嘴連在一起，向前突出著。

「看他的影子……」我壓低聲音說了一句。

看見我所說的，月野清衣失去平時的鎮定，忍不住驚叫出聲。

「誰？」老人倏地轉過身。

是一隻巨大的黑貓！

腹部有個血洞，淌出白花花的腸子。純黑的貓毛因爲乾涸的血結成綹，左後腿以奇怪的角度向前歪，像是斷了半截的木頭。

「終於找到你了。」牆頭躍下來一個黑髮男人，冷冷地說：「妖怪是不能存活在這個世上的！」

是黑羽涉！

人貓嗷地嚎叫，弓起背，黑毛炸開，從衣服刺了出來，惡狠狠地盯著黑羽涉。

黑羽涉不慌不忙，從袖子裡甩出一張紙，吹著口哨疊著，只見到他身邊的氣隱隱流動，逐漸向他體內湧進。

我暗忖不好，月野清衣已經搶在我之前站起身，大聲喊道：「黑羽君，不能用陰陽術！」

人貓吃了一驚，垂下斷了的尾巴，掙扎著爬到雪奈的屍體旁，「你們可以殺了我，但請放過雪奈的身體。」

「喵嗚……」站在牆頭的黑羽涉發出一聲貓叫。

一切發生得太快，注意力集中在人貓的時候，使用陰陽術的黑羽涉吸收附近貓靈的怨氣，變成了貓人。

# 07

一隻巨大的貓蹲在牆上，厲聲叫著，屈膝跳下，與人貓糾纏在一起。兩者通體黑色，根本分不清誰是黑羽涉、誰是人貓。

月色下的小院裡，兩隻跟成人一樣大小的貓在搏殺，旁邊還躺著一具貓屍。我看得渾身涼汗，眼下這種感覺不是能用恐怖詭異形容的。

貓叫聲此起彼伏，一隻黑貓向外滾開，背脊已多出一道血痕。由那截斷尾判斷，是那個佝僂老人。

兩者對視片刻，又立刻滾在一起。黑羽涉向前撲，絲毫不留情地張開嘴，露出銳利的牙齒。

眼看老人的脖子就要被咬到，剎那間，卻猛地向旁邊一閃，身形完全不受重傷的影響，揮起爪子往黑羽涉的臉狠狠抓下。

「他不是壞人。」月野清衣吸了口氣，「不要忘記我說的話。」

第一句話分明是說那個老人，而且她的用詞是「人」，想來她從沒把老人當作妖怪。但後面那句話卻讓我費解，「哪句話？」

月野笑了笑，跳出窗戶，「我的左耳。」

這時，我明白她想冒著變成貓人的危險，使用陰陽術阻止兩者之間的搏鬥。也突然意識到，乍到神戶，她就把致命的弱點告訴我，是百分之百的信任。

念及至此，我熱血上湧，也跟著跳出窗戶，「月野，妳閃開！這裡不需要妳，我能處理！」

「還有我呢！」月餅翻牆而入。

「一人一個。」我不曉得哪兒來的豪氣，對著其中一隻跟我差不多高的貓就衝過去。至於該怎麼解決，我還沒想好。

管他的！

一輩子能有幾次英雄救美的機會？

月餅哈哈笑著衝進戰場，雙手撐住拍來的貓爪，一記側翻把對方壓在身下。

我迎戰的那隻巨貓嘶吼著，舉起利爪向我抓來。我有樣學樣地握住貓爪，也想側翻把敵方壓在身下，結果……

沒頂動。

意外發現這隻貓頭上的貓毛特別長，遮擋住了左眼。

我不禁暗罵自己真是背到家，起先明明看準衝著老人去的，結果他媽的對上黑羽涉。他都變成貓了，還不忘我喜歡月野清衣的事，究竟有多大的怨念啊！

我奮力向上撐，奈何黑羽涉的勁不小，瞧他張嘴對著我喉嚨咬下，趕忙一側頭，讓他紮紮實實吃一嘴的泥。慌亂中自身難保，顧不得丟不丟人，我倉皇地大叫，「月餅，點子扎手！」

「我他媽的沒空！」月餅那邊也是一陣打鬥聲。

「左眼，黑羽的弱點是左眼。」月野清衣喊道。

聽是聽到了，可就算他的弱點是左眼，也要我能騰出手啊！

眼看黑羽又張嘴想咬，我心一橫，頂著腦門，直接往他嘴巴撞去。

咯的一聲，估計他的牙被我撞斷，腦門上熱乎乎的，不知是他的血，還是我的血。聽他發出喵嗚的慘叫，我趁著這個空檔，急忙攻擊他的左眼。

這次打了個正著，不曉得有沒有把他的眼球頂爆，反正覺得死壓著我的貓爪力氣變小。我趁勢反將他壓在身下，本著「有仇報仇，沒仇練拳頭」的原則，對著黑羽的左眼一頓猛擊。

眼看黑羽涉氣若游絲，月野清衣急忙喊著，「別打了！」

我故意裝作沒聽見，又多打了幾拳，才氣喘吁吁地翻到一旁。

而月餅那邊的打鬥已經停止，我扭過頭，居然看到不可思議的一幕。

老人化作黑貓，安靜地躺在月餅懷裡。月餅則眼眶含淚，輕柔地撫摸牠的頭。

「他死了。」月餅聲音哽咽，「剛才很奇怪，我腦子裡突然聽到牠說，牠叫新田成一。」

# 08

「新田，我們什麼時候才能變成人呢？」雪奈從垃圾堆裡抬起頭，雪白色的毛髒亂不堪，「每天晚上要收集鬼魂，白天加以化解，還要防備不明眞相的人類襲擊，當貓眞的好辛苦……」

新田宛若沒聽見，埋頭垃圾堆裡，興奮地叼起一條變質的魚放到雪奈腳邊，「是秋刀魚耶！雪奈，這個好吃！」

然而，雪奈生氣地跳到一邊，「你每天就知道吃吃吃！難道沒想過變成人嗎？」

「保護人類是貓的使命呀！」新田又叼起魚送過去，「爲什麼一定要變成人類呢？能吃上美味的秋刀魚，是最大的享受呢！」

雪奈厭惡地看著新田，「如果變成人，不僅每天都可以吃秋刀魚，還可以吃更多好東西，穿漂亮的衣服，用最好的香水，讓所有人都爲我著迷。」

這時候，新田跳上牆頭，「雪奈，我覺得還是當一隻普普通通的貓好。人類那麼虛弱，連鬼魂都抵擋不了，每天還要晚睡早起，賺不到錢就會變成露宿街頭的流浪漢。哪裡像我們，每天都可以悠閒地曬太陽。」

「我就是想做人！我恨自己是一隻貓！」雪奈喵嗚一聲，飛快地跑開。

新田無奈地搖搖頭，連忙叼起秋刀魚追了過去。

「新田，我決定了，這輩子哪怕只當一天的人，也沒有遺憾了。」雪奈坐在樹上舔著爪子洗臉，尾巴在半空甩來甩去。

新田從樹葉中鑽出，把一隻知了送給雪奈，「可是我們必須活過十九年，才可以擁有變成人的本領。」

「你願不願意幫幫我呢？」雪奈蹭著新田的脖子。

新田舒服地閉上眼睛，「我當然願意幫妳啊！真的那麼渴望當人嗎？」

「我不管，我就是要當人！對了，你把你的生命分給我幾年，我就能變成人啦！」

雪奈舔著新田的耳朵輕聲說道。

「那樣我會很快變老的。」新田打了個激靈，「也許再活不了幾年，以後就不能陪著妳。而且，妳變成人之後，會失去當貓的記憶，再也記不住我。」

「新田，我恨自己是一隻貓！只要我變成人，一定會好好照顧你，等你也變成人的那天，好嗎？」雪奈的聲音充滿誘惑，「我們可以結婚，可以買房子，可以開一間花店，有自己的孩子。還有，每天我都爲你做秋刀魚握壽司。」

璀璨的星光下，當人類在爲明天的生活煩惱時，誰也不會想到，一隻無憂無慮的貓寧願放棄安逸的生活，只爲當永遠奔波勞累的人類。

「你愛我嗎？愛我，就幫我好嗎？」面對新田的猶豫，雪奈柔聲勸道。

「妳眞的會記得我嗎？」新田動搖了。

「我可以忘記所有，怎麼能忘記從小就保護我、陪伴我的新田呢？」雪奈依偎在新田懷裡。

「雪奈，生命給了妳，我就會又老又醜。」

「我還是會愛你，直到你也變成人的那一天。」

「好吧，我答應你。但是，妳要記得，變成人類之後，千萬不能傷害貓，不然會出大事的。」

# 09

待月餅講完最後一個字，月野清衣早已泣不成聲。我鼻子發酸，有些愧疚地扶起陷入昏迷、變回人形的黑羽涉。

「爲什麼雪奈後來背叛了新田？」月野清依仰起頭。

東方泛起魚肚白，新的一天到來，熟睡的人們也該從甜美的夢境中醒來，爲生活繼續奔波。忙碌一晚的貓也該回家，或者躺在屋頂，安逸地曬太陽。

當人，做貓？

這個選擇題，答案很簡單，又很複雜。

「因爲她打從心底就鄙視自己是一隻貓。」我知道說實話很殘忍，可還是忍不住說了出來，「她忘記新田對她的愛，反而保留憎恨貓的記憶，對貓咪進行虐殺行爲。她忘記諾言，新田卻一直守護在她身邊，甚至看著她虐殺曾經的同類。即便她爲了虛榮出賣身體，他依然愛她、保護著她。苦苦熬了十九年，變成又醜又黑的老頭，依然保留愛的記憶，偷出雪奈的屍體，想讓她復活。」

我們都沉默了。

如果恨，眞的可以仇恨前生今世嗎？

如果愛，眞的可以愛著對方的全部嗎？

旭日東升，金色陽光替月野清衣精緻的臉龐罩上一層輕紗，就像一隻美麗純潔的貓。如果我是新田，月野清衣是雪奈，我可以做到這樣嗎？我默默地問自己。

月餅摸了摸鼻子，扛起還在昏迷的黑羽涉，「你做得到的，因爲你是一個看重感情的人。」

「你們在說什麼？」月野清衣抹去珍珠般的眼淚，「不好意思，我修練很久的心竟有些動搖。」

「沒說什麼。」月餅檢查著黑羽涉的傷勢，「黑羽沒有大礙，我們先把他們倆埋了吧。」

處理完畢，月餅刻意背著黑羽涉走在前頭，我和月野清衣則並肩走著。

街上的人們都帶著清晨特有的朝氣和活力，滿懷信心地迎接著新一天的挑戰，眼中都透著希望和夢想的光芒。一隻隻可愛的小貓喵嗚喵嗚地叫著，伸著懶腰準備曬太陽休息。

幾個小學生背著書包蹦蹦跳跳，很快樂，很單純……

「稚子，妳的汗毛眞的長得好快哦！」

「討厭，再說我就不理你了哦！」

「哈哈！話說妳昨天救的黑貓呢？」

「不知道，牠後來跑掉了……眞叫人擔心……」小女孩垂下眼簾。

「妳前幾天收留的流浪貓呢？」

「那隻貓咪好可愛，嘴上那塊黃色的毛好像吃了東西沒擦乾淨。而且，我看到牠就特別喜歡，好像前生就認識一樣。」

「妳前生一定是一隻貓。」

「也許是喔！不用上課，不用寫作業，當貓多好啊！」

這一刻，我豁然開朗，只要充滿善心、希望，懂得感恩，記得愛自己的那個人，當人還是做貓又有何區別？

此外，我還想通一件事情：神戶的風水根本沒有被破壞。

傳說中陰陽師安倍晴明的那根臂骨，一直在守護著這座美麗的城市。

遠遠看去，明石海峽大橋不就像一根臂骨嗎？

## 萬物有靈！

各國都有動物變成人類的傳說，最淒美的莫過於白蛇為報答牧童救命之恩，修練千年化作人形以身相許，才有後來的水漫金山、雷峰塔的傳說。

西元一九二四年九月，傳說中鎮壓白娘子的雷峰塔轟然坍塌。據當地居民宣稱，當晚有漁民在西湖見到一溜十丈多長的水波，時隱時現一條水桶粗的白色大蛇。

日本諸多傳說中，唯有兩種動物能化成人形，一種是狐狸，一種是貓。狐狸化人在亞洲各國都有類似傳說，不足為奇，但是為什麼偏偏只有日本有「化貓」傳說呢？神戶又為什麼被稱為「貓城」？

安倍晴明生前最喜歡的動物，就是一隻通體烏黑的貓。安倍晴明死後，黑貓守在墓前，不眠不休整整一個多月，直到一個風雨交加的夜晚，弟子們看到牠銜著一尺長的骨頭，消失在雨夜裡。不到半個月，神戶忽然多出許多野貓，也是從那時候開始，關於「化貓」的傳說流傳至全日本。

# 第6章

# 煙鬼

當我們從煙盒中拿出煙，「吸煙有害健康」這行字怵目驚心，又備感無奈。如果能戒，早就戒了，何必這行字提醒呢？

煙草中的尼古丁對中樞神經系統具有刺激作用，能藉由啟動相關神經釋放更多的多巴胺。人的清醒程度、注意力更為集中，從而緩解憂慮、忍耐饑餓。因此，儘管全球死於肺癌的人數逐年遞增，仍然有人迷戀尼古丁帶來的快感。

如果，醫生在健康檢查的X光片，發現肺部長了黑斑，偏偏又是一張人臉……你，會害怕嗎？

# 01

我伸長脖子，讓卡在嗓子眼的牛肉順著食道滑進胃裡，喘了一大口氣，叫道：「老闆，再來兩斤！」

月野清衣輕咳一聲，壓低聲音提醒，「神戶牛排是以克計算的。」

「那就再來一千克！」我難得能把換算單位搞得這麼清楚。

我舔著手指上的肉油，滿足地拍了拍肚子，把杯子裡的葡萄酒一飲而盡，大呼痛快。「月餅，再一杯。」我舉起杯子。

「南瓜，知道這是什麼酒嗎？」月餅晃著高腳杯，動作優雅得像歐洲貴族，「這可是價格至少一千美元的Romane Conti，屬於勃艮第紅酒。你聞一聞，是不是有股醬油香、花香和甘草味？再看看色澤，像不像深紅色的寶石？你這麼一口灌下去，簡直暴殄天物。」

「看不出你對紅酒挺有研究的嘛！」月野大感興趣。

我乜斜著眼睛看他，心想你天天和我灌一鍋頭，什麼時候變得「高大上（流行用語，意思是高端、大氣、上檔次）」？要不是吃多神戶牛排，口乾得慌，我才懶得喝這種酸不酸、甜不甜的葡萄酒。

不曉得誰定的規矩，吃牛排一定要喝紅酒，宣稱「紅肉配紅酒」才能把肉味完全勾出來。呿！還不是老外不會做飯，半熟的牛肉才得靠紅酒提味，換到中國，隨便在街頭找個大媽，給她兩斤牛肉，立刻能「烹炒炸煮」變出好幾樣下酒菜。

紙糊的門被輕輕推開，身著和服的女侍把牛肉木盤高舉過頭頂，向前微微探伸，跪著一點一點挪到桌前。低著頭把木盤放好，雙手合攏放在地上，額頭輕輕點觸手背，「久等了。」言畢，又跪著閃出包廂。

這套繁文縟節整完，我的肚子早就不客氣地雷鳴如鼓，哈喇子流得滿嘴都能刷牙。聽說神戶牛不吃草，喝啤酒促進血液循環，還有人專門按摩。如此一來，牛肉肥瘦相間，雪花般的紋路美麗得似是大理石。吃起來不油不膩，入口即化，只差牙齒沒連著舌頭一起吞下肚。

更令人咋舌的是，這些牛居然每天定時聽世界名曲。

聽月野清衣特地介紹這點，我立刻聯想到春秋時期魯國著名音樂家公明儀野遊時，吃飽了撐著沒事幹，對著田間公牛彈了一曲《清角之操曲》，自此有了「對牛彈琴」的典故。

想著，我展開大篇幅聯想，說不定公明儀因為公牛聽不懂他的曲子，大怒之下，把牛買回家，天天對牠彈琴。結果費了時日，發現公牛仍不為所動，殺而烹之，意外發現牛肉出奇好吃。

搞不好這就是神戶雪花牛肉的由來。

這麼一晃神，桌上的牛排已經沒了大半。美食當前，月餅哪還顧著裝歐洲貴族，乾脆用手拿著牛排就啃，嘴角油亮。

我一看急了，當下也不客氣，加入牛排爭奪戰。

或許是我們倆半輩子沒吃過好東西，吃貨相太過難看，月野清衣拿起餐巾擦了擦嘴，「看你們這樣吃，好有食慾啊！」

「就是要搶著吃才過癮。」我胡亂往塞了塊牛肉，嘴裡嘟囔著，「妳也試試？」

月野清衣連忙擺手，「不了，我去趟洗手間。」

又一輪搶食結束，我打著飽嗝，懶洋洋地往榻榻米一躺，「月餅，你從哪學來的紅酒知識？」

月餅舉著盤子端詳半天，用手捏起肉末送進嘴裡，「我哪懂啊！剛剛臨時想起萬一月野聊起紅酒，我們要是一問三不知，豈不是讓人笑話嘛！所以，就偷偷查了酒名，臨時抱抱佛腳。」

我一聽樂了，「你心機夠深的啊！不愧是潛伏我身邊多年的前蠱族特務！」

這段時間，月餅最忌諱我提這件事，察覺他的臉一陣紅一陣白，快要發火，我連忙岔開話題，「我們此刻在這裡紅酒牛排，黑羽涉在醫院裡掛鹽水。哎，眞是天堂地獄的差別啊！」

離開雪奈的屋子後，我們立刻把黑羽涉送進醫院。急診室的醫生大吃一驚，連忙追問是被多少人圍毆，才被打成這副豬頭樣。直到月野清衣亮出警官證，醫生才恢復專業態度，安靜地閉上嘴巴。

黑羽涉被我打得不輕，但事發突然，月野清衣也不好說什麼，聯繫幾名員警照料他，又替我們安排入住New Oriental酒店（新東方酒店，位於新神戶站上方，下了電車就可以直達飯店，號稱懶人一族入住神戶的最佳選擇）。等我們沐浴完畢，她提議請吃神戶牛排作爲感謝。

本來我對牛生不熟的東西沒多大興趣，偏偏神戶牛排太好吃。何況黑羽涉還在醫院躺著，我更覺得暗爽，吃得有滋有味。

酒足飯飽，一行三人四處逛著。有美女導覽，愜意無比；海風吹過，更說不出的舒服。

神戶是個風景宜人的國際貿易港口城市，受到西方文化的影響，充滿東西合璧的風情。從高處鳥瞰，整個神戶大大小小的房屋都密密安插在六甲山起伏的山岡中間，錯落有致。房屋密集，但少有林立的高樓，顯得和諧。

此外，神戶居民與日劇中總是行色匆匆的人不同。這裡的街上很靜謐，路上的行人也都流露出幾分悠閒。幾乎每戶人家都會在房屋的邊角種上花草，隨處可見許多不知名的花在風中飄落。正因如此，日本人渴望的生活軌跡大多是：在東京起步，在大阪賺錢，到神戶定居。

聽著月野清衣介紹神戶的種種趣聞，在這座適合談戀愛的城市裡漫步，我只恨月餅在身邊杵著當電燈泡。

「明天，請你們去六甲山泡溫泉。」月野清衣把我們送回房間，鞠躬道別前提了一句。

溫泉？我關上門，腦中不斷浮現這兩個字。

「月……月餅！她……她說溫泉！」我結結巴巴地說著。

月餅懶洋洋往床上一躺，點了根煙，「我有聽到，至於這麼激動嗎？」

我汗都出來了，不知道是緊張，還是激動，「聽說日本溫泉都是男女混浴！」

「哦。」月餅將手機插上充電器。

「男女混浴啊！」我再次強調。

「所以我才要把手機充飽電啊！」月餅不耐煩地看向我，「免得明天手機沒電，想偷拍月野都沒機會！」

我這才轉過來。

媽的，剛才太過興奮，沒往這方面想。敢情不是我跟她單獨洗，還有月餅呢！同時，我又想到另一個嚴肅的問題：那不就得和其他陌生人一起洗？這玩笑開大了，我的女神就這麼被免費看了？

帶著矛盾的心思，我一宿沒合眼，第二天坐上月野清衣的豐田轎車，直打瞌睡。

「沒睡好？」她穿著和服，長髮盤成圓髻，別有一番風情。

「估計是昨天吃多了撐的。」月餅似笑非笑地看著我，晃了晃手機。

# 02

六甲山位於神戶北部，東西延綿三十多公里。遠遠望去，山勢不高，紅翠相間的綠色植物如同彩緞層層環繞。山腰幾朵白雲緩緩飄動，與碧海藍天相映生輝。

香車美女，異國風情，我心情大好，早把瞌睡蟲扔到爪哇國。

煞風景的是，月野清衣和月餅一路上不停討論關於傑克的問題。月餅把我們在泰國經歷，詳細說了一遍，連自己跟著都旺學了許多年蠱術，一直暗中保護我這個被下蠱變成紅瞳的菜鳥，身上有披古通家族特有的鳳凰紋身這種事情都抖了個乾淨，壓根兒沒把她當外人。

聆聽期間，月野清衣沒任何異樣表情，一直到得知我被下蠱才變成紅瞳的時候，才歪頭看著我笑了笑，「沒想到你的身世還挺複雜。」

這句話刺到我的痛處，頓時沒興趣繼續聽下去，索性側頭看窗外的風景。

月野發覺自己失言，慢悠悠地說：「日本陰陽師、中國術士、泰國蠱人、韓國薩滿師、印度僧侶，本來就是各國古老宗教發展而來，沒什麼奇怪的。不過，月君，我有些好奇，既然你被選定看護南君，爲什麼還要偷學中國方術？」

月餅拿了根煙，放在鼻尖嗅著，「我不想提那段過去。」說完，也學我扭頭觀看風景。

接連碰了兩根釘子，月野清衣尷尬不已，「你們分析過傑克這麼做到底爲什麼？」

這個問題我想過很多次，得出的結論就是：傑克腦子有病！吃飽了撐得沒事幹！

然而，答案肯定不會如我想像的那麼簡單。

月餅用指節敲了敲車窗玻璃，說道：「他在搜集陽氣。」

聽到這句，月野清衣的臉紅了，「在泰國，他利用美甲店搜集陽白；在日本，他利用減肥中心收集陽液（遠赴日本前，雙方經過資訊交流，知道傑克那個變態讓那些家庭主婦喝的是什麼玩意，當時我就噁心得想吐）。月君這麼分析，倒有道理。」

我琢磨著傑克搜集那麼多陽氣，該不會是爲了復活藏在什麼地方的殭屍大軍，以統治地球吧？但這種美劇中的惡俗橋段也就是想想，完全不靠譜。

忽然間，我腦海冒出一個奇怪的想法。在宮島處理「裂口女事件」時，月野清衣一口咬定非傑克所爲。可那些詭異的紅綠燈桿是爲了吸收陰氣存在，當陰氣全都吸完的時候，宮島就只剩下陽氣了！這不正是傑克需要的嗎？

還有，爲什麼月野清衣和裂口女的外貌神韻如此相似？

思緒萬千之際，我偷偷看著月野，越想越覺得裂口女的出現沒那麼簡單。但是，要我根據蛛絲馬跡推出結論……很抱歉，我不是柯南。

所有的眞相，只能在傑克出現之後才有知曉的機會。傑克已經喪失蠱術，僅剩催眠能力。就算他的催眠能力逆天，我到時候閉上眼睛，不信他還能控制得了我。

這麼想著，心裡又是一鬆，我搖下車窗，準備點根煙。

「這條路上不能抽煙。」月野清衣專注開著車。

我訕訕地把煙夾在耳朵上，月餅則悄悄把打火機放回口袋裡。

「這座山的名字叫六甲山，」不知何故，月野清衣忽然來了興致，「知道它的由來嗎？」

我和月餅互相看了一眼。我動了動嘴唇，但沒出聲，「趕快。」

月餅搖搖頭，用唇語回覆我，「手機沒信號。」

完了，這次丟人了。

「畢竟不是日本人，我這麼問你們，一定不曉得該怎麼回答。」月野清衣轉動方向盤，避開一塊拳頭大小的山石，「六甲在中國代表什麼？」

這個我知道，連忙搶答，「中國古醫理論，甲子、甲寅、甲辰、甲午、甲申、甲戌六個甲日，是婦女最易受孕的日子，女子懷孕又稱爲身懷六甲。」

「這也是六甲山的由來。」月野清衣的眼神忽然變得虔誠，「傳說，一望無際的大海上，只有一座孤零零的山，每天仰望太陽。在太陽的感召下，有了生命。有一天，噴出滔天的火焰，把體內孕育的生命鋪滿大海，形成四個大小不一的巨島，被稱爲『四神子』。四神子繼承了母親的志願，又衍生出許多大小不一的島嶼，而我們日本人，就是在那些島嶼誕生的。正因爲如此，大和民族是太陽的子民，六甲山是全日本的母親山。」

我和月餅對視一眼，皆一副不以爲然的表情。看來兩人想到一塊，不就一座火山爆發，都能整出個神話故事。偏偏山名還山寨了中國的詞彙，可見日本人的想像力多麼貧乏，不如「女媧造人」、「倉頡造字」那般氣勢磅礴。

但是，出於對美女的尊重，我們還是裝出恍然大悟、無限神往的樣子。

月野清衣哪想得到神聖的民族神話被我們如此腹誹，指著遠處的山頂繼續說道：「看到那一團團的煙了嗎？日本所有生靈，包括日本島，都是六甲山上的煙霧形成的，所以不可以在這裡抽煙。六甲島的煙霧是神聖的，假使這裡出現凡間的煙霧，會引起守護者煙鬼的憎惡，毫不留情地吃掉放煙的人。」

# 03

我對這種缺乏邏輯的神話實在無語，正琢磨怎麼找個詞應付幾句，車外砰的一聲巨響，天際炸出耀眼的火花。

我嚇得一縮頭，一輛改裝得花裡花俏的轎車從一側呼嘯而過，車窗不時探出幾個彩花筒，向天空炸開煙花。幾個穿著打扮花俏，頭髮染得像彩虹的男男女女瘋狂吆喝，從車窗探出半截身體拍打車門，還衝著我們吹口哨。

月餅皺著眉，「南瓜，中國管這種人叫什麼？」

「腦殘級殺馬特。」我又好氣又好笑。

此時，月野清衣淡淡迸出一句，「糟糕，他們在抽煙。」

煙霧剛從車窗裡飄出，就被車速帶起的風一吹而散。突然，車內扔出一張廢紙，那張紙被風一颳，又貼回車窗，始終沒有被吹跑，還時不時展起邊角，猶若在拍打玻璃窗，想回到車內。

這情景很像被丈夫趕出家門的怨婦，靠在門上敲門央求著要回家。

從科學角度，不難解釋這種現象：速度引起的空氣對流，無形中對整個車體形成擠壓性屏障。在空氣與車體中間，始終有靜止與動態相互摩擦形成的氣縫，紙的寬度符合氣縫寬度，邊角沒有被對流層形成的風吹起，等同被空氣和車體牢牢夾住。

「看到那張紙了嗎？」月野清衣一腳踩下油門，試圖追上那輛轎車，「紙從車裡扔出來，沾染車內的煙氣。由於感受到煙鬼的憎惡，才拼命想躲回去。」

「月野，我很尊重你們的民族信仰，可是這……」月餅都聽不下去了。

「你們根本不懂陰陽師對紙的尊重，也根本不明白煙鬼的可怕！」月野清衣表現少見的生氣，又加快了車速。

我因爲瞬間的加速度，整個人貼在椅背上，還沒反應過來，就看見前方山路出現奇怪的一幕。

一團潔白的霧氣從山體湧出，迅速包裹那輛飛馳的轎車。接著，幾塊巨石從山上滾落，橫擋在車前三、四十米的距離。

刺耳的煞車聲響起，我和月餅又被急速煞車帶得身體向前衝，好在繫上了安全帶。再抬起頭時，那輛車已經猛地撞上巨石。

隨著轟的巨響，車頭狠狠撞上，車尾則向天空翹起。車廂內凹陷，碎石、玻璃渣、金屬殘片瞬間迸飛。整輛車略略停頓，呈直立九十度豎向天空，前後搖晃幾下，最終翻過巨石，車頂朝下地重重砸落。

這一切，都是在月野清衣煞車過程中見到的。也就是說，我們的車，還在向前衝，倘若無法及時煞住，也會是同樣的下場。

眼看那幾塊巨石越來越近，我緊緊抓住門手，整個身體繃直努力往後靠著，耳膜幾乎被輪胎與地面的摩擦聲刺破。

月野清衣猛打方向盤，離合器、煞車、油門不停變換，車頭忽然九十度一擺，車身打橫著撞向巨石。

今天我跟月餅一起坐在後座，眼下車身對上巨石的那一側，正好是我坐的位置。這瞬間，我腦中一片空白，瞪著眼睛，死盯越來越接近的巨石。

「吱……」

輪胎的摩擦聲越來越響，車廂裡滿是橡膠燒糊的焦臭味。車速越來越慢，終於，在距離巨石一米的地方停了下來。

我的神經幾近崩潰，全身早被汗水浸透。直到此時，我才發現月餅半邊身子擋在我側邊，臉色煞白地大口喘氣。顯然他打算在最危險的時刻，用自己的身體代替我承受重擊。

「對不起，讓你們受到驚嚇。」月野清衣匆匆道歉，拉高和服下了車。由於穿著木屐，和服又很不方便，月野乾脆踢了木屐，把和服下襬隨便挽了挽盤在腰間，露出兩條渾圓性感的大腿，攀過巨石。

「你沒事吧？」月餅扔了句話，準備下車救人。

「除了膽子嚇破之外，沒什麼大礙。」我心繫那輛車裡的腦殘殺馬特們，沒好氣地回話。

先前被巨石擋住視線，無從得知車裡的情況，此刻翻過巨石，我不禁吸了口涼氣。周圍十多米的範圍，到處都是噴濺的血漿，白綠相間的山路宛如下過一場血雨。擠壓變形的車廂內，能看到幾具屍體，斷裂的四肢和殘軀亂七八糟地黏在一起。兩三米外的樹枝上，還耷拉著半掛沾著黑灰的腸子，腸管裡滴滴答答淌著淡黃色液體。一陣風吹過，腥鹹的海風使得車禍現場更加令人作嘔。

「都沒救了。」月餅神色黯然地低下頭。

月野清衣雙手合十，吟誦一段類似咒語的話，良久才睜開眼睛，對著群山深深鞠躬。「要小心，我們也受到詛咒了。」她咬了咬嘴唇，「凡間的煙霧激怒煙鬼，它已經開始行動。」

這一連串驚變不由得我不相信，抬頭看著遠山的山頂。一團團水汽冉冉升起，聚在半空中，幻化成張著巨口，兩顆獠牙從下顎探出，空洞的眼眶陰森森地看著我們……

我揉了揉眼睛，那團霧氣被風吹散，消失得無影無蹤。

「我們沒有製造煙霧，爲什麼要小心？」我別過頭，不想再看車裡的慘況。月餅指著我們剛剛停下的車子，山路有一道起碼三十米的黑印，輪胎還因爲摩擦冒著煙，「這是我們製造的。」

難道煙鬼的傳說是眞的？

正當我逐步相信煙鬼的存在，腳踝忽然被握住了。低頭看去，茂密的草叢中伸出一隻皮肉翻轉、暴露著青筋碎肉的手，緊緊抓著我。接著，又探出一張被煙燻黑的臉。上嘴唇從正中豁開，向兩邊撕裂，露出殘缺了門牙的牙床，鼻子上斜插著一根樹枝，從右腮貫穿而出。

「我……我在哪裡？」

04

神戶醫院，急診室門口。

車禍發生的當下，有一個年輕人幸運地被甩出車外，落入草叢中。他抓住我的腳踝的剎那，我著實嚇了一跳。等我們發現這是一名倖存者，也顧不上泡溫泉，直奔神戶醫院。

月野清衣繃著臉，時不時回頭看我，又望向遠山的繚繞煙霧，表情透著股說不出的奇怪。有幾次還因爲走神，差點把車開進山谷，好在她不屬於「馬路殺手」，憑著車技化險爲夷，讓我們眞實體驗什麼是「速度與激情」。

途中，沒有因爲我們製造凡間的煙霧而遇到危險，使我又改變想法，堅信車禍純屬意外。在有溫泉的山上，山體裂縫噴出水蒸氣的現象是很正常的，山坡落石也不是稀罕事。

況且，汽車排放的廢氣應該也算煙霧，這麼說起來，但凡開車上山的人，不都會受到煙鬼詛咒？如此一想，我心裡除了擔心那個年輕人的生命安危，早把煙鬼傳說扔到腦後了。

在車上，我和月餅沒閒著，止血、包紮、心臟復甦術這些急救手段都用了，直到傷者送到急診室門前，兩人才鬆一口氣。醫生、護士迅速到位，點滴、鎮靜劑、氧氣罩在推進急救室前就明確安裝、注射。

月餅往褲子抹著手上沾的血，掏出煙想抽，又塞回煙盒裡，「我去洗洗手，等會兒回來。」

我看著一手的血，還有腳踝的血手印，內心彆扭得不得了。剛想跟著月餅去，他對我使了個眼色，又看向月野清衣。我明白他是替我製造單獨相處的機會，旋即咧開嘴，豎起血淋淋的手指擺了個剪刀手。

然而，我和月野清衣並排坐下，反倒沒了剛才擺剪刀手的豪氣。想了一堆話，又覺得這句不合適、那句不恰當，只好盯著急救室門上「立ち入り無用（禁止入內）」幾個字發呆。

月野緊皺著眉頭，幾次要對我說什麼，話到嘴邊又嚥了回去。我心裡不上不下，難受得不得了，終於苦巴巴等到一句話，「南君，你有沒有不舒服的感覺？」

這不是廢話嘛！出車禍的又不是我，全身上下沒少零件，怎麼會不舒服？

想是這麼想，我臉上還是擺出感激的表情，「謝謝關心，我很好。」之後，在心裡暗罵自己虛偽。

月野清衣像是不太相信我的話，目光上下打量著我，直到看見我腳踝上的血手印，輕輕驚呼一聲，起身急匆匆走了。

我納悶不已，該不會是看見我渾身染血，心裡不舒服，跑去洗手間吐了吧？再看腳踝那個血手印，異常清晰，假若是印在別人身上，光如此詭異的視覺，我肯定也會立刻聯想到「血咒」、「鬼手印」之類的事情。

正琢磨找東西它擦掉，就見到月野清衣跑了回來，不由分說地蹲在我膝前，把手裡的東西往地上一放。

是酒精罐和一大團藥用棉花。

「南君，請不要動。」她將棉花沾了沾酒精，壓住我的腿，動作輕緩地擦拭著。

這突如其來的舉動，搞得我飄飄然，又不好意思繼續讓月野清衣蹲著，忙不迭推辭。可她執意替我擦，我拗不過，只得彆扭地坐著，抬頭看天花板。

棉球摩擦皮膚，感覺癢癢的，可能是心理作用，又或是酒精的刺激，我開始感覺腳踝滾燙，皮膚也有些刺痛。不知月野清衣對那個血手印有何深仇大恨，擦拭的力道越來越重，估計吃奶的勁都使了出來，我的腳踝火辣辣地疼，皮膚似乎都快擦破了。

直到這時，我才覺得不對勁，急忙縮回自己的腳。

月野清衣卻緊緊抓著不放手，誠懇地抬頭看著我，「南君，現在沒有時間解釋。我剛才疏忽了，也許還有辦法補救。」

這話說得我腦子嗡嗡直響，難不成我中了血咒？那個傷者是誰？怎麼會對我下咒？

此時，月野清衣變戲法似地摸出一張紙偶，貼到手印上。一團藍汪汪的火焰竄起，瞬間把紙偶燃燒殆盡，化作幾片灰色的紙灰。

奇怪的是，我根本沒有感覺腳踝有燒灼感，反倒似乎有股涼絲絲的氣體從體內鑽出。我穩了穩心神，問道：「我出了什麼問題？」

月野清衣托著下巴，認真地觀察血手印，「希望這個紙偶能導出你體內的怨咒。」

怨咒？正當我想繼續追問，徹骨的痛感忽然從腳踝傳來。隨著吱吱的炙烤聲，手印像烙鐵般冒著淡淡的灰煙，深深烙進血肉裡，且越勒越緊，幾乎要把我的腿骨勒斷。腳掌也因為血脈不通，頓時變成青白色。

我咬牙承受著，心頭猶如被人用鐵鎚重重敲擊，根本喘不過氣，全身霎時被冷汗浸透，血液更是不受控制地向腳踝湧去。手印由紅轉黑，瞬間膨脹起來，又變成詭異的紫色。

這下我疼得連話都說不出來，月野清衣扳住我的肩膀，「南君，振作一點！不能讓煙鬼的怨咒進到肺裡！深呼氣，快速吐出。」

劇烈的疼痛讓我感覺腦子裡有無數根針刺來刺去，全然無法按照她說的那麼做，只能緊握拳頭，勉強承受著痛感。

月餅雙手濕漉漉地走回來，微微一愣，「南瓜，你怎麼了？」

我指了指月野清衣，心想由她解釋，月餅卻會錯意，憤怒地吼道：「妳對他做了什麼？」

月野有些失神，不小心碰倒酒精罐，空氣中瀰漫酒精氣味……

「不是我，是煙鬼！」月野清衣環顧急救室，「很快就會有答案了。」

月餅這才發現我腳踝的異常，連忙摸出瑞士刀，豎著把手印割開，一股黑血迸射而出，噴了他一臉。奇怪的是，皮肉雖被割開，手印卻依然留在腳上。

口頭描述十分抽象，但我當下看到的確實是這樣，腳踝有一道劃開的傷口，手印則牢牢附在肉裡，彷彿從體內長出來的。

「血咒？」月餅用刀尖挑開劃開的皮肉，探進去點了點手印。

這一下疼得太徹底了，我一哆嗦，悶在胸口的濁氣忽地吐出，「月餅！拜託你有點人性！不想著怎麼幫忙解咒，拿刀子戳我很好玩嗎？」

豈料，月餅壓根兒沒理睬我，像是看到了什麼，刀子往傷口裡一探，挑出一團白乎乎的東西。見狀，我驚駭不已，他該不會把我的腳筋挑斷了吧？我猛地跳起，意外發現剛才不能動的腳現在居然有知覺，腳踝上的緊勒感也消失了。

「不要這麼做！」月野聽見我的呼喝，才發現月餅的舉動，驚呼著阻攔，卻晚了半步。

沒等我看清挑出來的是什麼，那團東西發出嗤嗤聲，化作一團灰色煙霧，依稀像一張人臉，順著我的鼻孔鑽進體內。鼻腔有著略帶腥氣的辛辣感，不多時，肺部有種熱辣辣感覺。時而緊縮，時而膨脹，猶若有隻手一鬆一緊地捏著我的肺葉。但是，一點也不疼，反而有種輕飄飄的舒適感。

「晚了……」月野懊惱地跺腳，「煙鬼的怨咒開始了。」

這時候，一名醫生快步走來，語調充斥著不可思議，「請你們過來看看這個。」說完，又轉身進了手術室。

月野清衣卻在椅子坐下，早被扯破的和服根本裹不住性感的身材，引來不少人的目光。她咬著嘴唇，憂慮地說：「我知道那是什麼，不需要看了。月君、南君，你們進去吧。我要靜一靜，時間不多了。」

我摸了摸胸口，除了肺部，其餘沒有任何異常。月餅意識到自己闖了禍，「我需要聽妳的解釋。」

月野清衣搖了搖頭，長髮蓋著半邊臉，「你們先進去看看吧。」

自從認識她，我從未見過她如此沮喪，也意識到自己一定哪裡出問題，且和剛才那團人臉煙霧有關。

進了手術室，醫生和護士都一動也不動地盯著一台顯示器。那是傷者肺部的影像，被香煙焦油浸黑的肺葉上，赫然映著一張蒼白色的人臉！

我以爲這是錯覺，揉了揉眼睛再看，那確實是一張人臉。縱橫的肺部褶皺，勾勒出一個老婆婆的模樣。那張人臉的眼睛原本是閉著的，似是察覺到我的到來，猛地睜開，渾濁的白色眼仁空洞地瞪著我，咧開嘴笑了笑。

這一刻，傷者劇烈咳著，肺部緊縮著，又立刻膨脹起來，嘴裡冒出一團血泡。

我好像聽到老婆婆對我呵呵笑著，胸口也響起奇怪的笑聲。

「煙鬼！」不知道誰喊了一句。

聞聲，手術室裡的所有人像是中了邪，捂著鼻子，發瘋似地奔出去，剩下我和月餅比肩站著，還有床上的傷者。

「走吧，路上解釋。」月野清衣靜靜地佇立在門口，「月君，因爲你冒失的舉動，南君被煙鬼下了咒。要是能在十二小時內趕到六甲山的白骨溫泉，或許他還有救。」

# 05

「月餅，小爺沒那麼容易就死。」我坐在車裡，故意拍了拍胸脯，卻引來一陣劇烈的咳嗽。攤開剛剛捂著嘴的手，掌心一團黑血。我不想被月餅看到，連忙假裝繫鞋帶，在鞋底擦掉。

「我見到你腳踝纏著一道灰氣，以爲是陰氣附體……」月餅狠狠地捶著座椅。

此時此刻，我感到肺臟有個東西開始生長，緊扒著肺葉，每呼一口氣都會劇烈疼痛。看月餅這般自責，倒也不怪他，畢竟有時候好心也會做錯事。我努力擠出微笑，儘量使語氣平穩，可肺臟傳來的撕裂感卻怎麼也掩飾不住，下意識皺了皺眉，額頭佈滿黃豆大小的汗珠。

月餅低著頭沒有察覺，月野卻從後照鏡看到了，嘆道：「月君，也不能怪你。南君中了煙鬼的怨咒，是我的疏忽。相傳，六甲山誕生的生命煙霧有灰煙和黑煙，分別代表煙鬼和煙婆，兩者結合，孕育日本各島和島上的生靈。」

這明明就是中國陰陽二氣的說法，不過胸口越來越疼，肺葉活動也越來越僵硬，加上月野口中的傳說攸關我的性命，只得耐心聽著。

「煙婆繁育生靈的時候，煙鬼耐不住寂寞，四處遊玩，在出雲（地名）的鄉間遇到一位女子奇稻田姬，由於被她的美貌吸引，甘願拋棄神的身份，化作英俊的武士，對她展開追求。田姬心有所屬，雖然心上人雲遊歷練，多年未曾回家，仍然不爲所動。哪知煙鬼索性在田姬家旁邊住下，田姬家的水缸永遠是滿滿的清洌泉水，農田更是耕耘得井井有條。」

「如此半年過去，田姬的心上人還是沒回來，村裡所有人，包括田姬的父母，都開始勸她嫁給癡情的武士。然而，田姬總是笑著搖頭，表示如果心上人不回來，寧可一生不嫁。或許是等待消磨煙鬼的熱情，也可能田姬的冷漠澆熄煙鬼的愛焰，在一個風雨交加的夜晚，他悄悄離開了。從那天起，出雲下起連綿數月的大雨，房屋盡毀，農田全澇，村人只能躲在山上，靠摘採野果和捕獵小獸度日。也有人說，是田姬的執拗傷透武士的心，老天施下雨災對她懲罰。」

「某天清晨，村民冒雨採摘野果的時候，曾見峽谷的洪流有奇異的景象！一條巨蛇在大水中時隱時現，偶爾竄出水面再落下時，驚天的波浪甚至能震散天上的雲彩。就在村人認爲是龍王顯靈時，巨蛇張開大口，把洪水全吸進腹中，大家才看清巨蛇的全貌。

牠的眼睛像紅燈籠果，擁有八顆頭，身上佈滿青苔、檜樹和杉木，巨大的身體能塡滿山谷。直到現在，出雲地區的山上，溪水是紅色，還經常發現紅色石頭，人們都說是那條巨蛇的鮮血和殘體。」

「八岐大蛇？」我和月餅異口同聲叫出聲。

月野清衣露出詫異的表情，「你們怎麼知道？」

月餅老臉一紅沒有吭氣，我心想我們倆天天在宿舍玩《格鬥天王》，自然知道八岐大蛇的故事。

「正當村民在爲見到神靈俯身參拜時，八岐大蛇開口說話了，提出如果要徹底消除水災，每年必須獻上一名女孩作爲交換條件。惶恐的村民唯命是從，而深得村民憎恨的田姬自然成爲第一個祭祀品。田姬鬥不過命運，在祭祀那天，唱起憂傷的《櫻花》，遙望著遠方，期待心上人帶著武士刀來解救她。就這樣一直唱著，直到淸澈眼淚變成血淚，落在櫻花上。也因爲如此，出雲的櫻花都是紅色的。」

「直到八岐大蛇出現，即將享用祭品時，愛慕田姬的煙鬼化身爲武士，與八岐大蛇搏鬥三天三夜，終於將之斬殺，並在牠的蛇尾發現天叢雲劍（三神器之一的草薙劍）。由於武士身受重傷，深深感動田姬悉心照顧他半年多，直到他身體康復，才紅著臉答應求婚。」

「婚宴非常盛大，武士喝得酊酊大醉，在村人的攙扶下進了洞房。到了半夜，卻聽見屋裡傳出淒厲的慘叫。等大夥兒趕到，踹開房門時，全都被恐怖的一幕驚呆。大片血跡在佈置成紅色的喜房中更顯得怵目驚心，床上躺著一具無頭男屍，一顆青面獠牙、長著一對長犄角的鬼頭落在地面的血泊中。田姬懸吊在橫樑上，長舌從嘴巴吐出，一直耷拉到下巴。草薙劍上沾著血跡，掉落在床角。後來，村人合力把田姬埋葬，又請僧侶誦經，焚燒已死的煙鬼，並將灰燼撒入山谷，永世不得超生。」

說到這兒，車子繞過一道山彎，月野停頓片刻才問：「你們知道實際上是怎麼回事嗎？」

我聽得入神，胸口都沒有那麼疼了，「八岐大蛇變成惡鬼報復？」

月野沒有說話，又看向月餅。

「這就是煙鬼怨咒的由來？」月餅揚了揚眉毛，「八岐大蛇的眞身是田姬的心上人，煙鬼尋找了他半年，下咒把他變成吃女人的兇殘怪物。心中僅存一點對故鄉和田姬的愛戀，促使他回到出雲，卻忘記原來的一切。煙鬼趁機化成救美的英雄，既殺掉田姬的心上人，又俘獲田姬的芳心？」

我的眼睛瞪得圓滾滾，嘖嘖嘆道：「月餅，你不寫小說，眞是可惜了這變態想像力！」

相較於我，月野清衣一臉感興趣，「月君，請繼續說下去。」

「煙鬼萬萬沒有想到，八歧大蛇最後的怨念化作草薙劍，在新婚夜晚斬殺煙鬼，並讓他變回原形。田姬見到夫君居然是鬼，領悟到其中的前因後果，羞憤難當，便上吊自殺了。」

「那你剛才說煙鬼怨咒又是什麼意思？」我承認月餅分析有模有樣，乾脆再順著捧他一句。萬一小爺我眞的就剩下十來個小時的活頭，歸攏月野清衣這件大事就得交給月餅，絕不能讓黑羽涉那小子近水樓台先得月。

「很簡單，煙鬼的骨灰在山谷四處飄散，被村民吸入肺裡，滋生怨念。至於……到底是不是這樣，我也只是順著傳說猜測。」月餅摸了摸鼻子，忽然拍著我的肩膀，「我想到了！」

「想到什麼？」月野清衣問道。

月餅望著六甲山的霧氣，「我剛才忘記了一個人，對嗎？」

「你確實聰明。」月野轉動方向盤，繞過一個小坑。

06

「煙婆發現煙鬼失蹤，又得知他爲了一個凡間的女子丟失性命，嫉妒又怨恨，四處尋找煙鬼報復。而殘留在村民體內的煙鬼骨灰，附著生前的怨念，還有對煙婆的羞愧。因此，村人世代相傳，絕不能靠近六甲山一步，更不能在山裡製造煙霧。一旦這麼做了，肺裡的煙鬼之怨會隨著煙霧飄入山中，喚醒煙婆，引來生命危險。」

月野把這段話講完，不知不覺天色將黑。我這才發現車子已經行駛至人跡罕至的林間小道，路面坑坑窪窪，陣陣顛簸之下，肺部又開始劇烈疼痛，不得不靠在椅背上大口喘氣。

「我有幾個問題不明白。」月餅緊緊揪著眉頭，問道：「第一，如果剛才那個傷者是村人的後代，爲什麼還敢來六甲山？第二，他爲什麼要在臨死前抓住我兄弟？第三，怨咒到底是什麼？第四，白骨溫泉又是什麼？第五，傷者肺上爲何會有一張老太婆的鬼臉？」

月野清衣毫無預警地踩下煞車，我的腦門硬生生撞上前方的椅背。月餅問出我想問的話，一路上我儘量裝作輕鬆，又是插科打諢，又是聽故事，其實內心深處，早因爲怨咒和剩下十二小時的生命恐懼不已。

只不過，我不願表現出來罷了。

「往前走大約一百米，再左拐三百多米，就可以看到白骨溫泉。」月野熄火下車，幫我拉開車門，「我儘量長話短說。由於年代久遠，許多村人的後代都不以爲然，甚至有人偏要來六甲山證明這僅是謠傳。煙鬼之怨是不會結束的。帶著怨咒的人將死之前，一定會抓住身邊某人的腳踝，藉著鮮血傳給下一個人。在醫院時，紙偶已經吸住煙鬼怨咒，卻因爲月君的冒失，擅自把它從南君體內趕出，變成煙氣進入南君肺裡。白骨溫泉是煙婆失望眼淚化成的溫泉，長年霧氣縈繞。被煙鬼怨咒附身的人必須前往白骨溫泉，據說只要得到煙婆的原諒，就可以解除怨咒，繼續活下去。那名傷者將怨咒轉到南君身上，眼下和南君是生死一體，南君如果不親自解除詛咒，那麼傷者死的時候，也就是南君死的時候。」

「我們該怎麼做？」月餅已經跟著下車，準備攙起我，「既然是我的失誤，我一定會彌補。」

「我們？」月野清衣苦笑著，「白骨溫泉，只有身帶煙鬼之怨的人才能進入。月君，你和我只能留在車上等待。」

本來以爲有「雙月組合」護駕，我再怎麼危險，也一定能化險爲夷。因此，心裡縱使緊張，可不覺得自己活不下去。聽月野這句話，我才反應過來，敢情這次不是組團行動啊！這……這玩笑開大了！

「我不會讓我兄弟獨自去白骨溫泉的。」月餅沒有放棄。

月野清衣指了指前方的樹林，「沒用的……只有南君能聽到那裡的召喚，對吧？」

「姜南……姜南……」樹林裡傳來極其魅惑的女子聲音，「快來吧……我在這裡等你很久了……」

我甩了甩頭，發現除了自己，「雙月組合」根本沒有聽見聲音，難道那就是月野清衣所謂的召喚？白骨溫泉到底有什麼？

這時候，地面悠悠升起白色煙霧，被野草劃成無數縷煙絲，又聚在一起，幻化成朦朧的女子形象，對我招了招手，當先隱沒入林中。

「月餅，你看到了嗎？」我不曉得眼前看到的是不是幻覺。

「看到什麼？」月餅警惕地望向樹林。

月野清衣走到我面前，注視著我半晌，忽然用力地抱住我，「南君，對不起，明明是我和月君的疏忽，卻得由你面臨險境。但是，爲了活下去，你也只能獨自面對，不是嗎？」突如其來的一抱，使得我心潮澎湃，熱血沸騰，腦中閃過幾個大字：起碼三十六C！

「月餅！」我挺直腰板，輕輕把月野清衣推開，「你們放心，小爺我絕對會活著回來！」

月餅勉強擠出一抹微笑，拍著我肩膀，歉疚地說：「萬事小心。遇到解決不了的，記得快跑。」

我哈哈一笑，「英雄都是從戰場裡慢慢走出來的。」

耳邊又響起女子的召喚，縷縷白霧不斷從地裡冒出，沾在草葉上，變成一粒粒晶瑩剔透的小水珠。沿著葉脈滾動，匯聚成一滴，在葉尖搖搖欲墜。

我嗅著野草的清香，鄭重地邁出第一步，踏入白骨溫泉的範圍。再回頭看去，白霧團團罩住兩人，根本看不到他們倆在哪裡，只得繼續筆直向前走。

忽然，耳邊響起奇怪的聲音，空靈又帶著一絲淒厲，宛如飄蕩都市上空的鴿子哨，又像夜半思春的野貓嗥叫。

在這些聲音當中，我隱約聽到他們倆的對話。

「月野，白骨溫泉是什麼樣子的？」

「不知道，因爲進去的人從沒有出來過。」

# 07

敢情這是有去無回啊！我心裡一哆嗦，後悔做出這個決定。只要那個受傷的哥們沒事，我也能活得好好的，何必去白骨溫泉呢？

轉念再想，萬一那哥們將來溺水、遭遇火災，有個三長兩短，我豈不也跟著一命嗚呼？生命掌握在別人手裡的感覺不好受，說什麼還是得進去看一看。

這麼想著，心裡多少踏實了些，才發現一個走神的工夫，白霧越來越濃厚，幾乎是靜止不動。我每踏出一步，都能感受到霧氣像是凝固的牛奶，自己如同掉進一個巨大的牛奶缸。

除了霧氣，眼前什麼都看不見，我踏在草叢裡，碎裂聲從腳底響起。這種感覺既像瓷片被踏碎，又如若滿地都是被我踩成碎屑的人骨。

我蹲下身，摸索著撿起一塊被踩碎的東西，圓圓長長的，稍微用力一捏，登時成了一團碎渣。略帶石灰味的粉末鑽入鼻腔，刺得癢癢的，忍不住打了個噴嚏。

剛才撿起來的東西，應該是一截骨頭。想到這裡，我彷彿看見遍地都是森森白骨，亂七八糟地堆放著。掉了一半腦殼的骷髏頭敞著空洞的顱腔，黑幽幽的眼眶裡窸窸窣窣爬出一隻猩紅色蜈蚣，又從鼻洞鑽了進去。

可怕的聯想讓我猶豫了，停住腳步，正思索是否要原路返回，忽然聽到急匆匆的腳步聲。

「南君！」白霧閃出一道模糊的身影，是月野清衣跑過來。我鬆了口氣，又向她身後看去，月餅不在。「凡到來者，赤身入泉，心惡者亡，心善者生。」

我仔細琢磨她這句話，很明顯，心有惡念，就會變成亡魂，反之，才能解開煙鬼的怨咒，活著走出去。可是，惡念和善念的定義是什麼？

猶豫之際，窸窸窣窣聲音引起我的注意力，扭頭一看，月野清衣居然從容地脫下衣服，赤裸著豐滿性感的身體。

「凡到來者都要泡溫泉，我當然不能例外啊！」月野踮著腳尖試了試水溫，又一步步踏入泉水中，「水有些燙。」

修長的雙腿，渾圓的臀部，腰間完美的曲線畢露無遺。她慢慢蹲下，長髮在水面漂浮，對我招了招手，無意間露出胸前一抹圓翹的白。

「南君，快下來吧。」

活色生香的畫面讓我喉嚨發乾，使勁嚥了口唾沫，渾身燥熱難耐。

「中國人是不是不習慣在別人面前脫衣服？那我轉過身好了。」說罷，月野清衣像美人魚般游到一旁，並轉身背對我。

還在猶豫，胸口又開始感覺被緊攥的疼，似乎有東西要脫離肺臟，好搶在我之前衝進溫泉。我疼得捂著前胸，卻摸到奇怪的凸起，連忙解開衣服一看，上面竟然長出一張模糊的人臉。它看著我，咧嘴一笑，又縮了回去。

身體異變的恐懼使得我忘記羞恥，手忙腳亂地脫光衣服。雖然月野清衣看不到我，我還是遮住該遮的地方，扭扭捏捏走進溫泉，離她遠遠地坐下。

此刻，月野清衣捧起泉水，微揚著頭。泉水順著額頭滑過臉龐，沿著細長的脖子往下流淌，潔白的皮膚騰起氤氳蒸汽，暈出柔軟的粉紅色。然後，她全身沒入水中，又忽然跳起，赤裸的上身顫動著致命的誘惑。

我老老實實坐在溫泉裡，眼睛不曉得往哪裡擱，只好低頭看泉水。豈料，溫泉水絲毫沒有阻擋我的視線，可以清晰見到泉底的景象。

這無比恐怖的一幕，讓我終於明白白骨溫泉的由來！

泉底，滿滿都是白森森的骷髏！

每一具骷髏都大張著嘴巴，頜骨和上顎的角度幾乎突破人類肉體的極限，顯示死前承受莫大的痛苦。

瞅著這幕景象，我立刻聯想到，那些骷髏的血肉，一定是融化在溫泉裡。

換句話說，我正在一鍋人肉湯裡面泡著！

就在我手忙腳亂地站起身的時候，泉水產生奇怪的變化，泉底的骷髏縫隙湧出大片氣泡，在水面啵地爆裂。水溫驟然升高，燙得我幾乎無法忍受，扳住岸邊的石頭，掙扎著往岸上爬，忽然想起月野清衣還泡在水裡。

泉水飛快騰起人形煙霧，又帶著淒厲的慘叫被吸入泉底的骷髏中，我根本看不到月野清衣在哪裡。

「月野！」我著急地吼著。

這會兒，泉水急速升溫，煮著我的皮肉，感覺自己就快熔在水裡。我驚駭萬分，正不知該如何是好的時候，有東西忽然抓住我的腿，直接把我拖入水下。

浮力使得我的身體自然向上漂，可腳下拉扯我的力道偏偏越來越大，最後直接沉入溫泉底部。果然如我想像，下面全是可怕的骷髏，驚嚇之餘，我嗆了幾口水。泉水的溫度已經達到我所能承受的極限，只得拼命向上掙扎。

同一時間，我也看清楚了，拽著腿的，是一個血肉模糊的人！

對方渾身被泉水燙爛，根本認不出原本的模樣。但是那頭長髮，還有脖頸處僅存一塊完整肌膚上的小痣，讓我立刻想到是誰了！

我壓根兒不明白到底發生什麼，但求生意志促使我用力蹬著湖底，不小心踩碎幾具骷髏，腳底好像還被碎骨扎破。好在借助這記蹬力，我重新躍出水面，大喘幾口氣，拼命游上岸後，全身已經被燙得紅腫。

我癱坐在地上，看著湖底那個血人，心如被刀割般疼痛。

月野清衣被燙爛了？

「月野！」我幾乎瘋了般在泉邊大吼。

嘩啦一聲，伴隨著巨大的水花，月野清衣破出水面。皮膚因高溫剝落，爆裂的血管不斷湧出暗紅色血液，一條條青筋像蚯蚓緊緊扒住肌肉。而她原先精緻的臉龐，也已經成了殘留著幾塊碎肉的骷髏。

「你愛我嗎？」她慢慢向我走來，眼眶淌出一汪渾濁的黃色液體，眼球縮成花生粒大小，「如果愛我，可以陪我一起留在這裡嗎？」說著，又走近一步，「我們可以擺脫生命的限制，就像泉底的它們一樣。兩個人永遠在一起，不是很好嗎？」

恐怖的場景令我胃部抽搐，忍不住想吐，可月野清衣的聲音偏偏透著無法抵抗的誘惑。

也許，只有死亡才是永恆。

我最終點了點頭，聲音乾澀地說出三個字，「我願意。」

「那就下來陪我吧。」血人對我招了招手，手指僅剩幾條青筋相連。

我猶若被催眠，不受控制地站起身，一步步又踏入高溫的泉水。奇怪的是，這次沒感覺到一絲熱氣，泉水瞬間變得冰冷，激得我起了一片雞皮疙瘩。

血人似乎奇怪我的舉動，愣在泉中央，喃喃自語，「眞的有人願意和心愛的人一起死嗎？那爲什麼他要拋棄我，甚至藏到許多人的肺裡，躲著不願見到我呢？」

這下我忽然靈台清明，看明白眼前的一切。那根本不是月野清衣，也不是什麼血人，而是一位老得不能再老、頭髮都掉光、滿臉皺紋的老婆婆！

她彎著腰，臉幾乎貼到水面，不停咳嗽著。每咳一下，都會吐出一股白煙。煙氣掙扎著向水中鑽去，卻被她一把抓住，塞回嘴裡，伸長脖子嚥下。

「我找你這麼多年，終於快把你找全，怎麼可能讓你再逃走？」老婆婆笑著。白色麻布衣緊緊包裹在她身上，竟浮現一張張的人臉！

那些臉表情不一，有的極度痛苦、有的拼命掙扎、有的在苦苦哀號，但我看得分明，皆爲同一個人的臉。

一個老頭的臉。

08

此時此刻，我的胸口又開始劇痛，皮膚繃得緊緊，彷彿有東西要從胸膛破出。低頭看去，是一張和老婆婆身上一模一樣的臉！

「這是最後一個了。」老婆婆號啕大哭，「須佐之男，你終於想起我，你終於回來了！我會讓你重新活過來，我們說好要一輩子的！」

「我不要！」在我胸口的人臉忽然開口說話，語調帶著無比的抗拒和憤怒。

老婆婆惡狠狠地瞪著我，「你是逃不掉的！你要陪我！就像你從前對我的承諾，陪我一輩子。」

話音剛落，老婆婆張開嘴，嘴角幾乎裂到耳根，拼命吸著氣。四周的空氣像是被抽乾，帶著嗚嗚聲捲入，她的腹部立刻大得跟一面鼓一樣。

我胸口的人臉突然向我哀求，「快帶我離開這裡！求求你，我可以給你所有想要的，包括那個女人！就讓我安心在你肺裡躲一輩子吧！她變得又老又醜，再也不是我當年喜歡的人。你也看到了，你允許自己喜歡的人變老、醜得看一眼都會嘔吐嗎？」

聞言，我低頭看著在胸口掙扎的人臉，有種說不出的厭惡，「既然你對她做出承諾，就要承受時間在所愛的人身上留下痕跡。」

人臉忽然停止掙扎，從我的胸口探出，認眞地盯著我，「你的心，很乾淨。」最後一個字落定，我胸膛的毛孔冒出無數細若蠶絲的白煙，飛進老婆婆的腹中。

「你終於全部回來了！」老婆婆聲音高亢，又漸漸弱下來，「我們再也不會分開了。」她一邊重複著這句話，一邊從溫泉走上對岸，漸漸消失在茂密的樹林裡。

陣陣涼風襲過，我打了個哆嗦，這才發現不知何時煙霧都散開。滿天星星閃爍著，使得無邊的夜幕變得生動。

聽說人死之後，會在天空變成一顆星星，靜靜守望最愛的人。不曉得我會成爲哪顆星星是？我最愛的人又是誰？

「南瓜！」月餅的聲音遠遠傳來。

「南君……」月野清衣焦急地呼喚。

隔絕白骨溫泉與塵世的白霧散盡，我又聞到久違的青草香，一切都結束了。我成功通過考驗，成了到過白骨溫泉唯一存活下來的人？

樹林中，月餅和月野清衣急匆匆地跑過來。

「小爺還活著！」我自豪地哈哈笑道。

月餅突然停住腳步，疑惑地看著我，「你怎麼沒穿衣服？」

「啊！」月野清衣見我裸著身軀，滿臉通紅，急忙轉過身。

我一時間竟然忘記自己是一絲不掛了，這人算是丟大了。我連忙又跳進溫泉裡，尷尬窘迫地叫道：「月餅，幫我拿一下衣服。」

# 09

回醫院的路上，月餅似笑非笑地看著我，月野則直視前方開著車。

我害臊得滿臉通紅，結結巴巴把事情講了一遍。詭異的事情經過多少分散他們的注意力，可惜三人都沒分析出個所以然。

出現在溫泉的月野清衣是老婆婆幻化的嗎？老婆婆又是誰？難道眞的是傳說中的煙婆？煙鬼爲了躲避煙婆的尋找，逃進許多人的肺裡？泉水底下的無數骷髏，又是怎麼回事？都是受到煙鬼許諾的誘惑，想帶著煙鬼逃掉的人嗎？

其實，我心中已經有了答案，關於愛情和承諾的答案，可是不想說出來。

「我們都還活著，這就是最好的結果。」月餅伸了個懶腰。

一絲曙光從遠方山巒筆直探出，替大地鑲上幾條金燦燦的直線。萬物甦醒，鳥兒叫，小獸鬧，嶄新的一天開始了。

「知道斬殺八歧大蛇的武士叫什麼嗎？」月野微笑著問。

「須佐之男。」

然而，對我來說，這已經不重要了！

畢竟，生命的精采在於存在。我最信任的朋友在身邊，我偷偷暗戀的人在身邊，還有什麼比擁有這些更快樂的呢？

「南瓜！」月餅摸了摸鼻子，乜斜著眼睛看我，「你該減肥了。王八殼一樣的八塊腹肌現在只剩下一坨脂肪。」

搞什麼啊？好好的氣氛就被他一句話壞了，我沒好氣地白他一眼，「滾蛋！」

回到醫院，那名車禍傷者已經脫離危險，再照X光，肺臟上的奇怪人臉也消失了。月野清衣向警方供述事故發生經過。為防萬一，月餅逼著我做全身檢查，幸好除了斑斑點點的焦油陰影，其餘正常。

「你說，我們是不是該戒煙了？」月餅拿著X光片，憂心忡忡地說：「不過，我倒真希望你肺臟照出來有月野的影像，拿給她看，絕對能擄獲她的心。」

聽他這麼講，我想起在白骨溫泉見到月野清衣赤裸的胴體（當然事後我故意不提這段），有些面紅耳赤，「煙是戒不了了。已經傷了心，就不怕傷了肺。」

「你怎麼這麼矯情了？」月餅皺眉故作嘔吐狀。

「近朱者赤，近墨者黑。」我隔著玻璃遙望六甲山，不知那個神秘的老婆婆怎麼樣了？儘管找回心上人，可她真的會幸福嗎？

就這樣過了幾天，黑羽涉的恢復能力驚人，居然已經能出院。在沒有傑克消息的日子裡，我原本很快樂的心情，又莫名增添幾分醋意。

有一件事情不得不提：我們真的去泡了一次溫泉。

讓我備感失望的是，竟不是男女混浴！我和月餅跟幾個大老爺們泡在溫泉池裡，場面實在有夠尷尬。倒是黑羽涉，悠然自得，從漂浮在水面的木盤端起溫好的清酒，有滋有味地喝著。

垂頭喪氣回到賓館後，我們坐在陽台曬太陽抽煙，有一搭沒一搭地閒聊。兩人懶洋洋得幾乎快要睡著時，門突然被推開，月野清衣拿著一疊照片走進來，黑羽涉則緊跟在她身後。

「有傑克的線索了！」她把照片遞給我們。

富士山，盛開著白色櫻花，花瓣如雪飄落著，一個金髮男人站在樹下，陶醉地仰著頭欣賞。

「終於可以見到他了。」月野清衣的雙頰居然泛紅。

我還沒反應過來，月餅當先問道：「月野，妳說的『他』，是誰？」

「拍攝這組照片的人，」黑羽涉雙手交叉胸前，斜靠著牆，「全日本最有名的攝影師，被稱爲『鬼畜之影』的吳佐島一志！」

大概是太過興奮，月野清衣感到燥熱。她下意識攏了攏長髮，露出白皙的脖頸，我又看到那顆圓圓的紅色小痣……

日本神戶的六甲山上，有一處溫泉，泉水溫度適中、富含礦物質，成了日本人心之所嚮的溫泉聖地，被稱之為「神之饋贈」。更有傳說，這池泉水能夠洗滌靈魂深處的污穢，從而得到神靈的啟示。

但是，西元二〇〇七年七月二十七日，四人結伴而來，水溫卻在洗浴過程中驟升至攝氏一百度，他們被活活燙死。根據目擊者描述，整池溫泉如同一鍋肉湯。從此，原先有「神之饋贈」的溫泉再無人敢來。事後，也有山民說，經常在半夜聽到溫泉附近有老婆婆哭泣號叫的聲音……

# 鬼畜之影

「鬼畜」，在日語原意指像魔鬼、畜生一樣殘酷無情，通常指心理變態、有性虐傾向的流氓或淫棍。另外，還有一個更深層的含義，泛指世間一切不乾淨的東西。

被稱為「鬼畜之影」的人，會在世界各地用相機捕捉靈異畫面，向世人展示不為人知的詭異世界。

進入二十一世紀後，世上只有一個人被稱為「鬼畜之影」，而且沒人有信心大聲說出自己比他厲害。原因很簡單，近十年的「世界十大靈異圖片」中，其中有七張是他拍攝的畫面。

有人說，他本身就是「鬼畜」；也有人說，他有一雙能看到「鬼畜」的眼睛；更誇張的說法是，他是陰陽師，擁有一台獨一無二、能捕捉到「鬼畜」的相機。

他是全日本最受爭議、最著名的攝影師。

他的名字叫——吳佐島一志！

# 01

出發前往富士山前，我們回到旅館收拾行囊，我趁機利用網路搜尋「吳佐島一志」。出乎意料，居然有幾百萬條相關搜索。

更難以想像的是，這個被稱爲「躲在鏡頭後面的淫穢攝影者」的人，粉絲多得無法想像，還被無數攝影界的大師、新秀們追捧。

「月野怎麼會把這種人當作男神？」我舉著手機，看著吳佐島一志的照片，感覺天都塌下來了，「一個拍色情照片的猥瑣老頭居然能有這麼大的名氣，島國風情未免太特殊了吧！」

月餅只看一眼，便忍不住哈哈大笑，「南瓜，你這趟到日本，暗戀女孩本來挺正常，但爲什麼情敵都這麼奇葩，難道命犯天煞孤星？」

我哭笑不得地撓撓頭，吳佐島一志長得確實太鬧著玩了。

看他約莫五十歲上下，一派老不著調的形象，穿著圖案花俏的無袖背心，還戴著頗似麻將中「二餅」形狀的墨鏡。髮際線很高，理成一邊一小撮的「貓耳」模樣。就這麼個玩意，竟讓月野清衣興奮得羞紅臉，而且還聽說暗戀這個老不正經的女人能從靜岡縣排到山梨縣（富士山橫跨這兩縣）。

我雖不如月餅那麼玉樹臨風，可好歹人模人樣，而吳佐島一志連個人樣都沒長利索，難道拍些流氓照片比英俊瀟灑、溫柔體貼、善解人意還要好使？

這都是什麼世界？

「你們收拾好了嗎？」月野清衣在門外催促著，「我們要儘快出發。要知道，能見吳佐島先生一面可不容易呢！」

月餅正在喝水，險些嗆到，「我們快好了。」

我十個不服，八個憤怒地收拾衣物，順手把吃了能拉肚子的巴豆粉塞在背包最外層，尋思對方要是敢要月野清衣拍變態裸照，就把藥下到他的水裡，包準按快門的時間就能拉上三五趟。

「不過……」月餅還在翻看對方的相關資料，「吳佐島先生確實有些真材實料，單就這張靈異照片，拍攝時不僅需要耐心等候，更要非同一般的膽量。嗯，這個人不簡單。」

我接過手機看著顯示的畫面。

滿天烏雲如鉛塊壓在夜幕，殘月勉強探出一點光芒，鋒利地劃開陰森，使得天空透出令人寒顫的淒冷。廢棄的古宅屋門打開，一側門板脫落門軸，斜垮垮地垂著。一棵葉片落光的枯樹，孤零零矗立宅前，樹身有一張模糊的人臉，破爛得只剩下傘骨的紅色雨傘丟棄在不遠處的老井旁。此外，透過一扇窗戶，能看見一個身穿紅衣的小女孩靜靜站在古宅裡。長長的頭髮垂放胸前，蒼白的臉上，一雙如黑夜般深邃的眼睛透著沉沉死氣，懷抱著殘破的人偶。

「絕對是PS的！」我不屑地把手機塞進背包，「隨便找個郭美美等級的人，都能做出這樣的效果。」

月餅推開門，自顧自地向外走，「忘記前幾年日本火紅很久的一部恐怖片了嗎？這個畫面像不像？你再看看拍攝日期。」

古宅、枯樹、老井、小女孩、人偶……這些圖像使我記起那部看了會渾身發冷的恐怖片，連忙察看拍攝日期，居然是那部片上映的前一年。

難不成那部恐怖片的內容是眞的？

「吳佐島一志是那部恐怖片的影像顧問。」月餅的聲音在走廊迴盪。

我又想到一個很可怕的問題：那個小女孩被拍下來之後呢？她去了哪裡？難道是被……

# 02

一路上，月餅和月野清衣都在聊關於吳佐島一志的事情。月野清衣來了興致，滔滔不絕，我和黑羽涉支著下巴，看著窗外風景，誰也沒插話。

當月野清衣提及「只有吳佐島先生那麼強壯的男人，才能把V領服裝穿得那麼有型」時，我和黑羽涉都面露不屑，稍微挺了挺胸膛。我還在心裡腹誹，他長得跟《原子小金剛》裡的御茶水博士同副德性，跟強壯能靠上邊才怪！

神戶市至靜岡縣，由西向東途經大阪、奈良、津、名古屋這四個比較有名的城市，說起來挺遠，其實不到三百公里。

日本東西短、南北長的地理，間接影響日本人的「氣」。

就風水而論，東氣西歸，也就是說每天東方的陽氣隨著日落歸於西方。這個過程越長，處在那樣環境中的人們越能受到陽氣影響，心胸豁達開朗，處世態度也會更加樂觀向上。

偏偏日本東西窄南北長，造就日本人心胸狹隘、做事刻板的性格。由於陽氣不足，陰氣過旺，增添強烈攻擊性和原始慾望，從大和民族歷來好戰、色情文化可見一斑。因此，大到國家，小到樓房建築、居家環境，東西向的距離至關重要，這是閒話，暫且不提。倒是日本的城市劃分，有必要多談幾句。日本的行政區規劃是都、道、府、縣，共有一都、一道、二府、四十三縣。

一都，是東京都，為日本的政治、經濟和文化等中心。一道則為北海道，這裡的開發比其他地方晚一些。二府是京都府和大阪府，是關西地區的歷史和經濟的中心地帶。日本的縣相當於中國的省（面積小得多），共有四十三個縣。

加總起來，日本的行政區共有四十七個。

都、府、縣以下分成兩個系統：一個是城市系統，有市、町（街）、丁目（段）、番地（號）；另一個是農村系統，有郡（地區）、町（鎮）、村。

在日本特別要注意的一點是，縣大市小。唯獨北海道沒有縣，只有區和市。從行政角度來說，富士山所處的靜岡縣，比兵庫縣首府神戶市要高一級。

聽喜歡的人誇別的男人是一件無趣的事情，雖然一路上風景不錯，我悶悶不樂地看了半晌，便睡著了。

大概想得太多，睡覺時亂七八糟做了不少夢，時而是傑克一刀砍中我的臉，連舌頭都劈成兩半；時而是恐怖片裡的小女孩抱著我的腿，嗚嗚直哭。還好我秉持的睡覺原則是「不管做什麼夢，都當作是在看電影」，倒也睡得口水直流。

直到夢見月餅突然變成吳佐島一志，拉著月野清衣要進攝影棚拍照，才感覺全身一空，猛然驚醒。

車子不知何時已經停下，除了我，其餘人都不見了……

我頓時清醒過來，隔著車窗向外看，車子停在一片半人高的野草叢旁邊。草叢中央亂糟糟向兩邊分開，尚在顫動的野草顯示剛有人走過。草叢對面，一棵早已喪失生命活力的枯樹，張牙舞爪地遮擋陰暗的天空。

傍晚的涼風吹過，樹枝吱呀晃動著。從樹頂至根部，一道被閃電劈中的焦黑裂縫延伸而下。一口長滿苔蘚的古井被雜草掩蓋大半，孤零零地遙望著一座古宅。宅子沒有院落，可以清楚看到大門微掩，兩側窗戶在屋簷的陰影下，形同怪獸的眼睛，那麼深邃又空洞。

這個場景異常熟悉，似乎在哪裡見過。忽然，我想起出發前看到的吳佐島一志所拍攝的，正是這個地方。當時看照片只覺得恐怖，現在看到眞實場景，才發現這間屋子的風水佈局大有問題。

東是枯樹爲木，西是古井爲水，中是古宅爲土，那麼照片上的紅傘在南爲金，而紅衣女孩在北爲火。這是五行相剋，有死無生的「聚陰地」。

聚陰地不但招鬼，且長年居此地的人，也容易被鬼附體。

我憑著對照片的記憶，向紅傘和女孩的位置看去，空空如也。或許，被埋在地下？爲什麼月野清衣要帶我們來這裡？又爲何把我獨自扔在車裡？難道他們出了意外？也許是心魔作祟，我彷彿看見照片中紅衣女孩站的位置，泥土漸漸翻拱開來，從中探出一隻白森森的手。

這種奇詭的感覺看似漫長，實際只有短短幾秒。我摸出煙，想抽一根定定神，古宅的燈突然亮了。

昏黃的燈光將窗櫺的影子映在地面，劃出兩個巨大的方塊，恰巧框住傘和紅衣女孩的位置。

然後，有道影子一閃而過，吱呀一聲，窗戶被推開了……

# 03

「你總算醒了！」月餅撐著窗戶，對著我大聲嚷嚷，「就沒見過像你這麼能睡的，居然還說夢話。別杵在那看風景，估計你也看不出什麼名堂，還不快進來！」

我沒好氣地癟了癟嘴，心裡想著：你怎麼就知道我看不出名堂！

按照那兩本古書上寫的，這分明就是聚陰地，不過幸好沒有傘和女孩，倒成不了真正的風水格局。看月餅氣定神閒，不像有什麼大事發生，我內心踏實了，點著煙，下車往屋裡走。

走到門口，正要推開門，我忽然萌生一個念頭：屋裡燈光所及之處，就是照片中傘和女孩的位置，是不是太巧了？

陽氣（光）出現在南金北火之地，只有一種可能，那就是地下必然有東西，且見不得人，需要靠陽氣的滋養維持風水格局。

我再次思索月餅剛剛那句話，心中頓時亮堂了。他顯然也看出這裡是聚陰地，推開窗戶不僅是為了喊我進屋，也是在觀察開燈後的室外風水，並暗示我注意格局。我腦海中忽想起聚陰地似乎有一個特殊之處，卻一時想不起來，這種不上不下的感覺令人非常不爽快。

「請進。」正當我杵在門口胡思亂想的時候，門打開了。

開門的是一個中年男子，短髮，深褐色皮膚，方臉，下巴微寬，鼻子短而直，眼角略向下耷拉，一圈幾乎肉眼看不清的微紅色圍著眼睛，使得整個面相不但沒有絲毫不精神，反而透出陰鷙的銳利眼神。

這個人是誰？

「吳佐島一志。」那位中年男子當先禮貌地伸出手，「在神聖的富士山下熟睡，是有靈覺的人才能做到的，所以沒有打擾您的清夢。另外三人正在屋內品茗，請賞光寒舍。」

我頓時糊塗了，照片上明明是個邋遢猥瑣版的御茶水博士，親眼看見時怎麼突然化身成熟穩重大叔？

大概是看出我的疑惑，吳佐島一志微笑著解釋，「我對外的身份是攝影師，當然需要藉由化裝掩飾眞實相貌，否則無法正常開展鬼畜攝影工作。中國有句俗話『樹大招風』，說的也是這個道理。」

這句看似謙虛，實則無比得瑟的話，讓我著實厭惡，但表面還是堆著笑，和他握了握手，「您的作品我看過不少，拍得不錯！聽說您和蒼井空女士挺熟悉的？」

「南君，在吳佐島先生面前，請你不要無禮。」月野清衣在屋內帶著怒意地表示意見。

「哈哈！」吳佐島一志看似好相處的個性，用力握著我的手，「南君的幽默，我很喜歡。我不但和蒼井空很熟悉，波多野結衣、寶生琉璃這些可愛美麗的女孩也都和我保持長期的合作關係。」

我哈哈大笑，「吳佐島先生眞是個實在人。」嘴巴是這麼講，心裡卻暗罵著：該不會加藤鷹是這個老不正經化裝的吧？

提到化裝，我突然想到一個人：傑克！

久未遇見的傑克，不也擅長化裝嗎？

想到這兒，我不免多看吳佐島一志幾眼，臉頰、脖子、耳朵、額頭，這些地方的紋理很自然，不像戴了面具。

吳佐島一志哪裡想得到這麼個工夫，我腦袋琢磨那麼多事，轉身進了屋裡，「富士山上的積雪融化成水，一定要控制火候。五分熱的時候得加入雪，燒到八分熱得再加雪，最後燒滾，才可以用來沖泡日本最有名的靜岡綠茶。」說著，向左側廚房拐去。

神經病！要是在沙漠裡，渴得嗓子都冒煙，別說水沒燒滾，估計見到駱駝尿都喝得乾乾淨淨。一個鬼畜攝影師，在聚陰地裡裝什麼小資？

燈光照的屋外兩處地方肯定有問題，萬一眞的埋著紅衣女孩，那小爺我管他名氣多大，包裡的巴豆算是派上用場。

我跟著進屋，月餅正擺弄展示架上的小東西，黑羽涉則盯著天花板發呆，滿臉擔心天花板掉下來的表情。唯獨月野清衣端正跪坐著，認眞翻著作品集，時不時眼睛一亮，崇拜之情溢於言表。

忽然間，手機響起，我摸出一看：看出來了嗎？聚陰地！

偷眼看向月餅，他正藉著展示架的掩飾，一隻手不停地動著。還沒等我回覆，又一個簡訊發過來：聚陰地只能住兩種人，死人，或者陰人，而且所需的陰氣必須靠屍體養出來。如果真是這樣，我一定要查清楚這件事情。

我終於想起方才在屋外死活沒想起來的事情，能夠生活在聚陰地裡的只有死人或陰人。吳佐島一志不是死人，但這裡確實是他長期居住的地方，那麼他絕對是陰人！

陰人，就是長期生活在死人多的地方（墓地、火葬場、太平間）的人，身體不自覺沾染死氣，天長日久，體內陽氣被陰氣代替，變得怕光、驚夜，經常看見不乾淨的東西。普通人靠近他們，會無端覺得渾身發冷，心裡感到莫名恐懼。

倘若眞是如此，吳佐島一志能拍出鬼畜之影也不奇怪了，因爲他本來就能看見。

可是，他爲什麼要把自己變成陰人呢？

他，是否知情？

「水來了。」吳佐島一志在我身後陰森森地說。

我打了個激靈，下意識回頭看去。燈光的照映下，他大半邊臉藏在陰影裡，那雙眼睛更加陰氣逼人……

此時，左側通往廚房的門尚未完全掩上，我隱約看到有個人在地上爬著，伸手抓著門，探出半邊臉向我看。蒼白色的臉上，一雙漆黑、不見眼白的眼睛，流出兩行血淚。是那個紅衣女孩！

伴隨著匡噹聲響，門自動闔上，讓我從不知是錯覺還是現實的恐懼中回神。吳佐島一志依舊滿臉微笑，「南君，一起喝茶吧。」

我隨口應了一聲，又回頭看了看，左側的門紋絲不動，沒有其他動靜。剛想鬆口氣，卻瞥見底下門縫有東西在動。

一縷頭髮慢慢往門內抽，濕漉漉的印記如雜亂的蜘蛛網殘留在地面！

「月餅！」我大聲嚷嚷，幾乎走音，一把掐住吳佐島一志的脖子，把他死死按在牆上。

吳佐島一志手裡的茶壺摔得粉碎，沸水在冰冷的地上嘶嘶作響。

聞聲，月餅從右側的和室衝過來，瞧他露出錯愕的表情，我也來不及詳細解釋，「紅衣女孩在屋裡。」

「你看得見？」吳佐島一志沒有抵抗，滿臉詫異，直到看見月餅掏出一把糯米往門撒去，才拼命掙扎地叫道：「請住手！」

我使出勁力，卡得他喉間咯咯作響，再也說不出話，只能用哀求的目光看著我。

這時候，月野清衣慌忙地跑過來，抓住月餅的手，「月君，住手！」

然而，糯米已被撒出去，那道破舊的木門猶若一塊磁鐵，牢牢黏附住糯米。月餅冷冷看著吳佐島一志，「這裡是聚陰地，我想你不會不知道吧？」

聽到這句話，吳佐島一志宛如被閃電劈中，剎那沒了神采。我鬆開手，他軟癱癱地靠著牆慢慢坐到地上，雙手捂著臉，「這是我家，我怎麼會不知道！」

黑羽涉站在和室裡沒有出來，語調不帶一絲溫度，「他是鬼畜，當然知道。」

「既然你們都知道，爲什麼不告訴我們？」月餅瞪著月野清衣。

此時此刻，沾附在門板的糯米開始融化，成了液態狀的米漿滲進去。

我再次有種被欺騙的感覺，月野清衣和黑羽涉始終對我們有所保留。這趟帶我們來吳佐島一志家的目的，僅是瞭解傑克的行蹤這麼簡單嗎？

月野清衣正要說什麼，忽然傳來淒厲的叫聲。我實在難以形容這種聲音有多麼痛苦，如同一個人在洗澡，忽然熱水器的控溫零件壞了，水溫瞬間拔升至攝氏一百度。滾燙的沸水當頭澆下，頭髮脫落，皮肉紅腫，起了無數巨大的透明水泡，因身軀承受莫大痛苦而發出的叫聲。

這是糯米剋制不乾淨的東西時才會出現的效果。

在中國，北方吃麵，南方吃米，實際上蘊含陰陽調和的奧義。北陽南陰，久居之人體內陰陽二氣難免失調，就需要以食物中和。做麵粉的小麥在旱地生長，取土中水分，性屬陰，食之抑陽滋陰；煮成飯的水稻在水田生長，取水中土分，性屬陽，食之抑陰增陽。

糯米可以補虛、補血、健脾暖胃、止汗，同時也可以祛除體內過多陰氣。南方某地風俗，會於下葬時在死者嘴裡放上幾粒糯米，正是爲防止地氣變更，陰氣過多，導致屍變。

中國自古以來，孩童間盛行打沙包，最早沙包裡面裝的就是糯米。每年端午、中元節，孩童容易碰上不乾淨東西，大人便會讓他們拿著沙包互相拋打，或踢來踢去。

我已經確定屋裡的女孩身上可能沾著不乾淨的東西，或許本身就是，但那淒厲的慘叫還是讓我忍不住想堵起耳朵。

月餅皺了皺眉，眉宇間帶著一絲後悔，顯然也沒想到糯米有這麼強的效果。

「雪子！」吳佐島一志掙脫我的箝制，一把推開門。

「你們……犯了大錯！」月野眼睛泛紅，抽了抽鼻子，「我不應該顧忌太多，沒坦誠告訴你們『鬼畜之影』的由來。」

我正想偷瞄廚房裡有什麼，吳佐島一志已經狠狠關上門，只從將要關上的門縫中，依稀看到一抹紅色。

月餅的表情黯然，點了根煙，「這種情況下，我很難理性判斷。很抱歉，如果是我的錯，後果由我承擔。」

「你承擔不了。」黑羽涉冷哼著。

「我們去和室吧。」月野清衣摸著緊閉的門，表情悽楚，「讓他冷靜一會兒。我順便告訴你們一個很長的故事。」

# 04

我和月餅比肩坐著，像是兩個做錯事的孩子。我們還不知道錯在哪裡，可是月野清衣的表情清楚傳達一項資訊：我們闖了大禍。

「日本有一則恐怖至極的傳說：雪娘鬼婆。」

隔壁傳出吳佐島一志的哭聲。月野清衣思索片刻，開始講述。

德川幕府時代。

德川家康的手下大將荒木川呂，有一個可愛的女兒雪子。由於荒木川呂無子，因而把雪子視若珍寶，呵護備至。妻子雪娘並沒有因爲沒生兒子而失寵，非常感激荒木的大度。

雪子十歲那一年，身患奇病，請遍日本有名的醫師也無法治癒，眼看就要活不成。

看著雪子日益憔悴、荒木川呂漸漸蒼白的頭髮，雪娘天天以淚洗面，暗中派僕人四處打探能夠治病的偏方。半個月後，荒木家的僕人長谷川帶回來一顆藥丸，告訴雪娘，藥丸是從寺廟裡求來，但只可以保得雪子十年壽命。如果要痊癒，必須在十年內用孕婦的新鮮肝臟做藥引才行。

然而，那個戰亂年代，非常重視人口數，每一位孕婦都會得到特別的照顧。傷害孕婦更是犯下株連九族的死罪，要得到孕婦的肝臟談何容易？

雪娘明白其中的艱難，但對女兒的愛讓她鋌而走險，獨自外出尋找孕婦肝臟。她走遍荒木的封地，但大多孕婦四周守衛森嚴，根本無從下手。

最後，她來到皚皚白雪的富士山腳下，在一片荒草叢中，搭建一座木屋。爲了避免被認出，用刀劃爛美麗的臉龐，靠編草鞋賣錢爲生，並在木屋外支起粥鍋濟人。

如此等待七年，醜女菩薩的名聲遠播，一傳十，十傳百，過往路人都會順道在此喝一碗粥，留下或多或少的錢財再上路。當衆人稱讚醜女菩薩的善行時，卻沒有注意到她越來越惡毒、越來越失望的眼神。

某天深夜，雪娘正在熬粥，聽見有人敲門。開門一看，是一對年輕夫婦，妻子恰巧懷有身孕。經過攀談，得知兩人是出來尋找失散的親人，途中錯過住宿的地方。雪娘把兩人招呼進客房，又端出兩碗粥。夫妻倆感激地喝下熱粥，不多時就雙雙昏睡。

雪娘手持剪刀，刀疤縱橫的臉抽搐著，一咬牙，剪刀刺入孕婦腹中！

隨著剪刀的開闔，溫熱的鮮血流了滿床。被藥昏的孕婦在劇痛中醒來，剛好看到魔鬼般的雪娘手裡捧著自己的肝臟。

孕婦不明白自己爲何遭受如此對待，驚恐地瞪大雙眼，又用僅存的一口氣請求雪娘放過丈夫，並且表示自己叫雪子，是大名荒木川呂的女兒，這次和丈夫出來，是爲了尋找失蹤多年的母親。她的脖子上，掛著母親的信物……

這一刻，雪娘如五雷轟頂，顫抖雙手解開孕婦的衣領，果然看到一枚紅繩編製的燕子。那正是她臨走前，親手做給女兒的護身符！

屋裡充斥濃厚的血腥味，雪娘萬萬想不到，自己竟然殺死親生女兒和未出生的孫兒。而這一切，偏偏是爲了救女兒。

她捧著手裡的肝臟，長號一聲，又把剪刀刺入女婿的胸膛裡……

過度的精神刺激讓她變成鬼婆。

自那天起，施粥的「醜女菩薩」消失了，木屋也日漸荒廢。不過，也有人說，經常會在半夜看見木屋亮燈，窗上有一道頭髮亂蓬蓬的影子，拿著一把剪刀，動作緩慢地剪著頭髮。

# 05

過了一年多，少年安倍晴明四處遊歷，經過靜岡縣時，天色已晚。在荒山中尋找下山的路，發現不遠處的樹影中，有間小木屋亮著燈。

安倍晴明敲門借宿，開門的老嫗嚇了他一大跳。老嫗的瞳孔淡得幾乎看不出顏色，泛著死魚肚的蒼白色。頭髮如乾枯的柴火，亂蓬蓬地長在腦袋上，手裡還拿著一把銹跡斑斑的剪刀。

安倍晴明此時尚未成爲陰陽師，雖然心裡發毛，仍壯著膽子請求借宿。老嫗上下打量他，幾經猶豫，最後點頭同意，唯獨要求絕對不可以進入左側的房間。

這時候正值夏天，屋外炎熱難當，安倍晴明進了屋子，發覺屋裡意外涼爽。而且，門窗明明關著，卻能感到陣陣冷風從左邊房間的門縫吹出，桌上的油燈忽閃忽閃幾乎快熄滅。

老嫗默不作聲，端出一碗香氣撲鼻的肉湯，漂浮的油珠晶瑩剔透，引得安倍晴明食慾大振。之後，老嫗拿起剪刀走出屋子，就著一塊石頭，嚓嚓地磨了起來。

這奇怪的舉動使安倍晴明產生戒心，荒山老屋，老嫗家中怎麼可能有肉湯？他端起碗，仔細察看，發現湯裡居然有捲曲的毛髮，像是人的體毛。

安倍晴明大驚失色，透過窗櫺偷偷瞄去，老嫗一邊磨著剪刀，一邊從放在腳旁的盆裡拿出東西放入嘴裡啃著，還不停嘟囔著：「第九十九個了！只要集滿一百個，雪子就可以復活了。」

趁著這個空檔，安倍晴明偷偷打開左側房間的門，立刻竄出一股濃烈的屍臭味，薰得他差點暈倒。等看清楚房裡的情況，渾身止不住地哆嗦。

房間裡堆滿青白色的骷髏，還有幾具腐爛的屍體，蛆蟲在爛泥一樣的腐肉裡面鑽來鑽去，成群的蒼蠅嗡嗡地飛著。角落的大鍋裡，肉湯咕嘟咕嘟冒著泡，內臟在湯裡上下翻滾著。

看著這畫面，安倍晴明的胃部劇烈抽搐，轉過身想走，這才發現老嫗不知何時已經站在那裡，手中拿著剪刀，嘴裡還叼著半截手指。

「既然來了，就不要走了。」老嫗皺巴得像顆核桃的臉忽然變得猙獰，舉起剪刀刺向安倍晴明。

危急之際，安倍晴明忽然心有所感，拿起隨身攜帶用來記錄遊記的紙張，往老嫗臉上一貼。燙焦皮肉的聲音響起，隨著一抹黑煙升起，老嫗慘叫著倒在地上，掙扎著，變成一架骷髏。

驚魂未定，左側那個房間傳來哇哇哭聲。他走進去一看，牆角居然有個女嬰，可已經死了很久。奇怪的是，女嬰的屍體保存完好。

生死歷練讓安倍晴明通曉陰陽師的能力，用紙折出大小相同的紙人，放在女嬰身上。女嬰神奇復活後，爬到一具骷髏旁哭得更厲害了。安倍晴明於心不忍，便依樣折了紙人復活骷髏，是一個成年男子。

男子自稱是女嬰的父親，向安倍晴明講述「雪娘鬼婆」的故事，這個傳說事後被安倍晴明記錄在《大和妖物錄》裡。

爲了讓父女倆活下去，安倍晴明在屋外佈置從中國僧人那裡學來的五行陣法。作爲女兒重新獲得生命的回報，這位父親成了全日本第一個鬼畜，替安倍晴明尋找不乾淨的東西。最早是用紙筆劃下，再由信鴿送出去，由安倍晴明負責消滅妖物鬼怪。隨著科技的發展，慢慢發展成了用相機拍照，上傳網路，讓隱藏各地的陰陽師知曉……

每次尋找到一個，按照他和安倍晴明的約定，女兒即可多十年的生命，身體也能成長一個月。待女兒長成十八歲的身體時，契約會自動解除，這對父女便能成爲正常人重新生活。

# 06

講完這個故事，月野清衣輕輕閉上眼睛，「你們從這個故事得到什麼覺悟？」

我和月餅面面相覷。

吳佐島一志到底是什麼玩意？難道是活了千年的紙人老妖怪？

關於「鬼畜之影」的由來，我們都明白幾分。但我不能接受的是，月野清衣怎麼可能喜歡上千年紙妖？這……這口味也太重了吧！

黑羽涉早就聽得不耐煩，「月野，我早就說過，鬼畜不該留在世上。陰陽師得依自己的能力歷練，而不是靠鬼畜提供的訊息。」

「黑羽君！」月野清衣輕輕拍了一下桌子，表達對剛剛那句話的不滿，「你沒有感覺到這是多麼偉大的父愛嗎？何況……何況，我本人也是攝影愛好者！」

黑羽涉臉上騰起怒意，很快又被壓了下去。我樂得看他碰一鼻子灰，在心裡幸災樂禍。

「月野，我想瞭解一下。」月餅逐字逐句地斟酌，「吳佐島先生和女嬰的父親有何關聯？」

「當然是……」黑羽涉剛要接話，卻被月野清衣打斷。

「月君、南君，並非我們對你們不坦誠，而是有些事情涉及日本陰陽師的秘密，我們不可以說出來。」

既然月野清衣都這麼說，月餅也不好再追問，摸了摸鼻子，「我們方才做的，是在不知情況下的緊急反應，如果釀成無可補救的後果，請你們原諒。」

這幾句話不卑不亢，既道了歉，也間接說明起因是月野清衣的不坦誠。

「沒關係。」左側的房門打開，吳佐島一志苦笑著走出來，「確實不能責怪你們。況且，後果也沒有你們想像得那麼嚴重。」

「吳佐島先生。」月野清衣的關心之情溢於言表，「你……」

吳佐島一志擺了擺手，不想繼續這個話題，「我是在富士山下發現傑克的。他獨自上山後，我立刻傳照片給你們。」

原本生悶氣不說話的黑羽涉突然像被蛇咬一樣跳了起來，「你說他上山了？」

「嗯。」吳佐島一志點了點頭。

「啊！」月野清衣捂著嘴輕呼，像是想到了什麼。

三個人互相看著，又看看我們，再沒有說過話。眼下氣氛變得很微妙，他們很明顯想到同一件事情，偏偏誰也不告訴我們。

「剛剛誰說要坦誠的？」月餅不滿地站起身，「南瓜，我們走吧。看來，這裡不歡迎我們。」

我也覺得不爽，又捨不得放棄和月野清衣相處的機會，略有些猶豫。月餅哼了一聲，背起包就要走。

「月君，請等等。」月野清衣咬了咬嘴唇，彷彿下了很大的決心，「請你們保守這個秘密。『櫻花盛開，繽紛飛舞的花瓣，美麗的富士山中，惡鬼之火再次燃燒，布都御魂降臨人間，衆鬼覺醒。』」

這段類似於日本俳句的話，讓我摸不著頭緒。月餅微微一愣，叫道：「妳是說布都御魂在富士山？傑克是在找它？」

「我們要趕在傑克之前，阻止他拿到布都御魂。」月野清衣將長髮紮成馬尾。吳佐島一志鞠了一躬，「那就辛苦你們了！請不要讓那件可怕的事情發生！傑克是我作爲『鬼畜之影』尋找的最後一個，契約解除了，我想，要做該做的事情了。」

當他再次推開左側那道門，透過閃身的片刻，我看到一個兩三歲的小女孩，穿著紅色衣服，在床上折著紙鶴。

她忽然抬起頭，對我甜甜地笑著，揚了揚手中的紙鶴，充滿稚氣的大眼帶有炫耀的意思。

在網上搜索靈異照片，會發現日本的靈異照片遠多於其他國家。巧的是，大多數靈異照片均出自一個化名「吳佐島一志」的攝影師之手。從未有人見過他的真容，這份神秘讓他在靈異照片界有著極高榮譽。

西元二〇〇八年，吳佐島一志人間蒸發，徹底消失了。有人說他在拍攝惡靈的時候被殺害；也有人說他受到鬼魂的詛咒，再拍攝類似照片會對全家帶來巨大的災厄；更有人說他和日本某個神秘組織達成共識，拍攝一定數量的照片，就可以重新回歸正常人生活。

就在消失那年，吳佐島一志這個全日本最受爭議、最負盛名的攝影師突然推出一系列紀念已故愛妻的作品集。與以往大膽、誇張、充斥著色情和暴力的風格不同，這系列作品以最簡單的構圖、最自然的光線、大量黑白色的畫面，強烈衝擊著觀賞者的心靈。

那份對亡妻濃濃的愛意歷久彌新，任何人看到這些照片，都會滿懷感傷，情不自禁地落淚。這本作品集也被稱為「世界上唯一一封沒有字，卻能打動女人的情書」。

封頁的書腰寫著一句：當我按下快門，定格的不是畫面，而是禁錮了隱藏在畫面裡的靈魂，塵封了一份跨越千年的愛戀。

奇怪的是，作品集裡的女人，從來沒有一張露出臉的照片。還有人說，在一張照片中，金屬門把手的反射出攝影師舉著相機，他的身邊，還站著一個兩三歲大的紅衣女孩。

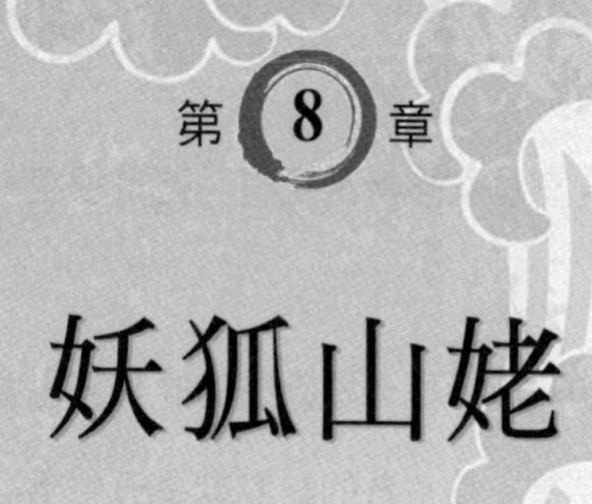

# 第8章

# 妖狐山姥

網上曾經流傳，有個女孩無論身材，還是相貌，都算得上一等一的美女。

但上帝是公平的，賜予你一種天賦的同時，也會給予缺點，使人類永遠達不到完美。這女孩的缺點就是天生毛孔粗大，每當露出密密麻麻全是小坑的臉求職或相親，沒有人能夠承受這般視覺衝擊。無論是「光子美白」，還是「膠原嫩膚」，對她都起不了作用。連著名的韓國整容醫生見了她，也是直搖頭。

她非常困擾，一度對生命失去希望。後來，有人告訴她母親一個偏方：在浴缸裡放上玫瑰花瓣和芝麻沐浴，堅持下去，毛孔會收縮成正常人的狀態，且身上會散發出玫瑰香。

母親欣喜若狂，買了玫瑰花和芝麻回家，待一切妥當，不斷催促女兒沐浴。女兒進了浴室，遲遲沒有出來。母親足足等了一個多小時，敲門也沒有應聲，覺得不對勁。擔心女兒出事，她用盡全身力氣撞開門，在水汽繚繞的浴室中，看到可怕的一幕：女兒用牙籤挑出毛孔裡的芝麻。

有密集恐懼症的朋友可以想像當時的場景，不過我要偷偷告訴你，這件事情是真的。

而且，提供偏方的人，正是月餅！

那天，我們倆閒得沒事逛商場，遇見那個毛孔異常粗大的女孩。月餅按照那兩本古書上所學的，把方子告訴女孩的母親。

經過半年的時間，女孩便擺脫毛孔粗大的困擾，憑藉出眾的身材和相貌，在演藝圈混得風生水起。幾年前，她接拍幾部清宮戲，一炮而紅。

# 01

辭別吳佐島一志，我們四人上了車。大概是心理作用，我始終覺得那盞久負盛名的靜岡清茶有那麼一股人肉味。本來想打個哈哈不喝，看到月餅他們喝得挺起勁，也就勉強喝下去，現在感覺很不舒服。

關於吳佐島一志的身份和屋內的紅衣女孩，月野清衣和黑羽涉沒有提，我也不好多問。還是月餅想得開，突然問道：「南瓜，先有雞，還是先有蛋？」

我聳聳肩，「不知道。」

「很多事情無須刨根問底。既然沒有因爲我們的舉動導致不可挽回的後果，那就把那些事情放下不是更好？」

我得承認月餅的話很有道理，但人總有該死的好奇心，越不願想，偏偏越要想，越想越沒有答案。

來的時候，我一路傻睡，沒搞清楚身處何地。直到月野清衣開車拐出樹林，重新回到公路上，才驚覺原來我們就在富士山下。

遠眺而去，被日本人民譽爲「聖岳」的富士山恰似一把懸空倒掛的扇子，高聳入雲，通體藏青色，山巔白雪皚皚。正因爲如此，日本詩人曾用「玉扇倒懸東海天」、「富士白雪映朝陽」等詩句讚美它。

山下綠樹成蔭，宛若替富士山圍上一條綠色圍巾。琥珀色的湖水倒映整座山的全貌，渾然天成的畫面讓人忍不住讚嘆大自然的鬼斧神工。

想到一頭金髮的傑克可能在這座美麗的富士山上，我的掌心反射性冒汗，既緊張又興奮。他爲什麼要尋找布都御魂呢？宮本武藏臨終之前那句謎語般的話，到底是什麼意思？

月野清衣和黑羽涉這次老老實實地答了三個字，「不知道。」

在陰陽師的傳說中，沒有人能從富士山取出布都御魂。此外，布都御魂一旦再次降臨人間，將會發生最可怕的災難。

當我問到布都御魂在何處，黑羽涉難得帶著期待的微笑，遙指富士山的方向，「名劍，自然是在富士山最高的那座山峰裡，劍峰！」

礙於氣候因素，一年當中只有夏季可以登富士山，開放期間爲每年七月一日的「山開」，至到八月二十六日的「山閉」。抵達峰頂的登山道有很多條，靜岡縣一側有富士宮口、第炘口、御殿場口，山梨縣一側有吉田口。

此時早已過了山閉，加上日本民族對富士山的尊重和不絲一苟的性格，所以儘管月野清衣的身份特殊也無法網開一面。月野清衣有些不高興地掛了手機，把車停在富士宮口，簡單說了一句，「下車，登山。」

我和月餅哪想得到看張照片，居然還牽扯到登山，當然什麼裝備都沒帶。出乎意料，月野清衣根本是有備而來，打開後車廂，登山的保暖防風衣褲、帳篷、防潮墊、睡袋、冰爪，安全繩索、保溫水壺、登山墨鏡（防風，也防雪盲）、登山掛扣、雙手杖……東西一應俱全，而且還不止四套。

分配好每個人的裝備，她才做出解釋，「作爲陰陽師，隨時需要應付各種狀況，平時備著的東西當然會多一些。」

我看著地上大包小包的東西，有些納悶地問：「月野，我們去劍峰找傑克，又不是攀岩，帶這些東西幹嘛？」

黑羽涉嘖嘖幾聲，搖了搖頭說：「你知道劍峰海拔多少嗎？三七七六米！根本沒有一條平順的路可以通到上面，只能利用攀岩裝備爬上去。」

敢情找那個該死的傑克，還得挑戰戶外極限運動啊？

爬山這玩意，沿著山道邊走邊看看景，我還行。要說在懸崖峭壁上，和猴子一樣爬上竄下，一個疏忽可就見山神去了。

這麼想著，我有些發毛，苦著臉望向富士山，又看了看月餅。哪知月餅一反悠閒從容的常態，也苦著一張臉，「南瓜，我有懼高症。」

聞言，月野清衣無奈地笑道：「黑羽君，需不需要聯繫他？」

「山鬼？」黑羽像是聽到多麼可笑的事情，居然笑得很開心，「他不是剛結婚沒多久嗎？」

「月餅，日本人說話怎麼沒邊沒際的？」我蹲在草叢裡拔野草，「只不過是個登山的，居然號稱『日本史上最強登山者』，還起了『山鬼』的外號，聽著就膈應。」

月餅小心地下著繩套，「你天天這麼糾結幹嘛？日本人說話一向誇張，隨便什麼人做個屁大點事就能和『國寶』、『史上』掛鉤，福原愛不也號稱『國寶級』乒乓球手！」

我琢磨著也是這個理，可心中還是不爽快，「你到底會不會逮兔子？下了十多個繩套，這都半天了，都沒看見兔子上套。」

月餅拍去手上的土，滿意地看著剛設置完畢的繩套，說道：「南瓜，你那點小心思，我還看不出來？還不是因爲月野和黑羽負責搭帳篷，你被我拉著來抓野味，心裡才不得勁！」

「有嗎？」

「你會搭帳篷嗎？」

「我一個學醫的，學搭帳篷幹嘛？」我一下子沒弄明白月餅葫蘆裡賣什麼藥。

月餅摸著鼻子，「你在那裡笨手笨腳的糗事，給我老人家丟人不說，讓月野笑話你沒本事，可會影響兩國聯姻大事。我現在是救你於水火之中！」

這番話雖是以開玩笑的口吻講出口，可經過仔細思索，確實很有道理。在心上人面前維護「高大上」的形象，是一個男生的基本覺悟。

正想回幾句話，連挖苦帶感謝一併還給月餅，他冷不防來了一句，「你還當真啊？其實，主要是我自己出來下套逮兔子，沒人陪我抽煙鬥嘴悶得慌。」

這句話噎得我半天沒喘過氣，準備撂幾句狠話的時候，距離五十多米遠之處傳來聲響，林子裡驚起一片飛鳥。

# 02

「逮住了！」月餅眼睛一亮，「我還擔心網上教的繩套做法不好使呢！」

我們竄過去一看，吊在半空中的繩套上，一團火紅色不停發出的叫聲。繩子在掙扎下，時而繃緊，時而上彈。如此幾分鐘過去，那東西耗盡體力，終於不再試著掙脫，軟塌塌地被繩子懸掛在空中。

那是一隻火紅色的狐狸。

我從沒見過這麼漂亮的狐狸。通體皮毛跟火一樣鮮艷，油光水滑，每一根毛尖似乎都能泛出油珠。頸部到腹部，一抹菱形的白毛如富士山頂的白雪那麼純淨，尖尖的小耳朵倒垂著，一雙圓滾滾的小眼睛可憐兮兮地看著我們，輕聲叫著。牠的右腿因爲繩套勒得過緊，在掙扎之際磨破皮毛，露出粉嫩的肉，繩上還沾著血跡。

「沒想到逮著一隻狐狸。」月餅撓了撓頭，「南瓜，剝了皮，做成圍脖送給月野，絕對給力。」

我點了點頭，「嗯，脖子上圍著一張屍皮，是很帶感。」

「一無所獲豈不是很沒面子？」月餅掏出瑞士刀。

我單手摸著臉，「反正我的面子早就不值錢了。」

「那……你說……」

「矯情什麼？趕緊他媽的放了。」

我小心翼翼地捧著小狐狸，生怕月餅割斷繩套時，讓牠摔傷：「月餅，你小心點，別太用力，誤傷了牠。」

這一刻，月餅滿臉嚴肅，拿著刀比繡花還仔細，「別打擾我！這個繩套誰想出來的，未免太結實了吧！」

看著小狐狸像孩子似的怯怯眼神，掌心感受著牠的心跳，我的心流過一陣暖意。不僅因爲小狐狸，也因爲我的朋友——月餅。

人，總是善良些好。

經過半晌，繩套終於斷了。我捧著小狐狸，放牠到地上。瞧牠蜷縮著舔舐傷口，我們不由得感到心疼。

過了一會兒，牠哆哆嗦嗦站起來，試探著走了兩步。腿微瘸，能算無大礙。牠抬頭對我們叫了幾聲，也許是錯覺，我好像在牠眼中看到笑意。

直到小狐狸沒入草叢，我們才長舒一口氣。

「這次捕獵以失敗告終。」月餅下了結論，卻往與營地相反的方向走。

「你去哪？」我有些奇怪。

「去解開其他繩套。」月餅點了根煙，抽了一口，吐出長長的煙柱，「南瓜，我想以後只吃草了，你陪我不？」

「小爺用了幾十萬年進化到食物鍊最頂端，可不是爲了一輩子吃草的。」我義正詞嚴地說。

月餅背對著我沒有轉身，但我能想像他失望的表情。

「話說回來，有個最好的朋友陪著，吃一輩子草，倒也沒什麼大不了的，反正也退化不到食物鍊的最底端。」說完這句，我扭頭就跑。

果然不出所料，月餅轉身，一甩臂，半截樹枝準確地釘在我剛剛站的地方。

「有種你別跑！」月餅喊道。

「這不是有種沒種的問題，要是小爺掛了，誰陪你吃一輩子草啊！」我躍過一條小溝。

把所有繩套解開，順帶挖了幾顆野生馬鈴薯，採了幾顆果子，算是對安營紮寨的月野清衣有個交代。

沿路返回時，看了看手機，已經晚上九點二十七分。距離月野清衣聯絡那個號稱「日本史上最強登山者」、綽號「山鬼」的南野浩，已經過去兩個多小時，算算時間，他也應該到了。

途中，兩人有一搭沒一搭地閒嘮。這些年，月餅跟著都旺學，還眞不是白學的，講了不少民間靈異傳聞。我聽得大呼過癮，又覺得後背發涼。

正講到「幾個盜墓賊在深山裡發現一座古墓，挖進去，撬開棺材一看，發現屍體居然長了一張黃鼠狼的臉，還猛地睜開眼睛」的時候，月餅忽然不說話了。

這會兒，我聽得頭皮發麻，他這麼一不說話，加上半夜深山的環境，更讓我嚇了一跳。再轉頭看，他目不轉睛地看著右邊那片樹林，手已經放進口袋裡。

我循著他的視線，往那個方向看去，確認什麼也沒有，才鬆了口氣，「你能不能不要這麼一驚一乍？」

月餅滿臉疑惑，「你聽到什麼了？」

我歪著腦袋，拉長耳朵聆聽，除了嗚嗚的山風，被吹動雜草的簌簌響，就只有幾隻貓頭鷹咕咕的擾人叫聲。

「難道是我聽錯？」月餅甩了甩頭，「好像有個女人在喊我名字。」

蒼白的月色下，山風越來越猛烈，草叢忽然動了動，倒像有東西在裡面，眼看就要鑽出來。

「月……月餅……」我感覺舌頭都不利索，「鬼嚇人，不死人；人嚇人，嚇死人。拜託，自家兄弟就不要玩這種恐怖遊戲了。」

「不對！」月餅臉色一變，「確實有人喊我！」

我頓時全身僵硬，一動也不敢動。月餅忽然直勾勾看著我，嘴慢慢張開，一臉不可思議。

「怎……怎麼了？」我低頭看看腳下，只有一條影子，說明身後沒有其他東西。轉念一想，鬼是沒有影子的，立刻又一身冷汗。

「南瓜，不管我說什麼，你都要相信我，好嗎？」月餅努力恢復鎮定的表情。

我心裡一陣發毛，完了，看來我身後絕對有奇怪的東西。內心萌生這個想法，再也無法保持鎮定。慌亂間，瞥見腳下多出一道影子，慢慢融入我的影子後，又從影子的肩膀位置探出一團亂蓬蓬雜草似的東西。

「別回頭！」月餅吼道。

可惜，已經來不及。我沒等月餅說話，已經火速轉過身！我看到了一張臉，緊緊貼在面前。我的鼻尖抵著對方的鼻尖，兩者的眼睛正對著！

「你害怕了？」那張臉咧嘴笑著，露出森森白牙，「你在思索我是誰？想讓你的朋友幫助你？」

我聞到令人作嘔的腥臭，慌忙向後退，一個踉蹌摔倒了。大口喘著氣，心裡不停思考一個問題，「她怎麼知道我在想什麼？」

這個當下，月餅躍過來，把我擋在他的身後，「南瓜，快跑！」

站在不遠處的，是個面容極其醜陋的老太太。滿臉的皺紋像顆皺爛的蘋果，沾滿樹葉的長長白髮垂到腰間，偏偏如鐵絲般堅硬，任憑山風怎麼吹，紋絲不動。嘴巴像鳥一樣尖尖地突出，張口說話時，露出嘴裡細細密密的牙齒。更詭異的是，她居然穿了一件婚禮時，新娘才會穿的艷紅色裙子。

「不用跑，我不會傷害你們。」老太太笑了笑，長嘴咧開，猶若在滿臉皺紋劃出兩道口子，「我尋找的不是你們，而且……」

# 03

她想說什麼，卻停了片刻，最後佝僂著身軀，轉身沒入草叢中，「如果有危險，記住，上樹去。」

又是一陣山風颳過，草叢簌簌作響，那個老太太再沒有出現。

她就這麼莫名其妙地消失了。她說的那幾句話，卻讓我更加恐懼。

她在尋找誰？會有什麼危險？爲什麼要上樹？

月餅抬頭看了看夜空，「南瓜，今兒是秋半月啊！」

由春至夏，正是天地間陽氣生、陰氣消，萬物復甦。過了農曆六月，由夏入秋進冬，則是陽氣衰退，陰氣轉盛之期。

中國的老話「春困夏燥秋乏冬眠」，具體描繪了四季之氣。春爲陽氣初生，萬物甦醒，卻因冬日的陰氣，困頓不堪。夏天陽氣最足，自然燥熱。轉入秋季，陰氣慢慢多了，開始感到疲乏。冬季則是陰氣最強、陽氣最弱的季節，萬物因爲陰氣過多，昏昏欲睡。

月亮升於夜，落於晨，陰氣自然最盛。每當季節由夏至秋，天地陰陽兩氣互轉，月陰之氣盛起，在入秋第一個滿月之際，即是陰氣最強的時候。那一個夜晚，陰物甦醒，充斥天地之間。

以中國傳統曆法，這天是農曆七月十五，也是特別的節日，中元節，俗稱「鬼節」！

至於秋月是半圓的時候，常出現不乾淨的東西，有影有形，不同於鬼，多為妖、怪、精、魅。

我們剛才碰上的老太太，多半就是遊蕩山野間的妖怪精魅。

「你不覺得她很像一隻狐狸嗎？」月餅雙眉緊蹙地說：「快回營地，今晚可能不平靜。」

接下來的路途，我們倆心事重重，都沒有再聊天。遇到老太太的地方距離營地不算遠，隔著幾道草叢，已經能夠看到篝火燃起，兩人在小小的營地裡來回走動，看似在激烈爭吵。另一個人在篝火上架起一根木頭轉動，貫穿著什麼東西炙烤著。

營地的帳篷支架上，還掛著一張薄薄的皮子，隨風輕擺，活像一面招魂幡。

我聞到一陣烤肉的香味，還有，濃濃的血腥味。

也就兩三個小時的工夫，原本是一片略微平坦的山地，居然被月野清衣和黑羽涉弄得有模有樣。

圍著營地方圓十米撒著一圈硫黃，帳篷裡亮著燈，篝火旁一個身穿登山服飾的男子在燒烤某種動物，架子旁懸掛的小鍋咕嘟咕嘟地滾著水，營地中央一盞防風燈掛在狼爪三角金屬架上。

烤著肉的人應該就是「山鬼」南野浩，黑羽涉和月野清衣還在激烈爭吵。

「這件事情，就算你不能忍受，也得服從我的命令！」月野清衣氣鼓鼓地說道。

「陰陽師靠自然之氣施術，這種傷害自然的做法我無法接受！」黑羽冷冰冰地回應，收拾登山裝備後，又撂下幾句，「我無法容忍隊員中有如此殘忍的人存在，哪怕他是『日本史上最強登山者』！沒有他，我一樣可以爬上劍峰！」

「黑羽君！」月野清衣跺著腳，卻看向南野浩，明顯希望他出面打圓場。

「狐狸肉少有人能接受，都覺得其味道臊臭，可要是抹上野生芥末，實在是美味。」南野浩的聲音沙啞，猶若曾經吞下一塊燒紅的炭，「這隻狐狸咬斷獵人下的繩套逃跑，碰巧被我撞上。上天賜予的美味，怎能輕易放過？何況，牠的皮毛那麼美麗，剛好可以送給我的妻子！」

聽著這番話，我心裡頓時像堵了塊石頭，難道有那麼巧的事情？被我們放生的小狐狸偏偏被南野浩逮住，而火上烤的就是牠的屍體？

月餅悶哼一聲，憤怒至極，幾步跑近帳篷，觀察那張狐狸皮毛。我急忙跟著過去，留下南野浩專心烤著狐狸肉。

月野清衣見到我們回來，連忙說道：「月君、南君，你們勸勸黑羽君吧！」

支起帳篷的架子上，釘著紅蓬蓬的尾巴尖，一張血淋淋的狐狸皮倒掛著。整張皮從嘴巴一直豁開到尾巴，附在內皮上的肉膜流淌殘存的獸血，形成蜿蜒的曲線，匯聚在尖尖的狐狸嘴，一滴又一滴地落在地面。

一汪鮮紅色的血隨著血滴顫巍巍波動著。

那張狐狸皮的右腿上，留著一道被繩子勒傷的印痕，早無生氣的耳朵耷拉著死氣。月餅一拳砸在架上，帳篷應聲倒塌，他一字一頓地吼道：「我！操！你！媽！」接著，走到篝火旁，一腳踢翻煮水的小鍋。

熱水濺灑在南野浩臉上，瞬間燙出幾個透明的水泡，當下他捂著臉大聲慘叫。月餅還不解氣，提起膝蓋又踹向南野浩的腹部。南野浩又一聲慘叫，整個人像蝦米似地蜷縮，不停抽搐。

「月君，你這是怎麼了？」月野清衣全然沒料到場面會如此失控。她看看黑羽涉，望向月餅，目光最後對上我的眼睛，滿是不解和求助。

那張狐狸皮落在泥地，原本美麗的皮毛蒙上一層灰蓬蓬的塵土，空洞洞的眼窩透出被剝皮的痛苦和沉沉死氣。黑羽涉已經收拾好登山裝備，一言不發地沒入森林中。月野清衣高喊一聲他的名字，他卻不給予任何回應。

我從未想過自己的聲音能夠如此冰冷，「月野，難道妳只有執行任務的覺悟，沒有對生命的憐憫嗎？」

「我們也走吧。」月餅把篝火上的狐狸屍體輕輕捧起，手掌都被燙紅，卻渾然不覺高溫造成的灼痛。兩滴淚落在屍體上，升騰起兩團白色蒸汽。

我點了點頭，收拾裝備，在心底暗罵：去他媽的「日本史上最強登山者」，和這種虐殺生靈的人站在一起，我都覺得髒！就不信沒有他，我會爬不上劍峰！

「呵呵……」南野浩忽然笑了，愈發沙啞的嗓音在此時格外陰森，「憐憫？人類吃的任何一種食物都是生靈。你現在憐憫這隻狐狸？可豬肉、牛肉、羊肉，甚至各種植物，難道都不是生靈？當你為一道美食嘖嘖讚嘆的時候，有沒有想過，盤子裡盛放的，都是被煎炒烹炸的屍體？人類生存的基本條件，原本就是建立在吞吃其他物種的基礎上！」

「可是……」月餅想反駁，只說了半句，再說不下去了。

這一席話確實讓任何人都無法反駁。我不得不承認，南野浩說的有道理，又覺得話中有個漏洞。至於漏洞是什麼，我怎麼也想不出來。

「人類會為了生存進食，將生命建立在別的物種死亡基礎上，是世間萬物的自然規律。」月餅冷冷地笑著，「但是，絕非為了口舌之慾，或者變態的心理快感，而對生靈進行虐殺！」

「虐殺？」南野浩哈哈狂笑，眼神渙散，看四處於精神崩潰的邊緣，「如果這種虐殺是爲了活下去的希望呢？」

我無法理解這句話的意思，可隱隱感覺他話中有話，似乎含著一種奇怪的怨念。

「南君、月君。」月野清衣輕咬著嘴唇說道：「作爲陰陽師，肯定不容許虐殺大自然生靈的事情發生。我不知道其中的原因，可南野浩先生的做法，是得到大川雄二許可的。」

「嗷……」就在我們各懷心事、沉默不語的時候，山林中傳來動物叫嗥！

山風吹過，空氣帶著一股淡淡的腥臊味。

「嗷……」

「嗷……」

「嗷……」

叫聲此起彼伏，從四面八方響起，像是有大批動物正在向營地聚集。林中樹枝亂搖，驚起一群群飛鳥，嘰嘰喳喳地飛向半空，卻忽然停止飛翔，如同斷了線的風箏，直直地掉進林中。

下一秒，一道飛影從林中竄出，步伐踉踉蹌蹌，吼道：「火！把火燒旺！」

# 04

黑羽涉跑得極快，眨眼間就奔進營地，臉上和手臂滿是被樹枝劃破的血痕。他惡狠狠地瞪了南野浩一眼，衝進倒塌的帳篷，再出來時，一手拎著酒精燈，一手拿著根一米長的細長物體。接著，又快步來到篝火旁，把酒精燈砸進篝火。

砰地，篝火瞬間掠至三米高，藍汪汪的火焰映著黑羽涉因恐懼而扭曲的臉。

「嗷……嗷……」

隨著動物叫聲越來越近，黑羽涉雙手用力一甩，緊握的物體竟脫了一截。我這才看清那是一柄雪亮的武士刀，甩出去的是刀鞘。

「快靠近篝火！」黑羽涉緊張地盯著叢林深處。

「狼群？」月餅的臉色也變了。

我沒親眼見過狼群，但從電影、小說裡見識過狼群的可怕。一旦我們被狼群包圍，只能寄希這堆篝火不滅，還有月野清衣和黑羽涉兩名陰陽師加上月餅的組合能夠強於狼群的戰力。

不過，看黑羽涉的神態，似乎情況不樂觀。

「不是狼群。」黑羽涉握著長刀的手微微顫抖，刀尖晃出一束耀眼的光，「是狐狸！狐妖來報復了。」

風中的腥臊味越來越濃，就著微弱的月色，山林邊緣潮水般湧來大量狐狸。牠們迅速向我們包圍，無數幽藍的眼睛如晃動的燈籠，在空氣留下一道道藍影，轉瞬不見。

「背靠篝火，一人一角！」月餅站到狐狸數量最多的東邊，我和月野清衣也慌忙站定。

篝火猛烈燃燒著，燙得我後背刺痛，但眼前的一切，讓我渾身發涼。

數百隻大小不一的狐狸竄至距離我們三十多米處，便停下腳步，就這麼靜靜地看著我們。紅色的、灰色的、白色的……有的像狗一樣蹲坐在地上，悠閒地吐出舌頭，繞著嘴邊舔舐；有的懶洋洋地匍匐著，把腦袋擱在爪子上；還有幾隻紅色巨狐足有哈士奇那麼大，探著頭露出獠牙，喉間嗚嗚作響，脖頸上的獸毛根根豎起。

「嗷……」狐狸群後又傳來叫聲。

眾多狐狸豎直耳朵，抬起鼻子在空氣中嗅著，往前挪動三四米，再度停了下來。

此時此刻，我的雙腿已經軟了。從未想過，在任何小說、動畫片裡都是以狡猾形象出現的狐狸，數量多到一定程度時，居然有這種摧毀心理防線的氣勢。特有的狐臭味，更是薰得我頭昏腦脹、站立不穩。

「南瓜，頂住！骨頭硬一些！」月餅平靜地說。

我背對著他點了點頭，可這不是鼓起勇氣，僅是出於對他的信任。

不多時，又傳來叫聲，狐狸群這次只向前走了幾步便停下。從牠們的眼神，可以看出我們根本不是用來填飽肚子的獵物，而是幾個毫無抵抗能力的玩具。

說實話，這種滋味不好受。與其這樣看著狐狸群緩慢逼近，任由恐懼摧毀心理防線，還不如一衝而上，進行一場人狐之間的殊死搏鬥來得痛快。

寧可壯烈地死，也不窩囊地等死！

無數隻狐狸，無數燈籠般的藍色眼睛，令人作嘔的腥臊味，奇怪的叫聲，我再也忍受不了，下意識狂喊出聲，似乎只有這樣，才能稍稍緩解心裡的恐懼。

「哦？想不到你還有戰鬥的意願。」黑羽涉揮舞著長刀，「如果這次死不了，我一定請你喝日本最烈的『刀鬼』之酒！那是真正的男人才敢喝的烈酒！」

月餅抽出皮帶，把瑞士刀順著扣環的空隙塞進去，卡住刀柄又打了個結，製做出簡單的甩刀，「日本最烈的酒也不如中國的二鍋頭霸道！我看還是算了吧！」

「哈哈！」黑羽涉豪氣地大笑，「那看誰能活下去吧！」

月野清衣也變戲法似地從袖子裡抽出兩張窄長的紙條，折了幾下，居然成了兩把紙劍，「沒有找到傑克前，誰也不准死！如果我沒有猜錯，他可能已經得到布都御魂，山間的妖物感受到他的召喚，前來阻止我們。」

我心想你們三個這是玩群口相聲嗎？都什麼時候了，還有心思嘮大嗑！瞧每個人手裡都有傢伙，我赤手空拳太不像回事，只好從篝火裡拾一根手腕粗的木棍應景。

「那個人怎麼辦？」黑羽涉用刀尖指著跟傻子一樣癱坐的南野浩。

「不能讓他死。」月野清衣輕聲地說：「對吧？」

「嗯，他雖然虐殺生靈，但是本身也是生靈。」月餅嘆了口氣，「或許……他說的是對的，我們過一會兒不也要爲了生存而大開殺戒嗎？」

吧嗒一聲，我手裡的木棍燒斷半截，僅留下尺把長的一小段。

正對著我的狐狸群忽然又動了！

這次，牠們不是向前移動，而是向兩邊分開，從最後面走出一隻巨大的狐狸！

牠站在距離我們兩三米之外，深深地盯著我。

倘如不是火紅色的皮毛，狐狸特有的藍色眼睛，還有那蓬毛茸茸的尾巴，我還以爲這是一匹馬！

另外三人也紛紛轉身，四個人並排站著，和巨狐毫不相讓地對視著。

雖千萬人，吾往矣！

我忽然覺得心中滿是豪氣！我們四個從合作初始，彼此間夾雜著不信任、文化上的敵對和不服氣，現在卻並肩站在一起，共同應對一觸即發的人狐之戰。

這時候，巨狐昂起頭，對著南野浩抬起前爪。我在牠的脖頸處，發現一蓬雪白的長毛，且越看越眼熟。臉上老皺的皮紋，白色的長毛，紅色的皮子，像極方才遇到的老婆婆！

「你是爲了找他？」月野清衣猜測著牠的意思。

巨狐點了點腦袋，指了指南野浩，又指著我們，最後向富士山峰望去。

「得到他，就會放過我們？」月野清衣繼續猜測，「之後，可以繼續做我們要做的事情？」

巨狐再次點頭，似乎微笑著讚賞月野清衣的聰明。

只要交出被指定的那個人，我們即可生存下去。世間沒有什麼比這種誘惑更來得直接，更來得讓我們無法拒絕。

月野清衣直盯著前方，問道：「怎麼辦？」

月餅目光不移，「我無所謂。」

黑羽涉隨興地說：「我也無所謂。」

接著，三個人看向我，從他們的眼神中，我明白其中的含義。

「我更無所謂！」

月野清衣又問：「値得嗎？」

月餅毫不猶豫地答覆，「沒有什麼値得不値得！」

黑羽涉接過話，「他是一個人啊！」

我笑了，打從心底笑了。

我們寧願一起死去，也不願爲了活下去而獻出同伴的生命。雖然我們不齒他虐殺生靈的行爲，卻又得站在人的角度，爲了保護他而殘殺他剛剛虐殺的物種。

「那就戰吧！」月餅暴烈地揮舞甩刀，「南瓜，站我身後，保護我的後方。」

「操！」我罵道：「你以爲是洗澡撿肥皀啊？小爺我從小打架就沒有殿過後！」

「戰完英雄相見！」月餅衝到南野浩身前。

「好！」我們三個異口同聲喊道。

血，慢慢燃燒起來！

「還有！」月餅指著巨狐，「妳的好意，我們心領，我們絕不會在危險時刻，丟下夥伴，獨自躲在樹上！」

# 05

巨狐全身的毛豎了起來，眼中閃出憤怒的火焰，仰天長嘯後緩慢退到同類的後方。狐狸群動了！

所有的狐狸都露出獠牙，嘶吼著向我們衝來。那一刻，眼前所有的動作都變慢，我清楚看到一隻白色的狐狸緩緩張開嘴，獠牙閃爍著寒光，尖爪也慢慢抓向我。四周很安靜，只聽到自己胸腔中狂躁的心跳，還有戰鬥的怒吼。

木棍揮出立刻斷裂，白狐被擊中腦袋，重重落下，嘴角滲出一絲鮮血，渾身抽搐……第二隻狐狸接續撲上，我雙手扳住牠張開的上下頷，用力扳碎骨頭後，毫不留情地甩向一旁。

趁著空檔，第三隻狐狸跳上我的肩膀，利爪深深陷入皮肉。我卻感受不到疼痛，側頭，躲過利齒攻擊，抓住牠的後腿用力一扯，當場再也無法站直。

第四隻狐狸如鬼魅般竄至半空，向我的腦袋落下。正要舉臂抵擋，左右又跳來兩隻狐狸扯咬袖口，讓我根本騰不出手。

完了！我心裡一涼。

驚險的瞬間，一隻胳膊橫擋在我面前，硬生生挨了一口。然後，甩刀擦著我的耳朵飛過，準確地扎入狐狸的腦袋。

「你他媽的臨死還拖累我！」月餅顧不得胳膊上極深的傷口，又替我擋下另一隻從側面襲來的狐狸。

我根本看不見他人的情況，過程中只是機械地擋、躲、閃、殺。狐狸的獸血濺了一身，大量腎上腺素的作用開始消退，我漸漸感覺到傷口的疼痛，動作變得遲緩，過度使用肌肉產生的脫力感，使得酸痛更加明顯。

耳邊除了狐狸的慘叫，就是他們三人揮舞武器的風聲。對此，我的心略為安定，好在大家都還活著。

衆多同類的屍體，似乎激起狐狸的殘暴，更加瘋狂地猛撲而來。我宛若孤零零站在岩石上的漁夫，眼看海浪即將把我吞沒！

我想放棄了。

即便我的雙腳始終牢牢釘在地上，但是我的心已經崩塌了。

突然間，一道刀光在身旁炸起。黑羽涉單手揮刀，在刀光的包裹中，衝進狐狸群。

他另一隻手顯然受了不輕的傷，軟塌塌地垂著。隨著幾隻狐狸的斷體殘肢飛起，刀光越來越遠，最終消失在山林中。

我憤怒不已，黑羽涉竟然逃了！

這反而激起我的血性，一拳搗向直撲而來的狐狸腦袋，指縫間響起骨骼碎裂聲的同時，背後感受到強烈的撞擊。無暇回頭，但是被風掠起飄至我鼻尖的長髮讓我明白，月野清衣受了傷，靠在我後背勉強支撐著。

甩刀飛舞，月餅瘸著腿，臉冷得像塊冰，「南瓜，把月野照顧好！」

「我不需要你們照顧！」月野清衣憤怒的呵斥，紙刀再次舞起，已經不如先前那麼有力。顯然黑羽涉的突然離去，也讓她備受打擊。

而坐在我們三人中間的南野浩，除了身上沾著的狐狸血，沒有一處受傷。

我覺得自己很愚蠢好笑，居然在保護一個非常憎恨的人！

這麼做，到底是爲什麼？

終於，我再也承受不了肉體和精神的雙重壓迫，膝蓋一軟，跪倒在滿是狐狸屍體的血泊中。

「南瓜，他媽的爺們點！」

「南君，振作啊！」

不想再戰了。

就這樣，死吧。

山林中，巨狐再次嘶吼，只是這吼聲夾雜著痛苦，且越來越遠。

狐狸群像時間定格一樣，突然停止攻擊，豎直耳朵歪頭聽著，接著如潮水般撤走。

一瞬間，這塊山林的空地，除了狐狸屍體，只剩我們四個。

不一會兒，樹林中緩緩走出一個人。

他有著遮住左眼的瀏海，手裡拎著半截狐狸腿，向我們遙遙舉著。

黑羽涉！

「擒賊先擒王嗎？」月餅吐出一口血。

「黑羽君！」月野清衣手中沾染血液的紙刀落在地上。

我舒了口氣，生死一線，快要斷裂的神經終於能夠鬆緩片刻。

黑羽涉遠遠站著，再沒走出半步，身體前後晃著。最後，身軀一軟，仰面摔倒。

「黑羽涉！」我們三人喊著，奮力跑了過去！

# 06

「他怎麼樣？」月野清衣半跪在草地上問道。

我摸著黑羽涉的脈搏，又探了探脖頸處的動脈，翻開眼皮看了之後，搖了搖頭。

「啊！」月野清衣捂著嘴，淚花滾滾。

見狀，我連忙做出解釋，「我的意思是，他沒事情，都是皮肉傷。」

「你……」月野清衣柳眉倒豎，張嘴吐出一口鮮血，顯然也受了不輕的內傷。

我慌了神，「妳怎麼了？」

月野清衣臉色煞白，擺了擺手，「精神消耗太大，不要緊。」

看了看仍然癱坐在狐屍堆裡的南野浩，我心頭忽然騰起一把火，幾步竄到他面前，狠狠甩了兩記耳光。

「我操你媽！」我對著他紅腫的臉吐了口唾沫，「如果不是你，我們也不會出事。告訴我，那隻老狐狸爲什麼要找你？虐殺狐狸很有快感嗎？媽的，你想過會有報應嗎？

操！偏偏我們都受了傷，你他媽的還好端端的！我現在就弄死你！」

「我帶走了她的女兒。」南野浩反應遲了一拍，如夢初醒般叫道：「你們……你們都受傷了？」

「你他媽的……」我被南野浩這句話噎得差點背過氣，一時沒注意他說的上句話。

「你說什麼？」月餅走過來問道。

黑羽涉不知道什麼時候醒了，捂著胸口咳嗽，攙著月野清衣跟了過來。

南野浩又垂下頭，「秋天的半月過去了，下次，要等到明年了。如果相信我，就跟我走吧。在我家休養幾天，我再帶你們爬上劍峰。」

「給我們一個相信你的理由。」月餅拿著瑞士刀把玩，「你搶走了誰的女兒？」

「你們救了我和蘿拉，我不會害你們。而且，大川雄二先生的信任，難道還不足夠說明問題嗎？」南野浩突然失控，跪在地上瘋狂磕頭，額頭上滿是狐狸屍體的血肉，「謝謝你們！謝謝你們！」

月餅用目光詢問月野清衣和黑羽涉的意見，兩人點頭答應了。我發現經過這次生死存亡的奮力合作，雙方之間的許多隔閡消失了。

「我家就在山的那邊。」南野浩恢復冷靜，指了指不遠的山頭，「蘿拉還在等我回去。」

除了南野浩，我們四人或多或少都受了傷，好在山路還算平坦，走起來不是很費勁。繞過山頭，遠遠看到一棟典型的日式雙層木屋建築，二樓臥室的燈還亮著，依稀看到一道人影映在窗上。

南野浩眼睛一亮，「蘿拉還沒睡。我就知道，我不回來，她睡不著的。」

「南野先生。」一路上，月野清衣始終一言不發，臉色白得嚇人。這會兒，她突然問道：「你和妻子新婚三個月了吧？聽說是你攀登劍峰時，救下的登山愛好者？」

聞言，南野浩遭受電擊般跳了起來，指著月野，眼珠子幾乎快瞪出來，「妳怎麼知道的？妳還知道什麼？」

一路上，我冷靜思索著，南野浩口中所說「我帶走了她的女兒」，那個「她」究竟是誰？「女兒」，又是指誰？難道他虐殺的狐狸之中，有一隻是巨狐的女兒？巨狐化身老婆婆提醒我和月餅，是不是要尋找南野浩報仇，而她的女兒就是被我們放生，卻遭南野浩逮住還剝了皮的小狐狸？

還有一個問題：南野浩怎麼會知道那隻小狐狸是巨狐的女兒？這根本說不通啊！

我一直為這個邏輯上的矛盾頭疼，直到看見他現在的反應，忽然意識到問題也許不是出在小狐狸身上，而是南野浩的妻子，蘿拉！

「江戶時代，紅狐化身美麗女子，」月野虛弱地說著，「嫁給把她從大熊口中救下的獵戶，又爲他生下孩子。那個孩子後來成了日本著名的陰陽師，『妖物藏馬』。九〇年代，日本著名漫畫家還曾經以他爲原型，創作一部漫畫的主角。我記得……他俗世的姓名好像是南野秀一？」

南野浩嘴角抽搐著，「妳知道的很多。進屋吧，我會把告訴大川雄二先生的，原原本本告訴你們，以此感謝你們救了我和蘿拉。」

「蘿拉，我回來了。」南野推開房門，強擠出一絲笑容，「今天來了幾位客人，他們在登山時受傷，要在家裡休養幾天。對不起，沒有事先通知妳，請見諒！」

我實在受不了日本人這種客套，皺著眉環顧屋子。黑羽涉扶著月野清衣坐好，月餅捂著胳膊上的傷口，抽了抽鼻子，「怎麼有這麼重的狐狸味？」

南野浩向我們鞠躬致歉，當先上了二樓。我指著掛在牆上的大大小小狐狸皮，「這個登山愛好者看來還是出色的獵戶，捕殺這麼多狐狸，味道肯定小不了。」

「你說什麼？」月餅看了看牆，又疑惑地望向我。

我也納悶，那麼多張狐狸皮掛著，月餅這是在唱哪齣？可當我看到月野清衣和黑羽涉的表情，才意識到不對勁！

他們看我的眼神，分明像是我在囈語。我有些慌亂，轉頭看牆上的狐狸皮，依然好端端掛著，「你們沒看見狐狸皮嗎？」

「南瓜。」月餅走到牆邊，伸手拂過。我分明看到他摸到一張白狐皮子，可他偏偏說：「這面牆上掛著狐狸皮？月野、黑羽，你們看見了嗎？」

兩人果決地搖了搖頭。

「你們……」我掐了掐臉，生疼！幾步走過去，從牆上取下一張狐狸皮，光滑柔軟的皮毛輕得幾乎沒有重量，「這明明是張狐狸皮，牆上還有很多啊！你們都看不到嗎？」

月餅做了一件令我匪夷所思的舉動。他伸出手，居然穿過狐狸皮，虛空抓了兩下，「南瓜，我現在沒有心情開玩笑，你手裡確實什麼都沒有。」

我低頭看著手裡的皮子，內心相當恐懼。難道我因為剛剛的人狐大戰，精神受了太大的刺激，產生幻覺？但是，皮子觸手的眞實感和陣陣腥臊味，又讓我覺得不可能有這麼眞實的幻覺。

「你不相信我？」我把皮子往他臉上一甩。

皮子明明打到月餅的臉上，他卻像沒事人一樣。

在我的眼裡，月餅頂著狐狸皮，就像一隻巨大的狐狸。可從月野清衣和黑羽涉的眼神中，可以判斷出月餅腦袋上什麼都沒有，看我的眼神跟看瘋子一樣。

這下我不曉得到底是自己產生幻覺，還是只有我能看到這些狐狸皮。

「蘿拉！」這時南野浩的淒厲慘叫從二樓傳來，「不……不……不……怎麼會是這樣？」

突如其來的變故讓我們無暇顧及牆面的狐狸皮，前後衝上二樓。南野浩蜷縮在牆角，瞳孔渙散，臉部極度扭曲，嘴裡不停地慘叫。在靠窗的床上，一襲蚊帳籠罩，裡面盤腿坐著一個人！

這個場景相當詭異，我沒有膽量觀察床上那個人。月餅掀開蚊帳，那人背對著月光，看不清臉部，可我心底還是泛起涼意。

藉著朦朧月光，我看到她的臉上毛茸茸，針毛根根豎起，密密麻麻地從皮膚中刺出，猶若一張人臉上扎滿刺蝟的刺。奇怪的是，那人一動也不動，似乎已經死了。

黑羽涉按下電燈開關，屋裡頓時透亮。再看床上那個人，我禁不住叫了一聲。

一隻巨大的狐狸，端坐在床上。一雙尖耳朵從長長的紅髮中探出，臉上滿是狐狸針毛，長鼻之下是一張露著兩顆獠牙的嘴巴，下巴還有幾撮鬍鬚。裸露在衣服外面的皮膚長滿火紅的狐毛，放在膝蓋上的手分明是狐狸爪子。一條巨大蓬鬆的尾巴從腰部長出，圍著腰繞了一圈。

狐狸的左小腿被砍斷，傷口上的血液已經凝固。

「啊！」月野清衣驚恐地向後退，意外撞開衣櫃，一堆堆鳥獸的骸骨滾出，其中居然還有人的頭骨和臂骨！

「這個人怎會變成狐狸？」我全身哆嗦著，猛然想起神戶的「化貓」。

「是狐狸變成人。」月餅伸手摸了摸狐狸的脖子，「已經死了。」

「死了？」南野浩喃喃自語著，如此重複幾遍，猛然醒悟般吼道：「不！怎麼會？蘿拉怎麼會死了？」

「你！是人，還是狐狸？」月餅一字一頓地問道。

「我？」南野浩伸出雙手放到眼前認真看著，「我是人啊！我怎麼會是狐狸？」

然而，燈光下，我分明看到他產生奇異的變化。臉上的汗毛越來越長，鼻頭變成紅色，雙眼向鼻樑靠近，嘴巴也越來越大。

眼看他就要變成狐狸，忽然又恢復原本的模樣。

「我？我是南野浩。」他傻愣愣地環視我們，「我擁有『妖狐藏馬』光榮的姓氏，我是人類。」

但是，他的臉一會兒變成狐狸，一會兒變成人臉。聲音也是時而沙啞，時而尖銳。這種詭異的氣氛，不身臨其境，是很難體會的。

「我知道了！」月野清衣捂著嘴，淚花滾滾落下，說道：「他們是『妖狐』和『山姥』！」

「不要說出來！」黑羽涉急忙制止，可爲時已晚！

南野浩背過身，頭頂著牆壁，「妖狐、山姥？好熟悉的名字啊！嘿嘿……嘿嘿……吱吱……吱吱……」

一條火紅蓬鬆的尾巴從他的腰間長出，筆直的雙腿緩緩打彎，兩隻狐狸爪子從鞋中長出。脖頸處，一蓬蓬紅毛雨後春筍般瘋長，耳朵向頭頂生長著，變得越來越尖……

轉過身時，一隻人狐，站在我們面前！

「小心！」月餅閃身站到最前面。

「他不會傷害我們的。」月野清衣悲戚地說：「原來，妖狐和山姥眞的存在。」

人狐幽幽地看著我們，眼中充滿困惑和迷茫。這個當下，我的雙腳已經不聽使喚，肌膚起了無數雞皮疙瘩。

人狐的視線停留在蘿拉身上，想走過去，卻立足不穩摔在地上，繼而用變成狐狸腿的四肢慢慢爬了過去。探著鼻子嗅著，輕輕地嗅著，時不時用腦袋輕碰蘿拉，喉間發出嗚嗚的悲鳴。

最終，人狐確定蘿拉已經死了，仰頭悲鳴，咬住狐屍的後頸，四肢奮力，破窗而出！山野間，一隻穿著人類衣服的狐狸，叼著另一具狐狸的屍體，費力地前行。走一會兒，就把狐屍放下，用鼻子碰了碰，又用爪子撓一撓，似乎希望狐屍再次活過來。

就這樣，一路停停走走，終究消失在密林中。

「妖狐和山姥……」月野清衣哽咽著，「千年愛戀，幾世輪迴詛咒，今生才得以解脫。」

「他們本來就不應該在一起。」黑羽涉嘆了口氣。

「沒有應該不應該，只有想或不想。即使是死亡，也不能阻擋下一生的重逢。」月野清衣擦了擦眼淚，「南君、月君，你們有興趣聽嗎？」

# 08

作爲狐妖與獵人的兒子，南野秀一並不知道自己的身世，除了木訥的父親，唯一的朋友就是美麗的母親。因爲一頭惹眼的紅髮，村中的孩童都把他當作怪物。

山風吹過，紅髮遮住他的眼睛，翠綠的群山此刻暈上一層夕陽般的落寞。農夫在田中犁耕，鞭子清亮地響著，老牛奮力拖著犁子，堅硬的土地破開一道道烏黑油亮的沃土。

「媽媽，他們爲什麼要消耗體力和汗水呢？」南野秀一微仰著頭，強烈的陽光讓他瞇起晶亮的大眼。

「秀一，天照大神賜予世間萬物的能力不同。普通人只擁有微弱的力氣，必須要耕田勞作。山婦細心手巧，就學會紡織、做飯。會游泳的人們成了漁夫，而擁有勇氣和智慧的人成爲……」美麗的母親臉頰微微泛紅，攏了攏及腰的紅髮，才把話接下去，「成爲像你父親那樣出色的獵戶。」

秀一似懂非懂地點了點頭，靠在媽媽懷裡，「那我會成爲什麼樣的人呢？」

媽媽摸著秀一的小腦袋，心裡一陣酸楚，臉上卻笑得很燦爛，「你是我們可愛的孩子啊！這就足夠了！」

秀一靈巧地跳開，麻利地爬上一棵大樹的頂端。樹枝亂搖中，少年的汗水晶瑩得如同珍珠，落在媽媽的掌心。

「秀一，要小心啊！不要這麼調皮！」媽媽跺著腳，明知道兒子是妖狐，仍免不了擔心。

「媽媽，今天晚上我們吃鳥蛋好不好？」秀一踩著樹枝，在樹頂立直身體，手中拿著幾枚鳥蛋。

「秀一，我們不可以傷害生靈！快把鳥蛋放回去！」媽媽生氣了。

秀一撥弄著圓滾滾的鳥蛋，「可爸爸是獵戶，每天都要捕捉生靈啊！不然我們怎麼生存？」

「乖，下來吧。」媽媽張開臂膀，生怕兒子一不小心摔下，「我們爲了生存，必須要吃不同的生靈，但是不可以因爲遊戲或好玩傷害牠們。」

「哦。」秀一似懂非懂地點了點頭，小心翼翼地把鳥蛋放回窩裡。

這時候，蛋殼裂出一道縫隙，蜘蛛網似地蔓延。接著，尖尖的鳥喙從殼中探出，粉紅色的小腦袋頂著一片蛋殼，好奇地四處張望，對著秀一嘰嘰喳喳叫著。

鳥兒出生了！

「哈哈，眞可愛呢！媽媽說得對！」秀一摸了摸小鳥的腦袋，手指被啄得癢癢的，天眞地笑著從樹上往下跳。

「你又亂蹦亂跳。」媽媽假裝生氣，拍著秀一屁股，「罰你今晚砍柴。」

秀一揉了揉鼻子，「媽媽，我知道自己會成爲什麼樣的人了。我要成爲保護生靈的人。」

「有目標的秀一很了不起呢！」

「嗯！」

夕陽在遠山掛著半邊，赤紅色的餘暉穿過層層樹葉，灑在母子倆的長髮上，如同滾燙的鮮血。他們沒有注意到，在密林深處，有一雙陰冷的眼睛。

「秀一！秀一……」一個糯米糰打在秀一臉上。

秀一懶洋洋地枕著胳膊，「昭子，再讓我睡一會兒吧。」

昭子笑著從窗戶探進屋裡，兩個小酒窩漾著孩童的天眞，「別睡啦！今天祭山神，快陪我去看！」

「我不去，妳的哥哥看到我會罵我『妖怪』，還會用石頭打我。」秀一悶悶不樂地坐起身，盤腿吃著糯米糰，「昭子做的糯米糰的味道能讓人感動到哭！」

「快點吃完，我等你哦！」昭子吐了吐舌頭，坐在柴火上唱起童謠。

秀一的嘴角沾著幾粒糯米，慢吞吞地說：「昭子，我真的不想去看祭山神。除了妳，其他人都把我當妖怪，還罵我的媽媽。」

「你可以打他們啊！」昭子抱著膝蓋，「上次你帶我去深山，遇到惡狼，幾下就把牠趕跑了。」

秀一挺起胸膛，「我要當保護生靈的人，怎麼可以因爲區區辱罵，就出手傷害別人呢？」

「哈哈！秀一很了不起喔！」

「我媽媽也這麼誇我的。對了，我背著妳去劍峰看火山好嗎？」

「好啊！」

黏稠的岩漿冒著赤紅色的氣泡。

「哇！秀一，如果沒有你，我一生都不會看到這麼美麗的畫面！」昭子拉著秀一的手，踩在一顆大石上，燦爛地笑著。

忽然間，昭子立足不穩，向岩漿那個方向倒下。秀一急忙抓住昭子，把她拉回，緊緊擁在懷裡。

「秀一，你會保護我一輩子嗎？」

「會啊！我還會帶妳看遍全日本的美麗景色。」

「好，我等著那一天。這是我們的夢想，對嗎？」

「只要努力，夢想都會實現的。」

鼻尖輕輕觸碰，彼此，呼吸了彼此的呼吸。

兩顆無猜的心，交融。

「南野一郎這個畜生，居然能娶到這麼美麗的老婆！」男人的臉上，刀疤從左眉延伸到鼻樑，雙眼帶著貪婪惡毒，「美麗的紅色長髮眞叫人迷戀啊！」

「哥，我聽說她是狐狸變的。對狐仙產生妄念，會遭山神降怒的。」

「我自有辦法。」刀疤男人邪笑著，「就算是眞的狐仙也有弱點！把她玩夠了，再賣到江戶，還可以賺一大筆錢。」

屋外，清冷的星光；孤室裡，邪惡的慾望肆無忌憚地滋長。

那株陪著秀一長大的櫻花樹更加茂盛，樹上的鳥窩早已不見，英俊的少年和美麗的少女在樹下緊緊相擁。

「我父親終於答應我們的婚事了。」昭子嬌嫩的臉龐泛起兩團紅暈。

秀一折了根樹枝，咬在嘴裡，「可是我不想去村裡住，他們都把我當作怪物，也不想妳跟著我受欺負、被嘲笑。」

昭子咬著嘴唇，「如果沒有忍受這些的覺悟，怎麼是真的愛你呢？父親答應了，我跟你住在山上。再說，妻子本來就應該跟著丈夫住啊！」

「山上的生活很苦的。沒有好吃的米，沒有新鮮的魚，也沒有漂亮的布帛，只有野味和粗糙的麻布衣。」秀一指著不遠處的小木屋，「媽媽心甘情願守著父親一輩子，直到父親去世，依然眷戀著父親住過的地方，不願搬走……」

「秀一，從今天開始，我就是你的妻子。我也會像你媽媽對你父親一樣，好好愛你一輩子。」

「我南野秀一以此樹立誓，一輩子疼愛昭子，帶她看最美麗的風景，給她做最好吃的料理，永遠不會傷害她。如果我做不到，就讓我受到永世得不到真愛的詛咒。」

# 09

「媽媽，我好緊張。」秀一搓著手，遠眺山的那邊，送親的隊伍還沒有來。

「孩子，不要著急。瞧你現在，哪裡像個新郎？」媽媽微笑著。

歲月沒有在她的容顏留下任何痕跡，依然是二十出頭的模樣。

這也是狐妖的一種能力吧。

「如果你爸爸能看到今天該有多好。」媽媽瞇著眼睛，回想著過往……

茂密的樹林中，一隻小紅狐絕望地蜷縮著，大熊的巨掌正要豁開牠的肚子。嗖嗖連續兩箭，準確無誤地射中大熊的眼睛。大熊咆哮著揮舞巨大的熊掌，把碗口粗的櫻樹硬生生拍斷。強壯的獵戶握著砍刀悄悄靠近，伺機捅進大熊柔軟的肚子。

這一刻，小紅狐癡癡看著山神般的獵戶，心裡想著：我要嫁給他……

喜樂聲由遠及近，把母子倆帶回現實。親家公帶著好多人，穿著喜慶的衣服，抬著大罈的美酒，喜氣洋洋地來了。

「昭子呢？」迗親隊伍裡沒有花轎，秀一覺得有些奇怪。

媽媽拍著他的腦袋，「傻孩子，親家先迗酒祝賀，新娘要到午時才能來啊！」

「嘿嘿……」秀一不好意思地撓撓腦袋，火紅的長髮閃耀著期待的幸福。

喜慶的日子少不了痛飲，媽媽早已準備幾桌好菜。觥籌交錯，烈酒碗碗入喉，連從不喝酒的媽媽，也經不住親家勸酒，喝了好多碗。

秀一的視線漸漸模糊，說話也不利索了，搖晃著身體。酒勁上湧，大腦跟著遲鈍起來。

這時候，昭子的兩個哥哥拿著繩套，圈住秀一的脖子，還把他綁在椅子上。秀一以爲這是醉酒後的錯覺，直到看到昭子的父親和叔叔對媽媽撒網，聯手把喝醉的媽媽拖到樹旁，繞著樹枝掛起來的時候，才清醒過來！

到底發生什麼！

「哈哈！就算她是狐妖，也逃不過僧人下了符咒的酒啊！」昭子父親臉上的刀疤因爲酒精作用，紅得發紫，分外猙獰！

媽媽！

狐妖？

南野秀一憤怒地吼著，「你們在幹什麼！」

一拳擊中他的臉，鼻樑酸痛，頭暈目眩。

昭子的哥哥揉了揉手背，「哼！妖怪的兒子居然想娶我妹妹！」

秀一拼命掙扎，但獵戶的繩套越掙扎越緊。

「我不是妖怪的兒子！我不是！昭子呢？」秀一眼中流出了血。

「你不是？」昭子父親眼中色欲大熾，「那我就讓你看看！」

喝了下咒烈酒的媽媽依然沉睡在懸掛半空的網子裡，昭子的父親伸手抓著媽媽的胸部，狠狠地捏攥後，才鬆手拿出一枚木製的鈴鐺，繫在媽媽的手腕上。

一陣耀眼的紅光，媽媽全身長出紅毛，變成了人狐。

「僧人說只要把四肢都繫上桃木鈴，她就任我擺佈了。」昭子的父親淫笑著，「果然是一隻狐狸啊！世間的女人怎麼可能一生容顏不老！」

第二枚木鈴繫上時，媽媽忽然醒了。發覺自己變回原形，她驚叫著想要掙脫網子的束縛，卻被昭子父親一棍子擊中腦袋，當場昏了過去……

「你們……你們……」秀一憤怒地大吼，「我要殺了你們！」

「哈哈！」所有人都指著秀一笑了。

「殺了我們？你這個妖怪的兒子有本事嗎？」

「你的媽媽不也馬上成了我們的玩偶嗎？」

「乾脆刺瞎他的眼睛，讓他當瞎眼狐狸吧！」

「如果沒有昭子，事情恐怕不會進行得這麼順利呢！」

什麼？昭子早就知道這件事情？

她是爲了讓自己的父親抓住媽媽，才欺騙我要結婚的嗎？

念及至此，秀一的眼睛變得血紅，眼中的世界也變得血紅！

一團烈火從秀一身上騰地燃起！

燒斷繩索，燒光塵世間的衣服，美麗的火狐出現在烈焰當中！

「我要……」火狐仰天悲鳴，爪子迸射出耀眼的火光，「殺了你們！」

「秀一，不可以傷害生靈！」媽媽在網中甦醒，聲嘶力竭地喊著，「你會受到天照大神的詛咒！」

秀一剛踏出半步，復又停住腳步，「可是，媽媽，他們……」

此時此刻，一把利刃插進了媽媽的腹中。昭子的父親在慌亂中，竟殺死了媽媽！

「你們受死吧！」秀一霎時失去理智，豁開昭子哥哥的脖子，瘋狂地撕咬著。

南野秀一，成魔！

妖狐藏馬，誕生！

# 10

兩年後……

美麗的富士山多了一隻妖怪，時而化作清秀的少年，時而變成燃燒的火狐。遇到上山的人，就毫不留情地殺掉吞食，再把人骨放回受害人的家門口。

養育日本子民的富士山，在這兩年時間裡，成爲談狐色變的人間地獄！

全日本最好的陰陽師、僧侶、忍者上山除魔，無一例外，都化作累累白骨。奇怪的是，這隻火狐從不傷害山上的其他生靈，彷彿只針對人類。

也有人遠遠看見，月半之時，火狐會站在山頂，悲哀地嚎叫著。

已經許久沒吃過東西的藏馬（南野秀一）走在林間，儘管肚子餓得咕咕直叫，還是不傷害其他生靈。這是曾經作爲人的時候，媽媽給他留下的執念。

可笑的是，爲什麼人類都傳說他在吃人呢？

忽然，他聞到蒼老的人味！

循著味道找去，一棵樹旁，有一個白髮蒼蒼的老婆婆嗚嗚哭著。

那棵樹，好熟悉。

藏馬好像回憶起什麼，卻又想不起具體的畫面。

「秀一，你在哪裡？」老婆婆的指甲又黑又長，裡面滿是泥垢，「我找了你兩年，你為什麼一直躲著我？你現在是什麼模樣？為了找到你，我變成醜陋的老人。還有，那些想上山傷害你的人，都被我殺死了。」

秀一？

這個名字似乎在哪裡聽過！藏馬歪著腦袋思索。

這時候，老婆婆卻發現了身後有人，猛地轉身！

老婆婆滿臉皺紋，眼角上吊，嘴巴開裂到耳邊，白髮如鐵絲般堅硬，在山風中紋絲不動。

「你是誰？」老婆婆兇狠地問道。

藏馬沉吟著，心中不停地問著自己：我是誰？

「我讀不懂你的內心。」老婆婆探出雙手，「你也是來傷害秀一的吧！」

山風大作，兩人相撞，老婆婆的爪子探進了藏馬的胸膛，藏馬的利爪則割斷了她的喉嚨。

雙方彼此凝望，直到藏馬變成秀一，老婆婆變成昭子。

「秀一，是你？」昭子軟軟地癱倒在地上，「你終於來了。我就知道，你在找我。你能原諒我嗎？」

秀一抱著昭子漸漸冷卻的身體，點了點頭，「我從未責怪過妳，又何來原諒？」

「那就好。」昭子緩緩闔上眼睛。

自此，日本多了一位面容清秀的陰陽師，遊走於山間，救助受難的生靈。每到一個風景秀美的地方，他都會拿出隨身攜帶的竹筒，倒出一小撮灰白色的灰，隨風飄散。

「昭子，妳覺得這裡的風景美嗎？」

月野講完這個傳說，屋裡久久沒有聲響。

「剩下的由我來告訴你們吧。」黑羽涉打破沉重的氣氛，「昭子在出嫁前，就懷上秀一的孩子。她後來因爲相思之苦，變成山姥，據說能讀懂人心、生吃人肉。而孩子早在她上山尋找南野秀一的時候，就被託付給民間農家撫養。但是南野家族也因爲南野秀一違背永遠保護昭子的誓言，受到永遠得不到眞愛的詛咒。就像剛才發生的一樣，過度的刺激下，妖狐之血燃燒，南野浩變回原本的模樣。」

「他傷害狐狸是爲了什麼？」月餅問出我想問的話，「而且，他還說蘿拉喜歡狐狸皮，這不是很矛盾嗎？」

「既然南野秀一的媽媽是狐狸化身成人，爲報答獵戶，蘿拉爲什麼不可以呢？中國不也有很多這樣的傳說嗎？」黑羽涉自從和我們共同經歷慘烈戰鬥後，話多了不少，態度也不若從前那般冷冰冰，「狐狸變成人之後，需要大量狐狸皮維持人形，等於是爲愛背叛自己的族類。這也是個詛咒，如果沒有按時換皮，就會變回原形死去。正因爲如此，那隻巨狐想抓南野浩，也要尋找她的女兒。」

一切似乎明朗，我還想問幾件事，話到嘴邊又嚥回去，而大家似乎也心照不宣地忽略那些問題。

爲什麼唯獨我能看到那些狐狸皮？

我和月餅在山間遇到的老婆婆到底是山姥，還是巨狐？

抬頭看向窗外，遠山幽黑，山頂彷彿有一隻巨大的狐狸在哀號。

富士山，作為日本人心中最神聖的山，數量最多的動物居然是狐狸。因此，狐狸也作為極富神秘色彩的靈獸出現在日本的傳說中。更傳奇的說法是，富士山本就是一隻巨大的狐狸演化而成的。流傳日本民間最著名的志怪小說《東瀛妖怪物語》的〈狐之女〉一文中，更是把狐狸描繪成富士山守護神。

至於山姥的傳說，眾說紛紜。其一認為是山神沒落所化成，其二則認為是山中女鬼所化。有記載認為山姥掌管富士山的四季平衡，也有傳聞山姥能讀懂人心，專門迷惑人，並吃掉落單的登山客。

西元二〇〇八年，曾有登山愛好者在世界旅遊攝影網站發表幾張非常模糊的圖片，據說是用手機遠距離拍攝的：富士山劍峰半山腰橫突的「秋名石」上，隱約能看到一個老婆婆迎風坐立，她的身邊趴著一隻火狐，遙望著霧氣靄靄的山谷……

# 屍螺河童

中國美食甲天下，估計任何一個國家，都沒有種類如此豐富、口味各不相同、歷史淵源流長的美食。別的不說，單是吃遍「魯菜、川菜、粵菜、閩菜、蘇菜、浙菜、湘菜、徽菜」八大菜系，就是吃貨們的終極目標。

除了「八大菜系」，各地小吃、大排檔、燒烤更成了街頭誘人的美食。其中有一種，雖然各地稱呼不同、做法不同，但主料大名鼎鼎，那就是小龍蝦。

有一則新聞報導，湖南一名十九歲女孩，超愛吃「口味蝦」，幾乎是一日不吃便不歡。直到身體出現不適，到醫院檢查才發現，她愛吃的小龍蝦沒有處理乾淨，導致原本寄生在小龍蝦體內的蟲，轉移到人體寄生。僅僅過了一周，女孩便香消玉殞。

屍檢解剖時，連經驗豐富的法醫都忍不住嘔吐。女孩的肌肉長滿密密麻麻的白色寄生蟲；五臟六腑已經被鑽食得千瘡百孔，成了各類寄生蟲生長的樂園；大腦裡更有無數條白色、黑色的長條狀小蟲鑽來擠去，被攪得像一團渾濁的豆腐腦。

儘管有這樣活生生的例子，人們對小龍蝦的熱愛程度依然不減。至於小龍蝦的由來，更有一個血淋淋的傳說。

這種奇特的生物並非中國本土產物，而是來自日本的舶來品。

第二次世界大戰時，日軍為防止大量華人屍體腐爛產生瘟疫，將小龍蝦投放於屍體聚集地。利用小龍蝦繁殖快、適應性強、喜食腐食的習性，好讓牠們消滅屍體。

隨著時間的推移，這種用來處理屍體的生物，竟然意外成為中國各地大排檔必不可少的美食……

*01*

靜岡縣國立醫院。

沒有南野浩當登山嚮導，強登上劍峰絕對是不理智的行爲。況且人狐大戰時，黑羽涉爲了斬殺巨狐，縱使沒有傷到骨頭，但體表的傷口多得慘不忍睹。

月野清衣和月餅也受了不同程度的傷，行動不方便。經過商議，大夥兒決定在醫院休養生息幾天，順便對攀登劍峰更周全地計劃。時間上或許會耽誤一些，不過眼下都元氣大傷，貿然行動只會失敗。

我是四人當中唯一沒有受傷的，順理成章變身奶媽，每天穿梭於醫院和超市、小吃店之間。

別的還好說，尷尬的是偏偏月野清衣「大姨媽」來了，在超市挑選品牌種類琳琅滿目的衛生棉，不由得感嘆人類的智慧果然非同凡響。不就是衛生棉，居然還分有沒有翅膀、夜用或日用，還有什麼超薄型和護墊！

為了保險起見，我乾脆每樣都買，捧著一大堆衛生棉到收銀台，在服務人員異樣的眼神裡，匆匆付帳了事。將衛生棉放進後車廂，才擦著一頭汗，大大鬆了口氣。

下一個目標，小吃店！想著那三人躺在病床上，曬著太陽、嘮大嗑，我心裡就不平衡。只恨人狐大戰的時候自己沒有英勇受傷，否則也可以跟大爺似的躺著等人伺候，感覺就像當地主家的大少爺。

想歸想，醫院裡還有三張嘴等著我送口糧。月野清衣還聯繫了吳佐島一志，我尋思這種時刻，倘若被他搶先博得好感可不是小事。即便百般不情願，還是重重嘆口氣，選定就近一家麵館走進去。

日本人的生活節奏非常快，一般來說，早餐在家吃完，出門帶上裝滿午餐的便當盒上班上學。日本女人結婚後，百分之九十九都選擇留在家忙碌家務，生活極為乏味，因而研究便當的口味成為她們最大的樂趣。做出精緻的便當能獲得丈夫和子女的朋友們尊重，許多公司和學校還會定期舉辦「便當大賽」。

我走進麵館的時候是上午十一點多，大多數上班族都會拿出自己帶的便當食用，只有少數單身漢（女職員通常會自備便當）才會選擇外食，通常隨便吃幾口又急匆匆回去上班，沒看到幾個人也不奇怪。

我點了兩份烏龍麵和兩份蕎麥麵，故意沒替吳佐島一志多點一份，餓死丫的拉倒。

日本人對麵食的鍾愛近乎狂熱，三餐中必有一餐是麵食。

我點的這兩種麵是日本傳統麵食。烏龍麵原料是麵粉，蕎麥麵原料是蕎麥粉；前者是關西人的最愛，後者是關東人的專屬。

蕎麥在瘠地、寒冷地區也能生長，日本自古便有蕎麥料理，但吃的是「蕎麥茶」，就是用熱開水泡蕎麥粉吃。戰國時代的豐臣秀吉非常喜歡吃蕎麥糕，現今日本某些蕎麥麵老舖也會提供這道傳統麵食。

蕎麥麵在中國很少見，記得我和月餅曾經在河南火車站麵攤吃過一次，味道一般，可日本人就喜歡吃。我點的兩份蕎麥麵就是替月野清衣和黑羽涉準備的。

坐在櫃檯的長型吧檯，看著煮麵的老爺子在熱氣騰騰的湯鍋前半弓著身子，熟練地舀起豚骨湯倒入麵碗，透亮的紅湯漂著一滴滴圓潤的油花，濃郁的香氣頓時鑽進鼻腔。嫩白略帶金黃色的麵條從麵鍋撈起，宛如一掛粉了雪花的瓊脂。落到碗裡，頓時湯、麵紅白相映，再撒上翠綠的蔥花，玉珠般晶瑩的蒜球，鋪上幾塊燉得軟透的叉燒，看得我食指大動、口水橫流。

「叫你快吃，你就快吃！吃完了，還要回村！」

旁邊一名中年男子沒來由的怒吼引起我的注意。

剛進麵館時，幾個穿西裝的人已經結帳走人，就剩下這對父子，一人一碗麵地吃著。中年男子臉上長著一層厚厚的紅癬，是海邊人常年吹海風留下的特有標記。他身前那碗麵還剩下大半碗，顯然沒什麼興致吃。

坐在桌子對面的孩子約莫十二、三歲，校服破破爛爛，滿是油漬的，亂蓬蓬的頭髮一綹一綹地糾纏著，可見好久沒有洗頭了。孩子一雙眼睛泛著黯淡的死氣，身體更是瘦得嚇人，骨骼幾乎要掙破皮膚，活像一張人皮披在骷髏身上。

孩子捧著比臉還大的湯碗，把殘湯舔得乾乾淨淨，咂巴著嘴，「爸爸，我還想吃天婦羅。」

爸爸不耐煩地把自己面前的碗往前一推，油湯濺了半桌，拍著孩子腦袋罵道：「天天就知道吃吃吃，又不會賺錢！你要是女孩，還能指望著你將來當AV拍片賺錢，偏偏是個男孩，養著有什麼用？」

孩子被爸爸一巴掌拍得半邊臉浸入麵湯裡，我看著都覺得疼。奇怪的是，他抬起頭，臉上滿是油湯，眉毛沾著一根醬菜，卻像不覺得疼，可憐巴巴地望著爸爸，「自從媽媽死後，好久沒有吃到這麼好吃的料理了。爸爸，我真的好想吃天婦羅。」

聞言，爸爸勃然大怒，「把這半碗麵吃完就回家！別想吃什麼天婦羅！要不是鄰居告訴我，你天天在溝裡抓小龍蝦吃，丟了我的臉，我根本不會帶你來這裡吃飯！」

## 02

孩子撇了撇嘴，似乎想哭，盯著那碗麵半晌，又狼吞虎嚥地吃了起來。對於失去母愛，又沒有父愛的他而言，爸爸能夠帶他吃一碗麵，已經是很卑微的幸福。

我看得心頭火起，又不知道該怎麼做。打那個男人一頓？這只能解決我的憤怒，對孩子無事於補，回到家，還會受到更慘烈的毒打。

想了想，我掏出錢，「再來一份天婦羅，給那個孩子。」

老爺子把錢往回一推，「不，鳥山君，既然一郎想吃天婦羅，就算我送的。」

「嘿嘿……」那個叫鳥山的男人宛若受到極大的侮辱，拎著兒子一郎的脖頸，對著後腦勺用力拍下，「還不如把天婦羅換成錢送給我啊！」

一郎正大口吸著麵條，被爸爸拍得一口吐到桌上，還因爲噎到而咳了幾下。

「爸爸，麵不能吃了。」一郎木然地抬起頭，臉上沒有任何表情，眼中的死氣更濃了。

「那就回家。」烏山踹了一郎一腳，從口袋掏出一把滿是魚腥味的鈔票，手指沾著唾沫數了幾張，十分沒禮貌地扔在桌上。

我目送父子倆掀開厚厚的布簾離去，心裡說不出是什麼滋味。

「唉！一郎的最後一頓飯也不讓吃飽，死後會下地獄的。」老爺子嘆了口氣，將四個湯碗裝進塑膠袋裡，「你的麵好了。」

我想到一郎眼中的死氣，連忙追問：「您剛才說什麼？」

「哦！」老爺子突然醒悟過來，擺了擺手，「沒……沒什麼。」

那句奇怪的話讓我疑惑不已。既然人家不願說，我也不好多問，拎著塑膠袋，走出麵館。就那麼剛好，那對父子坐上一輛送魚的小貨車，慢吞吞開走。

從醫院出來的時候，手機放在月餅的病房了。我估摸一下時間，還是踩下油門，跟著小貨車出了城。

靜岡縣東臨太平洋，漁業資源豐富，盛產鰹魚、金槍魚、鰻魚等海魚，淡水養殖產業也很發達，是全日本最大的淡水魚產地。

跟著小貨車開沒多久，來到一處淡水湖邊。我把車遠遠地停在樹林裡，徒步走近，隔著草叢望去。

鳥山從廂貨裡拖出一張大網，對著一郎訓斥幾句，又打他幾個耳光，才拉著錨繩，把距離湖邊三、四米的漁船拖到岸邊，搖搖晃晃地上了船。一郎擦了擦鼻血，跟著鳥山身後上船，笨拙地解開網子。我越看越覺得不對，一郎遠遠看去，動作異常僵硬，頭越來越低，幾乎要垂到網子裡。

鳥山大概是覺得一郎動作太慢，罵了幾句，又對著他的腦袋重拍一下。這下一郎失去重心，摔倒在船上再沒起來。而且，我好像看到，一郎的腦袋和身體分離了！

忽然，鳥山一聲慘叫，胡亂揮著雙手，向後退去，卻被船欄絆倒，仰面摔進船艙。一大片黑色的東西從船艙中躍起，湧向他摔倒的位置。鳥山驚恐地爬起身，拼命撕扯著衣服，隱約可見他的皮膚上有東西不停蠕動。隨著他掙扎得越來越激烈，網子也纏住身體，腳步一個踉蹌，直挺挺又摔進船艙。

船體震盪，激起大片水花，最後恢復平靜，隨著湖面輕微搖擺，父子倆都沒再站起來。誰能想到就在那一瞬間，發生如此詭異的事情。

我愣了好一會兒才反應過來，穿過草叢，倉促地跑向那艘小船。

距離越來越近，依稀能看到船艙裡有東西竄動。當跑到岸邊，徹底看清楚船裡的景象時，我難以承受那般視覺衝擊，背過身吐了出來。

## 03

胃部抽搐得劇痛，吐得沒有任何東西，我才擦了擦嘴角，大口喘著氣，努力使心情平復，才轉過頭看向船艙。

一郎的身體在艙底平躺，腦袋早已脫離脖子滾落在漁網中。

方才鳥山拼命掙扎，那顆人頭被網子層層包裹，充滿死氣的眼睛罩上一層灰濛濛的顏色，茫然地看著天空。大堆水蛭、寄生蟲不斷從脖子的斷口處向外鑽，密密麻麻攪在一起，向鳥山的屍體爬去。

鳥山保持臨死前驚恐的模樣，眼角撕裂兩道血口子，眼球完全暴露在空氣中，任由噁心的蟲子鑽進眼裡。他的身體更是堆滿蟲子，撕咬皮膚，順著傷口向體內擠。最讓我忍受不了的是，有一條水蛭鑽進鳥山的耳洞，可肥大的身軀無法通過，後半截抽打著耳廓，夾雜淡黃色液體的鮮血不停向外淌。

我用力揉了揉太陽穴，努力使意識保持清醒。一郎的腦袋怎會被鳥山隨手拍掉？為什麼他的身體裡全是寄生蟲？既然這樣，他應該早就死了，怎麼可能還活著吃麵，幫父親捕魚？

幾經思索，我歸結一個可能性——陰蟲寄體！

長年以腐肉、屍體爲食的生物，體內積累大量的屍氣，就是俗稱的「積屍氣」。受到積屍氣侵蝕，存活在此類生物身體裡的寄生蟲因沾染過多屍氣變成陰蟲。長期吃這種生物的人，體內陽氣會被陰蟲吞噬，當屍氣勝過陽氣時，雖然外觀和常人並無不同，但膚色蒼白、雙目無神、頭髮稀疏，即使再熱的天氣，也手足冰冷，很少出汗，一年四季只喝冷水。

總歸一句，早就變成活屍。

大多數人對此不瞭解，但這類生物天生帶著一種死氣，讓人見了就不寒而慄，更談不上去捕食。以中國的烏鴉、非洲的土狗、美國的禿鷲爲例，這些以腐屍爲食的生物，即使在最饑荒的時候，也沒有人敢捕捉。

可是這幾種生物根本不會出現在日本，就算是有，一郎也沒有捕捉牠們的能力。那麼他到底是吃了什麼，導致自己變成活屍？

我回溯父子倆的對話，忽然想到烏山罵一郎時說的「要不是鄰居告訴我你天天在溝裡抓小龍蝦吃」。一郎經常吃不飽肚子，就到溝裡抓小龍蝦充饑，而小龍蝦最喜歡吃的就是腐屍！

剛想到這裡，我突然爲自己的推斷不寒而慄！

腐屍，是從哪裡來的？

一陣湖風吹過，被汗浸透的衣服緊緊貼在身上，即使站正午的陽光下，我還是感到全身冰涼。

寄生蟲相互碾壓，此起彼伏的咕嘰聲聽得我的牙根發酸。忽然，我覺得褲管被人拽了一把，身後還響起踢踏聲。

倘如換做是一年前的我，可能早就跳起來，或者根本不敢回頭看。但是都經歷過這麼多事情，本事沒練出多少，膽子倒漲了幾兩。

有一種冤死鬼，會趁人不備的時候，拽住行人的腿。如果這時候行人低頭看，和冤死鬼的眼睛對個正著，陽氣會立刻被吸走。陽氣旺的人算幸運，全身冰冷三十六個時辰就能復原；如果陽氣虛，很有可能因爲陽氣流盡，橫死街頭。

中國有句俗話「常走夜路遭鬼打」，指的就是走夜路時遇到冤死鬼抓腳。遇到這種情況，一定要目視前方，把胸口的濁氣全部吐出，狠咬舌尖。再將嘴裡的唾沫連續嚥三口，先抬左腿，後抬右腿，即可擺脫冤死鬼打腳。

我依序完成動作，抬腿時，卻發現不對勁。

那個「人」不但沒有鬆開我的腿管，反而抓得更緊了，抬腿能清楚感覺到拉力。踢踏聲越來越響，好像有更多隻手抓住我，這次不單是褲管，連腳踝、鞋子都被緊緊抓住。

我這才慌了，顧不得許多，低頭看去。一隻起碼二十釐米長的小龍蝦正舉著一對大螯，狠狠夾著我的褲管。

距離我三、四米的地方，野草長得分外旺盛。不少小龍蝦從那裡鑽出，長鬚在空中不停探擺，對著小船的方向挪動包裹硬殼的細腿。過了片刻，幾隻夾著我的小龍蝦鬆開大螯，也加入爬向漁船的行列。

這種東西擺在大排檔的餐盤裡，經過滾油爆炒，加上辣椒、醬汁、蔥、薑、蒜，紅透且泛著油光，分外誘人。可是這麼多灰褐色的小龍蝦活生生從腳邊爬過，顯然不是什麼愉快的事情。

我厭惡地抬起腳，狠狠踩下，立刻有幾隻被踩爆印在泥土裡，一堆肉醬從甲殼縫隙中擠出，唯有螯和尾巴還在反射性地抽搐。

接連又狠狠跺了幾腳，仍然阻擋不了小龍蝦往船上爬。直到此時，我才反應過來，牠們要吃鳥山父子的屍體！

再往船艙看去，父子倆的屍體已經爬滿醜陋的小龍蝦，鋒利的大螯猛地撕扯，把一塊塊肉送進嘴邊快速咀嚼。半晌，屍體已經被啃掉一小半，露出大螯夾不斷的青筋和白骨。

眼看父子倆的屍體就要被小龍蝦吃乾淨，我來不及多想，轉身跑回停車地點，從後車廂拎起裝著備用汽油的塑膠桶，又跑回漁船邊。一股腦潑灑汽油，點著後，火苗竄起，陣陣黑煙中，帶有烤熟的肉香和小龍蝦特有的香味。

想到剛才這對父子，和他們賴以為生的漁船一起化為灰燼。作為唯一的見證人，我搖頭苦笑著。

難道這就是不可抗拒的命運？

我心裡莫名感到沉重，隨手把汽油桶扔到鑽出小龍蝦的草叢，準備用殘餘的汽油把牠們清空。舉著打火機要點然之際，卻發現更不可思議的事情。

這片草叢的葉子上，居然長著頭髮！

# 04

這是一叢兩米見方，長得異常繁茂的野生蘆葦，枝葉碧綠得像翡翠般閃亮光澤。但是，嫩芽葉尖裡面，竟長出幾根頭髮。

我折斷一根蘆葦莖稈，發現那幾根頭髮和蘆葦的纖維長在一起，向著頂端延伸。斷成兩截的蘆葦由髮絲連著，這個畫面無比詭異。

光天化日下，我不擔心這叢蘆葦會突變妖女把我吃了。打火機一點，刺啦一聲，一股難聞的頭油味，頭髮捲曲燒斷。

我拿著半截蘆葦，忽然又發現奇怪的地方，連忙跑到旁邊的蘆葦叢比較起來。兩叢繁茂程度看似一樣的蘆葦，果然有一個完全不同的地方。

我的手微微哆嗦，想起不久前聽月野清衣隨口講的恐怖傳說……

江戶時代，有一位名叫小駒的美麗姑娘居住在本所。她家附近，住著一個叫留藏的男人，爲小駒的美貌傾倒，但一而再再而三地被小駒冷淡拒絕，留藏懷恨在心。一日，小駒因事外出，留藏悄悄跟在她的身後，尾隨至人跡罕至的隅田川岸邊，殺死了小駒。他切下了她的一手一腳，把屍身和殘肢扔進隅田川中。此後，隅田川邊生長出奇怪的蘆葦，都無一例外，只長單側的葉子。

這是著名的本所七不可思議《片葉之葦》的傳說。

眼下這叢長了頭髮的蘆葦，也只長出單側的葉子。一陣風吹過，蘆葦猶若被砍去一手一腳的人，搖搖晃晃地佇立著。

我心底泛起一陣寒意，一陣頭暈目眩，連忙喘了幾口氣，才慢慢鎮定下來。思緒卻飛速運轉，無數破碎的畫面在腦海來回穿梭。

鳥山，一郎，寄生蟲，小龍蝦，頭髮，單葉之葦，小駒……

所有的畫面最終拼在一起，呈現出一張陌生女人的臉。

蘆葦叢之下，很可能埋著一具屍體！

因爲屍體提供的養分，蘆葦叢才會長得茂盛。毛髮在蘆葦苗芽成長時糾纏在一起，才會出現莖稈裡有頭髮的異象。腐屍吸引大量小龍蝦，一郎長年吃不飽，發現這裡的小龍蝦異常肥大，就抓來充饑，最終造成方才發生的慘劇！

那麼那具屍體會是誰？

難道是江戶時代的小駒？

我跑回車裡，拿出登山錨，對著蘆葦叢一下又一下地刨挖。

其實，我大可一把火燒掉這片蘆葦，可火燒不掉深埋地下的腐屍，用不了多久，又會有大量小龍蝦找到這裡覓食。我不想再有像一郎這樣的可憐孩子，因誤食小龍蝦變成活屍。

湖邊的泥土潮濕，黏性強，還有蘆葦的根莖纏繞，不容易刨動。我彷彿著了魔，狠命揮著登山錨，拔扯蘆葦，連帶出盤在根莖上的大叢頭髮。

不知過了多久，土坑越挖越深。泥土不再是黝黑色，每一錨下去，土裡都會擠出黏稠的暗紅色液體，像是人的血液！

我站在坑裡，衣服染上斑斑點點的紅色液體，濃烈的屍臭氣薰得眼睛生疼。假設這個場景被路人看到，說不定會當場嚇昏。

登山錨深深插進土中，我使勁拽了拽，卻拔不出來，錨尖卡進堅硬的東西裡。

我剎那明白卡到的是什麼了！

剛才各種情緒充斥頭腦，有些失去理智，此刻挖掘意外停頓，終於讓我冷靜下來。

如果沒有猜錯，是挖到那具腐屍了！

四周靜悄悄的，我站在土坑裡，周圍是根莖纏著頭髮的蘆葦，看著自己滿身的斑斑血點、牢牢插在泥土裡的登山錨，再望著四周的格局……

我害怕了。

以土坑爲中心，東邊是湖（水），南邊是蘆葦（木），北邊蜿蜒的土路（土），西邊是懸在半空中的太陽（火），登山錨插在土坑中（金），在風水中，這是極爲凶險，容易引起屍變的「血煞之地」！

點了根煙，深深吸幾口，強壓著內心恐懼。我靜靜看著腳下，生怕突然伸出一隻掛滿爛肉的手，或者是鑽出一個掉光頭髮、爬滿蛆蟲的腦袋。

血煞之地必須配五行才會激起屍變，欠缺的金正好讓登山錨配上了，如果眞是這樣，不出半個時辰，地下的腐屍就會屍變！

這究竟是巧合，還是埋屍體的人精通五行，故意佈下的局？

對方的目的是什麼？爲了藏住掩埋在泥土下的眞相嗎？

「操！」我喊了一聲，狠勁冒了出來，反正距離屍變還有一個小時，這段時間裡我怕什麼！

抓著登山錨把手，我手腳使勁，鞋子深深陷進泥土裡，被四周湧出的血水浸透。

喀啦一陣輕響，一樣東西被拽斷，登山錨帶起大片泥土。我收勢不住，向後摔在坑邊。紛紛落下的土屑裡，我看到一樣無法理解的東西！

05

如果拔出來的東西是一截骨頭，即使上面爬滿屍蟲，我都不覺得恐怖。可是眼前這樣東西，完全出乎我的理解範圍。

土紅色，堅硬的骨質外殼，成年人胳膊那麼長，小孩手腕粗細，分成長短不一的三截。登山錨正好釘入中間一截，創口淌出脂肪油狀的暗黃色膏液。最頂端的一截非常短，又分成兩個叉，上面長著鋸齒。此外，每一截的連接段長滿黑紅色粗硬短毛。

這不可能是人體的任何一個部位的骨骼！

我越看越覺得眼熟，這是小龍蝦的腿！土裡埋的，是一隻眞人大小的龍蝦？

就在我驚疑不定的時候，地面漾起石頭扔進水裡的波紋，土坑的另一頭，泥土泉水般向上翻湧。黑的泥巴、紅色的液體、白色的泡泡，直到兩根細長的觸鬚伸出……

此時，我爬到土坑外，目瞪口呆地看著不可思議的一切！

地下響起金屬撞擊時才會有的喀啦聲，泥土翻湧得更加兇猛，泥屑像跳躍的水珠，地面如同煮開的沸水翻滾巨大的水泡。土坑中間，慢慢鼓起巨大的土包，一股土柱如噴泉般向上沖，越來越高、越來越寬……

終於，一隻成人大小的龍蝦從地下鑽出！龍蝦右側身體，有一處創口淌著液體，正是被我拽著登山錨，拽斷的那隻腳的位置！

龍蝦兩隻大螯張闔著，鋒利的鋸齒隨便就能輕輕鬆鬆把我攔腰夾斷。這個當下，我牙齒打顫，渾身哆嗦著，想跑卻發覺雙腿軟乎乎，絲毫沒有力氣。對未知生物的恐懼，抽走我全身的力量。

就在此時，更不可思議的一幕發生了！

龍蝦仰起頭，我才發現，在牠腦殼下方，竟是一張花花綠綠的人臉。天眞的眼神，長長的睫毛，粉嘟嘟的臉龐，無邪的笑容，分明是個孩子！

龍蝦探著頭看了看我，兩隻大螯搭著土坑邊緣爬出來，腹部的甲殼一開一閉，露出裡面白色的肉，還有濃烈的腥臭味。

牠爬到我的身邊，我已癱在地上，喉嚨因爲過度恐懼，不受控制地發出咯咯聲。兩根長長的觸鬚在我臉上劃來劃去，冰涼黏滑的觸覺讓我幾乎發瘋。兩隻眼睛跟放大幾十倍的火柴一樣，從甲殼裡探出，直勾勾伸到我的面前，仔細打量著我。

我根本不知如何反應，也不知牠要做什麼。毫無預警地，巨大龍蝦探起身體，用扇狀尾巴撐著地面，兩隻大螯高高舉起。我心裡一涼，索性把眼睛一閉：這次完了！

「謝謝你。」童稚的聲音在耳邊響起，乾淨單純得像清晨第一縷陽光。

「謝謝你。」聲音再次響起，但距離我似乎遠了一些。

我納悶地睜開眼睛，看見那隻巨大龍蝦已經爬到湖邊，身上還背著一具枯骨。這是怎麼回事？龍蝦似乎發現我在看牠，轉過身，再次豎直身體，甲殼下的孩子臉對我微笑，「謝謝你，我和媽媽終於自由了。」

牠擺了擺大螯，倒退著潛入湖裡。水面劃起長長的波紋，蕩漾到岸邊，復又折回，波紋來回激盪，錯綜成蜘蛛網狀的水痕。

良久，湖面恢復平靜，倒映著金黃色的太陽，波光粼粼。鳥兒叫，青草香，蟲豸鳴，一切就像從未發生過。我張著嘴巴，自己都無法判斷，方才那一幕到底是眞實存在的，還是因爲吸入大量的屍氣，導致腦部產生幻覺？

我把目光移到土坑裡，碩大的龍蝦腿還在，翻湧的泥土中，半掩著一張照片。

我跳進坑裡，拿起那張照片，擦乾淨上面的泥水。

是一張全家福。空白處寫著：鳥山村 鳥山杏子 鳥山一郎 幸福快樂。

# 06

從後車廂找出乾淨衣服換穿，驅車回程的路上，我還在爲剛剛的奇遇苦苦思索。

那隻巨大的龍蝦爲什麼長著一張人臉？牠背的那具枯骨是誰？如果按照牠所說的，是牠的媽媽，以照片上那幾個字爲線索，應該是鳥山杏子。難不成……那隻龍蝦是鳥山一郎？

既然如此，我看到變成活屍的一郎又是誰？

這些問題使我頭疼欲裂，縱使想了再想，還是找不到答案！

忽然間，我想到了一個人！

麵館老頭！

他那句話，分明知道些什麼，如果找到他，應該可以問出眞相。

想到這兒，我踩下油門，全速向剛才那間麵館前進。按照記憶，轉到剛才買衛生棉的超市旁，卻傻愣住。

根本沒有麵館，只有一座祭祀用的小廟！

下了車，我環顧著四周，超市周圍沒有一家麵館。這下更加確定，這座小廟就是剛才的麵館！

我頭皮麻了，難道撞鬼了？

走進小廟，擺滿黃瓜和香燭的祭台後，供奉的不是雕像，而是一副奇怪的畫像。湖泊岸邊站著一隻體格大小與小孩子相仿的怪物，身體爲紅綠色，頭上頂著個盤子，裡面盛滿了河水。尖尖的嘴巴，背部是堅硬的甲殼，軀幹對稱長著幾對肢爪。怪物的手沒有五指，反倒像蝦螯，長著一對肉鉗。

畫的右側寫著兩個字：河童。

我越看越覺得河童長得像先前所見的巨大龍蝦。

心裡有些失落，又堵得慌，回到車上，聽到後座傳來窸窸窣窣的響聲。回頭一看，從麵館外帶的麵碗不停地動。

打開蓋子，裡面哪裡有麵條，滿是爛泥、水草、蚯蚓。

還有，好幾隻小龍蝦……

日本有兩大「謎之生物」，即野槌蛇和河童。

顧名思義，河童生活在河流和沼澤中，喜歡吃黃瓜和人。

一種說法是，河童性格兇殘，經常潛伏湖底，看到落單漁民就會拖入水中，挖取肝臟吃掉。另一種說法更離奇，河童本是村中的普通小孩，父親出軌被發現，惱羞成怒殺死母親，並埋屍湖邊。孩子經常吃不飽，就到湖邊抓小龍蝦果腹，偏偏吃到以母親屍體為食的小龍蝦，因此受到詛咒，變成半人半蝦的怪物。他殺死父親後，專門在湖邊尋找負心人，將其拖入水中殺死。所以，戀愛中的男女到了日本，千萬不要在湖邊吵架，否則……

當今日本，偶爾還會有目擊者稱自己見到河童，卻沒有人能拿出照片或者影像，說法也就不攻自破。然而，日本漁民堅信河童的存在，每年都會在河祭時，扔進黃瓜和人形麵食祭祀河童，期待一年的好收穫和下水捕魚平安。

# 第10章

# 面膜人偶

有一個奇怪的說法，千萬不要在午夜敷面膜，也不要戴著面膜入睡。再累再睏，也一定要記得把它摘下。

原因，無人知曉。

如果你的朋友或戀人敷著面膜背對你睡著，絕不能喊醒她摘下面膜。

否則，當她轉過身，你會看到……

# 01

我拎著肯德基套餐回到醫院，已是下午五點多。

眼睜睜看著那對父子死去，我卻無能爲力，總感到非常愧疚。所以踏入醫院之前，就打定主意，絕不跟任何人提起這件事情。

進了病房，月餅枕著胳膊躺在床上，盯著天花板發呆。黑羽包得像木乃伊，莫名的喜感讓我多少輕鬆些，又覺得很溫暖。

「你找小姐開房去啦？」月餅打了個響指，似笑非笑，「買個午飯變成晚餐，還換了一身衣服。南瓜，要潔身自愛啊！」

我把袋子往月餅身上一砸，「嗯，胸大腰細屁股翹，三千日元沒白花。」

「全日本最便宜的應召女郎一個鐘頭也要五千日元，南君一下午才花了三千日元，不知道是哪個社的應召女郎CP值這麼高。」黑羽涉冷不防冒出一句。

這幾天，他不再像以前那麼冷冰冰，時不時和我們聊幾句，偶爾還冒出幾句頗爲雷人的冷幽默。

假若沒有傑克這個始終看不到，卻又能隨時感覺到的敵人，這段時間算是來日本後最輕鬆的幾天。

我忍不住笑了，陰霾的心情也跟著活躍起來──有朋友的地方，永遠都不會寒冷。

「你幹什麼去了？」月餅看出我心情不佳。

我擺了擺手，不曉得該怎麼說，藉口替月野清衣送飯，逃出了病房。

月餅扭傷腳踝，腫得和饅頭一樣，下不了地，只能大聲在我身後喊著，「南瓜，你等等！我有事跟你說……」

除了我，月野清衣受的傷算是輕的。幾處皮肉傷，影響不大，唯獨元氣損耗過大，靜養一段時間，自然就恢復了。

推開病房門，床邊櫃的花瓶插著一束紅玫瑰，替蒼白的病房增添不少生氣。

此時，月野清衣面對窗戶側躺，看似睡著。我有點尷尬，正想退出房，掩上門，她出聲了，「你回來啦？」

從未聽過月野清衣用這麼溫柔的聲音說話，我的心臟猛地跳了幾下，臉漲得通紅。可是，當目光再次停留在那束紅玫瑰，我忽然意識到，她這句話、如此溫柔的語調，並非對我說的，而是對那個送玫瑰的人！

床邊櫃還有一盒吃過的便當。

月野清衣優雅地轉過身，長髮如瀑布般散落，夕陽的餘暉在上面映出好看的光暈。

我心中酸楚，傻站在門口，著迷地看著她。

豈料，看清她的臉，胸口彷彿被打了一記。

那張臉，不是月野清衣的！

「南君，怎麼會是你？」

明明是月野清衣的聲音，可她的臉實在太嚇人。

除了鮮紅的嘴唇，整張臉毫無血色，眉毛淡得像是沒有從皮膚長出來，五官輪廓極爲模糊，宛若被一層薄薄的肉膜覆蓋。

見我表情驚恐，她忽然明白什麼，不好意思地笑了笑，從臉上揭下面膜，「剛才敷著面膜，忘記摘下來了。抱歉，嚇到你了。」

我啞然失笑，最近神經繃得太緊，隨便一點風吹草動就胡思亂想。剛才心情複雜，驚鴻一瞥，竟沒有發現那是一張面膜。

# 02

「南君，我需要的東西帶來了嗎？你怎麼這麼晚才來？發生什麼事了？」月野清衣擦著臉，接連問了幾個問題。

我愣了一下，想起買的衛生棉還在車裡，心裡暗罵「該死」，口中說著「忘車裡了，這就去拿」，便急匆匆往樓下跑。

拎著一大包衛生棉跑回醫院，過往者紛紛對我行注目禮。我也顧不得許多，氣喘吁吁地跑回月野清衣的病房。正要推開門，隔著玻璃，我看到病床前坐著一個男人。月野清衣臉上掛著羞澀的笑容，拿著一台數位相機，認真看著螢幕上顯示的照片。

男人輕輕握著月野清衣的手，耳邊低語，她臉上暈起兩團緋紅，放下數位相機，捂著嘴輕聲笑著。男人不知道又說了什麼，月野清衣的眼神朦朧，微微仰起頭。只見男人捏著月野清衣的下巴，輕輕一吻，把她攬進寬厚的胸膛。

下一刻，男人有意無意地看向門，我手一鬆，大小包裝的衛生棉落了一地。我心裡，好像也有一樣東西墜落，發出碎裂的聲音……

那男人是吳佐島一志。此時，月野清衣依偎在吳佐島一志懷裡，微閉雙目，嘴角掛著甜蜜的笑容。吳佐島一志對我眨了眨眼睛，食指放在唇上，擺出噤聲的手勢。

床邊櫃上，是一束「藍色妖姬」，還有冒著熱氣的精緻壽司便當。

我不曉得自己是怎麼回到月餅和黑羽涉的病房，心裡空蕩蕩的，思緒完全停止運行。眼睛分明能看到東西，卻又像什麼都看不見。

為什麼女人喜歡的男人，永遠不是喜歡她的男人呢？為什麼崇拜帶來的迷戀，遠比一起打打鬧鬧的感情更讓女人嚮往？為什麼能夠解決真正生理需求的衛生棉，竟比不上滿足心理虛榮的玫瑰花？

我找不到答案，像個死人，感受靈魂離體的絕望。

「叫你不要過去，你偏不聽。」月餅瘸著腿，勉強下了病床，坐在我旁邊的椅子，遞給我一根已經點著的煙。

我機械地接過煙，狠狠抽了一口，劇烈地咳嗽著。肺不疼，心卻疼……

「南君，就算沒有吳佐島先生，月野君也不會對你有感覺的。」黑羽涉費力地撐起身子，「她是孤兒，大概是成長過程缺乏長輩的關愛，所以喜歡成熟穩重、能給她帶來安全感、有歲月沉澱、比她年齡大的中年男子。她仰慕吳佐島先生已經很久了。你，肯定不在她考慮範圍內。」

「你們什麼時候知道的？」我聲音酸澀得近乎嘶啞，煙燃燒大半，燙到了手指，卻有種快感。

「吳佐島一志中午前來探望。」月餅摸了摸鼻子，「月野就挽著他的胳膊過來看我們，我打電話給你，才發現你手機落病房。」

我抽著煙，都已經燒到濾嘴，嗓子裡全是焦糊味，刺啦啦地疼。

「天要下雨，娘要嫁人，由她去吧！」月餅拍著我的肩膀，「再說，我本來也沒看好你能找個日本老婆。」

「滾！」我把煙頭狠狠扔到地上，彷彿那就是天殺的吳佐島一志化身，惡狠狠踩了半天，才一臉殺氣地向門外走。

「你去哪兒？」月餅扯了我一把沒扯住。

「操！去送衛生棉！」我整了整衣服，「趁著月野大姨媽拜訪，生米沒煮成熟飯，有機會堅決不能放過！」

「你要是快遞員，我一定給你好評！」月餅打了個哈欠。

「好評？爲什麼要給好評？」黑羽歪著頭，納悶地問道。

剛拉開門，吳佐島一志和月野清衣互相挽著胳膊走了進來。

「吳佐島先生邀請我看歌舞伎。」月野清衣羞澀地低著頭。

我一聽，頭都大了，看完歌舞伎，下一步就該開房間了。

「月野君，我不同意！如果遇到危險怎麼辦？畢竟傑克還在暗中潛伏。」黑羽涉不知是在幫我，還是真的關心月野清衣，居然想得出這麼義正詞嚴的理由。

「可是……」月野清衣有些猶豫。

「今晚表演的是江戶時代美女阿國獨創的《念佛舞》，也是日本第一支歌舞伎，機會難得。」吳佐島一志依然風雲不動的微笑，「對吧，清衣？」

月野清衣微微點了點頭，眼波更加朦朧。見狀，我恨不得往吳佐島一志臉上揮一拳，把他的鼻骨塞進口腔，看他還能不能笑出來。

「黑羽，你恢復得怎麼樣？」月餅走了幾步，「我已經好得差不多！來日本，不看歌舞伎，遺憾啊！」

黑羽涉解開繃帶，「區區幾隻狐狸，怎麼可能讓我休養這麼久！」

看著他們倆稍微用力就疼得滿頭大汗，我心裡很不是滋味。

但，這就是朋友！

# 03

五人擠一輛豐田轎車，彎彎扭扭去了劇院。我的心思根本沒在歌舞伎，因爲月野清衣的目光始終沒離開過吳佐島一志，搞得我嘴裡發酸，幾乎能吃上滿滿一盤餃子。

黑羽涉簡單介紹歌舞伎的由來——源自於江戶時代，創始人是日本婦孺皆知的美女，阿國。她是島根縣出雲大社巫女（即未婚的年輕女子，在神社專事奏樂、祈禱等工作），爲修繕神社，四處歌舞表演，進行募捐。隨著她不斷改編，獨創的《念佛舞》成爲獨具風格的表演藝術，風靡日本的歌舞伎也正式誕生。

黑羽涉揉著還沒好的胳膊，「自阿國之後，歌舞伎都由男伶表演，你們不覺得奇怪嗎？」

「沒什麼好奇怪的啊！中國的京劇，最初也不允許女人登台，一律由男人表演。」

月餅又想了想，「難道阿國是男人？」

「月君怎會有這種想法？」月野清衣總算是清醒，邊回應邊問了個奇怪的問題，

「除了壽司、忍術、武士刀這些大眾熟知的特色文化，還有一樣東西源自日本，是女性必不可少的化妝品，你們猜猜看？」

「面膜。」我隨口說道。

「想不到南君對日本還滿瞭解的呢！」月野清衣有些驚詫，隨即想到我猜測面膜的原因，不好意思地笑了笑，「面膜的由來其實是個很詭異的故事。」說著，她眨了眨眼睛。

這時候，開車的吳佐島一志手一抖，車子差點蹭到防護欄。

「吳佐島先生，你的臉色似乎不太好。」月餅半眯著眼睛，冷冷地說：「對了，你的女兒呢？單獨丟下這麼小的孩子，你放心嗎？這不該是作爲父親應有的行爲吧！」

聞言，吳佐島一志皺著眉頭，手指緊握方向盤，指節呈現過度用力的青白色，「依我的職業，很難時時刻刻陪伴她，所以把她託付給保姆照顧。」

「任何事情都比不上父母陪在子女身邊重要吧？」月餅的用辭越來越鋒利。

「月君，吳佐島先生擔負搜集鬼畜的重任，是陰陽師的眼睛。唯有把鬼畜都消滅，普通人才能過上安穩的生活。爲了事業放棄家庭，是一般人做不到的。」月野清衣攏了攏頭髮掩飾羞澀，「也正因爲如此，我打從心底佩服吳佐島先生。」

「哼！」黑羽涉不屑地扭頭看向窗外。

發覺車裡的氣氛有些尷尬，月野清衣適時轉換了話題，「還有一段時間才到劇場，不如由我來講歌舞伎的傳說吧。」

江戶時代，大和子民都深信神鬼的存在，每逢大事，都會到神社虔誠參拜，希望得到神靈的啓示和保佑。將終生奉獻神靈的神社僧侶，自是人們敬仰的對象。衆多神社中，最有名的就屬島根縣出雲大社。相傳來這裡參拜的人若有一顆虔誠的心，神靈必會毫不吝嗇地恩賜神運。

出雲大社的住持，寧源，是日本第一個完成「百日大荒行」的僧侶，非凡的成就、清朗的氣質、虔誠的佛心，使他得到無數大家閨秀的青睞。

日本佛教自成一體，僧侶可以飲酒吃肉，也可以娶妻生子，還可以身份世襲。我們熟悉的「一休」，根據日本的歷史記載，也是風花雪月的「花和尚」。

令人敬佩的是，寧源一心向佛，絲毫不爲所動，清苦的生活與當時僧侶的奢靡形成鮮明的反差。別的僧侶嫉妒怨恨寧源，但懾於他的威信，也無可奈何，只得稍稍收斂平日的奢華。

如此過了七年，出雲大社突然傳出嬰兒的啼哭。這算是轟動一時的大事，日本雖不禁止僧侶結婚，卻嚴禁僧侶和女子偷情。寧源沒有結婚，神社卻出現嬰兒，足以讓出雲大社聲譽掃地。

仰慕寧源的女信徒得知這件事，傷心欲絕，拒絕再前往神社參拜（這點和當今的偶像明星不敢公開感情生活有些相像）。如此一來，僅僅一年的時間，繁盛多年的出雲大社竟然敗落，香客甚少，社宇殘破，只有停在樹上的烏鴉偶爾呱呱幾聲，才依稀能聽到一些生氣。

弟子們不堪清苦，紛紛出走，眼看出雲大社只剩下寧源和剛滿一歲的嬰兒。寧源依舊帶著清朗的笑容，每天背著嬰兒，挨個村落討食度日。

很多人不理解，只要寧源說一句「這個孩子不是我的，是收養的棄嬰」，出雲大社便能再次繁盛。然而，寧源對孩子的來歷絕口不提，更證實是他私生子的說法。

早就懷恨在心的其他神社僧侶，終於等到報復機會，在某個寒冬的夜晚，一把大火燒毀出雲大社。沒了棲身之處，寧源也不以爲意，動手在神社附近結了個草廬，和孩子相依爲伴。

那一年，哇哇啼哭的嬰兒出落成粉嘟嘟的漂亮小女孩。雖然經常被罵野種，還被村中的孩童丟石子，但她不卑不亢，總用清亮的嗓子唱著鄉間民謠，跳著自編的舞蹈。

每當這時候，寧源都樂呵呵地坐在老槐樹下，欣慰地笑著。

# 04

光陰荏苒，老槐樹斑駁的樹皮逐漸龜裂，寧源也從俊朗的僧人變成垂暮的老者。每一條皺紋，都夾著歲月的滄桑；每一次呼吸，都是對記憶的緬懷。

小女孩長成十八歲的美麗女子，眉宇間依稀有寧源年輕時的模樣。

她的名字叫阿國。

很奇怪，是男人名字。

她的歌聲，足以讓山間百靈蒙羞；她的舞蹈，連京都最著名的舞伎都自愧不如。

時間是沖淡記憶最好的道具，村民早已忘記寧源作爲僧侶沒結婚卻有孩子的事情，每逢紅白喜事、祭祀慶典，都會邀請阿國歌舞。時間久了，阿國的名氣越來越響，竟不亞於當年寧源的聲望。

一個念頭，在阿國的心中越來越強烈。

重建出雲大社！

可是，她有一絲顧慮……

一個寧靜的夏夜，草廬裡的油燈徹夜未亮。仰慕阿國的男子暗伏在草叢中，聽到了奇怪的聲音。時而是男子沉重的呼吸，時而是女子痛苦夾雜興奮的呻吟，整整一晚沒有停歇。

直到天邊亮起魚肚白，阿國衣冠不整地走出草廬，每走出一步，都異常吃力。她疲憊地對著草廬深深鞠躬，背上行李，開始歌舞表演的人生。

令人無法理解的是，阿國從此以紗巾覆面。每次表演，都會事先用厚厚的糯米粉糊住美麗的面容，嘴唇塗得血紅，眉頭用黑炭畫了兩個圓點，宛如厲鬼。

有人說，阿國擔心達官貴人對她起淫邪之念，故意把自己畫得這麼醜。也有人說，阿國表演的時候，也是選夫的時候，如果遇到讓她眞正心動的男子，會卸下妝容，以驚爲天人的美貌征服那個男子。

至於，她臨行前的那一晚在草廬裡和寧源做了什麼，說法就更多了……

令人心曠神怡的歌聲、無比曼妙的舞蹈，使得阿國的聲名遠播，不肯以眞面目示人更替她增添一份神秘。出道僅半年，她成爲日本著名的藝人，各地的大名、將軍、武士都以請到阿國表演爲榮。

其中，就有京都最有名的地主，矢野茂三。

說來可笑，矢野茂三邀請阿國表演，竟是因爲他的妻子。

作爲全日本最有名的歌妓，桃子沒有好出身，憑著美貌得到好歸宿，也算是人生的安慰。當她聽說阿國的歌舞之名已經超過十幾年前的自己，嫉妒中帶著些許好奇，央求丈夫邀請阿國到家中表演。

當阿國答應矢野茂三的邀請，整個京都轟動了！

表演在矢野家的園林進行，整整三天，京都繚繞著阿國曼妙的歌聲，陽光下是阿國婀娜的舞姿。

阿國的表演不但轟動京都，也在皇宮內激起波浪。從不露面的天皇下了詔令，要在半個月後前往矢野家觀賞阿國的歌舞。但是，有一條苛刻的要求：任何表演過的歌舞都不可以出現在舞台上，否則就是對天皇不敬。而且，新編的歌舞如果無法獲得天皇的認可，阿國以及矢野全家都會被誅殺。

矢野茂三接獲詔令，整個人都癱了。原本只是爲了滿足妻子的願望和展示財力的虛榮心，結果引來可能滅門的下場。這擺明是天皇爲了充實國庫，想找藉口抄掉他的財產。半個月時間，排練出完全不同又能讓天皇滿意的歌舞，簡直是癡人說夢。

當矢野茂三把詔令告訴阿國，阿國卻平靜地表示能達成這兩項要求。她恰巧有一段新編的歌舞，但是需要另外一個精通歌舞的人協助才可以完成。同時，提出一項要求：如果這次倖免不死，必須協助她重修出雲大社。

矢野茂三犯難了，修建出雲大社對他來說不過是幾個錢，但短時間內要到哪裡才能找到一個和阿國旗鼓相當的人？就在他長吁短嘆地回到家，桃子得知事情原委，立刻笑著說：「精通歌舞的人就在眼前，何必捨近求遠呢？」

半個月後。

一如矢野茂三的猜測，天皇對於即將開演的歌舞並不感興趣，眞正讓他垂涎的，是矢野家富可敵國的家產。

音樂響起，本應出現在台上的阿國和桃子卻沒有露面，台下一片騷動。

由於怕歌舞外洩，排練是在完全保密的狀態下進行。矢野茂三壓根兒不知道歌舞的內容，幾次詢問桃子，得到的都是微笑的拒絕。最後十天，桃子乾脆和阿國住在一起，專心排練。

這個當下，樂師們滿頭大汗，戰戰兢兢地演奏音樂，心裡卻在想：難不成阿國知道必死無疑，早就已經跑掉了？如果眞是這樣，那麼桃子呢？

隨著天皇臉上的冷笑越來越濃，矢野茂三知道死期將至，雙膝撲通跪下，拼命磕著頭，乞求天皇能饒他一命。

就在此時，舞台兩側，阿國和桃子分別出現。整整一個多時辰，在場的所有人都被精采絕倫的演出深深吸引，直到謝幕，全場鴉雀無聲，過了半晌，才響起雷鳴般的掌聲。就連心懷鬼胎的天皇，都下意識地起身鼓掌。

桃子和阿國相視一笑，跪地高聲謝道：「感謝天皇的欣賞。」

天皇意識到自己的失態，眼看陰謀無法完成，只得順水推舟，當場題了「無雙」兩個字，擺駕回宮。

命和財產都保住，妻子又獲得天皇賜封，矢野茂三自然欣喜若狂。當晚設宴款待賓客朋友，阿國和桃子更是宴席上的焦點。

阿國依然蒙著面紗，滴酒不沾。有了天皇的賜封，此時的她已不是流浪民間的女伶，賓客不能強行灌她酒。桃子不知喝了多少杯酒，早已醉醺醺，眼看快要失態，便在阿國的攙扶下回到排練的後院。

兩位主角的離席絲毫沒有影響賓客的酒興，反而喝得更加盡興。當大家酒意最濃的時候，後院傳出驚恐的叫聲！

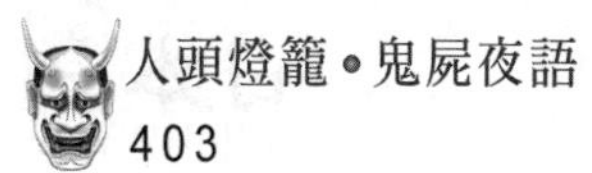


# 05

「你們猜，後院發生了什麼？」月野清衣講到這裡，忽然停住了。

從黑羽涉和吳佐島一志的表情，看來他們都知道這個故事，就我和月餅抓心撓肝地想知道答案。

「有人混進後院，強姦了她們倆？」我隨口猜測。

「我覺得阿國是男人。」月餅摸著鼻子，「所以……」

我認爲這個想法根本是無稽之談，「月餅，你最近這麼重口味？」

「看完今晚的表演，你們就知道答案了。」月野清衣指著不遠處一棟古色古香的建築，「我們到了。」

「月野！」我憋不住吼了一聲，「妳怎麼可以說半截就不說了？那還不如不講！」

「因爲表演即將開始了。」吳佐島一志停好車，「只有觀衆等歌舞伎的演出，絕對沒有歌舞伎等觀衆到來。哪怕沒有一個觀衆，時間到了也會開始表演。」

我這人心裡藏不住事，更受不了只聽了半截的故事，這比吃美食看到裡面爬出一隻蟑螂還叫人難受。

「黑羽……」我畢恭畢敬地遞給黑羽涉一根煙。

哪知他接了煙點著，居然頭也不回地跟著吳佐島一志和月野清衣走進劇場。

「南瓜，知道唐僧西天取經，多少次都要被煮了，依然對孫悟空滿懷信心嗎？」月餅沒頭沒腦地問了一件不相干的事。

我沒好氣地回他，「因為大師兄本領高強，實在不行，還可以去南海找觀音菩薩搬救兵。」

「拜託你動動腦子！唐僧還沒有踏上取經路時，觀音菩薩已經告訴他，此行千辛萬苦，須經歷九九八十一難才能取得真經。所以，唐僧知道無論如何他都掛不了。」月餅整了整頭髮，「提前劇透坑死人。」

「你這完全是神邏輯！」我哭笑不得。

「我感覺吳佐島一志不對勁。他和月野之間的感情發展得太快了。」月餅邊說邊走進劇場。

直到月餅沒入漆黑的大門，我還杵在原地發愣。門口向外鋪著一條半米寬的紅地毯，像是從怪物嘴裡伸出的舌頭，等著我主動走進它的喉嚨。

偌大的劇場全被吳佐島一志包下，沒有其他的觀眾，空蕩蕩得有些陰森。每走一步，鞋底和地毯都會摩擦出沙沙聲。天花板的燈已經熄滅，顯得舞台的光亮格外刺眼。從我的角度看去，逆著來自舞台的光，光明和黑暗的分界處，排列著整齊的座椅，猶若進入巨大的墓地，座椅則是刻著死人名字的墓碑。月餅三人已經選在中央位置坐定，光線在他們腦袋上鑲著一層白邊，遠看活像墓碑上多了個人頭。

我挨著月餅坐下，發現吳佐島一志不在。正想詢問，劇場緩緩響起音樂。很難形容這種音樂帶給我的感覺，既像小孩哭泣，又如深夜聽到窗外的嗚嗚風聲，透著說不出的陰冷。

突然，音樂變得急促，兩個衣著華麗的人分別從舞台兩邊緩慢走出。他們臉上塗著厚厚的白粉，拖著長長的腔調，面對面咿咿呀呀唱著聽不懂的曲子。

我差點一個哈欠打出來。

在中國，每次轉到中央戲曲頻道，看著那群大花臉在螢幕裡甩著腔調，我都會立刻換台。今天要不是爲了月野清衣，打死我也不會來看這種無聊的東西。

這麼想著，側頭一看，月野清衣和黑羽涉倒很投入，隨著歌舞伎的表演打拍子，月餅居然也專注欣賞著。靠！他連京劇和黃梅調都搞不懂，居然能這麼認眞觀看歌舞伎，我不得不刮目相看。

「台上的女伶是吳佐島一志。」月餅低聲說道：「他想給喜歡看歌舞伎的月野一個驚喜。」

直到這一刻，我才明白吳佐島一志去了哪裡。他不但會攝影，還能載歌載舞，眞讓我大呼意外。

「搞藝術的都不是好東西！」我酸溜溜地罵著。

「你還沒進來的時候，月野告訴我，結尾會有些血腥，而且和阿國的故事有關，仔細看吧。」月餅半瞇眼睛，全神貫注地盯著舞台，「我有種感覺，另外一個表演的人，似乎很熟悉。我懷疑是……」

話沒說完，舞台上兩人的聲調忽然拉高，似是在表演爭吵的橋段。

扮演女子的吳佐島一志一甩袖子，面對舞台，扮演男子的演員從腰間摸出一把利剪，從後方刺下。剎那間，吳佐島一志蒼白的臉皮被割破，耷拉著半截皮，露出暗紅色的肌肉，鮮血噴濺而出，整張臉被白粉和鮮血攪和得模糊。月餅忽地站起身，卻見月野清衣和黑羽涉依舊端坐著，眼中透出癡迷的神色。

「每次看到這一幕，都覺得好眞實。」月野清衣與黑羽涉低聲交談。

「只有鮮血、暴力、死亡，才是大和民族信仰的意義。」黑羽涉讚嘆著，「月君、南君，不用緊張，這只是歌舞伎的特效。第一次看有這種反應，很正常。」

月餅將信將疑地坐下，可是濃烈的血腥味讓我根本無法相信只是特效。緊接著，更恐怖的一幕發生了！

男演員瘋狂揮舞剪刀，沿著吳佐島一志的臉廓劃下，用力一扯，一張血淋淋的臉皮剝落。他捧著血淋淋的臉皮，狂笑著塞進嘴裡咀嚼，齒縫擠出嚼爛的人皮肉渣。隨後，猛地一仰脖子，喉嚨咕嘟一聲響，將嚼成肉醬的臉皮嚥下肚。

原本佈置華麗的舞台頓時變成血腥的食人地獄！

下一秒，男演員再次舉起剪刀，狠狠割向自己的脖子。刀刃深入喉嚨，卻不知道疼痛般，一手抓著頭髮，一手用力割著。直到腦袋完全割斷，他仍舊拎著自己的腦袋，直挺挺地站著，任由體腔內的鮮血噴泉般湧出，才轟然倒地……

這怎麼可能是特效！

「啪啪啪啪！」月野清衣和黑羽涉站起來，激動地用力鼓掌。

「沒想到吳佐島先生如此擅長歌舞伎。」月野清衣難掩舞台上血腥一幕帶來的興奮，「月君、南君，這是那則故事的結尾。本來應該是有言士登台講述，演員才會起身致謝。既然是包場，就由我接下這個工作吧。」

# 06

矢野茂三和賓客衝進後院，桃子和阿國排練的密室亮著昏黃的燈，紙質窗櫺上，迸濺斑斑血跡！

密室門打開，兩個赤裸身體的女人渾身浴血地交纏在床上，白色的床單被血染透。桃子圓鼓的左乳上，深深的血洞兀自向外冒著血，潔白的胳膊蜿蜒著紅河，順著手腕流到握在手裡的剪刀尖，又一滴一滴落到地面。

「哇！」有幾個賓客忍不住嘔吐，密室裡頓時充滿鮮血和嘔吐物混合的臭味。

阿國的屍體更慘不忍睹！

她修長的脖子被剪刀劃斷，喉嚨的破口冒出血泡。整張臉皮沿著臉廓完整割下，暗紅色的肌肉爬滿細細密密的血管，成片的肉疙瘩像是蒼蠅蛹長在臉上。鼻樑附近連肉都撕掉了，露著森森白骨，刀口邊緣處的皮肉外翻，牙床暴露在空氣裡。

她的臉，早已被割下。

更不可思議的是，阿國的下體長了男人的陽物！

阿國是上半身女人、下半身男人的怪胎！

兩人的脖子上，掛著一模一樣的兩塊玉墜！

後來，一把大火熊熊燃燒，燒掉密室，也燒掉阿國和桃子的屍體，似乎也燒掉了所有秘密。

但，這卻封不住賓客們繪聲繪影的描述。

沒過多久，矢野茂三就被以「在家豢養怪物蠱惑天皇」的罪名抄了家，整個家族男的被斬首暴屍，女的做了官妓。

遠在出雲大社的寧源聽聞這個消息，仰天長笑三聲，走到老槐樹下，只說了一句話，「劫就是報，報就是解，解脫解脫。」之後就安然圓寂。

寧源還是個小孩時，就發現自己的問題：對女人絲毫沒有興趣，反而喜歡親近男人。這讓他非常恐懼，於是選擇出家當和尚，希望能通過佛祖的啓示，排除心魔。

歲月如梭，當年的小孩已長成俊美的和尚，受到無數女性的愛慕。然而，佛性依然無法阻止他喜歡男人，也無法使他對女人有任何興趣。

這種羞於啓齒的心理狀態讓他就快無法承受，眼看就要發瘋了。後來，在一個風雨交加的夜晚，揮刀砍向下體！

生理的殘缺壓制心理的異象，寧源依舊是那個每天得到無數讚美的和尙。直到一次雲遊遠行，汲水而過時，看到山溪的上流遠遠漂來一個木盆。

裡面，是一個半歲大的男嬰。

出於出家人的慈悲心，他撫養了那個嬰兒。面對世間的非議，他總淡然一笑。在他心裡，始終認爲自己是個女人，這個孩子則是佛祖賜給他的骨肉。

他替孩子取名，阿國。

隨著阿國慢慢長大，他終於發現不對的地方。這讓他感到無比恐怖！阿國居然長了男人的下體，卻有著女人的容貌、聲音、胸部！是一個不男不女的怪胎！

他想起自己的殘缺，難道阿國的出現是佛祖對他的懲罰？爲了讓他日夜備受煎熬，不得忘記那份奇怪的心理嗎？

阿國也知道自己的身體與別的孩子不同，更把自己當做怪物，好在幾次尋死，都被寧源發現救活。她（他）對寧源的感激，遠遠不只是養育之恩。這種依賴，漸漸成了說不清、道不明的感情。

一個是下體殘缺，有著女人心理的男人；一個下體是男人，身體是女人的半男半女。誰也不知道這種畸形的組合，在一起生活那麼多年，到底發生什麼。誰也不曉得阿國決定四處表演，臨走前那一晚上和寧源發生什麼。

當阿國戴著面紗離開，誰也不知道她（他）的臉是不是還在。

這麼做，到底為了什麼？

沒有人知道。

京都，矢野家。

桃子作為一個歌妓，每天除了賣藝，還要用魅惑的笑容勾引達官貴人，使他們扔出大把錢財，才能過得好。但是，堅持「賣藝不賣身」，使得她徒有「日本第一歌妓」的名頭，生活卻越來越艱辛。

光鮮的背後，是自尊撐起不為人知的艱辛。直到一次表演後，幾杯酒下肚，酒量極佳的她卻昏昏欲睡。

醒來時，下體撕裂的疼痛和凌亂的床鋪，還有身上無數抓痕牙印，讓她明白了……

十個月後，她把偷偷生下的孩子放入木盆，掛上祖傳的玉墜，送入溪水中。

沒多久，桃子嫁給仰慕她很多年、非她不娶的矢野茂三。

可是那一晚被強暴的經歷，讓她無法再對男人提起興趣。她發現，自己喜歡上了女人。

這半個月以來，和阿國耳鬢廝磨的排練，讓她對這個年輕女人產生莫名情愫。從阿國曼妙的舞姿，依稀能看到自己年輕時的模樣，讓她備感親切。她無數次央求阿國摘下面紗，卻總被拒絕。

阿國也察覺到桃子的情感，除了排練，一直躲著她。

但是，這更讓桃子渴望見她。

莫名地渴望。

終於，渴望變成無法壓抑的慾望。

這天，桃子假借醉酒，讓阿國扶她回後院，又伺機在茶盞裡放入迷藥……

剩下的事情，可想而知。

桃子看到的是，被剝了皮的人臉，女人的上身，男人的下身。還有，阿國脖子上佩戴那個祖傳的的玉墜！

於是，桃子瘋了！

於是，死亡降臨！

# 07

聽完這個驚心動魄的故事，我和月餅面面相覷。誰會想得到一個歌舞伎的表演，背後居然有如此離奇複雜的故事？

吳佐島一志和另一個演員盡責地扮演屍體，使得劇場裡的空氣異常沉重，每吸一口氣，都壓得肺部特別沉重。

「吳佐島先生，我作爲言士的任務完成，你們也該謝幕啦。」月野清衣對著台上鞠躬，「謝謝你們這麼精采的表演。」

舞台上，兩人一動不動，血腥味越來越濃。兩具屍體的身下，鮮血一大片，悄悄把舞台染紅。

「你確定這是特效？」月餅再也忍不住，翻過座椅，躍上舞台。俯身觀察片刻，抬頭時，臉冷得似冰，「死了。」

「不會的！這是特效！」月野清衣嘴角牽動，「他們不會死的，歌舞伎的奧義就是死亡謝幕。」

「月野？」一股寒意從心底泛起，我看到月野清衣的眼睛起了奇怪的變化。黑色瞳孔漩渦般旋轉著擴散，逐漸吞噬眼白，變成漆黑的一片。

「南君，怎麼了？你不覺得很美嗎？」月野清衣用黑幽幽的眼睛盯著我，嘴角抽搐得越來越快，像是被一條無形的線牽引，扯動到耳根，眼看就要裂開！

這個熟悉的面孔讓我猛地想到一個人！

裂口女！

月野清衣長得和裂口女極爲相似！

「不要大驚小怪，這個世界本來就充滿死亡的樂趣。」半天不作聲的黑羽涉站起身，機械似的抬起胳膊，關節發出咯咯聲響，把一直遮擋著左眼的頭髮攏到耳後。眼眶裡，根本沒有眼睛！乾癟的眼皮深陷進眼窩，收縮成暗紅色的肉疙瘩。

「你們……」我耳朵嗡嗡直響，不自覺向後退，大腿撞到座椅扶手上，酸麻生疼。

兩人嘿嘿笑著，又重重坐下。

月野輕聲地說：「後面還有精采的畫面，安靜地看吧。」

我喊著他們倆的名字，卻沒人理睬我。他們的臉龐映著舞台的光，如同戴著一副面具，又像是一張面膜！

當我看向舞台，月餅的舉動更讓人錯愕，雙腿不受控制地發軟，若不是急忙扶住座椅，就整個人摔倒了。

月餅，一手捧著跟脖子分開的人頭，另一手用屍體流出的血抹著那顆人頭的臉部！

這到底是怎麼回事？

除了我，他們都瘋了嗎？

或者，是我瘋了？

「生命如同春天的鮮花，終究不知何去何從。」劇場的第二層看台傳來熟悉的聲音，「精采落幕其實是拉開序幕，誰也無法同時擁有死亡和生存的權力，就像我等了你們很久，等到的卻是愚蠢的反抗。」

月餅拎著人頭，摸了摸鼻子，「我懷疑是你，用鮮血抹去人頭上的白粉，看清楚了那人的模樣。很好，你來了！」

我轉身仰頭，一個金髮男子，靠在劇場二樓的防護欄，高舉雙手，那雙藍得近乎銀白的瞳孔中，依然是好奇又茫然的神色。

傑克！

# 08

「月餅、南瓜，好久不見。」傑克一手放在胸前，一手背在身後，行了個歐洲貴族的見面禮，「這個地方很安靜，我們可以鬥地主了。」

再次看到傑克時，我明顯感覺到他的不同，殘暴、貪婪、獸性的氣息完全消失。此時此刻讓我感受到的，只有安靜，像沒有風暴時的海。

「你對他們做了什麼？」我緊握著拳頭，掌心清晰感受到指甲插入肉的疼痛。

月餅躍下舞台，望著傑克，一步步走到我身邊。

月野清衣和黑羽涉，仍然很奇怪地直盯舞台，彷彿欣賞著歌舞伎表演。

「怎麼做到的？」月餅摸出瑞士刀，冷冷地說道。

傑克打了個響指，懶洋洋地笑著，「難道你們忘記我會催眠啦！」

「哦？」月餅也笑了，「催眠？不接近，怎麼能催眠？」

「我們是同一種人啊！」傑克忽然長嘆一聲，「我從未想過要殺你們。」

「我很小的時候，見過都旺和大川雄二。他們的目的，就是不允許我們這種人活在世上。因爲，這對他們來說，是巨大的威脅。一旦我們發現自身的能力，受到慾望驅使，會危害普通人。他們的職責，就是把消滅掉我們。我們這種人，被稱爲『異族』。每個人都擁有不同的能力，或許平時看不出來，到了危急關頭，便會展現強大的力量。」

「南瓜，你在泰國時，最後一番推論很精采，可那不過是你和月餅的主觀想法。事實上，他們不斷尋找我們這種人，殺害我們所有的親人，把我們變成孤兒。如此一來，他們得以堂而皇之地收留、培養我們，把我們變成幫助他們的好工具。我比較特殊，在被捕捉的過程僥倖逃脫，並牢記他們的長相。仇恨讓我迸發能力，越練越純熟，時機成熟時，找上都旺，利用他的野心博取他的信任，並前往泰國。剩下的事情，和你們推斷得差不多，唯一不同的是，我從都旺那裡找到一份機密資料。很有趣，想看看嗎？這也是我來日本的原因。」

傑克這番話在我的心中激起軒然大波，如果按照他所說，我和月餅的父母都是被都旺和大川雄二殺死的？僅因爲我們具備常人不具備的能力，就成爲他們的工具？

此時，傑克又打了個響指，他身後播放電影的窗口筆直射出一道光柱。舞台吱吱作響，一道寬大的銀幕落下。光柱投射到銀幕上，晃動著慢慢變大，來回切換的圖像，是一張張照片！

照片裡的人，我大多不認識，但照片下方的備註資料欄，有著關於他們的詳細介紹。僅有幾張照片裡有我認識的人，那些都是各行業非常著名、取得莫大成就的人。

直到照片裡出現一個日本女人時，切換停住了。

灰色風衣，半覆面的長髮，米色圍巾，清秀艷麗的面容，高挑的身材，兩邊嘴角閃電狀裂開，直至耳根，眼中的瞳孔像是用針扎破眼白流出的黑水。

這分明就是我在宮島遇見的裂口女！

相貌和月野清衣極爲相似的裂口女！

下面的介紹欄裡寫著：月野真召，裂口女，被狙殺於西元一九八八年八月十八日，日本岐阜縣的飛驒川。留有一歲女兒，月野清衣，有陰陽師潛質。

下一張，是個英俊的男子：黑羽源，西元一九九八年於六星級豪華郵輪上失去控制，殺死著名美女漫畫家，被狙殺於郵輪中，屍體作為鬼鏡存放於郵輪。弟弟黑羽涉，有陰陽師潛質。

我的心臟像被一隻無形大手緊緊攥住，血液全都湧向腦袋。如果真的是這樣，這一切太可怕了！

我和月餅原來只是棋子！

在我們很小的時候，就是棋盤上任人擺佈的棋子，我們的父母……

我不敢想下去了。

「你們倆很奇怪。」傑克又打了個響指，畫面消失，銀幕舞台頂端，「我始終找不到你們的資料，宛如憑空多出來的兩個人。」

「月野、黑羽，你們看明白了嗎？」傑克忽然對任何事情失去興趣的模樣，疲憊地揉著太陽穴。

月野清衣和黑羽涉面無表情，直勾勾看著螢幕，可兩人的眼眶裡滿是淚水。

「告訴我！」月餅的拇指抵著刀刃，深深陷入，「吳佐島一志的女兒在哪裡！」

「你很聰明。」傑克勉強笑了笑，「沒錯！我是故意讓吳佐島一志掐到的。哈哈！他是被陰陽師利用的道具，早對陰陽師恨之入骨。只可惜，他的力量不足以引起我的興趣，所以，我就把他幹掉嘍！至於他的女兒，呵呵……我想你就算知道，也沒什麼用了。」

「我現身東京，就是爲了讓你們來到日本。遺憾的是，時間太倉促了，能利用的東西不多，只好先催眠月野和黑羽。」傑克從牛仔褲口袋裡拿出兩個小玻璃瓶，玻璃壁上還殘存黏稠的白色液體，「從這裡面提取的東西製作的面膜，催眠效果確實不錯呢！」

「歌舞伎衍生出一樣東西，面膜。起初阿國爲了掩飾沒有皮的臉，用糯米漿汁塗抹，後來竟成爲女人爭相使用的東西，那就是面膜的雛形。」傑克把瓶子扔向舞台，

「可她們並不知道，面膜加上瓶子裡的東西，會產生強烈的催眠作用。至於，瓶子裡面是什麼，我想你們已經知道了。」

我想起月野清衣在醫院時敷的面膜，裡面的成份居然有這種東西，忍不住噁心得想吐。可隨即又想，傑克是如何催眠黑羽涉的呢？

「我用血把那兩人臉上的粉擦乾淨，發現沒有吳佐島一志的時候，才明白肯定是你在搞鬼。」月餅活動著肩膀，「或許是你許久沒有出現，我們放鬆了警惕，你以吳佐島一志的面容出現時，我們竟沒有察覺到。」

「察覺到也沒有用。」傑克對月野清衣和黑羽涉招了招手，「早在你們去泡溫泉的時候，我就冒充醫生對黑羽下了暗示。這次歌舞伎的結尾表演，會讓催眠起作用。中午在醫院，我也對月野下了暗示。南瓜，記得我給她看的相機裡的照片嗎？」

這會兒，黑羽涉和月野清衣木然地走到傑克身旁，一左一右地站定。

「月野！」我心裡一痛，失聲喊道。

「他們倆，以後就是我的夥伴了。」傑克摸著月野清衣的長髮，抓起一把送到鼻尖嗅著，「做個交易吧。既然我們都是被拋棄的人，爲什麼不聯合起來，對抗那些殺害我們父母的人呢？以我們的能力，這個世界在不久的將來，肯定會完全屬於我們。南瓜，我可以對月野下一個指令，讓她這輩子只愛你一個人。至於你，月餅，可以得到你想得到的一切。怎麼樣？」

我瞥了一眼月餅，他的表情透著幾分猶豫。

此刻，月野清衣雖然表情呆滯，可依然那麼美麗。我忽然很羨慕傑克的催眠能力，能控制人的思想，眞的是一件美妙的事情。

「南瓜，還記得我們怎麼認識的嗎？」月餅摸了摸鼻子。

我笑了出來，「當然記得。那時候，你一張臭臉，驕傲得要死；我一雙紅眼，自卑得要命。沒人搭理我們倆。」

「所以……」月餅也笑了。

「我們早就是被拋棄的人啊！」我伸了個懶腰。

「你正經回答我，想不想和月野結婚？」

「操！那還用說嗎？你不是也有一樣很想要的東西嗎？」

「哈！南瓜，你還眞是瞭解我。」

傑克被我們旁若無人的對話弄得有些煩。「這麼說，你們同意了？」

# 09

「嗯。同意了！」我們點了點頭。

「我想和月野結婚，可絕對不會和一個被控制思想、非我不愛的木偶結婚。」我從未這樣專注，神經緊繃，連舞台上鮮血滴落的聲音，都聽得清清楚楚。

「我只要一樣東西。」月餅耍了個刀花，「那就是你的命！」

「為什麼？」傑克有些不解。

「因為，我們活得有尊嚴！」我和月餅異口同聲說完，一左一右撲向傑克。

當這個世界充滿欺騙、虛偽、貧窮、罪惡的時候，至少有一樣東西可以讓我們有繼續活下去。

那就是，作為一個人，驕傲的尊嚴！

我不知道，這一戰，勝負如何？

但我知道，任何方式都不能解決問題的時候，只能做一件事——戰吧！

傑克雙手一揮，擋在我們身前的卻是月野清衣和黑羽涉，我們的腳步硬生生頓住！

「這可能是最精采的戰鬥，值得好好欣賞。」傑克退到座椅，翹著二郎腿，舒服地坐著，「真想看看你們的尊嚴是如何面對朋友的。」

這會兒，緊握的拳頭不停顫抖，月野清衣就站在我面前，面無表情，沒有眼白的眼睛彷彿什麼也看不見，但偏偏又對著我。

我！下！不！了！手！

「殺了我。」

是月野清衣的聲音。

可是她並沒有開口說話。

「南君，我知道你在面前，我能感受到你的氣息。這是我殘存的意識，在沒有被完全被催眠控制前，請殺了我。還記得我對你說過，我的弱點在哪裡嗎？不要猶豫，沒時間了！最後的意識馬上就會消失！」

月野清衣的聲音再次響起，除了我，似乎其他人都聽不到。接下來，月野清衣的身體幾次向我衝過來，卻像被一根無形的線控制，硬是停住了。很明顯，她殘存的意識在和傑克灌輸的催眠意識對抗。

黑羽涉也在做類似的動作，甚至還要更強烈些。

「日本陰陽師的意志果然堅定。」傑克吹了個口哨，極富磁性的聲音唸出一連串聽不懂的話。

這下月野清衣和黑羽涉的瞳孔黑汪汪，如同注入墨水，停止反抗催眠意識，直接向我們撲來。我堪堪避過，月野清衣的指甲在我臉上劃出一道血痕。慌亂間，我看到她流出兩行血淚。

血淚！她的靈魂在哭。

就這麼一愣神的工夫，月野清衣掐住我的脖子，死命地勒著。其實，我大可一記膝撞頂開她，但眞的不忍心下手。而且，月野清衣的力氣大得驚人，完全超乎我的想像。

「南瓜！還記得那個嗎？」月餅的情況也好不到哪裡去。眼下黑羽涉的膝蓋抵住他的胸骨，他奮力撐住黑羽涉的雙手，始終沒有反擊。

「哪個？」我被月野清衣掐得快要無法呼吸，好不容易迸出這兩個字。

「就是那個！你忘記啦？在泰國學的！最擅長的！」月餅騰出一隻手，黑羽涉趁機摁住他的下巴往上推。

我的大腦因爲缺氧，開始意識模糊，眼中幻化出好幾個月野清衣。傑克則距離我們四五米遠，微微笑著說：「同情心，是阻礙人類進步的最大障礙啊！所以，你們也沒資格當我的朋友！」

不傷害月野清衣和黑羽涉，就得制住傑克！要制住傑克，勢必傷害月野清衣和黑羽涉！我明白月餅想讓我做什麼，可是，我根本沒有把握。

「別磨嘰了！靠你了！」月餅含糊地說著，眼看黑羽涉快要把他的脖子弄斷了。月餅從地上摸索拾起一樣東西，奮力向我扔過來。那一刻，一切又變得緩慢，灰塵在燈光下飄浮，月野清衣的頭髮晃動，慢得幾乎像時間凝滯。

一柄瑞士刀劃破時間和空間的界限，飛到我的膝前，我努力看清，對著刀柄一腳踢出。

「咻！」

瑞士刀在空氣中劃過，尖叫著筆直飛向傑克，沒入他的左眼！

鮮血爆出，留下刀把兀自顫動著。

脖子上的壓力忽然消失，月野清衣像是斷了線的木偶，漆黑的眼睛急速收縮，恢復正常。她眼神迷茫，愣愣看著我，身子晃了幾下，倒在我的懷裡。

# 10

「月餅，你就那麼相信我能準確無誤地踢中瑞士刀，當場幹掉傑克？」我靠著牆，抽了口煙，吐出一個滾圓的煙圈。

「我不是相信你，當時沒別的好辦法，死馬當活馬醫。」月餅摸著下巴，「黑羽涉這小子的力氣眞大，差點把我下巴推斷。」

「看來在泰國閒得無聊加入藤球社團居然是件好事。」我又吸了口煙，被月野差點掐碎的喉嚨火辣辣地疼。

黑羽涉和月野清衣躺在旅館的兩張床上，我和月餅肩並肩靠坐在地上抽煙。

傑克死了。軍刀貫穿左眼，直入大腦。

我們小心翼翼檢查半天，確定他是眞的死亡，又把放映室裡被催眠的放映師從安全通道送出，才將幾具屍體都堆在舞台上，放了一把火。

趁著天黑，我們背著黑羽涉、月野清衣上車，沒有任何人發現。

已經是第三天，兩人依然處於昏迷狀態。我不曉得傑克的催眠能力到底多麼霸道，可他們倆長時間昏迷，卻讓我越來越緊張。昏迷時間越久，大腦皮層活動越緩慢，意識、智商、辨識能力都會受到極大的損害，甚至變成白癡。

我想用銀針做些嘗試治療，被月餅阻止。這種純意識性的損害，用針灸渡血也管不了多大事，就看兩人意志力的強韌程度。

「唔……」黑羽涉的手指動了動。

我們彈身而起，屏住呼吸，緊張地注視著他。

黑羽涉的眼皮飛快顫動，良久，終於睜開眼睛。他眼神渙散，茫然四望，最後在我們身上對焦，「這是哪裡？」

我長吁一口氣，黑羽涉恢復正常了！雖然月野清衣仍然昏迷中，但是起碼有一個好消息。接下來半個多小時，月餅都在向黑羽涉講述發生過的事情，只是刻意略過他哥哥被狙殺的事情。

黑羽涉極有耐心地聽完，難得地笑了，「謝謝你們。」

「清田，你去哪裡了？」月野清衣忽然說道。

交談的期間，我們三個都沒注意月野清衣，以致於她什麼時候醒來都不知道。

我回頭看到月野清衣，心裡一陣狂喜。她已經從床上坐起來，驚恐地四處張望，

「你們是誰？我在哪裡？清田……清田呢？」他蜷縮到床角，緊緊抓著被子，渾身不停發顫，如同受驚躲在草叢裡的兔子。

「月……月野，是我們啊！」我心裡一沉，儘量將語調放緩，並試圖靠近她。

沒想到月野清衣觸電般從床上站起來，指著我叫道：「你別過來，你……你們是誰？」砰！她向後退時，壓根沒注意到後方情況，後腦勺重重撞上牆壁，當場又暈了過去。

關心則亂，我一時間不知道該做什麼。月餅反應快，扒開她的眼皮，咦了一聲，又立刻扒開另外一隻眼睛。看過之後，他疑惑地皺著眉。

在他扒開月野清衣眼皮時，我也看到了。

月野清衣的眼球有兩個並排的瞳孔！

她，出現了四個瞳孔！

「眼球中有兩個瞳孔的人，代表前生的靈魂寄存在今生的身體裡。我想，或許是傑克的催眠，喚醒月野前生的記憶。她已經不記得今生，只記得前生的事情。」黑羽涉眼中帶著淚水，「傑克這個畜生！」

聽他這番話，我心頭如同被刀子狠狠剜了一塊肉，痛得幾乎不能呼吸，「有辦法嗎？」

黑羽涉遲疑片刻才說：「只能等她再次醒來，聽她講述前生的故事，或許能有其他辦法。」

時間一分一秒流逝，煙灰缸裡的煙頭越來越多，血絲爬滿我們三人的眼球。不知道過了多久，月野清衣終於再次甦醒。

「啊！」看到我們三個，她歇斯底里地大聲驚叫。

「不要害怕，我們是清田的朋友，他委託我們照顧妳。」月餅故作輕鬆地笑道。

聞言，月野清衣稍稍安靜片刻，又瘋了似地尖叫，「不可能！清田已經死了！他在一片火海中，被活活燒死了！你們騙我！我爲什麼穿著這麼奇怪的衣服？這到底是哪裡？你們是誰？」

「我們眞的是清田的朋友，請妳相信我們。清田是怎麼死的？告訴我們好嗎？」月餅的表情帶著讓人無法不相信的誠懇，月野清衣將信將疑地看著我們三個，忽然伸手指著我，「你……你是……」

那瞬間，我以爲月野清衣恢復正常，認出我來了。可是，她接下來的舉動，讓我震驚不已！

「清田，你的頭髮怎麼變成這樣？」

我是清田？

西元二〇〇八年，號稱「日本歌舞伎之寶」的靜岡大劇場，於晚間七點二十七分發生火災。消防隊將大火撲滅後，發現舞台上的殘骸有三具已經燒焦無法辨認的男屍。經過DNA識別，確定其中兩具為歌舞伎演員，另一具屍體身份不明。同時，員警還發現昏迷倒臥在安全出口外十米的放映師，但無論如何詢問，他重複一句，「血……血……都是血……」

靜岡大劇場重新修建，再次對外開放。歌舞伎演員有個不成文的規定：拒絕表演安可曲目。究其原因，無人知曉。

後來，有一名歌舞伎透露，表演時，總會出現一個金髮男子的鬼魂，好奇地站在他的身邊觀看表演。

有人說，一把大火解除了禁錮阿國靈魂的封印。仔細觀察被稱為「靜岡十傳說」之一的靜岡大劇場，奇特的外觀像極日本陰陽師常用的「紙鬼符」（一種紙質鎮邪物品，形狀像一枚象棋）。

# 第11章

# 鬼咒

日本是一個禁忌很多的國家。

房間的四面牆都貼滿海報，很容易被鬼壓床，因為幽靈無法從房間出去；睡前看著房間的四個角落入睡，會被鬼壓得無法動彈；三人一起照相，中間那個人會早死；浴室天花板的四角有很多幽靈，據說它們會趁人在洗頭時，附身殺人。

最恐怖的一個禁忌：午夜兩點，千萬不要在浴室把兩面鏡子對放。這樣會看到自己現在的臉，還有好多張不同的臉。

其中，第十三張臉就是將來的遺容……

# 01

西元一九八八年八月五日，清晨七點三十分，岐阜縣。

人們打著哈欠，拎起公事包和便當盒，無精打采地等著公車。

早晨的空氣帶著清甜的河水味道，但這並不能讓清田信長覺得舒暢。昨晚和妻子眞召溫存後，去浴室簡單沖洗，意外看到奇怪的一幕，至今仍不敢確定是不是幻覺。

本來想和妻子聊聊，可回到臥室，眞召早已睡去，只好一夜輾轉反側，做了無數稀奇古怪的夢。清晨，他因惡夢驚醒，猛地睜開眼睛，心有餘悸盯著臥室的四面牆壁後，發現身邊的眞召不見了！

直到廚房飄出飯菜的香味，他才放下心來。

擠上公車，挨著窗戶坐下，車窗玻璃映出一張模糊的人臉。像是他的，又不像是他的臉。

這又讓他想起昨晚發生的事情……

抹上洗髮精，蓮蓬頭灑出溫熱的水，他閉上眼睛，好讓水沖掉頭髮上的泡沫。忽然，有人摸了他肩膀一把。

「眞召，別鬧了。」他一邊搓揉頭髮，一邊懶洋洋地說。

眞召經常趁著他洗頭的時候，偷偷溜進浴室嚇唬他。習慣成自然，沒什麼好害怕的。可是這次不一樣，眞召沒有像往常一樣笑著說「又讓你猜到了」，浴室裡只有水花濺落的聲音。他有些奇怪，用力抹一把臉，睜開眼睛，沒有看見妻子的身影。

幻覺？

他苦笑著搖了搖頭。近期工作壓力實在太大，又趕上金融危機，公司準備要裁員，他心裡苦不堪言。

正當他爲自己小小的恐懼找藉口開脫，瞥見鏡子裡奇怪的一幕。

眞召不知道什麼時候在鏡子對面的牆上掛了一面鏡子，他從面前的鏡子能在身後的鏡子裡看見自己的背影。兩面鏡子的光線折射，又可以從鏡子中繼續看到鏡子中的鏡子，來來回回重疊，無數面鏡子中有無數個自己的面容和背影。

這種層層疊疊的景象讓他覺得很詭異，急匆匆刷完牙，打開水龍頭又洗了把臉，用毛巾擦了擦，準備回臥室睡覺。心裡打定主意，隔天下班回家一定要摘掉多餘的那面鏡子。

這麼想著，他不自覺又看了看鏡子，突然覺得鏡中的人有異樣。

鏡子裡，每一張面孔都有些不太一樣。微笑的、憤怒的、疑問的、恐懼的……隨著鏡子裡的鏡子越來越小，面容也越來越小。即便如此，他仍然清晰看見一張恐怖的臉。透明的水泡從皮膚鼓出爆裂，淌出淡黃色的體液，肌肉收縮，臉就跟核桃似的滿是皺紋。

這一奇怪的現象使得他的視線無法移開。數了數，那張可怕的臉，是第十三面鏡子映射出來的。

此時，清田忽然想起小時候媽媽告訴他的傳說，全身打了個冷顫，顧不得擦乾身子，快步走回臥室。

臥室裡貼滿高倉健、山口百惠……許多明星的海報，由於極度恐懼，他覺得這些人似乎都活了，嘿嘿笑著，隨時都會從海報裡爬出來。

看來明天也要把這些海報拆了！

清田努力不去想奇怪的事情。熟睡的眞召發出輕微鼾聲，就在他略微感到踏實之際，見到兩個赤身的人躺在床上。

熟悉的床，熟悉的身體，分明就是自己和眞召。

然而，清田這才發現，自己的視角居然是從天花板往下看！

床上躺的是誰？

眞召翹著嘴角，帶著做美夢的笑容。

清田蜷縮著，像隻煮熟的蝦。忽然間，他發現妻子的嘴角越裂越大，漸漸裂到耳根，一顆顆牙齒鑲在暗紅色牙肉裡。

他驚恐地大喊，卻發現自己根本無法出聲。還有，臥室的四個角落，靜靜立著四道白影！胸口越來越悶，彷彿有個人壓到他的身上。窒息感異常強烈，可是他完全不能動……

就在這時候，他醒了。

# 02

就當做了惡夢吧。

下了公車，站在公司門口，禮貌地和同事相互鞠躬道早安時，清田暗自這麼想著。運送屍體的靈車呼嘯而過，在空氣中殘留著淡淡的死亡氣息。

大清早遇到這種事情不太吉利，但清田倒不以爲意。日本是老齡化嚴重的國家，超過八、九十歲的老人實在太多。淡漠的人際關係使得這些老人無人照顧，經常發生在公寓死亡卻沒人發現的情況，直到傳出屍臭，才會有鄰居報警。

上個月，隔壁公寓抬出一具屍體，即將上靈車時，覆蓋屍體的布突然掉落，在地上四處亂動。圍觀者看到屍體腐爛得不成人形，壓根兒是一堆淌著黃水的爛肉，屍布又詭異地亂動，無不嚇得紛紛後退。

唯獨經驗豐富的收屍人氣定神閒，對著屍布狠狠踩著，再掀起的時候，裡面是一隻被踩爛的老鼠。

「清田君，見到靈車，一定要把大拇指藏在掌心裡，否則親人會死得很慘。」新來的女同事櫻井盯著他的手指。

「哦，櫻井君，早上好。」清田對這女孩本來挺有好感，這番話卻說得他心裡很不舒服，但出於禮貌，還是開口問候。

櫻井上下打量著清田，「昨晚沒睡好吧？黑眼圈很重呢！我們鄉下有個說法，看到了不乾淨的東西，眼圈就會特別黑。」

「櫻井君，請注意妳的措辭和禮貌。」清田強壓著一肚子火氣。

櫻井擺了擺手，「不好意思，剛剛的話若給清田君帶來困擾，請原諒。不過，你剛才確實沒有把大拇指藏在手心裡，回家後，一定要把大拇指插進糯米糰裡去掉惡靈，再把糯米糰扔進馬桶沖掉才可以哦。」

「夠了！櫻井君，如果妳是個男人，我現在就毫不猶豫地一拳打到妳的臉上！」清田的額頭青筋畢現，再也壓抑不住怒火。

櫻井吐了吐舌頭，「我是為你好才這麼說的。」說完，踩著高跟鞋，一溜煙進了辦公大樓。

清田惡狠狠地看著櫻井左右搖擺的屁股，嚥了口唾沫。掏出煙剛想點上，看了看手錶，又把煙收起，也走進辦公大樓。

一聲巨響在身後響起，回頭一看，一個花盆碎在清田先前站的地方。他急忙抬頭，他工作那層樓的女用廁所玻璃窗剛剛關上。

正要走進辦公樓的上班族紛紛罵了起來，藉著這件突發事件宣洩工作壓力。

如果方才多停留一秒，花盆就會把自己的腦袋砸爛吧？

想到這兒，清田不由自主地打了個寒顫。

是巧合，還是意外？

早上發生的一連串事情，搞得清田一整天心神不寧，工作出了好幾個紕漏。下班時，主管特地找他談話，表示最近公司要裁員，如果一直處於這種工作狀態，那麼……

清田不停鞠躬道歉。目前負責他手邊業務的，共有三個，據說只能保留兩個人。三人中有一個是櫻井，早就有人說她能力差，但憑著和主管的曖昧關係，裁員時肯定會從他和富堅之中裁掉一個。

「這個婊子！」回家路上，黑貓在樹上喵嗚叫著，清田憤憤地罵著。

# 03

回到家裡，眞召沒有像往常一樣在門口等候，喊了幾聲也沒人回答，看來是出去了。清田有些奇怪，妻子不是喜歡串門的女人，結婚後這種事情還是第一次發生。

胡亂踢掉鞋子，清田從工具箱裡拿出鉗子，準備把浴室裡多餘的鏡子卸掉。打開浴室門，卻發現牆上根本沒有第二面鏡子，完整的瓷磚牆上連個釘子孔都沒有。

這怎麼可能？

清田摸著昨晚看到第二面鏡子的地方，甚至滑稽地敲了敲。光滑的瓷磚牆映出他模糊的臉，滿是血絲的眼睛，爬滿鬍渣的下巴，亂蓬蓬的頭髮。他心中沒來由萌生一股破壞慾，想用鉗子把牆砸爛。

聲音或許會很好聽，就像早上在辦公大樓外摔碎的花盆。

這麼想著，他著魔似的舉起鉗子，正要砸落……

「對不起，我回來晚了。」眞召侷促地站在浴室門口。

「妳去哪兒了？」清田找到宣洩口，舉著鉗子吼道。

「我……我……」眞召囁嚅著向後退。

清田發現妻子頭髮凌亂，臉上還帶著沒有褪去的潮紅。更怒不可遏的是，眞召身上居然散發濃濃的煙味！

他一把抓住眞召的領口，舉著鉗子對著眞召的臉，「妳去哪裡了？身上爲什麼會有煙味？」

「我……我……」眞召躲避著清田的目光，「我去隔壁，從優美太太那裡學了一道新料理，準備今晚讓你品嘗。她家的抽油煙機壞了，所以……所以……」

眞召吹彈可破的臉頰如陶瓷般精緻，清田心裡產生奇怪的想法：如果把鉗子扎進這張臉，會不會很刺激呢？

這種邪惡的念頭很恐怖，他沒有即刻付諸行動。死死盯著眞召的眼睛看了半天，哼了一聲，到客廳打電話向隔壁鄰居求證。

優美太太的聲音甜得發膩，不過清田沒心思回想上個月她家廚房的排水孔堵住，碰巧她老公出差，請他幫忙修理時發生的那件事。確定妻子確實剛從優美家回來，他才悶悶地坐在沙發上抽煙。

忽然，他又想起一件事，瘋了般衝進臥室，準備撕掉貼在牆上的明星海報。

可是，他在門口呆愣住。

牆壁上空空如也，根本沒有一張海報！

「你今天氣色不好，是因爲工作壓力太大嗎？」眞召捧著食盒，幾樣精緻的小菜，一瓶溫好的清酒，還有四個糯米糰！

「海報呢？」清田的腦子徹底混亂了。

「你……你說什麼？」眞召睜大美麗的眼睛，恐懼地望著清田，「哪裡有海報？你到底怎麼了？」

清田喘著粗氣，「我是問，臥室裡的海報呢？牆上貼著高倉健、山口百惠的明星海報呢？還有，浴室瓷磚牆上的第二面鏡子到哪裡去了？」

眞召哆嗦的手已經捧不住食盒，「我們的臥室從來沒有貼海報，浴室瓷磚牆上也沒有多餘的鏡子。」

清田歇斯底里地在臥室裡來回踱步，拼命扯著頭髮，聲音尖銳得如同兩塊玻璃在摩擦，「怎麼可能？怎麼可能沒有！」

「你該好好休息了。」眞召從背後摟住他，柔聲說道：「工作壓力太大，對嗎？」

「住口！」清田煩躁地把妻子推開，「不要再提工作壓力，我沒有事情。我……」

說到這裡，他忽地想到什麼，三兩步衝進廚房，推開通往後院的門。看到那個東西還掛在樹上，才稍微平靜了點。

「難道是撞見『它』了？」眞召跟著走進後院。

清田深呼吸著，涼爽的空氣讓他冷靜下來，「嗯，也許是吧。看來今晚要做點事情了，對吧？」

「嗯。」眞召點了點頭。

「回去吃飯吧。」清田勉強擠出一絲笑容，正要回屋，貓叫從身後傳來。

下班路上遇到的那隻黑貓蹲在牆頭，旁邊多了隻雪白色的貓，綠幽幽的眼睛宛若鬼火，淒慘地叫著。

# 04

一番折騰後，菜有些涼，眞召回廚房熱菜。清田看著微微冒著熱氣的糯米糰，心裡有些後悔。

當初眞不應該貪圖便宜，買下這套房子。

半年前，住在這裡的老人因爲沒有子女照顧，活活餓死在床上。子女草草處理老人的後事，從保險公司拿了一筆數目不菲的理賠，就把房子低價出售。

由於死過人，房子始終賣不出去。清田知道死過人的老宅會有不乾淨的東西，但因爲剛換新工作來到岐阜縣，手頭的錢不多，這裡也距離眞召的家鄉不遠，岳父岳母還可以幫著帶女兒，最終決定買下這棟老房。

入住前，他特地請來僧侶做法事祭奠亡魂，豈料法事進行到第二天，屋子就莫名其妙斷電，浴室的蓮蓬頭噴出帶著鐵銹的水，廚房的爐子不點自燃，冒出一尺高的綠色火苗。在臥室鋪紙的僧侶徒弟更是連滾帶爬跑出來，說看到床上坐著一個老太太，正在吃香燭。

做法事的第三天，牆頭爬滿了貓，聽到喵嗚喵嗚的叫聲，僧侶才放下心來。他告訴清田，貓群已經把屋裡的惡靈帶走，可以安心住下去。

清田被嚇得夠嗆，可是既然買了又賣不出去，只得硬著頭皮和眞召住進來。頭一兩個月，沒有什麼異常，他也就放心了。

哪知到了夏天，房子又開始發生怪事。

每天起床後，總會發現屋裡全是尖尖的小腳印，沙發上出現有人坐過的印痕，地板有白色的長髮，廚房裡剩下的食物也不翼而飛。一歲多的女兒清衣也經常半夜驚醒，指著窗外哇哇大哭。

雖然這些奇怪的事情對一家三口沒影響，可眞召說什麼也不想繼續住在這裡。沒辦法之下，清田又去寺廟尋求僧侶的協助。

僧侶教了清田一個方法，把孩子褪掉的乳牙縫在小布偶裡，掛在後院的樹上，另一顆乳牙同樣也縫進布偶，但必須掛在故鄉老宅的樹上，這樣就可以化解。

一歲多的清衣剛長出乳牙，根本不可能掉，一時間到哪裡去找牙呢？

眞召靈機一動，和清田帶著孩子回了趟故鄉。她從房樑上取下兩顆乳牙，是她小時候掉了牙，爸爸架著梯子放上去的。

爲防萬一，兩人商量孩子放在眞召父母家住一段時間。同時，按照僧侶的指示，做了兩個布偶，分別掛在故鄉和家裡後院的樹上。

沒想到這個方法眞管用。

三個多月過去了，屋子沒再發生任何怪事，清田還意外得到上司的提拔，連連升級。就在夫婦倆準備把孩子接回來的時候，卻又發生了這些事情。

不知何故，清田想起早上遇見的那輛靈車，還有櫻井奇怪的話和差點砸中自己腦袋的花盆。

難道眞的是一個詛咒？

眞召端著熱好菜放上餐桌時，清田正把兩根大拇指插在糯米糰裡。糯米糰表面已經溫涼，內部還是滾燙，他被燙得直吸氣。

他趕忙拔出手指，放在嘴邊吹了吹，「吃飯吧。一會兒還要做那件事情。」

吃完飯，清田打著飽嗝，回到臥室躺下，等著去洗澡的眞召。

十多分鐘後，清田穿著睡衣，拿著一小瓶黏稠的液體，到後院塗抹在布偶的腦袋。一直蹲在牆上的黑貓忽然像被熱水燙了一樣，慘叫著跑了。

清田鬆了口氣。

這是僧侶教的最後一招，如果還不管用，就只能搬家了。

此後整整一個多星期，都沒再發生奇怪的事情。縱然偶爾想起來，仍然很恐懼，可生存的壓力遠比房屋鬧鬼還要眞實、還要可怕。

好在工作很順利，主管對清田提出的新方案也很滿意，裁員似乎輪不到他頭上。就連平時看上去特別厭惡的櫻井，也變得性感了很多。

這天，清田在辦公室裡喝著咖啡，內心蠢蠢欲動，拿起電話按下一串號碼。

放下電話，他又想了想，又撥通家中電話，「眞召，公司今晚有聚會，不能回家吃飯，抱歉。」

放下電話時，清田心滿意足地笑著。眞召果眞是一個可愛聽話的笨女人，當時娶她也是因爲看上她這點。

當然，眞召永遠不會知道，他不想搬家，其實有另外一個原因……

# 05

回到家裡，已是午夜十二點多，清田先進了浴室洗澡。做賊難免心虛，他回頭看了看身後的瓷磚牆，確定沒有鏡子，才放心地打開蓮蓬頭。抹著洗髮精、沐浴乳，哼著歌沖洗。

回來的路上，牆角居然有人頂著燈籠嚇唬行人，著實把他嚇得不輕。正想著這件事情，忽然有人拍了他的肩膀。

清田身體僵硬了！

他急忙洗掉擋住眼睛的泡沫，發現是妻子穿著睡衣站在身後，霎時鬆了口氣。浴室裡霧氣騰騰，他沒有注意到她的表情不對，「幫我搓搓背。」

眞召拿著搓巾，溫柔地搓著。清田舒服得直哼哼，絲毫沒有察覺蓮蓬頭噴出的水越來越燙。

「眞召，輕一點，妳這個力道會把我的皮搓破！」清田覺得的力氣越來越大，每搓一次，都讓背脊火辣辣地疼。

「是嗎？」貞召柔聲地說：「比優美太太的力氣還要大嗎？」

雖然蓮蓬頭的水越來越熱，可是清田渾身一冷。

「我不明白妳在說什麼！」

「心中有鬼的人，才會見到鬼。」貞召越來越用力，而清田發現自己不能動彈，「你和優美太太認識很多年了，對嗎？執意搬進這間鬧鬼的屋子，就是想離她近一些，可以經常慰藉優美太太那顆因爲丈夫經常出差而寂寞的心，是吧？」

「貞召，住手！」清田顧不得妻子說了些什麼，覺得背上的皮肉都快被搓了下來，熱水淋上去，痛得根本無法忍受。

「我很相信你的，清田。父母不同意我嫁給你，我根本不在乎，因爲你對我貞的很好。第一次去家裡拜見父母時，他們就覺得你眼睛裡有股淫邪之氣，但我竟然愚蠢地認爲是他們的錯覺！我當初應該聽父母的啊！」

蓮蓬頭冒著騰騰熱氣，水溫似乎快到達沸點，清田疼得拼命掙扎，可身體依然不動分毫。這時候，他看見面前的瓷磚牆冒出一面鏡子，浴室的角落裡飄起兩道白影。

「父母實在不放心，讓我的妹妹也來到這座城市，強行在這間屋裡佈下詛咒。」

從鏡子中，清田看到貞召濕漉漉的頭髮遮擋著臉，根本看不清模樣。她的手拼命地在他背上搓著，搓巾沾滿了他的血肉。

「根本沒有鬼怪，那都是詛咒產生的結果。只要心思乾淨的人，就不會產生幻覺。反過來說，如果產生幻覺，那麼一定做了對不起愛人的事情。看你不停產生幻覺，我知道你做了對不起我的事情，可是我們已經有了孩子。我試著原諒你，才會偷偷買通僧侶，告訴你『乳牙鎮邪』的方法。其實，你若能夠不再犯錯，我們便可以幸福地生活下去。可是，你做不到。」

「我很失望。對了，差點忘記告訴你，優美太太早就已經死了。是我妹妹殺了她的。那天，我去優美太太家勸阻，結果已經晚了。妹妹說早晨看到你時，你差點被她種下的『迷情之花』砸死，我就知道你背叛我。今天晚上和你纏綿的，是優美太太的屍體。」

此時此刻，清田的耳朵已經被滾燙的水燙爛，根本聽不到眞召在說什麼，只剩下眼睛有感知和有意識的大腦。

「你心虛，所以相信妹妹的話，把大拇指插進糯米糰裡。殊不知，這是對自己下血咒。你瞧，你的身體是不是起了變化。」

清田什麼都聽不到，但是從鏡子裡，能夠看見被燙起無數水泡的身體，長出了無數隻紅色的手指印。

「你知道嗎？這些手指印都是你偷情的女人在你身上留下的啊！沒想到，會有這麼多！」眞召歇斯底里地大笑，慢慢仰起了頭。

這時候，清田看清鏡中的自己臉上滿是透明水泡，鼓出、爆裂，流淌淡黃色的體液，肌肉收縮，臉像核桃似的滿是皺紋。

臨死前，也看清眞召的相貌：濕漉漉的頭髮向臉龐兩側滑落，她的嘴角一直裂到耳根，像是被剪刀硬生生剪開！

眞召的嘴型，似乎在說一句話，「我美嗎？」

講完這個故事，月野清衣又沉沉地睡去。我們三個人，一動也不動地坐著。

這個故事，是她的前生記憶？眞召和清田，是月野的父母？偷情的清田受到血咒，但是爲什麼眞召會變成裂口女呢？

眞召的妹妹是誰？清田的同事櫻井？

這一切到底是怎麼回事？

月野清衣仍在熟睡，我心裡一疼。如果這是她父母的故事，對她實在太過殘忍。不知道如果她恢復今生的記憶，會不會還記得前生的事情？她承受得住嗎？

「有一個辦法或許能讓月野君恢復記憶。」黑羽涉摁壓著太陽穴，「她的乳牙。只要能找到她的乳牙。」

「到哪裡去找？」我搶著問道。

「岐阜縣，月野的故鄉。」月餅摸了摸鼻子，「黑羽，你有月野的資料嗎？」

每年全球自殺數據統計，日本所占比例一直為各國之首。自殺方式更是五花八門，傳統武士道的切腹者、承受不了工作壓力跳樓的白領階級，摸電門、喝毒藥、臥軌、跳河更是數不勝數，還有因為沒有勇氣自殺，雇用殺手把自己殺死的人。

其中最奇怪最難解釋的，當屬浴室高溫燙死者。

自殺者故意把水溫設定成直線升高，在享受沐浴的過程中，慢慢體會到水溫升至沸點。根據屍檢報告，此類自殺者死時面帶微笑，顯示生前愉悅的心情。這實在叫人難以理解。

此外，還有一個奇怪的現象，死者被燙爛的身體上，會出現許多紅腫印記，類似於人類的指印，又被稱為「鬼之血咒」！

# 鬼屍夜語

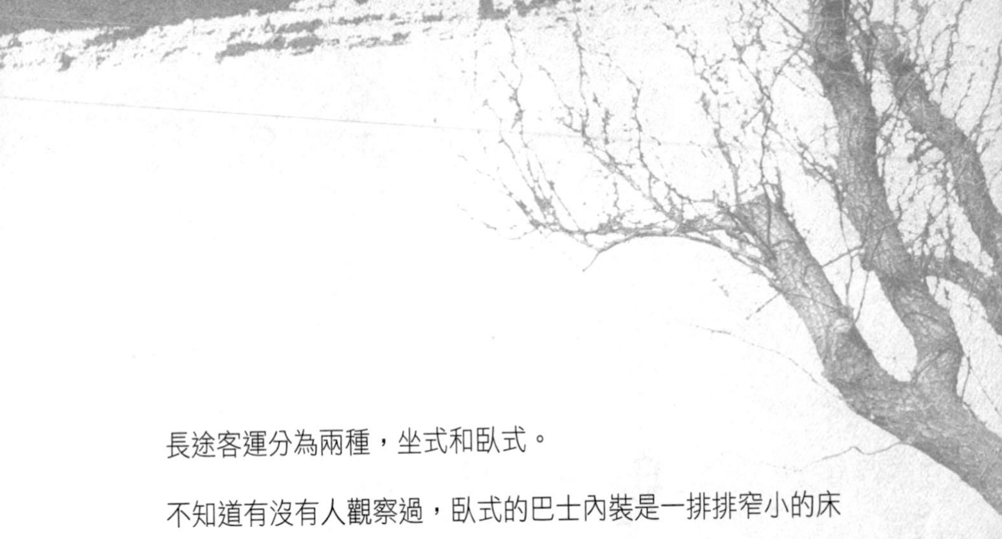

長途客運分為兩種，坐式和臥式。

不知道有沒有人觀察過，臥式的巴士內裝是一排排窄小的床位，乘客躺在上面熟睡時，猶如一具冰冷的屍體，長方體的巴士則像會移動的棺材。

夜間陽褪陰漲，正是萬物靜休、百鬼橫行的時候，大巴的這種設計，是為什麼呢？

# 01

「月餅，我心裡沒底。」我覺得肚子很不舒服，燒著紙，等待黑羽涉所說的長途巴士。

月餅望著黑夜深處，「黑羽沒必要騙我們。」

「我不是這個意思。」我捂著肚子，「我不明白為什麼一定要坐那輛巴士才能到月野的老家。」

「你平時的聰明才智到哪裡去了？」月餅皺著眉，「黑羽不是說了，自從裂口女事件之後，那地方被陰陽師用結界封印，想去只有這一個辦法。」

我狠狠吸了口煙，「腦子有病嗎？還沒弄明白裂口女是怎麼回事，就把整個地區封起來。多虧月野不知道這件事，要是知道了，非叛變不可。」

「行了。」月餅看出我的心思，「你若害怕就別去，留在醫院裡和黑羽一起照顧月野，小爺自己去也沒問題。」

我老臉一紅，「我不是害怕，只是一想要和那麼一群東西坐車，心裡不得勁。」

「人比鬼可怕得多。」月餅指著遠處，「來了，準備上車吧。」

黑幕裡，兩道耀眼的燈光筆直刺過來。深夜寂靜，那輛巴士輕飄飄地劃破夜幕，停在我們身旁。沒有引擎的低鳴，也沒有輪胎的摩擦聲。

門，靜靜地打開，司機帶著白手套，冷冰冰地瞥了我們一眼，「上車。」

我和月餅連忙把剩下半瓶香爐灰泡的水一飲而盡。我嗓子裡像堵了塊泥巴，腸子都攪和到一起，禁不住乾嘔幾口。

月餅掏出兩張畫滿紅色符號的黃表紙，放入駕駛座旁邊的木箱。

司機沒有說話，哼了一聲，車門又悄悄閉合。

藉著車內昏暗的燈光，可見一排排臥鋪上，躺的「人」睡姿百態。白色的床單，白色的被子，映得那些「人」臉色蒼白。

我心裡發毛，定了定神，跟著月餅走到車廂末端的兩張空床，躺上去蓋好被子。冰冷的床帶股陰氣透進骨頭，凍得我喘不過氣。

這是一輛專門在夜間接送橫死鬼魂的鬼車！

夜間是惡鬼出沒的時候，陽氣重的東西如果在夜間行動，容易招致惡鬼上身。所以，深夜的長途客運，一律是臥鋪巴士。整輛巴士由內而外的設計，包括躺著的乘客，極像是棺材和屍體，可以使惡鬼誤以爲是陰物。

此外，巴士夾縫也會放上諸如死蝙蝠、死老鼠、經血、頭髮這些陰氣重的東西，阻止車內的陽氣外洩。

另外有一種巴士叫「鬼車」，是拉載惡鬼奔赴黃泉轉世托生的。鬼車通常會在天地陰陽互換的午夜十二點出現，將鬼魂拉上車。燒紙的時候，如果看見一輛巴士飄然而過，就是親人的亡魂上了鬼車。相反的，如果七日內沒有給亡魂燒紙當買路錢，亡魂上不了鬼車，變成在野地飄蕩的孤魂野鬼，就永世不得投胎。

我和月餅之所以要上鬼車，是因爲月野的故鄉所在地（黑羽涉從高度機密的資料中得知地點），居然以經常出現裂口女的原因，被陰陽師封印了。

關於這種封印，陽世的人無法進出，鬼魂卻暢通無礙。

更叫人無語的是，陰陽師居然也不能上車！

我和月餅只好冒充鬼魂，喝下混入香爐灰的水，壓住體內的陽氣，在十字路口燒紙（月餅投入木箱的黃表紙上寫好地點，鬼車會把我們送到那裡。這和給已故親人燒紙時，寫上「早日投胎，死後平安」之類的話是同樣道理），引得鬼車來接。

躺在床上，想到全車都是鬼魂，生前不知死狀有多淒慘，我就汗毛直豎。瞪著眼睛看車頂，昏黃的車燈排佈在車頂中央，由頭至尾，像是一排小蠟燭。

月餅戳了戳我，壓低聲音說道：「不知道傑克會不會在車上？」

「別扯了。沒人燒紙給他，他怎麼可能上鬼車！」說話的同時，我心底嘟囔著：你居然還有心思琢磨這個，我他媽的都快嚇死了。

「別睡覺。過一會兒，應該就是『夜半無人屍語時』了。」聽月餅的語氣，居然有些興奮。

我哭笑不得，「你是不是精神出問題，竟有心思聽鬼講故事？」

「反正閒著也是閒著。」月餅閉上眼睛，「別說話了，免得漏了陽氣。香爐灰真難喝，我打嗝都是土草味。」

聞言，我試著放緩呼吸，眼皮子卻變得沉重，連忙掐了大腿一把，才清醒過來。

「咚……咚……咚……」

車內不知道哪裡響起喪鐘聲，剛才還躺在臥鋪上一動也不動的「人」，紛紛伸著懶腰，打著哈欠，直挺挺地坐起。

每個「人」都在喃喃自語。有些「人」講得極快，講完了，就躺回臥鋪。有些「人」講得極慢，還時不時停頓半天……

# 02

「夜半無人屍語時」又叫「鬼屍夜語」，鬼魂投胎轉世前，要講完前世所有的事情，這樣轉世後才能把前世全都忘掉。有些人天生體內陽氣弱，經常在夜深人靜時聽到耳邊響起嗡嗡的幻聽，像是人在說話，又根本聽不懂說的是什麼，實際上就是聽到鬼屍夜語。

如此過了三個多小時，最後一個「人」也講完自己的故事。這麼一車的「人」自顧自地說話，自然亂七八糟。我和月餅面面相覷，萬萬沒想到，上了這輛鬼車，湊巧知道了幾件奇怪的事情！

第一件事……

夜幕降臨，高橋細心擦拭這輛陪伴他多年的計程車。

按理說，一輛出過車禍的車，車主都會覺得晦氣，巴不得趕緊脫手賣掉。高橋卻把這輛車視若珍寶，夜間穿梭在東京的街道，清晨帶著微薄的收入回家。

妻子和孩子還在做美夢吧？

每當這麼想的時候，他就會幸福地微笑。

凌晨，他會把車子停在公寓樓下，快樂乘著電梯回家。悄悄脫了鞋子，輕手輕腳地走到臥室，拉上窗簾，倒頭就睡。勞累一天，鐵打的人也受不了。

高橋討厭白天，也討厭燈光，這意味著只能開夜班的他沒有收入。他也有個怪癖，家裡的窗簾拉得嚴實，從不開燈，照明都用蠟燭。

雖然此舉怪異，可生活在冷漠的都市裡，沒有什麼朋友會到他這個窮人家作客。

日子就這樣一天天過去，簡單而充實。

七月的夜晚，白天殘留的高溫仍然肆無忌憚地炙烤大地，路上匆匆行走的人群和擁擠不堪的車海，如若鐵板上的一塊塊燒肉，在高溫下流淌一滴滴汗液。

交通堵塞，高橋見怪不怪。曾經有人這麼形容東京堵車：兩輛緊挨的車上如果是一男一女，堵車的時間都足夠談成一次戀愛。

高橋打開收音機，隨著音樂打著節拍，有一搭沒一搭地看著路邊的行人。這時候，路邊一個身材火辣、容貌艷麗的女人引起他的注意。她一步三搖地從走出商場，在衆人羡慕、嫉妒、諷刺、挑逗的眼光下，用誇張的姿勢坐入BMW。那輛車匯入擁擠的車海，一路不停按著刺耳的喇叭。

一絲笑意浮現在高橋臉上。

女人把車開得飛快，直奔市郊豪華別墅區，絲毫沒有注意高橋憑藉熟練的車技緊緊跟在後面。

前方是一段沒有路燈的坡路，大片楓林被夜風吹得簌簌作響，楓葉在樹枝上不停晃動，像是一張張掛在樹枝上的人臉。

高橋突然加速，超過了寶馬車，甩胎，掉頭，油門……

計程車和ＢＭＷ迎面相撞，安全氣囊爆開。

「你找死啊！」女人的腦袋狠狠撞在前擋玻璃上，捂著頭氣衝衝地下了車，那身性感的衣服完全遮擋不住渾圓的屁股和高聳的胸部，「知道我父親是誰嗎？」

高橋默然不語，向女子慢慢走近，眼中閃爍著狼一樣的目光。

「你要幹什麼？」艷麗女子驚恐地後退，哆哆嗦嗦地想從ＬＶ包裡拿出手機。

# 03

「普通姦殺案為什麼要我們出動？」煙霧繚繞的會議室裡，戴著無框眼鏡的女子揮手驅散煙霧，柳眉緊蹙地問道。

「死者是東方仗助的女兒。東方株式會社的財力以及影響力，想必你們也知道一些。」一名員警陪著笑臉，「而且，我們根本查不到那輛計程車的資料。從車號看，那輛車早就該報廢。我們打電話詢問計程車公司，他們也找不到任何關於這輛車的資料。早年還沒有電腦，資料無法備份，偏偏幾年前一場大火，把原始的書面資料都燒光了。」

亂髮遮著半邊臉的男子拿著案件資料：市區至豪華別墅區的楓林旁，一輛破舊的計程車與BMW相撞，BMW女車主慘遭虐姦致死再肢解。

「我建議你們最好從偷車賊，或者廢舊汽車改裝廠著手調查，這件事情與我們負責的範圍無關。」男子把資料隨手扔回桌上，靠著牆，雙手插口袋，再不言語。

女子整理著波浪般的頭髮，「既然無關，請原諒，我們愛莫能助。」

夜幕低垂，一男一女從中心街區向貧民公寓走著。

「黑羽君，沒想到你居然能夠這麼做。」女子扶了扶眼鏡。

「我是陰陽師，但良心一點不比月野君少。」黑羽涉冷冰冰地回道。

「雖然你看著很討厭，不過這一點我很欣賞。」月野清衣從包中拿出一張紙，變戲法似地很快疊成一個小人，「有些事肯定不能告訴他們啊！」

紙人立在月野清衣的掌心，陀螺似地轉個不停，最終指向西北角。

月野清衣皺著眉，「聽我那個沒見過面的中國網友說，就五行八卦而論，城市的西北角是陰氣最重的地方。看來說得很有道理。」

黑羽涉滿臉不屑，「不要降低陰陽師的身份。妳不是已經傳照片給他了嗎？過幾天應該就要動身去接他們了吧。真想不通大川先生爲什麼要請他們幫忙，那個叫姜南的似乎一點能力都沒有。」

「反正若無法通過測驗，他們就不能進入日本。」月野清衣順著紙人指的方向走去，「傑克的事情還沒處理完，又冒出這件事情，眞夠頭疼的。」

這是一棟十分老舊的建築，少說有四十年的歷史，其中起碼有二十多年是荒廢著。黑乎乎的牆磚長滿綠苔，木質窗戶被風一吹，就會發出咿呀的轉軸聲。

站在這棟廢棄的公寓樓前，黑羽涉輕輕攥起拳頭，指關節咯咯直響。

幾隻野狗從樓裡竄出，警惕地豎起耳朵，發出恐嚇的低吼。然而，黑羽涉撿起石頭扔過去，牠們便匆忙夾著尾巴逃了。

「啪……啪……啪……」陰森森的樓裡傳出有節奏的擊打聲，每次聲響間隔大約一秒，很有規律。

眼下月野清衣手中的紙人像被磁石吸引的鐵針，直直地指向公寓。

「二十七、二十七、二十七……」黑暗中，閃過一道上下跳躍的白色影子，稚嫩的童音響起。

樓梯裡的燈早就壞了，藉著月光，可見一個穿著白襯衫的七、八歲大的男孩正在樓梯口跳繩。他的衣服上有大塊的紅色花紋，看不清長相，嘴裡一直數著，「二十七、二十七、二十七……」

月野清衣手中的紙人倏地燃起藍色火焰，瞬間化爲灰燼，「怨氣這麼重？居然化成麻繩小人？」

「麻繩小人？」黑羽涉有些不解。

月野清衣吹掉手上的紙灰，「我講給你聽，或許對等會兒的行動有幫助。」

# 04

明治時代，貴族佐佐木反對維新，全家被武士屠斬，母親把孩子放進木桶，藏於井中。叛變的家奴藤原發現孩子的身影，惡毒地斬斷繩索，木桶直接墜入井底。

後來，藤原接管佐佐木的宅邸，心裡不踏實，害怕昔日主人佐佐木化成厲鬼報復，便請來僧侶施術鎮宅。可是僧侶到了後花園，發現帶來的法器完全失效。蠟燭點著就熄滅；黃表紙扔向空中，卻像石頭一樣重重落地；佛鈴敲了之後，居然響起嬰兒哭泣的聲音。

正當僧侶束手無策，來了一個遊方的陰陽師。他指著井，表示裡面有一個嬰兒化成的厲鬼，需要每天餵養三個泡了雞血的糯米糰才能鎮住。這樣不但能保家人平安，還能助運。

一聽到「嬰兒」兩個字，藤原當下知道陰陽師所言不虛，便依法這麼做了。果然，府邸再沒有發生怪事，他還深受賞識，短短七年的時間就升至內閣要職。

雖然藤原偶爾想起佐佐木一家的慘死，是因爲自己偷風報信，心裡多少有些愧疚。但榮華富貴的生活、美麗的妻子、已經會跑會跳拿著木質武士刀找他比試的兒子，這些作爲家奴一輩子都不可能擁有的東西，又能靠什麼得來呢？

每次想到這裡，藤原望著被牢牢鎖住的後花園，內心就坦然了。

這座後花園，除了藤原，禁止任何人進入。每天子時，藤原都會捧著三個滴著血的糯米糰，扔進井裡扭頭就走。有一次，他實在忍不住，偷偷探頭看。糯米糰落水激起的水波來回震盪，井底慢慢浮上一個面朝下的小孩，亂蓬蓬的頭髮散在水裡，四肢隨著水波擺動。忽然，孩子飛快地轉過身，伸手抓住糯米糰，張嘴就吃！

藤原啊地大叫，一屁股坐在地上，傻了半天，才連滾帶爬地跑出後花園，把門牢牢鎖死。

回到廂房，等候多時的妻子紀香溫柔地幫他解衣，藤原煩躁地把她推開，坐在椅子上發呆。

紀香不知自己哪裡惹得丈夫不高興，慌忙跪在地上，瑟瑟發抖。在那個年代，武士出身的丈夫有著隨意剝奪妻子生命的權力，一個不小心，腦袋很有可能被武士刀砍下！

藤原陰沉著臉，目光渙散，嘴角不停抽搐。呆坐片刻，拿起武士刀出了屋子。過了半個多時辰，他再次回來時，雙目赤紅，喘著粗氣，舉刀站在紀香身前。

紀香嚇得話都說不出來，哆哆嗦嗦地不停磕頭。過了許久，藤原一聲長嘆，把武士刀一丟，舉起酒瓶一飲而盡，醉得倒頭就睡。

接下來的一個多月，紀香每次看到那把武士刀，都會不由自主地哆嗦，生怕藤原什麼時候會舉刀對她砍下。不過，自從那一晚，藤原極少回家，即使回來也匆匆就走。對此，紀香幽怨地猜想：他一定在外面有新歡。

於是，藤原不在的日子裡，兒子眞太成了她唯一的慰藉。

不知何故，眞太喜歡上跳繩，每天要跳很久，跳的時候還會數跳了多少下。紀香發現，兒子每次數到二十七，就無法再數下去，不停斷重複著「二十七」這個數字。每當她納悶地詢問，兒子總會茫然地說：「媽媽，我已經數到一百多了，沒有重複二十七啊！」

看著兒子眼睛裡並排的雙瞳，紀香就感到恐懼。生下眞太那天，正是主人佐佐木全家被屠殺的夜晚。接生婆說，只有大富大貴之人才會出現雙瞳，是貴人的象徵。一番恭維話讓紀香忘記分娩的疼痛，接過兒子，看到雙眼卻有四個瞳孔，卻覺得很不舒服。那時，眞太張開嘴，沒有哭，反而笑了。

眞太慢慢長大，雙瞳讓紀香越看越不舒服，老是覺得有一雙瞳孔，像是另外一個人的眼睛。

這天，真太又開始跳繩，重複數著「二十七」，就像著了魔。紀香再也忍受不了心中恐懼，一把奪過麻繩做成的跳繩，扔進後花園裡。

不明白原因的真太放聲大哭，非得要回跳繩。紀香於心不忍，便從廂房拿出鑰匙，開鎖走進後花園。

多年沒有打理的後花園雜草叢生，樹木高大得都遮住太陽，透著一股陰森森的氣息。紀香有些害怕，撥弄著草尋找麻繩。忽然，她聽見有個孩子唸著，「二十七、二十七、二十七……」

有人在數數。

炎熱的夏天，紀香嚇出一身冷汗，戰戰兢兢地循聲找去，發現是從井裡傳出來的。紀香再也不想尋找麻繩，正要逃出後花園時，藤原碰巧衝進來！

「妳聽到了什麼？」藤原手裡拿著一個古怪的東西。

「沒……沒什麼。」紀香驚慌地看了看枯井，再看院門之外，真太不曉得什麼時候又拿起麻繩，不停地跳著，不停地數著，「二十七、二十七、二十七……」

藤原一把推開紀香，拔開手裡的容器，把濃稠的紅色液體倒進井中。

井裡傳出淒厲的尖叫，一道白煙從井口冒出，在空中停了片刻才消失。

眞太忽然暈倒了。

藤原大大喘一口氣，「尋找了一個多月，總算找到沒有一根雜毛的黑狗的血！妳快去看看眞太！」

紀香沒時間琢磨這裡面的蹊蹺，連忙抱起眞太。藤原鎖上後院的門，隔著牆又把麻繩扔進院子。

傍晚，眞太終於甦醒，紀香發現兒子眼中的雙瞳不見了。問他時，他根本不記得最近一直在跳繩。

看來眞太是中邪，幸好丈夫找到的黑狗血破了邪。想到這兒，紀香總算可以放下懸著的心。

晚餐，藤原囑咐下人做了一桌好菜，一家三口其樂融融，藤原還多喝了幾杯。

飯後，奶娘帶著眞太去睡覺，紀香服侍著喝醉的丈夫換衣服。這會兒，藤原嘴裡嘟囔著醉話，讓在收拾衣物的紀香刹那渾身冰涼。

藤原不停地說著「二十七」這個數字。

紀香突然聯想到這個數字代表什麼意義了！

佐佐木一家共有二十七人，除了下落不明的嬰兒，其餘二十六個全都死了。

算上嬰兒，正好是二十七人！

嬰兒的怨靈回來復仇了？

紀香越想越怕，向後退著。忽然，她瞥見床底下盤著一圈麻繩，不知何故，再看丈夫的臉，竟湧起一種衝動。

她爬到床底，取出麻繩，打了個活結。然後，套在藤原的脖子上，慢慢勒緊……

宿醉的藤原眼珠凸起，舌頭吐了出來。

夜深人靜，一個陰陽師裝扮的中年人站在藤原府邸外，收起擺在牆角的幾個麻布人偶……

# 05

「麻繩小人是陰陽師藉著藤原的手從井中養出來的？」黑羽涉大感興趣。

這時候，原先在跳繩的小孩不知去了哪裡，空蕩蕩的樓梯口猶如妖怪張開的大嘴。

月野答非所問，「陰陽師的責任是消除人世間的邪惡，邪惡的不單是鬼啊！麻繩小人又稱『目競』，臉部是一張沒有五官的平板，心存祟念的人看到它，它的臉就會幻化成心中最恐懼的人臉。而且，只有在封閉的環境裡，才會養出麻繩小人。」

「如此說來，這棟樓被陰陽師封印了？」黑羽涉微微一笑，「那麼……我們是要解除封印，還是加固封印呢？」

「難道你還不明白嗎？除了我們倆，誰會對這棟樓加上封印，培養麻繩小人復仇呢？」月野清衣扶了扶眼鏡，也笑了。

「我當然知道是誰。那個渾蛋，總是一副高高在上、視鬼如仇的姿態。哼，沒想到居然也有一顆慈悲的心！」黑羽涉活動著手腕，「走吧。」

行動前，月野清衣抬頭看了看夜空，恰巧一朵烏雲遮住月亮，「把它們釋放出來，不知道是巧合，還是他故意安排的。」

兩人順著樓梯向上走。沒有燈光的樓梯向上無休止地延伸，手電筒照射出的光柱中，可見懸浮的灰塵。視線偶爾掃到牆上，一個個猙獰的血手印赫然入目。每走一步，樓梯都會輕輕震動，裂開的縫隙抖落水泥屑，細細碎碎的響聲如同幽靈飄過。

手電筒光柱停在標有「二十七」字樣的樓層，四個小小的麻布人偶懸吊在通往樓層走廊的門框上，宛若吊著幾具屍體。

「果然是他的手法。」黑羽涉藉著手電筒光芒在牆上畫了個圈，「這個渾蛋，應該在家裡悠閒地喝著葡萄酒吧。」

「黑羽君，今天你的話特別多呢。」月野清衣有些意外。

「當你對一個人有更深一層的認識，難免會感到興奮吧。」說著，黑羽涉推開門。

徹骨的陰冷從走廊裡飄出，隱約透著奇怪的聲音，既像是一家人圍著桌子吃飯的低聲交談，又像是細細密密地討論著什麼。

出乎意料的是，這一層樓裡居然沒有一道門。無論哪一棟荒棄的公寓住宅，都會有建造好的房間，經常淪為流浪漢、小偷、吸毒者窩居的地方。這棟樓的二十七層，卻只有一條空蕩蕩的走廊，根本沒有房間。

兩人不覺得意外，月野清衣指著一面牆，「這裡原來是一道門。」

牆上有明顯的水泥印痕，顏色比別的地方要深很多，是後來再砌上水泥的特徵。

「竟然爲了掩飾罪行，把屍體封在廢棄的樓裡，又抹上水泥封了門！難怪東方株式會社寧可讓這棟樓成爲城市裡醜陋的疤痕，也不願爆破拆除！不知道這棟樓裡還有多少這樣被封起來的門！」黑羽涉咬住手電，對著那面牆狠狠踹去。

咚隆！牆被踹破一個洞，幾道隱約可見的白色東西從洞裡飛出，在走廊徘徊幾圈，飄進了安全通道。

「我們這麼做是不是有些殘忍？」黑羽涉長嘆一口氣，「女兒已經死了，董事長如果再死了，會不會對經濟造成影響？」

月野清衣雙手合十，喃喃低語幾句，才說：「邪惡的人留在世間，才是眞正的影響。陰陽師的戒律讓我們不能對付人，但是沒有任何一條戒律禁止我們用『別的方法』消滅壞人。」

「哈哈，也對！我一定要找他問個明白！」黑羽涉輕輕互擊雙掌，「他是用什麼辦法把高橋的怨靈寄託在鬼車上，滿東京尋找當年撞死高橋全家的兇手的？」

「他是不會告訴你的，相信我。」月野清衣笑得很狡猾。

# 06

第二件事——

川島小心觀察著四周，生產線上，所有人都忙碌著，根本沒有人注意到他。

生產線的最終端，川島負責壓膜封口。在純機械化製作的今天，能夠維持面膜純手工製作工序的，大概也只有財力雄厚的東方株式會社所屬企業。

可惜，董事長東方仗助的女兒在回家路上慘遭姦殺分屍，悲痛欲絕，他居然在家裡用一條麻繩上吊自殺。這對整個東方株式會社產生極大的影響。

還好兩三天的時間，東方株式會社就被國外的財團高價收入。聽說接收人是個英俊年輕的金髮外國人，名字不知叫傑克，還是湯姆。川島不在乎這個，有口飯吃，工作穩定，管那麼多幹嘛。何況，只要趁人不注意，偷偷把製作好的面膜塞進特製的褲兜裡，神不知鬼不覺地帶出工廠，再到銀座販賣，能賺不少零用錢。

要知道，東方株式會社的面膜，是全日本女性青睞的好玩意，絕對不愁沒人買。前幾天偷賣面膜的時候，聽說伊東屋ITO-YA鬧鬼。看見警車鳴笛而來，他還以爲事跡敗露，員警來抓他。還好從車上下來的兩個比電影明星還有吸引力的男女，和那個粗壯男人直接進了伊東屋，對他完全不感興趣。

這次新出品的面膜聽說引進外國先進技術，加了一種奇怪的原料，消皺美白效果特別好。川島捏著褲兜，裡面已經偷放十多張面膜，暗自興奮地想著：看來今晚又能賣得好價錢。再多留幾張給彩子，她一定會覺得老公很能幹。

下班，川島走到工廠門口時，高橋正望著天空發呆。

川島有些沮喪，前段時間公司裁員，據內部消息，他和高橋最有可能必須離職。爲保住自己飯碗，他用了些見不得人的手段。眼看高橋越來越頹廢，工作沒精打采，主管也幾乎內定高橋被裁。豈料，就在即將公佈名單的前一天，高橋撞破腦袋住院，出院之後，工作狀態大好，還參加了紅葉狩。

這會兒，川島不禁擔心被裁的可能變成自己。好在總裁父女離奇死亡，使得裁員的事情暫告一段落。

「高橋君，一起去喝幾杯？」川島滿臉堆笑。

高橋搖了搖頭，「承蒙厚意，我今晚有事，改天換我請你好了。」

川島順水推舟地客套幾句，正要走，高橋忽然問道：「川島君，你看天空的雲彩像什麼？」

聞言，川島莫名地望向天空，「我看不出來。」

「你不覺得它們很像親人的靈魂嗎？在天空守護著人世間的血緣。」高橋眨著眼睛微笑。

「啊！或許吧。既然高橋君今天沒有時間，那就再找有空的時候一起喝幾杯。」川島打著哈哈，心裡卻暗罵三個字。

神經病！

## 07

川島揣著鈔票，哼著小曲，醉醺醺打開屋門，「彩子，有最新的面膜，快試試看啊！」

彩子穿著睡衣從臥室走出來，一臉厭惡地奪過面膜，「你除了偷幾張面膜混點零花錢，喝得醉醺醺回家，還會幹什麼？我當年怎麼會看上你這個窩囊廢！」

川島嘻皮笑臉地拍了一把彩子渾圓的屁股，「有吃有喝，日子過得舒服，人生還有什麼追求？」

彩子甩了甩手，「別碰我，醉鬼！」

川島打了個惡臭的酒嗝，「我們應該要生一個孩子。」

「你先把房貸還完再說！」彩子大力甩上房門，嘭噠地反鎖。

川島砸了幾下門，臥室裡沒反應，只好垂頭喪氣地去洗澡。溫熱的水舒緩神經，人也清醒不少，川島躡手躡腳地停在臥室前聽了一會兒，確定彩子已經熟睡，才偷偷跑到客房。他反鎖門，從床底拖出一個箱子，摸出把鑰匙，警惕地打開。

箱子裡出現一個乾癟的女人頭。

川島咕嘟嚥了口唾沫，抓著女人的頭髮拽了出來，一張完整的人皮平鋪在地上。他小心翼翼地將人皮翻轉，對著右腳心的位置鼓足腮幫子吹氣。不多時，一個活靈活現的矽膠人偶被擺上床。

川島小心地摸著人偶幾可亂眞的皮膚，對著乳房用力揉捏，低吼一聲，撲了上去。

沒一會兒，他氣喘吁吁地仰面躺著，人偶安靜地枕著他的胳膊，就像是個活人。

「好舒服啊！比老婆強多了，想怎麼做就怎麼做。」川島陶醉地自言自語。

「眞的舒服嗎？」

「嗯，舒服。」川島的意識還沒從高度興奮產生的虛幻中清醒，隨口答道。

「既然這麼舒服，爲什麼不娶我？」

川島正要回答，忽然覺得不對勁，房間裡只有他和人偶，是誰在說話？

「你說啊？爲什麼不娶我？」

聲音是從身旁傳來的，川島赤裸的身體起了一片雞皮疙瘩，脖子僵硬地扭向人偶。

人偶美麗的假眼沒有一絲光彩，直勾勾地盯著川島，微微張開的嘴裡向外淌著黏稠的液體，嘴唇紅得像染了血。

川島就這麼盯著人偶看了半天，心臟撲通狂跳。良久，人偶都沒有其他反應。

額頭上的汗珠流進眼睛裡，刺得眼球生疼。川島使勁揉了揉眼睛，難不成是幻覺？可剛剛的聲音未免太眞實了！

他慢慢抽出手臂，人偶的腦袋啪地落到枕頭上，形同被斬斷脖子。川島觸電般跳起，拔開人偶右腳心的氣門。嘶嘶漏氣聲中，人偶的皮膚收縮褶皺，精緻的五官塌陷，很快又變回一張皺巴巴的人皮。

那雙眼睛猶若被戳爛的葡萄皮，木然地望著天花板。

川島不敢對望，把人皮胡亂塞進木箱上鎖，大汗淋漓地跑到客廳，躺在沙發上喘著氣。

幻覺實在是太可怕了！

看來得把這個來路不明的人偶扔掉了！

# 08

清晨的溫度微涼，路上還沒有什麼行人，一個形象猥瑣的中年男子夾著木箱，神色鬼祟地溜到垃圾回收處。他把箱子用力扔出，驚動幾隻在垃圾堆裡尋食的野貓。野貓喵嗚的叫聲淒厲無比，一隻又老又醜的黑貓跳上木箱，抽動鼻子聞著。

蹬蹬蹬的高跟鞋聲由遠及近，隔壁的雪奈滿臉倦容地走進巷子。

「早啊！川島先生今天起得好早，運動嗎？」雪奈微幅鞠著躬，低開領口可見胸前有幾道紅印。

換做平時，川島總會色瞇瞇地和這個剛搬來不久的風騷女鄰居搭訕，可昨晚的事情讓他實在沒興趣多談，點了個頭就走了。

「滾開！」

川島回頭一看，黑貓正圍著雪奈叫著，雪奈則揮著名牌包憤怒地驅趕牠。他哼了哼，暗想著：連貓都被這股風騷味吸引！多攢點錢，一定搞她一次！

回到家門口，川島不由自主地回想半個月前，不知是誰在垃圾回收處放了一個木箱，愛貪小便宜的他看四周沒人，撬開鎖頭一看，居然是今年最新款的女優人偶。這可是他夢寐以求的好東西，便趁著彩子還沒回家，立刻把人偶弄回家……

「扔了實在有些可惜。」川島遺憾地咂巴著嘴，不情不願地進了餐廳。

彩子敷著面膜，在料理早餐和準備中午的便當。倒不是因爲對丈夫的愛，而是外食要花很多錢。

「跟你說過好幾次，睡著前一定要把面膜摘下來。皮膚不透氣，反而有壞效果。何況老人總講，睡覺時不要有東西蓋著臉，那是死人才會這樣做。」川島喝著比水稠不了多少的白粥嘟囔著。

聽到丈夫的碎念，彩子把砧板剁得直響，一截截蔥白像是被劈斷的手指四處亂飛，「大清早你就咒我死，那我死給你看好了。」

「我不是這個意思。」川島頭都不敢抬，拎著便當，趕忙走出家門。

路經垃圾回收處時，他下意識地看去，黑貓不見了，箱子還在，心裡多少踏實點。

一整天，川島精神恍惚，工序上出現幾個錯誤，被總管訓斥，還扣了當天的薪水。心情差到極點，自然也沒心思偷面膜倒賣，悶悶不樂地直接回家。

晚飯擺在桌上，彩子卻不在。川島納悶地走進臥室，看見彩子背對著他躺著。這麼早就睡著了？

然而，川島發現彩子的睡衣凌亂，床單弄出亂七八糟的皺痕，心裡一驚，難道……

「彩子！」川島一邊吼著，一邊嗅著房間裡有沒有男人的味道。

見妻子依舊一動也不動，川島憤怒地爬上床，扳著彩子的肩膀翻過身。

蒼白的臉，血紅的嘴唇，緊閉的眼睛！

這不是彩子的臉，是那個女優人偶的臉！

川島驚恐地向後仰，從床上摔到地下，只見一叢頭髮從床邊慢慢探出……

他害怕得完全發不出聲，想起身，卻全身乏力，雙腿胡亂蹬著。

彩子憤怒地從床上跳下來，扯掉面膜，「做了晚飯就已經不錯了，到底還想怎樣？感冒吃了藥，想多睡會兒，還被你吵醒了！不就是敷著面膜，都能把你嚇成這樣！天啊，我怎麼會嫁給你這種人！」

川島捂著劇痛的胸口，心有餘悸地看著彩子走進浴室，稀哩嘩啦的水聲帶起騰騰霧氣，遮擋住玻璃鏡。模糊的肉色人影緊貼著黑色頭髮，看上去無比詭異。

「我到底是怎麼了？」川島努力回憶剛才看到的一幕，「難道昨晚喝醉後產生的幻覺影響到現在？可剛才彩子的臉明明是那張人偶的臉，爲什麼又忽然變回正常？」

他打了個哆嗦，想起小時候在家鄉聽到的傳說……

每個人都會長出乳牙，到了四五歲，乳牙會掉落，長出新牙。

老人說，掉的第一顆牙，代表前生的記憶；掉的最後一顆牙，代表今生的記憶。這兩顆牙一定要保存好，至於保存的方法更是千奇百怪。扔到井中大喊三聲「你要記得我」；趁著孩子熟睡把落牙壓在枕頭下面，第二天中午放到房樑上；把牙齒縫進小布偶，掛在故鄉的樹上。如此一來，就可以保佑孩子一生平安，不受惡鬼侵擾。

該注意的是，包著牙齒的布偶如果被野貓、烏鴉叼走，那麼牙齒的主人勢必受到影響。經常看到稀奇古怪的東西，聽見莫名其妙的對話，還會產生幻覺，最後發瘋……

難道包著我的乳牙的布偶被叼走了？

川島越想越心驚，摸出手機打電話給家鄉的父母。電話沒人接。

這是打電話給老人常有的事，由於不習慣於用手機，經常打半天都沒人接。川島聽著手機裡的語音，沮喪地掛了電話。晚飯也沒吃，就坐在客廳的沙發上抽煙發呆。

彩子洗完澡，赤裸著身體從浴室出來，看也沒看川島一眼，扭著屁股進臥室，又重重摔上門！川島彈著煙灰，抬眼看著門板，也許該離婚了。想到這裡，川島的心口一陣疼痛。上個月的體檢報告早該寄過來，明天打電話詢問一下吧。

# 09

不知過了多久，川島如夢驚醒，發現時針、分針都停在十二的位置上。

不就是瞇一下眼，這麼快就到午夜了？

川島起身向客房走去，忽然想到睡前恐怖的一幕，握著門把的手猶豫著不敢推開。

還是睡客廳吧！

這麼想著，他又走回客廳，躺在沙發上。

可是鐘擺聲在寂靜的夜裡實在太清晰，一下又一下撥動本來就衰弱的神經。川島的心緒越來越煩躁，把抱枕摔了出去，起身走進客房。

他摸著牆上的開關，按下，空間霎時亮了！

一個木箱擺放在床前，箱裡空無一物。充飽氣的女優人偶，擺出撩人的性感姿勢，跪在床上，歪著腦袋看著川島。它的脖子上，汩汩流出殷紅的鮮血！

看著這一幕，川島的腦子像被一把鋒利的刀從中劈開，所有神經斷裂，讓他歇斯底里地狂吼，雙手在空中揮舞，心臟彷彿壓了一個鉛塊，沉重得根本無法跳動。

突然間，川島似乎聽見胸膛裡有東西緩緩停止跳動，充血的雙眼流出濃熱的液體，完全失去知覺。

在他眼中的最後影像，是彩子冷漠地走進客房，手裡拿著一張印著「醫檢報告」字樣的紙。

「你的健康檢查報告早就寄來了。我看了，沒想到你竟然有這麼嚴重的心臟病。哈哈……」彩子踢了川島的屍體一腳，「所以我替你買了一份鉅額保險，可我又不能殺死你。你不知道吧，你把箱子帶回來的第二天，我就發現了。我每天都會在你的飯菜裡放催情的藥，又故意不和你親熱，你的選擇就只有一個。」

「放心，你死後，我會好好厚葬你的，也會給你父母一筆錢。」說著，彩子按下一個精巧的遙控器，女優人偶體內傳來魅惑又幽怨的聲音。

「舒服嗎？」

「既然這麼舒服，爲什麼不娶我？」

「你說啊？爲什麼不娶我？」

「爲了嚇死你，我想了好多辦法哦。」彩子關閉遙控器，抹掉女優人偶脖子上的番茄醬，調整自己的表情，儘量表現出悲痛，撥通報警的電話。

「舒服嗎？」

「完成心願開心嗎？」

「你說啊？如果你開心，那讓我也開心好不好？」

電話裡傳出奇怪的女人聲音。

彩子心裡一慌，手機摔在地上。

那幾句話，依然在她身後不停重複。

一雙手搭上她的肩膀，冰涼的呼氣聲在耳邊響起……

老醜的黑貓蹲在雪奈家的牆上，悲傷地叫著。

慘白的月色裡，狹窄的街道如同披了一層裹屍布。一個面無表情的女人，拎著木箱，機械地走著。

在她身後，是川島家門口。彩子微笑著，「我現在很開心，如果你想變回人，記得要讓男人愛上你哦！」說罷，轉身回屋，抬起右腳，掌心長著一個小小的肉球，像是充氣小閥門。

拎箱女人走到一戶人家門口，打開箱蓋，登時全身像洩了氣，癟成一張人皮，飄進箱子！

「啰嗟！」

箱蓋合起！

西元二〇〇八年，日本頒布一條非常奇怪的禁令：禁止臥式巴士上路。世界各地，臥式大巴的使用率也逐漸減少，究其原因，無人知曉。

不過，一則來自亞洲某國的網路新聞或許能解釋其中的原因。

一對新婚夫妻為了省錢，臨時更改決定，搭乘臥式巴士到旅遊景點度蜜月。發車時間是傍晚六點多，奇怪的是，夫妻倆上車後，發現整輛巴士只有他們兩人。但是，從八點多開始，每逢十字路口，巴士就會短暫停留，上來的乘客一言不發，躺在自己的位置就開始睡覺。午夜十二點多，巴士躺滿熟睡的乘客，而明明是炎熱的夏季，夫妻倆卻凍得渾身哆嗦。一覺醒來，兩人發現他們居然躺在一片亂墳崗中。

那麼湊巧的是，當天正是那個國家的中元節，又稱「鬼節」。

第13章

# 荒村鬼傀

日本有一個很奇怪的禁忌：徒步旅行時，如果遇到坐落兩座山之間的村落，無論天色多晚，無論你的身體多累，絕對不要在這樣的村落中過夜，否則將有性命之憂。

# 01

下了車，我和月餅點了根煙，狠狠地吸上幾口。

怎麼也沒想到，我們居然會在鬼車上，聽到鬼魂生前離奇的事情，其中有幾件事與我們有密切的聯繫。感嘆之餘，又覺得世間的事情好像總有一根線拴著，在某個時間和某個空間的交集點，會詭異地聯繫上許多毫不相干的人。

望著眼前這兩座山之間的村落，早已敗破不堪，沒有一絲光亮，沉沉死氣從村中透出，應該早就沒人居住。

「這就是月野的故鄉？」我實在沒辦法把漂亮的月野清衣和這個死村聯想在一起。

「被陰陽師封印這麼久，能出去的，自然就出去了；不能出去的，留在裡面也活不了多久。」月餅神色黯然。

「如果能找到月野的乳牙，一定可以恢復她的記憶嗎？」我現在滿腦子只有月野清衣。

月餅摸了摸鼻子，「既然黑羽這麼講，肯定有他們陰陽師的秘密辦法，只是不方便告訴我們罷了。」

我心頭一陣不爽，「都什麼時候了，還對我們有所保留！」

「南瓜，糾結這個幹嘛？」月餅順勢往我的肩膀一拍，「估計這是陰陽師的入門守則，肯定不會告訴你的。」

我閃身躲開月餅的手，「別亂拍我肩膀，萬一拍滅肩上的陽火，被鬼上身，幹掉你，可別怪我啊！」

「差點忘了。」月餅急忙收回手，「還是小心點好。」

樹影婆娑，光影斑駁地倒映在山間小路，曲曲彎彎的羊腸小徑直通山下村莊，漸漸隱沒在茅草中。月餅拿出一片艾草遞給我，我接過來壓在舌根下面，祛除邪氣。

「月餅，要是碰上了厲鬼，或者一群裂口女，是戰，還是逃？」我多少有些緊張，和月餅有一搭沒一搭地廢話著。

「你這張烏鴉嘴，就不能吐出象牙？」月餅含下艾草，「不能倒楣事都讓咱們碰上！照著黑羽說的，找到月野家，上房樑拿下乳牙，收工大吉。然後，月野恢復記憶，從此和你過上幸福的生活。」

「月公公，承您吉言，但願如此。」我嘴上這麼說，可心裡還是沒底。

「哪裡有什麼鬼，都是一群活死人罷了。」蒼老的聲音從身後傳來。

我渾身一哆嗦，向前跳了一步，才回頭看去。

一隻黑猩猩！

我剛想動手，月餅一把拉住我，「什麼都不要想！什麼都不要動！」

雖然不知道月餅這麼說是什麼原因，我仍然照著他的話不動，看清楚了對面站著的玩意。這怪東西全身被濃密的黑色體毛覆蓋，皺巴巴的臉上長著亂糟糟的針毛，一咧嘴露出暗黃色的牙齒。眼睛倒是異常明亮，透著極高的智慧。

我發現這東西被一層淡淡灰氣包裹，再仔細看，才發覺那層灰氣根本不是水霧，而是一條條扭曲的蟲形氣體纏繞著！

這些氣體糾纏扭曲，如同盛夏時腐敗的屍體上密密痲痲擠在一起的屍蟲，把屍體完全包裹，完全看不清楚本體的樣子。更讓人感到恐怖的是，我隱隱聽到了那些蟲形氣體發出淒厲的號叫，那聲音猶若深夜驚醒時，耳邊聽到的莫名窸窣聲。

此時，我靈機一動，忽然想到只有吃死人肉，才會全身聚滿灰色的屍氣！

黑猩猩看看我，又看看月餅，呵呵笑著，「難怪你們能進來，原來不是陰陽師。可惜……」站了一會兒，擺出很無趣的表情，逕自鑽進樹林。

「剛才很危險。」月餅擦了把汗，「那個東西叫『覺』，是生活在岐阜縣深山裡的妖怪，會說人話，還能察覺人的內心想法，山民因而替它取名『覺』。我們方才倘若想傷害它，它肯定當場把我們當宵夜吃了。」

「那它身上的灰氣是？」我覺得有些反胃，不想說下去了。

「人吃動物，動物吃人，在生存者的眼裡，只有食物。」月餅順著小道向山下走，「別磨嘰，動作快！我餓了，忙活完，回去找吃的祭祭五臟廟！」

進了村落，這個山間小村比我想像的大多了，不過道路崎嶇，路邊沒有房屋的地方長滿荒草。每棟屋子都是木造結構，腐朽的木板已經裂出指頭寬的縫隙，從中長出苔蘚和蕈類。

村子鬼氣森森，好在沒有活人的蹤影，也沒出現稀奇古怪的玩意。我回想起月餅剛剛說的話，心裡一陣難受。也許，村人眞的死光了。

繞了好幾個圈子，月餅最後在一棟木屋前停下腳步，「到了。進去吧。」

這個當下，我心裡又發毛了，「是不是該幹點投石問路的事嗎？」

月餅撿起一塊石頭，對著木屋的窗戶扔進去，「投了，也問了，進去吧。」

「月餅，我覺得你有些奇怪。」我說不出哪裡不對勁，就是感覺他很不正常。

「沒什麼奇怪的。」月餅推開屋門，「只是我想到一些事情。」門打開，他順手扔進去一支螢光棒。藉著幽綠色的光，屋子正中央居然掛著一面鏡子！

人的一生會照無數回鏡子，而鏡子裡看到的，和現實中的完全相反。許多人小時候剛接觸鏡子時，會分不清左右，明明想向左梳頭，卻對著鏡子做出相反的舉動。還有些人會對著鏡子觀察自己的臉，越看越覺得陌生，老是感覺鏡子裡的不是自己……

這因爲鏡子裡映射的，不是現實世界，而是鬼魂和陰世！

鏡子的擺放有講究，臥室不放，天花板不掛，浴室裡更萬萬不能放。這些地方放上鏡子，會讓魂魄趁著人體陽氣最弱的時候，有逃逸的機會。

而最凶煞的，是正對門放置的鏡子！

這個位置的鏡子，會將整間屋子的風水倒轉，變成「陰煞血地」。

「我猜得果然沒錯。」月餅抓了把石灰撒向鏡子，「聽黑羽說這個村子被封印，陰陽師不能進入的時候，我就覺得有些奇怪。其實，所謂的封印，只是隱藏了一些陰陽師不能知道的秘密。」

就在我聽得丈二金剛摸不著頭緒，月餅接著又說：「沒有任何一個封印是阻止封印者進入的。很快就有答案了。」

屋子裡忽然綠光大盛，鏡面蕩漾奇怪的波紋，慢慢浮現出一道影像。

# 02

鏡子裡，浮現出半張女人的臉！

另外半張臉，隱藏在垂下的長髮下！

我不曉得當下的心情是恐懼，還是別的。仔細盯著那張臉，依稀可見幾分月野的模樣。綠光熒熒，那個女子好像對我笑了笑，又消失不見。接著，鏡面變幻出另外一幅畫面！

房間裡，正對著窗戶，一個男人面對著我，手拿一把梳子上下動著，動作機械而僵硬。前方的椅子上，坐著一名紅衣女子，長長的頭髮垂在背後，男人正捧著她的頭髮，替她梳頭。

我全身僵住了，身體不停打顫，近乎窒息地看著鏡中的詭異畫面。期間，我試圖大喊幾聲，卻發現根本發不出聲音！

梳了良久，女的站起身，面對著男的。由於被男人高大的身影擋住，我看不到女人的相貌，看兩人交談時頻繁擺起擺落的手臂，情緒似乎都非常激動，男人還時不時指向某個方位。

我循著望去，床上放著一個圓圓的包裹，時不時動幾下。

女人忽然推開男人的手，往床邊走去，想來是要抱起那個包裹。這個時候，男人呆呆看著女人，慢慢把梳子放到桌上，從腰間抽出一樣東西。很快地，女人抱起包裹，向門口走來。

綠光實在太重，我努力想看清兩人的模樣，卻是不可能的事。我就像一個獨自在電影院看恐怖片的觀眾，心驚膽顫地跟著情節前進。

男人似乎下了決心，幾步衝到女人身後，揚起手中的東西，向女人後腦扎去！

那是一把寒光閃閃的尖刀！女人的身體頓住了，右眼的位置探出刀尖，上面還挑著一顆圓滾滾的眼球，左眼則透露出難以置信的恐懼。

黑洞洞的眼眶裡頓時噴出紅得近乎發黑的鮮血，整張臉連疼痛的表情來不及展露，就被黏稠的血液糊住！

隨著男人把匕首拔出，女人的右眼球又被帶回眼眶，緊跟著又被鮮血頂出來。

女人軟塌塌地躺在地上，身體輕微抽搐幾下，懷裡還抱著那個包裹。

男人喘著粗氣，匕首胡亂一扔，想從女人懷裡奪過包裹。可女人實在抱得太緊，男人始終奪不下來。

不知道爲什麼，畫面忽然拉近，我就像站在那個滿是血腥味的房間裡，清晰地看清楚男女的模樣！當這兩人的外貌在我腦中定格的剎那，我險些承受不住刺激，腦袋劇痛，宛若被狠狠打了一棍子！

最終，男人放棄搶奪包裹，哆哆嗦嗦從口袋裡摸出火柴，劃了好幾根都折斷。好不容易點著一根，隨手一甩，扔到鋪著白色床單的床上。

焦黃透著微藍的火焰越來越旺，終於成了熊熊大火！

出乎意料，男人沒有逃跑，反倒安靜地坐在椅子上，閉上眼睛……

不多時，整個房間被烈火吞噬，鏡面滿是耀眼的火光，我甚至能感受到高溫帶來的灼痛。

# 03

綠光瞬間暗下，鏡子恢復正常的狀態，我仍不停喘著粗氣。那些畫面帶來的震撼，實在太可怕了！

「或許，這就是裂口女的由來。」月餅揚了揚眉毛，「南瓜，你知道陰陽師是不能結婚的嗎？據說，陰陽師如果和普通女子結婚，生下的孩子會是受詛咒的怪胎。用鏡子佈置的陰煞血地，是為了鎮住藏在屋裡的秘密！覺在山間遊蕩，則是為了吃掉誤入封印中的人，使某個秘密不洩漏。」

「某個陰陽師愛上普通女子，兩人生下了一個孩子，就是第一個裂口女。後來的事情，你也藉著鏡子看見了。陰陽師知道後果，想要殺掉孩子，母親則拼命保護自己的骨肉。」

「我再做一個分析，根據月野講的那件事，裂口女會不會因此受了詛咒，遇到背叛自己的男人，就會變成裂口女？從村裡到大城市結婚的女子越來越多，可現在這個社會，能抵抗住誘惑的男人越來越少。發生越多背叛，就出現更多裂口女。」

「裂口女終究危及社會安定，陰陽師不得已封印這個村莊。這個村子裡面的人，搞不好被集體殺死了。月野，或許是唯一存活的裂口女後代。當然，還有那些早就嫁出去，還沒遇到丈夫背叛的女人。」

我聽得目瞪口呆，按照月餅這麼推理，這個村莊遭受慘絕人寰的災難，僅是因爲一個陰陽師的錯誤，還有世間男人對愛情的玩弄！

「畜生！」月餅狠狠地捶著拳，在屋裡來回走著。

每跨出一步，他都保持大約一米的距離，像是在丈量。從我身邊經過，按照這個步距走到房頭，停頓片刻，側頭看了看，又從房頭走窗邊上，伸出手摸索著牆⋯⋯

我靈光一閃，意識到月餅在幹什麼，連忙在心中暗暗推演。房屋風水佈局是五行排位金木土水火，互剋不生。青龍居西，秋之氣，妨少陰；朱雀居北，冬之氣，妨太陰；白虎居東，春之氣，妨少陽；玄武居南，夏之氣，妨太陽。四象所屬位置完全相反。休、傷、杜、景、驚、開，六門也是反的，生死兩門都在一個地方，就是那個房間的門，位置外生內死！

這裡是養屍地！

月餅敲了敲牆面，傳出中空的咚咚聲。那面牆後，是一個封閉的巨大空間。

我深呼一口氣走過去，摸索著牆面——陰冷刺骨、充滿怨氣，不知道有多少條冤魂被鎖在裡面。它們是什麼？陰陽師爲了封印村子，所有被屠殺者的冤魂？

我的手微微顫抖，彷彿聽到牆後的哭泣。

「能破嗎？」月餅雙手抵著牆。

我後退兩步，默默在腦袋畫了個虛擬的八卦圖，確定陰陽魚眼的位置後說：「問題不大，不過我不想破。」

月餅揚了揚眉毛，「南瓜，我的心情和你一樣。假若眞的像我推測的那樣，我也無法接受。可是你想過沒有，如果不破，那些冤魂永世不能超生。」

我不想再說什麼，報出一串數字，「縱三橫十二，縱二十一橫七。」

月餅按照我說的位置，把桃木釘敲進牆裡，迅速退到我身旁。

時間一秒一秒過去，那面牆還是沒有動靜，我和月餅面面相覷……

「南瓜。」月餅摸著鼻子，「你確定是這麼破？」

我也等得不耐煩，摸出兩根煙，丟給月餅一根，「應該是這樣的。」

啪啪兩聲，我和月餅分別掏出打火機點煙，還未等煙頭燃起，打火機上兩簇火苗脫離，如同兩朵鬼火，快速地飛向那面牆，分別吸附在兩枚桃木釘上。桃木釘瞬間燃起綠色的火焰，不一會兒工夫就化爲灰燼。

# 04

一切來得突然！

我和月餅嘴裡叼著煙，手裡拿著打火機，還沒反應過來，那面牆忽然動了！

先是像平靜的湖水被投進一顆小石子，蕩漾起較爲平緩的波紋。隨著震盪越來越猛，整個牆面像燒開的沸水，翻騰巨大的氣泡。牆上的石灰龜裂，撕出蜘蛛網一樣的紋路，塊塊脫落，露出裡面灰色的水泥。

然後，牆面向外高高鼓起，又迅速凹了進去。轟隆一聲，碎石紛紛落下，空氣滿是嗆鼻的塵土，頂得我鼻子發酸。

待塵埃落定，牆上多了一個兩米見方的大窟窿！

裡面沒有絲毫亮光，像是能夠吞噬時間和光的黑洞，漆黑得令人絕望。

正當我這麼想的時候，黑洞的最深處亮起一點幽幽綠光，時左時右、時上時下，飄忽不定。綠光越來越多，跟葡萄大小的光點，逐漸照亮整個黑洞！

我們終於看清了養屍地的眞面目！

從黑洞裡湧出刺痛皮膚的陰氣，陣陣淒厲的哀號充斥整條走廊，肆無忌憚地迴盪著。洞中居然淌出黃色的液體，像黏稠的蜂蜜一樣。而那些綠光，是眼睛！

那些眼睛的主人，是一個個流淌著黃色屍液、腫脹得如蠕蟲般的白色屍體。手腳已經蠟化，和身體黏在一起，靠著沾黏的雙腿上下擺動，像海豹那般移動至洞口。

第一具屍體到達洞口後，用脖子撐住洞緣，使勁支撐住身體向外爬。整顆腦袋上除了那雙眼睛，什麼都沒有。洞口的碎石刮下屍體上淡黃色的油脂，破口處流出大量屍液，在地面留下一道道黏濁的印痕，

這是怨鬼寄屍！

「活屍！」月餅面色大變，「南瓜，你快跑！」

「操！扯淡呢！」我咬著牙吼道：「你不比我缺胳膊少腿，你怎麼不跑！」

其實看著一隻隻向外爬的活屍，我越來越心驚，想著這次是眞的完蛋了。千算萬算，沒想到會掛在日本！該死的小日本鬼子陰陽師，竟然用這麼毒的招隱藏秘密！

「月餅！」我狂吼著，「不管誰活下去，都要把月野的乳牙拿下來，恢復她的記憶啊！」

「談戀愛的事你來。」月餅緩緩地挽著袖子，「打架我上！」

除了徒步旅行時，如果在兩座山之間看見村落，無論多麼晚、多麼累，也不要進村借宿，這個日本禁忌之外，中國民間也有幾個禁忌。

靠牆：鬼魂平時喜歡依附在冰涼的牆上，此舉很容易引鬼上身。

撿路邊的錢：那些錢是用來供奉孤魂野鬼的，撿了會帶鬼上門。

槐樹種在家門口：槐樹為陰樹，用以養鬼。

非特定場合燒冥紙：冥紙是燒給鬼魂的，金紙是燒給神的，亂燒冥紙只會招來更多的鬼魂。

拖鞋整齊地放床邊：出外旅行，拖鞋整齊地放在床邊，形狀酷似兩具並排的棺材，會遭致鬼壓床。

晚上晾衣服：鬼魂看到了，會以為是供奉，必穿上衣服，順便留下它的味道。

不能隨便勾肩搭背：人的身上有三把火，頭頂一把，左右肩膀各一把，滅了其中一把火，容易鬼上身。

拖鞋頭朝床的方向：鬼魂會看鞋頭的方向判斷人在哪裡，如果鞋頭朝床頭擺，它們就會上床和你一起睡。

筷子插在飯中央：墳頭一炷香，惡鬼眼前晃。

# 尾聲

# 記憶

半年後……

「南瓜，該上課去了。」隔壁寢室的同學敲門喊聲，「你打從泰國回來，就沒正經上過課！海歸也沒你這麼得瑟！」

我抽著煙，對面的床鋪空蕩蕩。恍惚中，那個清瘦少年習慣性地揚了揚眉毛，又摸摸鼻子，「南瓜，好好學習，天天向上！要不我考試抄誰的去？」

鼻子一酸，眼睛熱熱的。

月餅、黑羽涉，還有月野清衣，你們都還好嗎？

荒村鬼屋那群活屍將我們包圍之後，本以為是一場有死無生的戰鬥。哪知情況劇變，活屍遇到空氣，竟跟氣球一樣膨脹，爆個不停。沒有幾分鐘，我們倆身上沾滿膿血、碎肉、骨屑……

究竟是怎麼回事？

我們無從解釋。

蹲在碎肉屍湯裡，月餅踩著我的肩膀，在房樑上摸索著。終於，摸到了一個潔白的小牙齒。

一切似乎就這樣圓滿地結束，可我們倆誰也高興不起來。

站在山頂，望著已經化為一片火海的村莊，但願這些骯髒的秘密，隨著我們放的這把火都化成灰燼。

「月餅，我突然想到一個問題。」雖然距離很遠，我仍能感受到炙人的熱浪，「月野恢復記憶，對她是好事，還是壞事？」

「無論是好是壞，我們都沒有權力剝奪別人的記憶，就像我們沒有權力剝奪別人的生命。」月餅指著騰騰火海，「有些事，做了不一定是對的，但不做就一定錯。」

回到醫院，把乳牙交給黑羽涉，任由他怎麼詢問，我們絕口不提山村裡發生的事情。這是我們倆在回來路上商量好的。

說了沒有意義，不說可能還會有點意義，不如就隱瞞眞相吧。

在病房外等了兩個多小時，黑羽涉一臉疲倦地拉開門，示意我們進去。

月野清衣已經甦醒，眼神清澈透明，只是看到我們倆時，那種警惕的陌生讓我心中一涼。

「南君，月野的記憶需要一個過程才能完全恢復，時間大概是一年。」黑羽誠懇地說：「我也希望她能儘快好起來，又不敢太著急，否則可能有反效果，導致她的意識再也不能恢復。」

「大川雄二和你有聯繫嗎？」月餅沒頭沒腦地問道。

黑羽涉搖了搖頭，「自從大川先生去了印度，手機就處於關機狀態，聯繫不上。」他都這麼說，我們哪好意思爲難他，便藉口買東西吃，離開醫院。

我和月餅在街上溜達，即便滿街都是黃皮膚、黑眼睛的人，但我始終覺得自己是個異鄉人。他們，和我們不是一種文化，不是一種信仰，不是一種血統……

「下一步有什麼打算？」月餅長長舒了口氣。

「沒有打算，你呢？」我反問道。

「我想去印度看看，順便找找大川雄二。」

「那你去吧，我不去了。」我很乾脆地拒絕。

月餅猶豫片刻，「好好照顧月野吧。」

後來，我親自送月餅搭上飛往印度的班機。

這麼久以來，我們倆一起曠課、一起打電玩、一起玩籃球、一起在泰國、一起在日本……如今，我留在了日本，月餅前赴印度。

接下來的三個月，我幾乎走遍日本，拍了很多照片，又用「吳佐島一志」的名字投往各大報章雜誌，意外引起廣大的迴響。我之所以這麼做，主要是因爲月野清衣崇拜吳佐島一志，又喜歡攝影。或許，這樣能夠加快她的記憶恢復速度。

很快，爲期一年的簽證就要到期，我把所有的稿費和照片一股腦塞給黑羽涉，請他幫忙照顧月野清衣。

從月餅離開那天，又過了四、五個月，眼下根本聯絡不上他。我忽然覺得，自己和日本這個國家，根本沒有一點點關聯。

於是，我選擇回到中國。

這時候，月野清衣的記憶已經恢復到七、八歲，很認眞地對我說：「你一定要回來看月野哦。」

我點點頭……

黑羽涉爽朗地笑著，「多保重。」

我點點頭……

點著點著，眼淚便滑了下來。

•全書完